哈维尔·马里亚斯作品系列

BERTA ISLA

贝尔塔·伊思拉的黄金时代

Javier Marías
〔西〕哈维尔·马里亚斯 著

袁仲实 译

人民文学出版社
PEOPLE'S LITERATURE PUBLISHING HOUSE

著作权合同登记号　图字 01-2019-5377

图书在版编目(CIP)数据

贝尔塔·伊思拉的黄金时代/(西)哈维尔·马里亚斯著;袁仲实译. —北京:人民文学出版社,2022
(哈维尔·马里亚斯作品系列)
ISBN 978-7-02-017473-7

Ⅰ.①贝…　Ⅱ.①哈…　②袁…　Ⅲ.①长篇小说-西班牙-现代　Ⅳ.①I551.45

中国版本图书馆 CIP 数据核字(2022)第 166166 号

责任编辑　**朱卫净　邰莉莉**
封面设计　**钱　珺**

出版发行　**人民文学出版社**
社　　址　**北京市朝内大街 166 号**
邮　　编　**100705**

印　　刷　**上海盛通时代印刷有限公司**
经　　销　**全国新华书店等**

字　　数　**328 千字**
开　　本　**889 毫米×1194 毫米　1/32**
印　　张　**13.5**
版　　次　**2022 年 9 月北京第 1 版**
印　　次　**2022 年 9 月第 1 次印刷**

书　　号　**978-7-02-017473-7**
定　　价　**79.00 元**

献给卡梅·洛佩斯·梅卡德尔

擅阅的锐利双眸

擅闻的敏感双耳

和擅荐的言辞。

献给埃里克·索斯沃斯，

识君半生，

相逢本随性，

杯酒谈艺，

陶钧文思。

第一章

有一段时间，她不确定她的丈夫就是她丈夫，仿佛一个人在半梦半醒间，不知道自己是在思考还是在做梦，不知道自己仍能主导自己的思想还是已被疲倦带入迷惘。有时她认为他是自己的丈夫，有时认为他不是，有时她决定什么都不想，继续和这个像她的丈夫但比他老的人过日子。在他不在的日子里，她自己也在变老，她结婚的时候可是很年轻的。

许多时光是最美好的、最平静的、最令人愉悦的且最祥和的，但这些时光都很短暂，一个人想要在这个难题，或者这个问题上装糊涂可不容易。有几周，她能把这事抛在脑后，专注于不用动脑的日常琐事，这个星球上大部分居民都能毫不困难地享受这一活动，他们只看到白日初升，在天空划过一道弧线，再落下。因此他们认为一切都有结束、有停顿、有分化或有用睡眠做标记的分界，但实际上什么都没有，时间一直走，一直运转，不只影响我们的身体还影响我们的意识。时间不在意我们是熟睡还是警醒，是难以入眠还是不情愿地闭上双眼，它仿佛是在夜间巡逻、被称作“夜巡卫”的士兵。没人知道世界为什么会这样，或许有人觉得，在所有人都睡着的时候，如果他醒着，他就不会被逮捕，或者在战争时期不会被子弹射中，他身上就不会发生任何事情。然而，一记头部击打就可能让他失去性命，或者长眠不醒。世事难料，人生无常。

当她认为那就是她的丈夫时，她内心并不平静，反而更不想马上起床，开始新的一天，她觉得自己成了漫长的等待的囚徒，虽然等待已经结束了，不会再有更多的等待。如果一个人习惯了在等待中生活，就完全不会意识到等待结束，这种感觉好像有人抽走了一半的空气，却还能靠剩下的空气呼吸。而当她认为那人不是她的丈夫时，她就会整晚辗转反侧，希望到了早上不要醒过来，那样就可以不必面对内心对爱人的怀疑和用来惩罚自己的责难。她为自己变成铁石心肠的可怜虫感到难过，在那些她决定或者说能够什么都不相信的日子里，潜藏的疑虑携着延迟的不安全感，迟早又会攫住她。她发现活在绝对的肯定中是无聊的，人注定只能以一种方式存在，或者说真实和虚幻是一样的，没人能置身事外。长期的疑虑让人难以忍受，时刻观察自己和其他人让人心力交瘁，尤其是观察离自己最近的他，将他与自己不可靠的记忆作比较。没有人能清晰地看到已经不在眼前的事物，即便它刚发生，即便房间里还飘着他散发的味道和烦闷，他刚刚还在。他只是开门离去，身影渐渐模糊，就这样不去看了，也看不清了，或者什么都看不见了；也不去听了，都一样，更不要提触觉了。一个人怎么可能会清楚地、有逻辑地记得很久以前发生的事呢？怎么会清楚地重现十五年或二十年前的感受？那时他会在她睡着时爬上床，然后进入她的身体。所有这些都会消散或变成混沌，跟消失的夜巡卫一样。兴许那才是消失得最快的。

她的丈夫并非时时表现出不满，他是西班牙人和英国人的混血，名字叫汤姆或托马斯·内文森。当他在家里时，并非一直释放有攻击性的烦躁，一种根深蒂固的烦恼，这种情感会随着他的脚步在屋里弥漫开。这种气场随他到客厅，到卧室，到厨房，好像一团悬在他头顶的气旋风暴，时时伴着他，从不远离。因此，他变得沉默寡言，不管是面对尖刻的问题还是毫无针对性的问题，他都很少答话。对于第一类问题，他会找借口说他无权透露，还借机提醒他的妻子——贝尔塔·伊思拉——告诉她，他永远不会得到授权。即便几十年后，他是半截入土的人了，他仍然不会告诉她他经历的各种事件、工作或任务，那些他不和她在一起时过着的日子。贝尔塔必须接受他的说法，她已然接受了：她的丈夫的生活，有一个侧面或者说一个维度一直隐没在黑暗中，让她看不见也听不见，是一段不能被提起的故事，她像是半眯着眼睛看不清或是两眼一抹黑地生活；她只能自己填补、想象这段生活的空白。

"你最好不要知道"，有一次他对她说道，但有时被迫坚持的吊诡挡不住他想要谈一谈的心思，当然了，他完全不会提及具体的地点或个人："通常不是很让人高兴，对一些人或另外一些人，是相当悲伤的故事、悲伤的结局；偶尔让人觉得很有趣，其实这些几乎总是丑恶的，或者更糟，让人很压抑。我常常昧着良心办事。幸运的是，我很快就能把自己从那事儿里抽离出来，时效性很短。很幸运我能忘记自己做过的事，这是弄虚作假的情况中的好的一方面，这不是一个人自身的经历，好像是一个演员的。演员在电影结束或戏剧落幕时变回自己，因为电影和戏剧永远结束了。很久以后，他只有模糊的记忆，仿佛那些是梦中的、不真实的事物，总之让他感到怀疑。甚至还与他完全不相称，这时他就会说，不，我从没那样做过，是我的记忆弄错了，当时是另一个我，搞错了。”仿佛他成了一个梦游症患者，根本不知道自己的行为和足迹。

贝尔塔·伊思拉知道，她差不多是与一个陌生人生活在一起。这人拒绝解释过去几个月的生活状态，最终觉得自己有权不做任何解释。但汤姆又是她很久以前就熟识的人，是她生存必需的空气。没有人会盘问一团空气。

他们小时候就相识了，那时托马斯·内文森是个开朗、直率的人，他的生活无忧无虑。他一开始在马丁内斯·坎普斯大街的英伦学院读书，学院在索罗利亚博物馆旁边，学生们十三四岁时从这里毕业。按当时的情况，学生接下来要读中学四年级，五、六年级和预科是读大学前的三个学年，这三个学年要到另外一个地方读，不少人去了贝尔塔的学校——书院，因为这是一所男女混合的非教会学校，与佛朗哥政权的制度格格不入，而且如此一来，学生就不用离开这个学区了，因为它就在米格尔·安赫尔大街附近。

新入学的男孩子，除非长得太丑或一点都不讨喜，总是很受异性青睐，因为他们非常“新鲜”，贝尔塔迅速迷上了内文森。爱情突然从羞涩、躲躲闪闪的眼神、掩饰感情的微笑、闲聊开始，立刻生根发芽，纵是地老天荒也不变，在这段感情里，有随心所欲和任性，也有唯美主义和自负（一个人环顾四周，然后对自己说：我觉得这个不错）。当然，这种理论上的、仍需实践验证的一见倾心是从小说和电影里学来的，是幻想出来的，含有一个静态形象的场景：女孩想象自己与倾心的男孩结婚，两情相悦，这是一幅没有延伸、变化或故事的图画，视野仅限于此。他们很难看得更远，看不到遥不可及的老年，他们对此也不甚在意，眼下唯有韶华，而韶华背后是不确定的或戛然而止的一切，或最清楚明了以及孜孜以求的结果。在那个时期，人们仍在摆脱单身的女子的姓氏后面加上"德"字，然后加上丈夫的姓氏。这一习惯影响了贝尔塔的选择，在遥远的未来，她的名字醒目且响亮：成为贝尔塔·伊思拉·德·内文森，这让人联想到异国旅行或异域风情（总有一天她会有上面写着这些字的旅行证件；至于其他的，肯定还会有）；这和成为贝尔塔·伊思拉·德·苏亚雷斯不一样，苏亚雷斯是她在学校遇到内文森以前一直喜欢的同学的姓氏。

她不是班级里唯一狂热且坚定地盯着他、对他满怀倾慕的女孩。所以在这个小世界里，他的到来引起了巨大的反响，这反响足足持续了三个学期，直到一位正牌女伴出现。托马斯·内文森长得相当不错，身高高于大多数男孩，棕色的头发向后梳，发型复古（像二十世纪四十年代的飞行员，头发短一些时像列车工，长一些时像音乐人，不会长到不合潮流，在追求视觉的新鲜感或者记忆力好的人眼中，他像配角丹·德亚①，当他头发最长的时候，就是年轻版的主角赫拉尔德·菲利浦②）。他表现出一种淡定的气质，他不属于任何潮流，与任何的不稳定搭不上边，不稳定是指一个人十五岁时，会表现出各

① 丹·德亚（Dan Duryea，1907—1968），美国演员。
② 赫拉尔德·菲利普（Gérard Philipe，1922—1959），法国演员。

种各样的风格，普遍情况是这样。他给人的印象是不受时代影响，或者说超越了这个时代，仿佛他从不受随机变化的环境影响，他生在哪天、哪个世纪，都是一样的他。实际上，他的长相算不上多讨喜，也不是无与伦比地年轻、俊朗；他的面相呆板，二十年后无疑更是如此。但此时丰润的、形状漂亮的嘴唇（让人更想用手指摩挲、触碰，而不是亲吻）和灰褐色、内里波涛汹涌且明亮的眼眸让他暂时显得不那么呆板，那双眼眸因凝聚在内的光亮或者受到初降临到他身上的风波影响，生出了惊涛骇浪。他的眼神锐利、不安分，眼睛形状比别人的要长，很少显得平静，与他整体的严肃形象不匹配。那双眼睛闪着不寻常的东西，或预示着不寻常的事情即将到来，那双眼睛还只是暗中观察或躲躲闪闪地看，因为它们还没睡醒，还需要变得成熟或酝酿许久方能达到巅峰状态。他的鼻子不突出，比较宽，宽得没边，但至少不是酒糟鼻。他有一个方形的大下巴，有点撅，显得他是一副气定神闲的样子，这就是他有吸引力和让人愉悦的地方。他戏谑和轻快的个性，比他的外貌更突出，他喜欢开些温和的玩笑，他对外部世界和自己脑中的想法不甚走心，这使得他很难把握自己的内心，更让与他亲近的人猜不透他。内文森逃避自我审视，很少谈论自己的个性和信仰，在他看来，这两样东西如同玩过家家，是在浪费时间。这与其他青少年不一样，别人探索、分析、观察和尝试解读自己，急于调查自己属于哪类人，却不知道这种察看毫无用处，因为他还没定型，还没到了解这一切的时候，要一直等到他能做出重大决定或准备开启人生旅程的时候才算行，即便时机到了，也要等到他不会继续调整或否定自己才可以，而当上述两种情况发生时，他想要改正或成为其他类型的人，则为时已晚。总之，托马斯·内文森对让别人认识自己和认识自我都不感兴趣，也许是他已经完成了认识自我的第二个阶段，认为第一阶段是自恋者才要经历的。或许是他有一半英格兰血统的缘故，没有人确切地知道他是什么样的人。在他和蔼、朦胧的外表下，特别是和和气气的样子里，有一条晦暗不明、有所保留的边界。最让人捉摸不透的，就是其他人没有意识到这条边界，他们没注意到这是一个不可穿透的保护层。

他通晓两种语言，英语说得和父亲一样好，西班牙语说得和母亲一样好，实际上从他学说话起，只会说一些词语的时候，他就一直住在马德里，但这种情况没有在他的语言启蒙时期影响他学习其他语言的流畅和口才：他幼年学西班牙语，在家说西班牙语，记事起每个暑假都去英国。除此之外，他还学习了第三门或第四门语言，而且会模仿口语化的表达、声调、措辞以及腔调，他只要听一会儿别人说话，就能完美地模仿出来，他不需要打腹稿，做这些毫不费力。因此他受到了同学们的喜爱和欢迎，他们总是让他做很棒的表演。他会控制自己的发声，重现被模仿人的声音，在学校读书的那几年里，在电视上出现的人物，特别是人人耳熟能详的佛朗哥和一个出镜率超过其他人的部长，都是他模仿的对象。当他在伦敦或牛津的时候，会与那里（牛津是内文森先生的故乡）的亲朋好友分享他滑稽的模仿；而回到西班牙的学校，除了英伦学院几个和他一样的双语同学，没人听得懂这些戏谑，也不会拊掌叫好。当他用一种或另一种语言说话时，完全不像是讲外语，两种语言他都说得和母语人士一样好，所以在马德里，他不会因自己的外国姓氏被人排斥，他会讲各种急转弯和俚语。如果他愿意，他就能成为全马德里讲话最粗俗的小伙子，不过郊区的除外。所以说，他偏向于成为一个彻头彻尾的西班牙人，而非纯正的英国人。他不排斥去父亲的祖国上大学，是父亲一直想让他去的，但他的生活圈子在马德里，从他和贝尔塔在一起开始，他就想留在马德里。如果他被牛津录取了，他也许会去，但可以肯定的是，一结束学业，他就要回到马德里生活。

父亲杰克·内文森已定居马德里多年，起初是随遇而安，而后则因为在这里恋爱结婚，就留了下来。汤姆不记得父亲还在其他地方生活过，他只知道父亲的确在别处住过。孩子们向来不了解父母在生育他们之前的精彩生活，等到他们成年了，就更想不起来问了。内文森先生兼任英国使馆和英国文化教育协会的职务，这是从前任驻马德里的代表手里接下的，那人叫沃尔特·斯塔基，干了十五年，是爱尔兰人，1940 年创办了英伦学院并担任院长多年，他是一个有激情的西班牙语学者，喜欢游历，写了许多本关于吉普赛人的书籍，其中有本书的题目有些荒诞，叫“堂吉普赛”。杰克·内文森花了九牛二虎之力学习妻子的母语，后来他终于掌握了句法和语法，他的词汇虽广，但用词古旧且书面化，且从未摆脱非常浓厚的口音，这让他在孩子们眼中宛如一个外来者，所以孩子们总是和他讲英语，如此可以避免对他的愚笨和面红耳赤忍俊不禁。有客人来访的时候，孩子们会觉得很慌张，因为这时他不得已要讲卡斯蒂利亚语了，在孩子们听来，父亲说出的句子像笑话，仿佛老电影里的胖瘦组合劳莱和哈代讲起西班牙语（斯丹·劳莱是英国人，并非美国人，他和哈代一起说其他语言时，口音会完全不同）。或许父亲在移居国家形成的开口犹疑使得汤姆有时认为他的父亲不称职，仿佛他学习语言和模仿说话的天赋让他相信自己可以更好地融入世界，当然还可以更好地掌控它，或者利用它，这是杰克·内文森未曾做到的，虽然这个男人在外面比在家里强势多了。

而汤姆从不敢用这种早熟的自负看待他的母亲——梅赛德斯，这是一个可爱而机敏的女人，汤姆必须尊敬她，而且还要忍受在英伦学院有好几个学期要做她学生的日子，因为她是那里的教员。学生都喊她“梅赛德斯小姐”，她精通丈夫的语言，虽然她的英语口语也缺乏音调，但比她丈夫的西班牙语口语要流畅得多，他们的四个孩子——汤姆、他哥哥和两个姐姐说两种语言则完全没有口音。

贝尔塔·伊思拉则是土生土长的马德里人（她是第四或第五代本地人，这在当时可不常见），是个褐色头发的美人，她温婉内敛，五官并非完美。如果我们仔细分析她的特征，不会发现突出的地方，但她的面容和身材合在一起能让人神魂颠倒，散发着快乐女孩固有的、让人难以抗拒的魅力。喜欢哈哈大笑，她好像总是很快乐，一丁点事就能让她很高兴，或者说她能不惜一切让自己高兴起来，这点对许多男人有吸引力：当他们动了坏心思时，他们就想拥有或者压制这种微笑，或者希望看到这微笑是送给他们的，是他们让她欢笑，可他们从没注意到，让他们极力凝望的、一直点亮面庞的露齿笑容不是别人引诱出来的，是本来就会出现的，好像成了固定的面相，和鼻子、额头或耳朵一样。面露笑容的贝尔塔性格好，讨人欢喜，但她是有点欺骗性的：她的快乐自然而然、简单且迅速，如果没有让她发笑的理由，她绝不会浪费笑容或是装出笑容；当然她能找到很多理由让自己笑，不过如果找不到，她会变得非常严肃、悲伤或愤怒。这些情绪不会持续很久，她好像对这些不和谐的负面情绪感到无聊，在她看来，这些东西不是补偿也不会变得有趣，她认为有负面情绪就像唱独角戏，没有教育意义，就像一滴一滴滴下的液体，能让液体表面升高但不会改变液体的性状；不过当负面情绪来临时，她可不是傻乎乎地逃避它。她外表和善，内里是一个想法明确、执着的女孩。如果她想得到某样东西，她就会想尽办法得到它；她不鲁莽，也不忸怩，更不会强取，而是用游说、策略或恳请求得，让人觉得那对她是必不可少的，就是这样，她意志坚定，仿佛没什么好掩饰的，因为这些愿望不肮脏也不卑劣。她在与熟人、朋友和男友——当然是青少年时期由她选中的、可以称之为男友的男生的交往中得心应手，她让他们相信，最糟的事情就是失去她、失去她的赞赏，或她朝气蓬勃的陪伴，而且她总能让他们深信在这世界上，最大的福气就是有她在身旁，和她坐在同一间教室里，一起玩、做项目、休闲、聊天，或者说共度人生。但这可不表示她是个狡诈的姑娘，是爱吹耳边风、善于支配、捏造和欺骗的伊阿古。她自己是颇有信心地认定某事，然后怀着信仰，把它印在额头、微笑和绯红的双颊上，并在不经意间散播开来。男孩子喜欢她，女孩子也和她相处得很好。成为她的朋友是一件荣耀的事，围绕在她身边是一件幸事。她没有引起他人的嫉恨，几乎没发生过这样的事，这可真奇怪。她撒向所有人的真挚感情成了她的金钟罩，把人在善变且任性的年龄段产生的反感和坏心思挡在了外边。贝尔塔和托马斯一样，应该很早就知道自己是哪一类人，哪一种女孩，未来会成为哪一种女人，好像她深信自己是主角而非配角，至少在她自己的人生里，她可不是第二位的。有些人害怕成为自己的故事里的次要人物，好像他们生来就知道即便自己的人生再独特，也没人愿意讲起它，就算有人提及，也只是给其他更曲折、更吸引人的故事做注脚；够不上茶余饭后打发时间的闲聊，也成不了不眠之夜里火炉旁的话题。

中学五年级第三个学期，贝尔塔和汤姆公开在一起了，在这个年龄他们可以这么做。其他对汤姆揣着心思的女孩只好叹口气表示认同和放弃，尊重他的选择。如果贝尔塔好好想想，就不会奇怪托马斯·内文森为什么选她，因为从一两年以前，无论是在大理石楼梯上、天井里，还是在休息室内，全校一半的男生与她擦肩而过时，都会回头看她呢。她吸引班上高年级男生还有低年级男生的目光，还有一些十一二岁的小孩子站在远处向贝尔塔表达发自内心的爱慕，当然这还算不上是爱，但即便这些孩子从青年到中年再到老年，也从没忘记这种爱，其实他们从没跟她说过一句话，而对她来说这些人就跟不存在一样。其他学校的男生在校门口转悠、尾随她时，同校的男生以主人自居，在入侵者面前大发雷霆，时时监视着她，不让她落入不是“我方”的某个男孩的圈套。

汤姆和贝尔塔不是八月或九月出生的，所以他们还没满十五岁就决定“公开关系”或者说“处男女朋友”——这是当时的说法，两人相互吐露心迹。实际上很久以前贝尔塔就表明心迹了，她只是在费劲遮掩朦朦胧胧的初心，也可能是在抑制它，免得让人反感或者表现得不要脸，这是受过教育的正常表现，当时她接受的是二十世纪七十年代中期的教育；如此一来，当他决定更进一步时，会认为自己不是被选择或被引导的一方，而是主动的一方。

这对小情侣之间注定会发展出一点兄友弟恭似的感情，这不过是在一开始，也就是恋爱最初阶段，给接下来要发生的事做个铺垫，因为他们明白，需等待彼此的爱意和激情发展到最为浓烈的阶段。在他们所属的阶层和所处的时代，认真的双方径直追求初夜体验和偶尔的性爱刺激，是轻率、欠考虑的。没多久，托马斯和贝尔塔就明白他们是认真的，他们之间的爱情不是过了一学期就结束的，即便两年之后毕业、离开这所学校，他们的感情也不会变。汤姆·内文森在这方面有点羞涩且全无经验，而且他和所有的男孩子一样：过于尊重他们选为当下、未来和此生的爱人，因此与她相处时极力避免做出越界的举动，而与别的女人相处时，却不这样；他们常常夸大自己的保全和爱护，把爱人看作理想的对象，强忍肉欲诱惑、害怕亵渎她，把她变得几乎不可侵犯。其实贝尔塔和不少女孩一样：非常了解她们是完全可以碰触的，也非常渴望成为“俗人”，她们不想变成急不可耐的人，更不想变成贪婪之辈。所以，他们蜻蜓点水似的亲吻，触摸对方，却避开身体敏感区，他们分别有了第一次性爱经历，也就是说，各自和其他人一起，这不奇怪。

大学第一年，他们各自失去了处子之身，不过两个人都没跟对方提到这事。因为相对而言，那年他们离得比较远：汤姆被牛津大学录取了，一定程度上要归功于他父亲和沃尔特·斯塔基的职业，还有他强大的语言表达力；而贝尔塔在康普顿斯大学修哲学和文学。英国大学的假期很长，米迦勒学期和希拉里学期之间有一个多月的假，希拉里学期和圣三一学期之间还有一个多月，圣三一学期和随后的新学期间隔三个月，这就是所谓的三学期制，非常不真实的三个学期。托马斯经过八九周紧张的学习，就能回到马德里，有时间重拾马德里的生活节奏，或者说不会完全失去它，不会断了与马德里的联系，不会用别的取代它，更不会忘记它。不过这八九周同样是让彼此充满期待的时间，打引号的期待。他们都知道打引号表示分别，不过当他们相聚时，一切会回归正轨。这是反复离别造成的，实际上任何一段时间都没有真正意义上结束，因为两段时光是交替存在的，一段时光占主导时会扩散开来，否定另一段，几乎要把它抹去。两段时光都如梦境的一部分，所有发生的事不一定是真的，也并不重要。汤姆和贝尔塔不知道，这概括了他们在一起的大部分时光，在一起却很少见面、缺乏沟通的时光，或在一起却同床异梦的时光。

1969年，政治和性这两股潮流席卷欧洲，受此影响最大的是年青一代。1968年法国的“五月风暴”和被苏联坦克碾压的“布拉格之春”，尽管持续时间短暂，却足以让半个大陆热血沸腾。在西班牙，三十多年前开始的独裁统治还在继续。工人和学生的罢工促使佛朗哥政权宣布全国进入紧急状态，实际上这不过是个委婉说法，借此粉饰进一步剥夺民众所剩不多的权利和增加警察特权、豁免权的勾当，好让后者能放开手脚、为所欲为。1月20日，法学学生恩里克·卢亚诺在被关押期间死亡，三天前他因散发传单被令人闻之胆寒的社会调查旅逮捕。官方说辞多变且前后矛盾，说这个二十一岁的青年被带到现今名为贝尔加拉亲王大街的一座大楼办登记，他逃脱了三个守卫的监视，从他们所处的七楼的一个窗子一跃而下。情报部长福拉加和《ABC报》极力解释说这是一场自杀事件，声称卢亚诺精神脆弱且不稳定，先是在报纸头版、而后分期发布了他给心理医生写的一封信，看起来像是一位内心饱受煎熬的人的日记摘选。但没人相信这个版本，这事在大家看来就是政治谋杀，因为这个学生是民主自由战线的成员，该组织是一个微不足道的反佛朗哥政权的秘密组织，和其他类似组织一样（不成气候，属于地下类型）。二十七年后，西班牙进入民主时期，人们执着地要与独裁时期的历届政府唱反调，怀着要对三名守卫绳之以法的态度，越过重重困难重新挖掘遗体，人们的猜想得到了证实。卢亚诺的锁骨断了，毫无疑问，那是被一颗子弹打断的。当时他的解剖记录是伪造的，他的家人被禁止查看遗体，更不许在报纸上发布讣告；情报部长福拉加亲自给他父亲打电话威胁他不许申诉，必须保持沉默，原话大概是这样，“您该记得您还有一个女儿要关心呢”，他指的是卢亚诺的姐姐玛格特，她也参与了政治活动。这么长时间过去了，事情早已无法证实，三个姓氏分别为科力诺、盖尔万和西蒙的社会调查旅成员已经被开脱了谋杀罪名。他们三个在关押卢亚诺时对他实施毒打，后来把他带到贝尔加拉亲王大街的公寓继续拷打，开枪射杀了他，再把他从窗口推出去。在 1969 年卢亚诺的同伴就相信事件发生的经过是这样。

学生们异常愤怒，连最不关心政治或者懒得自找麻烦的大学生，比如贝尔塔·伊思拉也参加了接下来的反抗活动。系里的一些好朋友说服她和她们一起参加下午在马努埃尔·贝尔塞拉广场举行的游行示威，那儿距离拉斯·班塔斯斗牛场不远。这些集会持续时间很短，所有活动都是非法的。穿着灰色制服、被称为“灰衣”的警察总是能事先听到风声，赶过来用暴力驱散人群。游行队伍挤挤挨挨地举着标语走了几米，还来不及向商店或银行扔石块，马上就有一群“灰衣”跑步或骑马过来，提着黑色的、有弹性的长棍子（骑警的棍子柔韧度更高、更长一些），队伍里总会有蠢人或神经质的举起手枪，引起更大恐慌，虽然是想让自己心里踏实点。

小冲突开始的时候，贝尔塔和一群同学以及不认识的人在前面跑，警察在后面追。每一个在她身旁仆倒的人，都认为自己不会是追逐者的目标，会有其他人挨揍。贝尔塔第一次参加游行，完全不知道该钻进地铁、躲进酒吧然后混进老主顾中，还是该留在大街上，留在大街上可以随时跑而不会被困在某处。她只知道被纠察队拘留意味着在警局过一晚，还要挨上几个耳光，当然这还是好一点的情况；比较糟的则是被判处几个月或一两年的监禁，这要看有他人授意的法官有多恶毒了，此外还要接受大学的调查。她还知道，作为一个年轻女孩（才大学一年级），这样不幸的遭遇是她躲也躲不掉的。

很快她就找不到朋友们了，黑夜和昏暗的路灯让她感到恐慌，她在街上横冲直撞，突然间她忘了一月份的寒凉，只注意到危险的陌生人投来的炙热眼神，她出于本能想脱离骚动的人流，从一条临近的小路离开广场，那条路没有一个示威者。她该选其他的路或尽量避免与别人分散开，便于重新会合或者尝试重新会合。她感到不断加剧的恐惧和愤怒，那是高涨的情绪，加速的脉搏和没了算计的慌乱，她着了魔般使劲跑，惊恐万分，她用余光瞥左右两边，什么人都没有，她的脑中只有一个想法：不能停，直到跑到一个她认为安全的地方，把城市抛在身后或者回到自己家才行，所以她回头看了一眼，却没有停下脚步。可能是听到了一个奇怪的声音，一种喘息或者真实的踢踏声，这是夏季特有的噪声，来自村庄、田野、童年，然后她看到自己身后，头顶上方，一个“灰衣”骑着马，身形巨大，手里的棍子已经举了起来，正要打她的下巴、屁股或肋骨，肯定会把她打趴下，完全可能让她失去意识，让她变得一动不动、毫无反应能力、没法逃跑，如果这个警察是个残暴的人，还会打她第二下、第三下；如果他不是那样的人，也会拖着她，给她戴上手铐，把她塞进车厢，瞧吧，这几分钟的大脑空白和霉运将带给她扭曲的现实和失去一切的未来。她看到了黑马的脸，好像也看到了灰衣男人的脸，头盔挡住了他的前额，系带绷得很紧，遮住了他略微昂起的下巴。贝尔塔没有因害怕变得踉踉跄跄，更没停下，而是徒劳地加速跑起来，绝望地使出最后的力量，任何一个面对命中注定的事的人都会这么做，可女孩子的两条腿怎么可能跑过马的四只蹄子呢，即便如此，她还是在加速跑，好像一只小兽，坚信自己终能逃脱。突然，从旁边胡同伸出一条手臂，猛地拉住她，使她失去平衡，脸朝下摔去，却帮她躲开了马和骑警，免遭一棍。“灰衣”骑着马追过去，他出于惯性又跑了几米，因为勒住马绝非易事，真希望他没有发现贝尔塔，继续搜捕其他抗议者，因为这周围有好几百人呢。那只手又拉了贝尔塔一下，把她扶起来，贝尔塔这才看到了一个漂亮的年轻人，不是学生，也不是来参加游行的，游行者不会打领结和戴帽子，这个年轻人就是这样的打扮，还穿着一件略长、显得贵气的海军蓝立领大衣。大衣款式古朴，帽檐很短，看起来像祖辈传下来的。

“我们离开这儿，姑娘，”他说道，“嘿，赶紧的。”他又拉了她一把，想把她带走，救她于水火。

但是在他们从那个巷子里离开之前，骑马的警察回来了，他要抓紧回来找猎物。他勒马原地转了半圈，然后退了几步，很是气愤，应该是因为没能把落单的猎物收入囊中。现在他得从两个当中选一个，是贝尔塔还是这个有胆量拉走她的年轻人，如果他动作迅速、命中率高，还有警察同伴来帮他，那么他肯定能把两个都捉住，现在他在这儿没有同伴，因为他们的主力喜欢把目光聚焦在广场，大摇大摆地从四面八方涌入，他们没有接到任何命令，便在那里聚集然后接管那里。戴帽子的年轻人紧握贝尔塔的手，他一点都不慌，以挑衅的姿态直直立着，冷酷，蔑视危险，丝毫不畏惧。“灰衣”仍拿着长棍，但动作已经没有威胁的意味，他用握着缰绳的手拿着棍子，这棍子好像是钓鱼竿或平衡杆。“灰衣”也是个年轻人，蓝色的眼睛和浓密的深色眉毛显得尤为突出，这是一副承载着乡村，可能是南部安达卢西亚地区印记的面容。贝尔塔和穿古董服的青年看着他，他们不敢沿着这条街道跑了，因为可能这里没有好出路或者是条死路。或者，他们很快就能明白根本无需逃避这个骑兵。

“我不会打你的，姑娘。你把我当成什么人了！”“灰衣”对贝尔塔说，两个年轻人用同样的称呼叫她，这在那个时期的马德里本不常见，更不是年轻人之间的称呼。“我只想让你离那群乱糟糟的人远些。你太年轻了，不该掺和这种骚乱。走吧，离开这儿。还有你！”他转向古董服，“你别再挡我的路，否则有你好看的，让你挨顿揍，再送你去吃牢饭。这次算是放你一马。行了，走吧。我跟你们浪费好一会儿时间了。”

打着精致领结、穿着过膝大衣的年轻人对警告无动于衷。他挺直背站着，眼神冰冷而机敏，盯着骑警看，好像在观察他的动机，胸有成竹地认为如果自己一跃而起，肯定能把“灰衣”拉下马。与先前说的不同的是，“灰衣”没马上离开，好像在等他们道歉，或在盯着姑娘看，要一直等到她从他的视野消失，他的双眼再也看不到她。他们两人都没说话。后来，贝尔塔很后悔没能跟“灰衣”道谢，但在那个时候，没人会对一个“灰衣”，一个佛朗哥政权的警察道谢，即便他应当被感谢。他们是绝大多数人的敌人，被人蔑视，他们追捕、殴打、拘留和毁掉刚刚苏醒的鲜活生命。

贝尔塔的长袜撕破了，膝盖渗出血来，她仍然感到惊恐，因为眼看着头上的马和高举的棍子几乎要打到她的下巴和后背，她紧张到了极点，就是意外事件带来的运气也不能缓解这种紧张，反而让她感到异常疲惫。混乱让她顿时感到筋疲力尽，她失去了方向感，也没了主意，完全不知道该往哪个方向走。古董服青年像牵着小女孩似的拉着她的手，带她离开了是非之地，来到拉斯·班塔斯广场，对她说：

“我就住这附近。跟我上楼，给你处理下伤口，你平复一下再走吧。你这样子还不能回家，小姐。最好是休息下，调整调整，”现在他不喊她“姑娘”了，“你叫什么名字？是大学生？”

“是的。我叫贝尔塔。贝尔塔·伊思拉。你呢？”

“我叫埃斯特万。埃斯特万·亚内斯。我是个花枪手。”

贝尔塔感到很惊奇，她可从没结识过斗牛士，更没想过在斗牛场以外的地方看到这些跑龙套的，还穿着普通人的衣服。

“公牛花枪手吗？”

“不，犀牛的。看看还能是什么牛，再告诉我一种可以被插上花枪的牛。”

他的玩笑话在几秒钟内转移了贝尔塔的不安和巨大的疲劳感，如果她不是在发愣，肯定会笑出声来。她想了一会儿：他早就对危险的动物见怪不怪了，更别提一匹温顺的马了。所以他一点都不害怕，也不慌张。他知道避开危险，也许还知道带我避开危险。她好奇心陡增，用余光瞥了瞥他。

“那帽子不适合你，我不知道你是否知道。”她不大礼貌地跟他说，自从看见他从街边冒出来，她就想到了这点，这一肤浅的印象执着地停留在她的脑海里，混在许多要紧事中，等机会冒头。

年轻人松开了她的手，马上摘下帽子，饶有兴致地在手里转了几圈，他站在马路中间，表情很失望。

“是吗？你别开玩笑了，它怎么了？不适合我吗？你看呢？嗨，这质量可是很好的。”

他的头发浓密。向左后方梳成一个辫子，右边的头发则成了刘海儿，他的头发太多，好像很难全部塞进帽子里。这样显得他特别有吸引力，松散的头发衬得他长相适宜，或者更标致了。他的眼距宽，瞳仁是棕色的，和李子的颜色一样，把纯净和真诚刻在面孔上，这是一副毫无伪善感的面庞，没有专注的表情、躲闪的眼神或克制的神态，人们常说，这种神情让人觉得是在读一本翻开的书（当然有些书会让人难以沉浸其中，难以忍受），觉得他是表里如一的人。他的鼻子又直又大，牙齿突出，有点龅牙，这排牙齿在大大方方显露的时候仿佛有了生命，非洲人似的微笑点亮了他的面容，仿佛在它出现的时候会让人愿意相信它的主人。这排牙让人一看到就会想：如果他能把这牙借给我该多好，我去处朋友的时候最需要了。

“不，完全不适合你。这帽子的帽冠大，帽檐小，配不上你，显得你头很小，像颗甜瓜，其实你的头不小。”

“好啦，别再说啦。让这帽子去死吧。我才不愿意像颗甜瓜呢。”花枪手埃斯特万·亚内斯说，他把帽子扔进了旁边的垃圾桶。然后他微微一笑，做了一个问候的手势，仿佛刚刚成功地插上两根花枪。

这让贝尔塔很惊讶，她立刻感到很自责，没想到自己的评论就给这件纪念品判了死刑（或许有个蓬头垢面的乞丐会把它拾去）。或许这顶帽子不是祖辈传下的，是他花大价钱买的。他比她大几岁，有二十三四岁，这个年龄的人常常省不下钱，何况还处在这样的世道。

“嗨，你不用在意我说的。只要你喜欢，何必在意我怎么说呢！你根本就不认识我。不用太较真。”

“我对你呢，看到你就足以让我听从你的话，无论你说的是多过火的话。”我们细品这句话，会觉得他彬彬有礼（贝尔塔记不清他是否讲了最后一句话，其实不认真追究的人反而比认真的人有更多的快乐和获得感）。他的语气、态度完全不像是在献殷勤，当然也可能是这种方式太老套了，贝尔塔没能辨别出来，她的同学中没有一个人，没有一个会讨好她的，甚至连汤姆都没说过这样的话（那是一个颠倒的时代，受过良好教育的人表现得像登徒子，而没文化的像风雅之士）。“来，我们走吧，你的膝盖需要处理，免得感染了。”

贝尔塔一走进他的公寓，就推断出他不缺钱。房子里摆着新家具，家具上少有磨损的痕迹（应该这么说，磨损得不是很严重），比少数能租得起房子的学生租到的房子要大很多。所以这里的租金要比两个人或三四个人合租的租金贵许多。虽然它属于一个还未安定下来的单身男人，房间很整洁。房子里的一切被刻意整理得井井有条，像临时收拾过。墙上挂着一些斗牛场景的照片，三四张斗牛表演海报，其中一张上面的名字连她都早有耳闻，是“维迪”圣地亚哥·马丁和格莱高里奥·桑切斯。还好没有挂起来的牛头这种夸张的艺术品，或许这东西只会赏给斗牛士，不会给副手，贝尔塔对斗牛一无所知。

“你一个人住这儿？”她问他，“所有这些都是你的？”

“是的，几个月前我租下了这儿。这段时间我住得不多，我很少在马德里停留，这儿可花了我不少钱。不过还好，最近我挣了不少小钱，没有活儿的时候总得找个地方落脚不是。他们肯定不会叫我去美洲了。实话说，我真是烦透旅店和宾馆了。”

“什么小钱？”

“我给你处理伤口的时候再解释。来，坐这儿。”他指了指沙发椅，那下面铺了块地毯。“把长袜脱下来。它也快掉下来了。如果你没带备用的，我下去给你买一双。不过你得告诉我哪里能买到，我可完全不知道。我去拿药箱。”

他走出了客厅，贝尔塔听见他在别处找东西，发出打开、关上柜子和抽屉的声音，她猜声音是从卫生间发出的。她脱下大衣，放在旁边的沙发上，坐在他指定的沙发椅上，脱下靴子，她穿了一双及膝的拉链靴，然后脱下深色的丝袜，实际上是连裤袜，就是一直到穿到腰部的袜子，这在那个时代是很普遍的。她得把裙子挽得高高的才能脱下袜子，因为她穿的是筒裙，紧且短，只盖住了大腿的三分之二，或许更少，这也是当时流行的打扮。她只是临时起意参加游行，她是穿得和去上学一样离开家的，她还穿着这身在街上逃窜，被骑马的“灰衣”追赶。她一边脱袜子一边朝这间屋子的主人离开的门张望，他可别在她脱了一半的时候进来（她自然没空细数，如果算上围巾的话，她很快就脱了四件，可以说是脱了一半了。她身上还剩下裙子、V 领衫、内裤和胸衣）。她看了看，发现其实她根本不在意被他看到挽上去的裙子，刚经历巨大的惊恐，现在巨大的疲惫让她放松了戒备，解除危机和开始放松都不能带来喜悦时，人们会变得漠然。况且亚内斯让她觉得可靠，和他在一起让人觉得很舒服。贝尔塔脱完丝袜，整理好裙子（地上的丝袜和碎布条一样，她没力气把它捡起来了），她半躺在沙发椅上，光着两条腿，赤脚踩着地毯，不经心地瞥了眼血迹。突然间她觉得自己是在做梦，她还没来得及适应这场梦或者从梦中醒来，花枪手就回来了，他也脱了大衣、夹克衫，摘掉了领结，把衬衫的袖子卷了起来。他一手端了杯加冰的可口可乐，递给她，另一只手提了只白色的小药箱，或许所有斗牛士的家里都备着一个药箱，可以自己换绷带。亚内斯搬来一个矮脚凳，坐在她面前。

"我看看，"他说着，"先帮你洗一下，不会痛。"贝尔塔下意识地交叉双腿，半是给他提供方便，这样她可以把膝盖凑向他，半是遮挡（遮挡他的视线）。"别，别把腿叠起来，这样更麻烦。把小腿架在我的腿上，这样更方便。"他细心地用小海绵、水和肥皂清理伤口，用毛巾轻轻蘸着擦干，这个动作像有意让她感到疼痛，感觉到有东西在摩擦皮肤，接着他用嘴给伤口吹冷风。贝尔塔的裙子短且紧（双膝平放时裙子显得紧绷），现在从他这个较低的角度看，裙底一览无余，贝尔塔露出了内裤的裤脚。如果他想有更好的观看角度，只需向左稍稍挪动下大腿，因为贝尔塔的小腿放在上面，也得随着动。花枪手就是这么做的，他向旁边稍稍挪了下腿，让人愉悦的画面便呈现在眼前。半展开的两条腿，从脚踝到腹股沟，结实、没有赘肉，和美国女孩的一样，这是一双肌肉紧实、线条分明、修长、让人不禁想逗弄和深入的腿，然后是小山般的突起（柔软的小腹，隆起且轻微颤抖）。"现在我要给你擦酒精了，一开始会有点疼，后面会好些。"他用酒精把棉球蘸湿，免得把棉纱留在伤口上，他轻柔地反复擦拭伤口，再从膝盖上方对着膝盖吹凉风，好像他没对准伤口吹，或者他就是想舒缓没有灼热感的部位。

贝尔塔的脸上马上显露出疼痛的表情（她紧咬牙关，抿着嘴），实际上疼痛只持续了一小会儿。她觉得自己像个小女孩，一个大人在帮她处理划破的伤口或擦伤。再次被人捧在手心里的感觉是美妙的，一个人触摸她，用双手对她做有意义的事，做什么则无关紧要。一开始，像理发师用刮刀或推子掠过快要睡着的男人的下巴一样，或者像牙医在刮牙齿，在钻牙，却没引起痛感，或者更像医生听诊，他用一根手指拍拍、敲敲心脏，按一下，然后问“这儿疼吗”“那这里呢”“这儿呢”，任由别人碰触是有一丝愉悦的，虽然不全是快乐的，虽然会掺杂忧虑或者恐惧（理发师也许会不小心割破客人的脸，牙医会碰到患者的牙床或牙神经，医生会换种语气表达忧虑，男人会给女人带来伤口，如果这还是一个毫无经验的女人）。贝尔塔·伊思拉感到舒服、慵懒，很享受他的呵护，亚内斯在伤口上敷了一大块创可贴，结束处理伤口时，她感到更加疲惫了。他的双手覆在她腿上，没有马上收回去，而是撑在上面，这个动作像在说“好了，就这样吧”。但大腿和肩膀不一样，更不同于脸，看不出什么。贝尔塔还没完全回过神来，她的眼神因为困倦或好奇显得有些慌乱，她想发出警告的意味，可失败了，她不争气地脸红了，对她而言，变得面红耳赤反而更容易，她仿佛在期待或是不知道自己是否渴望那双手留下来，她想知道这双手会不会移到别的地方，比如放在大腿内侧，这跟拍肩膀不一样，对于被触碰的人，这一保护性的动作会变得有威胁的意味或表明他急不可待，所有这些行为要看时机和谁跟谁而定。整整一分钟，绝对安静的一分钟，谁也不讲话。亚内斯的双手丝毫未动，安静地放在那儿，没有抚摸，也没按压，只是定在那儿，一动不动，如果这双手掌再覆一会儿，就会留下红色的压痕，或许它们很难离开大腿皮肤。花枪手的双眼迎着贝尔塔蒙着水气的眼睛，他的眼底流露出清澈和纯真。从这双眼睛里读不出任何信息，看不出他的下一步动作，只有平静。不过贝尔塔从这张脸上读出了这个陌生人首先或随后要做的事，因为这是一个陌生人，如果他做出别的举动反而会让她失望。她努力地想托马斯·内文森，她坚定地、无条件地、执着地爱着的人，可她发觉那个下午或者晚上与托马斯没有任何关系，或者说他不会成为问题，因为这个有一半英国血统的男朋友在伦敦，而她是在马德里，眼下她正与一个一定会有所行动或者想要有所行动的年轻人待在拉斯·班塔斯广场附近的公寓里，他没跟她解释“小钱”到底是什么意思——没有什么关系。她想自己还没找回方向感或自主意识，还因为被骑警追赶的险象环生、秘密的、有侦探意味的旅程感到慌乱和战栗。没有比认为自己失去自主性、任由自己随波逐流或迷失于命运沉浮更好的解释了；或者，最好是认为她把主动权交给了另外一个人，一个来决定现在应该发生什么事情的人。

于是，埃斯特万·亚内斯不动声色，目光灼灼不放过哪怕是一丁点不情愿或拒绝进行下一步的表现。一分钟后，他的胆子大起来，这是一个心思坚定、果敢的男人。可他刚开始冒险活动，就引起贝尔塔哈哈笑个不停，激起她许多的怜爱，或许是一小时前在一处意想不到的地方与他相遇让她感到好笑；或许是因为这突如其来的事件让人很高兴，就像当一个人还没有想明白或吐露他的愿望时，却发现这个愿望已经在实现了。贝尔塔的笑声勾出了花枪手非洲式的笑容，这笑容马上赢得了她的信任，驱散了所有危险，接着他也开始大笑。于是在两人都发出笑声的时候，亚内斯慢慢地、毫无征兆地把手移到裙子下面柔软的隆起或小腹的地方，就是早已兴奋起来的内裤底部，他用一根手指轻轻地拨开布料，好探入潮湿的地方。汤姆·内文森从没探过这里，即便在最大胆的时刻，他的食指不过是停在一层布上，不曾深入，也不曾移动，这是出于尊重或畏惧，或出于对两人的年龄过于清醒的认识，抑或想推迟这事，因为它只有一次，不可重新来过。可贝尔塔是有好奇心的人，她注意到了两个男人的差别，她非常欢迎这位新欢。她身上仅有四件衣服，她很快脱了三件。现在，她躺在沙发上了，身上只留了一件，这件她不需要脱，他们也没心思脱。

第二章

之后，无论是在婚后的平淡的日子里，还是不同寻常的日子，贝尔塔时不时想起埃斯特万·亚内斯，尤其是在那段特殊的日子里，她茫然不知所措，不知道她的丈夫汤姆·内文森是否被登载在死亡者的名单上；是否在一个遥远的、秘密的地方呼吸着和她一样的空气；或者是不是很久以前就没了呼吸，长埋地下或为大地所怀抱，就埋在距离我们脚下土地几米深的地方，我们全然不觉地走过，永远不会想到那儿藏着什么；可能他被扔进了大洋、海湾、湖或者很宽的河里，一具尸体的去向不明时，最为荒谬的杜撰会反复出现，而当它回来时，猜想又会非常简单。当一个活人，而非尸体，更非幽灵归来，一切都是可以解释的。活人、尸体或幽灵不会让人感到安慰，更不会让人感到有兴趣，只有受极度不确定或者不协调困扰的人才在意这些。

一月的下午之后，贝尔塔再没见过"闲人"花枪手。他跟她解释说这个称呼用来指工作地点不固定的人，这些人不在固定的斗牛士的队伍里挂名（或者偶尔挂名，作为替补人员），他们来去自由，接受别人提供的合适工作，这里做四场，那里做两场，那儿再做一场，在这儿待上一个夏天。每年某几个月里，埃斯特万·亚内斯每天花时间训练，其余时间则玩乐，他在大西洋沿岸，在同伴、著名斗牛士和经理人常去的酒吧或餐厅逗留，让他们看到自己，让他们想起自己，接着就能得到一份合同。他就是这样顺溜地找活儿，赚得盆满钵满，这样才好“越冬”，“越冬”的意思是指在接下来的时间里一个子儿都挣不到，只是一边花钱，一边等圣荷西节重启斗牛赛，他的日子差不多就是这样。

他们简短聊了几句之后，贝尔塔以惊人的方式失去了处子之身——少量的血迹、短暂的疼痛和值得铭记的快乐——还留下一个小创口，她才反应过来，无论亚内斯的身体，还是他的个性——沉着、冷静、幽默、讨人欢喜但一点都不单纯，他热衷读书，却是个没条理的人，喜欢游游逛逛，说些让人好奇的话——都与她差得太远了，他们根本没办法融合，两个人在时间和空间上都无法调和。贝尔塔无法接受与他保持偶尔相约做爱的生活，不仅因为这些受限制的行为会难以约束双方，最后会变成不言而喻的迫不得已，还要考虑日程安排和诸多要求，还因为即便那个下午他们初次经历了血液的交融，可她对托马斯·内文森的感情是不会变的，她仍然肯定地认为托马斯会一直陪在她身边，只要他完成英国大学的学业，一切将回归正轨，他会回到马德里生活。于她，汤姆是许多人内心深处的“一生挚爱”，她从没说过这句话，一个人刚开始生命的旅程时，会用这个称谓称呼一个被他选中的人，其实他不知道自己还将遇到多少人，还会活多久。

不过贝尔塔不会忘记那件事，没人会忘记，即使它如此微不足道。她没给埃斯特万·亚内斯留下电话号码，而他也没留他的。花枪手想坐出租车送她回家，她不同意。贝尔塔穿戴完毕时已经很晚了，她要去地铁口，腿上贴着创可贴，没穿丝袜，因为他没能下楼给她买一双新的。亚内斯就不会知道她住在哪儿，不过“伊思拉”姓氏不算常见，黄页上有五十几个，一个个打电话碰运气找也不是难事。只有她才有机会重新联系他，在他的公寓里出现或者给他留个便笺，这种可能性和掌握主动权让人感到很舒服，但她没有采取主动。几年以后，她想他不会住在那儿了，应该已经搬家，或许结婚了，搬离了这个城市。因此，她把这段记忆当作避风港，一个变得渐渐模糊、离她越来越远的地方，但让她朦胧地留恋、很是特别的地方，当她有强烈的意愿想回到那里时，会自我安慰说：如果说我曾拥有一段无忧无虑、随心所欲、不管不顾、任意妄为的时光，那么就是这段时光，回顾这段时光是很难的，要依赖消散的记忆和不前进亦不倒退的固化思维才行，只能回到从头到尾丝毫不变、重复展现的场景中，直到最终获得如同一幅画的场景，画面的诸多特点真真切切，没有让人疯狂的延伸或变换。就是这样，她视年少时的相遇为一幅画作。奇怪的是，随着时间推移，事物的轮廓在虚空中消散了，那次她看到的，是年轻的花枪手的轮廓与骑马的年轻警察混在一起，她在逃跑的时候扫过一眼，也可能静静地看了一分钟，他手里握着长棍，骑在马上。许多时候她不确定自己到底是和谁上床了，和“灰衣”还是和花枪手。换个更好的讲法：她非常明确地知道自己和花枪手开启了性体验，但她渐渐分辨不清他的面容了，或者说他的和骑警的叠加或者重合了，像两副交替的面具：蓝眼睛和分得很开的褐色眼睛；有生命力的牙齿和有南部乡村农民特征的脸庞，浓密的眉毛，长而直的鼻子，露出脸的头盔，遮住一把头发的短檐帽子，这些构成了她的一日探险。

她记得最清晰的是轻薄布料下的那根手指，接下来的摩挲和爱抚，饱含欲望、迫切多于激情的亲吻，男人迅速脱光衣物而她只剩一条裙子，因为它不碍事，不会影响来自一个男人的、随便哪个人的、陌生且愉悦的爱，她才认识他一个多小时，他进入她的身体，起初她挣扎了一下，然后他舒服地在里面停了一会儿，她几乎没有反抗，她的反抗和她的名声一样纤弱。当时她没有多少名声，现在更是一丝都不剩了。

1969年在英格兰，托马斯·内文森则以常规方式开启性体验，他没有瞻前顾后，反而很平和，跟走流程一样，他没因为这一刻到来得晚而把它夸大。起初他和一个女同学在一起，面对她时，他可以毫无顾忌；随后他就和当地的一个已经工作的姑娘混在一起了。他和这两位姑娘都没把感情放在心上，更不计较对方是不是喜欢自己。在那个所谓“性解放”的时代，人们觉得和人上床跟喝杯咖啡没什么差别，两者的性质差不多，不会留下什么痕迹或者不愉快（一个人没留下什么印象，另一个人却有记忆，即便记忆逐渐变得模糊且苍白，至少这是事实真相，哪怕它也许就存在于一个人的认知里）。他还分辨不出现实的床笫之欢和对贝尔塔矢志不渝的爱有何矛盾之处，两者一点也不冲突。他单纯地认为下次回马德里时，轮到他们一起滚床单了，是时候该这样做了。西班牙总是有点落后于潮流，缺少魄力，虽然那时已经时髦多了，汤姆和贝尔塔无疑是站在时代前头。汤姆的第二个女伴对他的未来产生影响，这个本地姑娘并不算是在他的生活中占有一席之地，但在他就读牛津的这些年中，她从没彻底消失，甚至在她死了以后也是如此。他常常在旧书店看到她，她在那儿做店员。他每次去那儿，都会在当晚住下来，有时会留到第二晚，这要依据他在那儿找旧书的情况而定。汤姆很少问她对他有何感受或期待，即便她有，他倾向于认为杰内特——这是她的名字——没有这些感情，跟他对她们一样。他知道她有个男朋友或者类似男友的人住在伦敦，每周末和她相聚。对她而言，汤姆就是个消遣，是男友不在的时段里用来放松或者补偿自己的人；那段时间里，每天他在某个地方逗留很长时间，尽管只是暂时停留，他总归要找点刺激，她就是他觅得的刺激。他早晚要回马德里，毋庸置疑，但他看得出来，在此期间，杰内特不会辞职去首都和男友同住或者结婚。她不是短暂地住在这儿，毕竟她在此长大，变成了一个性感、迷人的姑娘。

汤姆的学业和他与一些教授的交往也影响了他的未来，尤其是与国王阿方索十三世西语荣誉教授——如果是在美国大学，会被称为西语系主任——属于埃克塞特学院，之前在女王学院做研究员，名叫皮特·爱德华·利奥内·韦勒的西葡语学者，一个机智、名声渐涨的男人，时而温和时而嘲讽。传闻在战争时期，他加入了情报组织，那个特殊时期很多人会被招募进去，然后在和平年代与军情五处、军情六处，或者与两者保持远程合作，在这方面，他与许多人不同，战争结束时那些人就会回归公民生活，发誓对自己偶尔或者周期性犯下的、因战争而合法化的罪行保持沉默。在暂且称之为“国家”的地方，战时，在漫长的、道德层面颇为严肃、实则血腥且无比真实的年代，许多公民的权利可以被一个机构全权代理，它强制招募并训练他们，这些都是最聪明、最机灵和最有能力的人，它磨砺他们的个性，让他们去搞阴谋破坏、欺骗、设陷阱，把他们变成冷酷无情、缺乏良心的人，甚至成为谋杀犯。

据说 1941 年在苏格兰西海岸的洛海勒特特别行动指挥中心，皮特·韦勒受到了严苛的训练，还出了一场重大交通事故，他有半边脸受伤了。他在贝辛斯托克医院修复额骨，在那住了四个月，多次手术留下了两道无法祛除的伤疤（这两道伤疤慢慢变淡了，显得苍白），一道在下巴，一道在额头，不过完全无损他的硬汉形象。传言说，他还在做康复治疗，因为在因维雷洛特堡，当时一名受雇于军队或者特别指挥中心的前特警曾对他进行严刑拷问，目的是磨练他，避免他被捕后向敌人屈服。这之后的一年，他被任命为牙买加安全组长，接着被派到西非办事处，他在那里利用英国皇家空军的秘密飞行线路考察地形，写出了两本书：1955 年的《爱德华多三世和理查德二世时期英国对西班牙和葡萄牙的干预》和 1960 年出版的《航海家恩里克王子：一种人生》；后来他还去了仰光（缅甸）、科伦坡（锡兰），并在那儿升职为中校；1945 年日本投降后，他还去过印度尼西亚。关于这许多传闻，韦勒从不评论一言，他肯定是受到保密誓言的约束，许多从事间谍和秘密活动的人都要留下此类誓言，他们的存在永远不能大白天下，他们要永远否认自己的身份。他知道在同事和学生中间流传着关于自己的杜撰和逸闻，但他对此不闻不问，仿佛这与他毫无关系。如果有人敢于直接对他提问，他马上会讲一个笑话或者投以严肃的目光，他的反应视情境而定，比如，他会把话题引向《熙德之歌》、《塞莱斯蒂娜》，十五世纪伊比利亚半岛的翻译家或者黑王子爱德华多。因为有这些传言，他变成了一个仅对少数知情学生有独特吸引力的人物。汤姆·内文森一开始因卓越的才能引起了教授们的注意，甚至是钦佩之情，在极少数情况下，教师才会佩服学生。汤姆通常是“兄弟会”成员私下议论和谈笑的对象之一，“兄弟会”是教授团队的诨名。汤姆是那种能激起别人倾诉欲望的人，他根本不要事先使用诱导手段，也不用刻意装作和蔼可亲，他善解人意，是一个非常好的倾听者，总能鼓舞说话人，除非他不想听了，他才会打断别人，别人信任他，甚至想不起自问，为什么聊这么多个人私事或者为什么这么邪门儿地拿出了自己全部的信任，但没人向汤姆请求或者迫使他拿出同等的信任。

他异于常人的语言天赋引起了老师们的注意，当然也包括前上校皮特·韦勒，当时他还不到七十岁，是个消息灵通的人——他有漫长的生活经历，保持着灵敏的思维。当托马斯加入牛津大学时，他已经熟练掌握了他所熟悉的两种语言的符号、音调、变体、言语和方言，他能说一口几乎毫无瑕疵的法语、颇为流利的意大利语。他的法语和意大利语继续受到锻炼，还被建议进入斯拉夫学院学习。1971 年，他读三年级，近二十岁，掌握了俄语，能明白波兰语、捷克语和塞尔维亚-克罗地亚语。人们认为他是这个领域的超级天才，认为他有天赋，仿佛他还保留着小孩子学习别人对他说的多种语言的能力，掌握这些语言，让它们渗透自己，对儿童来说，所有的语言都是他自身的一部分，或者说能成为他的一部分，然后看风把他们送到哪里，或者他们最终定居在哪里，他们能一直掌握并且辨别这些语言，很少混淆。他的模仿才能在浸入式学习中得以发展和进步。复活节假期他没回西班牙，去了爱尔兰，（这一假期时长五周）假期里他学会了模仿全岛方言。而他已经很了解爱丁堡和威尔士、利物浦、纽卡斯尔、约克、曼切斯特和其他地区的方言，在他小时候来英国度假时，他就从这儿或那儿听人说或通过广播和电视节目了解这些方言。它们传到他的耳朵里，他都能明白，还能毫不费力地记下，并在以后准确又熟练地复述出来。

四年级时，托马斯·内文森一直待在学校里，他打算等到自己二十一岁时，以最优异的成绩和收入囊中的人文学士学位回到西班牙。那时一切都出人意料地快速发展，比现在变化得还快，那时的年轻人早就自以为成年了，能够承担各种劳役，开始征程，勇攀高峰。他们没有理由蹉跎岁月，试图以不确定为由延长青年或儿童时光则是胆小懦弱者的行径，世界上到处都是这样的人，因而没人会把他们看成胆小鬼。托马斯他们代表了这种趋势：好几个世纪以来被过度保护、懒散的人性，忽然间变得截然相反：勇于行动、不安、大胆和急躁。

韦勒的西班牙语非常流利，以他的专业和名声来看是理所当然，但他对写作不大有信心，因此当他完成一篇要发表的西班牙语文章，会请汤姆——他信任的西班牙本土人士校对以及指出可能存在的瑕疵或拗口的地方，然后润色语言表达，即便表达方式是正确的，可读起来不像地道的卡斯蒂利亚语。托马斯很乐于提供帮助，感到很自豪，他去韦勒家，就在查韦尔河边，两人一起修订文稿。从很久以前韦勒就在此鳏居，这儿还住着一位管钥匙的太太。（他的妻子很久以前就去世了，死因成谜，他有时会提起她，她名字叫瓦莱丽，但韦勒对她的死亡、死因和具体情况缄默不言。在这座既善于建立并保守秘密、又易挖掘且散播秘密的城市，没人知道关于她的消息，这真是很让人奇怪。）汤姆高声朗读文稿，教授心满意足地听着，遇到佶屈聱牙之处，汤姆就会特地停下来修改。托马斯认为，拜访教授、与他交往是件好事，更不用提他还是第一个拜读教授新作的人，虽然文章涉及的许多深奥的问题无法引起他的兴趣。

在一次拜访中，就是圣三一假期即第三个小学期开始的时候，他们中途休息一下，韦勒给他倒了一杯酒。虽然汤姆年龄不大，韦勒还是毫不犹豫地给他倒了一杯金汤力。韦勒用食指指尖划了一会儿下巴上的疤，这是他的习惯动作，他像在摩挲这道疤痕。这道疤从左眼角纵向延伸——或者说沿着对角线——到下巴尖儿，使得这半边脸看起来从不会笑（虽然它做了笑的动作），让他有些许丧气或阴郁的气质。他自然知道自己的情况，常以右脸示人。这次他却满不在乎，正脸对着托马斯，总是眯着的蓝眼睛，仿佛要带着疑虑将所有事情查个明白——那双眼睛含着星星之火，有一股穿透力——瞳孔仿佛从蓝色变成了黄色，像一只昏昏欲睡但警惕性很高的狮子或者其他猫科动物。花白的头发蓬松且卷曲，他微笑或者大笑的时候会露出稀疏的牙齿，看起来有些阴险。他肯定是个有心机的人，觉察不出普通人做出的滑稽事，这些事越是庄重、严肃或紧迫，就让人觉得越好笑，但他内心里还是有向善的一面。或许在他一生中，他已经造成了相当多的伤害，且他还没准备好继续这么干，除非这么做的用意很深且成效很大。说一千道一万，在一个人的故事结束前，没人知道他会给别人带来伤害，但这是后话了。

“你想过以后要做什么，托马斯？你快毕业了。我知道你想回西班牙。”虽然大多数时候他们用英语交谈，教授还是喜欢叫他西班牙语名字，“在那边你没什么前途。去教书，做编辑。还能干什么，从政吗？佛朗哥早晚要死的，然后肯定是党派纷争，可谁知道这事什么时候发生，更不知道这些党派会是什么样。那里没有民主传统，一切都是随时变化的，乱象丛生。这不就是你们说的‘圣金廷的大门敞开了’[①]。”他用西班牙语说出了这句话。

“这我不知道，教授。”在牛津，“教授”是一个称谓，只用于对院士的称呼，而非普通教职人员，无论这些人多么杰出。“我不想从政，如果独裁当政，做个傀儡有什么意思，而且还玷污了双手。如果独裁结束了的话——现在说这个太早了，事实上我们根本无法预料。眼下的一切像永恒不变，我们对未来的想象会受到限制，不是吗？我不知道，我会和我父亲，还有斯塔基先生谈谈。他在美洲住了好些年，刚回马德里，虽然退休了，还是有些影响力的。或许他能给我推荐一个英国文化教育协会里的好职位，看看再说吧。”

教授面露促狭之色。“唷，可怜的斯塔基，”他说道，“他肯定还在用一个越来越破的人偶咒我呢。1953 年，在恩特威斯特去世后，他和格拉斯哥大学的西语学者阿特金森毛遂自荐，要坐我这个位置。埃克塞特学院会提拔一个仅有三十九岁的人，他们难以接受这个事实，因为与他们相比，我的出版物少得可怜。可怜的斯塔基的确花了大量时间研究吉普赛文化，但我不知道当时牛津大学是否理解这份投入，要知道这是个自命不凡地方。”他笑着说，即便是七十年代初期，这种自负只比十八世纪甚至十四世纪少一点儿，“他还学巫术，这些人不就是在装神弄鬼吗？他的那些伎俩，或诅咒，或者其他手段在我这儿可不奏效。总之那样的前途真是无聊又晦暗，托马斯，你要是去请求吉普赛先生施加援手，就是浪费你的才华。”可想而知，

① 意指地狱之门打开，释放万千魔鬼。

两个死对头之间仍有芥蒂。“如果你留在英国，以优异的成绩从这里走出去，所有的大门都会为你敞开：金融界、外交部门、政坛、企业，只要你愿意，还能留校。但我看你不适合在这里上课、搞研究。你是一个有执行力的人，我这么觉得，你有直接或间接入世的热情。你有双重国籍，是吗？还是只有一个？如果只有一个，你该是英国籍，我希望如此。在这里，你能从事任何你想往的职业，你学的是什么还在其次，凭你的履历，许多地方愿意接纳你。你的选择成就你自己。”

“非常感谢您对我坦诚相待，教授。但我的生活在别处。那里是我的出生地，我想回去。”

“四海皆可为家；既来之，则安之。”韦勒说了简简单单的两句话，“跟你说，我是在新西兰出生的，你告诉我这又如何。你拥有语言和模仿的天赋。”他接着说：“你想过当演员吗？当然光有这些本领还不够，不过我不认为你会对夜夜登上舞台反复念台词以获得很快就会让你感到单调的喝彩有兴趣。这不是在塑造世界。你也不会对到处拍电影的生活感兴趣，做电影演员的生活节奏是很慢的。所以你想做什么呢？成为一群好坏不分的人的偶像吗？他们对奥利弗和对加利福尼亚冲浪狗的喜欢程度可是一样的。”的确，牛津式的自命不凡已经过时了。韦勒是个老学究，他固执地认为劳伦斯·奥利弗是当时最伟大的演员，其实除了他已经没人这么认为了，连奥利弗骄傲的祖国都不这么看了。

汤姆笑了。的确，他跃跃欲试，对周遭怀着模棱两可的不安，又随着时间的推移心绪渐平，但和有行动力的人所谓的君子不器不同。他不冒进，没雄心，不知道自己能成为这样的人，或者说他缺少了解这方面的动力或需求。至少以他当时的年龄评判，他不认为自己有参与塑造世界的机会，和韦勒说的道理一样，在任何地方他都不具备这种机会。事实上没人能有这个机会，连大财阀、科学家或政府官员都没有。第一类人可能会遭遇倾覆或残酷的竞争，一败涂地，一切土崩瓦解；第二类人一旦犯错，下场就是早晚被人批判或超越；第三类人浮沉不定，官帽戴了又摘（这里指的是民主人士，1945 年，连战勋赫赫的丘吉尔都输掉了大选），一旦他们下野，别人就会抹去他们的功绩，几年或几个月后少有人会记得他们（有例外情况，比如丘吉尔）。韦勒这样敏锐且老练的人持这种观点让他感到有趣，他感觉韦勒显得有些单纯，然而年轻人就是这样，总觉得自己比别人懂得更多，甚至超过了他们的老师。

“不，说实话我不想当演员。更不想成为奥利弗，对我们这代人来说，那是老古董了。”

“啊，是吗？现在他算是老古董了？见谅，我不常去剧院或电影院。刚才只是举个例子，就是这么一说。”

“但是谁又能塑造世界，教授？”托马斯问，他注意到了这句话，等着韦勒举例说明，列举大财阀、科学家、政客，可能还有可以用手中武器摧毁世界的军人。“肯定不会是演员或者大学教授，”汤姆继续说，“我想更不会是哲学家、小说家或歌唱家，即便有许多年轻人会疯狂地模仿歌手，试图改变自己的行为举止，披头士乐队就是这样的。不过这种潮流终归会过去。总而言之，电视节目挺傻的，虽然看电视的人多。那么哪些人能塑造世界？什么人有能力这么做？”

韦勒换了一个坐姿，优雅地跷着二郎腿（他的个子高，腿很长），又一次用指尖摸了摸下巴的疤，看得出他很喜欢那道后来长平的沟，残忍割裂形成深可见骨的伤口已经愈合了，现在摸起来，手感应该是平滑的。

“当然没人能凭一己之力塑造世界，托马斯，即便有他人相助也是不可能的。如果有某种力量能把大多数人团结起来（此处我指的是自远古时代算起许多作古的人），宇宙影响着我们所有人，但我们却无法对它施加哪怕是一丁点的反作用力。我们认为自己是它的一部分，即便我们是在它内部，想穷尽一生努力实践，带来细微改变，实际上我们已经被驱逐出了宇宙，正如那个著名故事讲的，一个人默默地搬到下一条街居住，没有告诉任何人，他就抹掉了自己的过去。”他重复着“驱逐出宇宙”，好像他要努力回想，这是许多年来他第一次想起这个词。托马斯不知道韦勒指的故事讲了什么，但他不想因此打断教授，而且他更想听教授接下来会说什么。“我们消逝或出生，我们游荡、存在、随机出现或不可避免地消亡，都不会带来任何改变。任何事实、罪行或犯罪未遂、已经发生的事件亦不会改变什么。总之如果没有柏拉图、没有莎士比亚、没有牛顿、没有发现美洲、没有法国大革命，宇宙仍然如此。或许什么都没有是不行的，但少了个别人物或事件，宇宙不会发生变化。一件事发生或不发生，本质上都一样。或许它以另一种方式发生，兜兜转转，本质上是一样的，或者它较晚些时候发生，主角换成了其他人。说了这么多，我的意思是我们不该考虑那些还没发生的事，我可以肯定地说十二世纪的欧洲人不珍视新大陆，如果他们失去了它，不会觉得像截肢，是个大损失，但当我们占领了它五百年，就不这么想了。这就是大变革。”

“如果没有任何人或事物能够做到，那么您为什么要跟我说构建呢，教授？”

“是的，没人能做到，除非是大规模的杀戮，而我们并不想成为刽子手，不是吗？影响是有差别的，深浅程度不同。宇宙给我们所有人带来影响，而我们很难反作用于它，连一丝痕迹都无法留下。但有千分之九百九十九的概率，我们试图摇它、晃它、施加作用于它，把它当成一个大混沌，仿佛它是一个具有微弱意识或决策能力不强的主体。故事的主人公决定变成一个包含万物的混沌，可以肯定地说他以前就是这样的，一个伦敦本地的无名小卒。或者说他不再是无名小卒了，就在见证者发现他、把他变成隐身人、抹去他的生活痕迹的时候，他有点名声了：他决定从妻子和亲友眼前消失，离开他们。但是还有其他不那么极端、不那么自相矛盾的方式：男人在家里比外出时表现得更像自我放逐；即便行动者的努力没有成效，可是他却表现得比一动不动的人还要安静。作为演员或教授，我们比政治家或科学家更安静。至少后者在尝试着改变世界，给它梳个头，调整它的举止，让它面对挑衅皱起眉头。”韦勒皱起左侧眉毛，好像在模仿冷酷、有点儿受到冒犯的宇宙。

“您对我有什么提议吗？进入政界？做一名科学家？我对后者一窍不通，您知道的，对于前者，我既没天赋也没耐心。而且在西班牙是没有政治的，只有元首的命令。”

韦勒笑了，露出稀疏的牙齿，眯着黄眼睛，脸上露出温和的坏笑。

“不，你别按字面意思理解。我完全没有向你推荐职业的意思。如果我们继续使用这个过分的动词来形容，那些都不是最能塑造世界的职业。是那些不曾露面的人最有能力塑造世界，就是那些不在我们眼前的、不知名的、没人能接触到的模糊的生命体。和故事里那个隐秘的男人一样，他们没有消极地过日子，而是在隐蔽处勾画蓝图。所有人都知道统治者、金融巨鳄、手握兵权的将军、取得辉煌成就的科学家。看看南非的巴纳德博士，他完成了第一例人体心脏移植手术，一举成为世界名人，否则谁会知道南非？还有以色列的达扬将军，没人特别注意到以色列这个国家，但现在全世界都记住了他的脸，认得他的眼罩和谢顶。名人的曝光程度越来越高，曝光过度反而会折损他们的名望，未来更会如此。他们每走一步都有记者和摄影镜头跟着，都在别人的注视下，因此他们无法塑造任何事物。没了神秘云雾的笼罩，任何事物的影响都是无足轻重的；我们会走向一个丧失了氤氲、不再晦暗不明的现实世界。我们熟知的一切将很快变得两相冲突，接着失去真正的影响力。看得见的东西，处于公众视野内的，是根本不可能改变世界的。和人们惯常的看法相反，数年前两名宇航员登上了月球并不是在塑造宇宙，宇宙并没有因此而有丁点改变。在那以后，一切照旧，对所有人来说生活没有变化，更何况是宇宙的构造和运行？他们甚至用电视转播了登月伟绩，这恰恰进一步证明了登月行为无关紧要。可是，起决定作用的事件并未被披露，更不会被描述，或者说在发生的时刻不会被披露或描述；相反，真相会一直被掩盖起来，至少是相当长的一段时间。也许它会被提起，但那时已经没人感兴趣了，因为都过去很久了，在人们看来，过去没什么吸引力，人们觉得过去无法影响到自己，并且无法改变过去，从这个角度说，他们是对的。你看，战争中最重要的行动，决定胜负的关键是不为人所知的、未曾流传的，不会被记录在史书里，甚至无迹可寻。即便媒体报道了某种流言，或某个自大狂说漏了嘴，这些人会采取消极的态度，雷打不动，否认执行过此类活动，当然背信弃义是另外一回事了。这些在暗地里行动的人，不会申诉或需要他人的认可，他们才是最能影响世界的人。当然这种情况并不常见。但是至少他们让坐在扶手椅里的宇宙动了动，换了个坐姿。这就是我们这些普通人的最大期望，不至于完全处于局外人的位置。”韦勒动了动，放下二郎腿，换了坐姿，又在模仿他想象中的宇宙。

“我想您说的是自己的经验吧，”汤姆·内文森小心翼翼地说，“您知道有很多关于您过去工作的传言，就是那些与研究无关的工作。”

“是的，万幸有那些与研究无关的工作。大部分都是假的，不要理会，有关刀光剑影的逸闻无非是高脚桌聚餐时的谈资。”“高脚桌聚餐”泛指牛津盛大的聚会晚宴。

“好吧。但您刚刚跟我提到了保密工作的好处，如果我没误解的话。保密工作是影响世界的最高方式。有一件事是可以肯定的，您曾经在情报部门工作。”

韦勒叹口气，露出讽刺和不耐烦的神色，仿佛在说“嗨，怎么这样”或“什么玩意”。或许是托马斯使用了简单过去时，让他觉得不合时宜。

“谁没在那儿工作过呢，那时候所有人都参与了，连女人都去呢。一些人付出了昂贵的代价。”他停顿了一下，好像想起了某个人。汤姆暗暗猜测那人是不是瓦莱丽，他甚少提起的亡妻，或许她也是那群付出昂贵代价的人员之一。“这没什么特别的。当然了，更确切地说，谁没参与呢，有些人比飞行员、海军或者上前线打仗的人还要适合这样的工作。我在这种岗位上起不到多大作用。相反，有些人擅长从事繁杂、隐秘的事务。大多数人不具备这一天赋，他们无法掌握专精的知识，不会语言，或者说他们会被一眼看穿，不具备伪装的能力，不会猜忌，缺乏冷血和耐心。战争期间，派不合适的人去执行任务，代价是很大的。这就是你们西班牙人常做的。”教授突然想起汤姆是西班牙人，平常他都把他看作英国人。“把决策权交给一些完全没有能力的人，这是陋习。你们那个独裁者是个无能的人，只是和所有人一样装得很残暴。半岛战争中，如果不是有我们，你们的国土现在还被侵占着。”英国人称西班牙抗击拿破仑的独立战争为“半岛战争”。汤姆不觉得对方出言不逊，他觉得自己同时属于两个国家。

“喔，那是军事天才威灵顿的功绩。”他说道，不打算展开讨论。实际上他的确无需展开讨论，因为韦勒迅速回到了原来的话题：

“你别不信，现在你们仍然需要天赋异禀的人。在显而易见的和平年代仍然需要这类人。天可怜见，和平总是浮于表面，转瞬即逝，成为一种掩饰。世界的常态是战争。有时是公开宣战，有时是无硝烟的战争，间接宣战或者人为推迟争端。人性中害人之心、夺人所好、心怀怨恨和背信弃义的动机占了很大比重，此时会蠢蠢欲动。硝烟未起，但点点火光已现，而你们这些天才能做的就是把火光维持在星星点点的状态，维持其处于延迟状态，让它成为一个威胁，让战争处于萌芽但不斩草除根。你们有能力遏止战争爆发，或者至少能分化战争的原动力，让它错后于当下，拖延它发生的时间，直到有人能承受战争的影响，或者有新的天才再次将它引向别处。这就是参与构建世界，托马斯。以极其轻微的方式，掩饰它或者囊括它，当然是暂时性的。你明白一些了吗？”

汤姆·内文森是个机灵、和蔼、清醒、幽默且对人有好感的孩子，但年少的他不敏锐，没做过重大决定，也没想过要成为哪一类人。他摇摆不定，究其根源，则是因为他总是采取模棱两可和对事事有所保留的态度，这阻碍了他的发展。正如我们所言，没人能看穿他，连他自己也不能，也没人试图这么做。他属于具有强大能力和品格的人，却不知道如何施展才华，除非有人训练他、指导他该做什么。如果派他去学习，他会是一名出色的学生，或许他会想起有人在其他领域从事相同的工作。那个下午，他察觉出了韦勒勾画的角色，或许他试图通过韦勒，或者说他已经通过谈话窥见了未来，他希望教授能成为他的领路人；但他还是不能理解、也猜不出等着他的是什么，诸多分岔小径会将他引向何方，进入何种境地。

“我不明白，教授。我不知道您在跟我说什么。我知道在牛津诸位都是理解力超群的人，能从语焉不详或拐弯抹角中抓住含义。当然我也在此来来往往好几年，但您得想到我的出身。在西班牙，说话意思要明确，否则没人能听得懂。您把我归为有天赋的人，他们有这样的称谓，但我不知道是哪种天赋，我掌握的是哪类才华。我不知道自己如何能跻身于拖延战争的能人之辈，完全不知道。”

韦勒叹了口气，表现得很不耐烦。可能他认为自己的论述已经非常清楚了。

“这么说吧，汤姆。在你看来，我在向你夸耀秘密工作，而你则问起了关于我的过去的传言。在模仿和语言方面，你的能力超群，我能肯定地说，我从没见过具备如此能力的人，而且你从没接受过任何特殊的培训，无论在战时还是在战后，你与我遇到的许多人不一样。你认为我在向你提什么建议？在这里，你能大展拳脚。在我们看来，你将非常有用。”

汤姆·内文森嗤笑了一声，半是怀疑半是欣欣然，因为他感到自己受到了夸赞。他的笑容让他露了俗相，宽鼻子变得更宽。他脸上没了严肃的表情，双眸中跳跃着不同寻常的神色，他的五官仿佛获得新生，却也失了控。

“我可以理解为您仍然和情报部门保持联络吗？您在跟我提出让我加入他们？”

韦勒冷眼瞧他，脸上闪过一丝不快，可能是因为汤姆的笑声，也可能是因为他的问题过于直白。韦勒总是眯缝的眼睛变回蓝色，看起来不像狮子的瞳孔了。他喝口酒平复了一下，也可能是想停顿一会儿。最后他说：

“情报部门与个人单独联系，只要他在那儿待过。他们会随时与他多多少少接触的。个人是不会脱离他们的，否则会被视为叛变。我们一直在，时刻准备着，英文原话是‘We always stand and wait’，这像一句约定或有指向性的暗语。他们已经很多年没有找我了，当然我们偶尔交流。没人退休，每个人仍然能为他们服务。一个人以这种方式为这个国家服务，从不会成为流亡者。他一直在他们触手可及的地方，不会成为彻头彻尾的流浪者，或者类似流浪者的人。如果你回西班牙，那将是你的未来。我想说这是你回归时的样子。没人能阻止你在西班牙过自己的日子。最合适不过的了，你会有双重人生，一个是在国外。你不会失去很多东西。只是有好些时间段内，和所有商务人士一样，要离开家人一阵子，去其他城市或国家管理公司，有时要离开几个月。但没人会因此不成家，不生孩子。如芸芸众生，皆为利来，同为利往。”

托马斯不笑了。韦勒的语气很专业，也很严肃。谈话时他很慎重，仿佛是在完成一个流程，好像在解释工作情况或职位特点和益处。工作的吸引力已经讲完了，也许可以说是猎头工作已经完成。吸引托马斯以某种方式干预一下宇宙，哪怕只有微乎其微的影响，但绝不是像一个行李箱、垃圾桶或一件家具那样，韦勒觉得大部分人都是浑浑噩噩：人们执迷于凡夫俗子的生活，从起床到睡下都没空歇口气，要应付无数事务，拼命赚钱养家，或者竭力影响身边人，控制他们，迷惑他们，和店员日复一日按时开关门一样冷漠，终其一生都不曾改变这一常态。出生伊始，人们就被放逐了，或者这是从胚胎开始，更有甚者，是从不负责任的父母或者毫无相关意识的父母纯粹地幻想时就开始的，这群父母不知道他们的本能行为制造了这么些多余的东西。

“那么我该做什么？那会是什么类型的任务？”

“嗯。他们先与你达成协议，再指派给你任务。原则上来说，如果你不愿意，他们不会向你推荐任何工作。当然有时情况复杂，要随机应变，要有对策。那时你只需向前看，做事情就行。像你这样的人会有很多工作的，你是一个非常有用的人。以你拥有的模仿天赋和超群的适应能力，你会成为一个出色的渗透者。只要稍加培训，你就能扮成许多地方的当地人。”汤姆很受鼓舞，这就是话里话外的奉承追求的效果；年轻人对奉承很是敏感。“没有哪项任务会持续很长时间。这些任务的危险不是特工身份暴露（当然这算是危险的），而是过度沉溺于自己的角色，看不清楚自己是谁、为谁工作，伪装不宜过久。在很长一段时间内，一个人是很难同时扮演两个人的，我指的是有理智的人。我们只能成为一种人，然后冒险变成一个伪装者，去掉自己本来的面目。我跟你说过，总共就做几个月，和有许多业务的商务人士一样，要去分公司走访和调研。

一切都是正常不过的，对家人或友人来说也没什么奇怪的。你在西班牙的时候，一切如常。当你不在西班牙时，就不是一样了，我不骗你，你会有各种伪造的身份，过着不属于你的生活。但这只是暂时的，早晚你会回到原来的生活，做回原来的你。”他又引用了一句话，用的是古英语所有格，现在只用在俗语里：to thy former self[①]，他说，“你会造福他人，也是为自己积德。你会知道自己来世间走一遭，不虚此行。我想说你可能会增补、减少、合并或去掉一些东西，那会是一根草叶，一粒尘埃，一个生命，一场战争，一缕烟，一阵风，这视情况而定。但总归会改变点什么。”

汤姆不相信他听到的这些话，那些赞美的话还不足以让他接受生命是虚假的，把这一切嵌进小说和电影搭建的间谍世界里，即便这是再普通不过的事情，和一个宁静的下午，在查韦尔河边修改一篇文章一样普通。就他？一个间谍，加入一个什么国家的，谁知道是什么的群体？他，装成另外一个人，在遥远的地方过上一段段如韦勒所言，伪造的、骗人的、如毒素一般渗透、虚伪的生活吗？他不明白这一切是如何发生的，怎么会向他提出如此建议，他们是如何开启这段对他来说不现实且奇幻的谈话的。他仿佛在梦里，但实际并非如此：他的老师，下巴上有道疤，就在那儿给他以引导和建议。成为他的引路人，指给他一条路。这是汤姆一定程度渴望得到的。但他觉得这太荒唐了，让他难以置信，他觉得那是不可能发生的。他看着韦勒，在后者脸上，突然间他看到了不理解、失望，还有对他的蔑视，仿佛韦勒已经知道自己的观点和劝导不会起任何作用。韦勒是个敏锐的人，会观察面部表情。在老师眼中，学生

① 意为“回归本我”。

们的面部表情一点都不神秘。

“我不知道您怎么突然想起这个，教授。您很信任我，而我并不值得您这样做。您完全想错了。我非常感谢您，我没有能力从事您跟我提到的职业。那是需要冒险精神和勇气的，当然还有品格。我是一个普通人，要过平平淡淡的生活，或许我是个胆小鬼，幸运的是鲜有机会证明这一点，但愿不要有这样的机会。所以我最不想做的就是制造机会，出现在他们面前。非常感谢，但请您忘记这事吧，拜托您了。我无法成为那儿的一员。我想即便我有能力，我也没这个想法。”

韦勒认真地看了他一会儿，很是严肃，在英国这种眼神很少见，像是要弄明白托马斯是不是假装谦虚，是不是在寻找完备的依据或反驳的理由。他应该决定了，这事行不通，因为他摇了摇两根手指表示不高兴或者告别，仿佛一个国王命令大臣离开，像是在说“我们没达成一致。你别再说了，你的看法不对”。他顿了顿，然后转向写字台。辜负了韦勒的一片热忱，让他感到失望或烦恼，托马斯觉得很抱歉，但托马斯别无他法。如果他对“渗透者”这一词的理解没有偏差的话，托马斯从没想过处在密谋者、罪犯、真正的间谍或恐怖分子中间，伪装成他们中的一员。他明白这次陈情式的谈话已经结束了，谈话内容再也不会被提及，只会发生一次。也许他想不到会有这样一群人，如果他们在他身上看到了某样东西，选中了他，他们绝不会放弃他亦不会就此罢休，他们和秃鹰一样，飞向远处，盘旋，飞越其他地方，等机会再来抓捕猎物。他重新高声朗读文章，这时他听见教授陷入思考时的低语，仿佛这些词句是一副甲胄发出来的：

“你再想想吧。是我弄错了吗？这么多年来只是第二次发生这种情况。我不相信。我不大会出错。”

一周后的下午，圣三一学期还未过半，汤姆·内文森去了沃特菲尔德，这是家有好几层楼的旧书店，周一到周五杰内特在这里工作，或许希望周末能和她那个长住伦敦的男友相聚，杰内特从没提过她的男友，只提过有这么一个人，并说他的名字叫休，还提到他们在一起多久了。那个男人和汤姆不同，他不是为了打发时间，而是五个工作日以后她要达到的目标或者获得的补偿，是她的时间存续的唯一目标和理由，是核心和亮点。汤姆推测他是个上了年纪的已婚男人，一个担负诸多责任的成熟男人，实际上关于他汤姆一无所知。五天工作日过得如此缓慢，杰内特不得不找各种消遣打发时光，月复一月，年复一年，都是由这样的日子组成，让人只想迫切地盼望接下来的日子，这样就可以从让人失望的“才周二”到不耐烦的“周三真是长”到让人期待的“已经到周四了”。每个人的生命中，都堆积了用于过渡的漫漫长夜。

因此杰内特很高兴托马斯多次来访，因为几小时后这些来访就会变成略感机械、目的明确的性。是托马斯想把拜访时间间隔开，我们之前说过，这半是因为托马斯不想成为她打发时间的小消遣（杰内特的空余时间多得要命），习惯能够造就奇迹，能够培养任性的且冗余的需要。他下定决心，常常在周二或周三去看她，因为他觉得每周一她仍沉浸在短暂停留伦敦后的喜悦里，周四则是预见即将到来的喜悦，所以他选了女孩最为沮丧的日子，对爱人满怀怨气、愤怒甚至憎恨的时候，在心里最想惩罚他的不认可和沉默的时候。

那个周三一如既往。他们在书店的三层聊天，那里顾客很少。他们躲在一排排书架中，打算晚上把关系拉近一层：托马斯愈发娴熟，他的手探入短裙里足足一分钟，眼前是吉卜林作品的书脊。站着的两个人，像恋爱的少男少女，因初次接触感到兴奋，积蓄各自的情欲，为了在这一天结束时激活和释放。他们会回到她位于圣约翰街的小公寓，那儿距离阿什莫林博物馆和华尔道夫酒店很近。他们连晚饭都没约，他会在九点时去找她，他们已不需要更多铺垫。

他们一起待了不到一小时，结束后留下淡淡的忧伤，留不下什么深切印象：干净的且未经加工的性，这是规定好的爱，因为每隔几日或一周就会有一次，没有这个的是可怜人，但这终究是心不在焉的性，一旦结束就让人反感："之前我觉得很迫切，事实上我本可以省去这事儿，现在做完了，丝毫没有乐趣且让人感到遗憾；真是不值得；如果能重新来过，我一定会管住自己。"可同时他也知道这么说是不准确的：如果他能回到过去，当时他还是会感到急迫，并接着做下去。

托马斯心里同情杰内特，他不知道杰内特是否也同情他。他们连衣服都没有脱，这是上午在书店里开始的活动的延续，仿佛关于那件事的记忆持续的时间过长，而且在崭新的、多样的环境中仍能落地生根，仿佛周遭是循着人在日间的主观意愿或者偶然的思绪建立的。托马斯褪下她的长袜，就是连裤袜，他自己则脱下了大衣和夹克衫。他只拉下了裤子的拉链，这就足够了。完事儿以后，他马上去卫生间，免得弄脏裤子。当他回到房间时，杰内特躺在床的另一边，靠着枕头，手里拿着一本书，看起来她已经开始做其他的事情了，或许她是急着读这本书，因为之前被托马斯打断了阅读。她的裙子皱巴巴的，卷到了大腿的地方，她的左腕戴着表，右腕戴着一副手镯。在床上的时候，托马斯听见了叮叮当当的声音，这真是让人分神的东西，他还看见她的耳环晃来晃去，她跪在床上，用手撑着，他站在她身后，完全没有必要费神脱去不构成阻碍的衣服。现在这无非是一个睡前沉浸在阅读中的女人的身影，一个在家里等着年轻的男人与她睡觉的女人，杰内特比托马斯大三四岁，她长着一头金发，有可能是染过颜色的，她的外形纤细，但是内心狂野、意志坚定，漂亮的双眉上挑，颜色比头发深得多。她的嘴唇鲜红，两颗门牙中间有道缝，她笑起来像小姑娘，好奇的眼睛扫过书页，好像其他事物都无法引起她的兴趣。她都没有抬头看托马斯，但是她知道托马斯还在，就抬起左手仿佛在说：等我看完这一段。她的手上还套着两枚戒指，一枚是戴在无名指上的婚戒，另一枚玛瑙戒指套在中指上。两枚戒指应该是她的情人休送的，汤姆想，一枚是订婚用的，一枚是用来哄她开心的。

“你是怎么和你的男朋友休在一起的？你们有计划吗，你去那儿找他？”他问。平时，托马斯对这种事不感兴趣，更不会这么严肃地问问题，但是杰内特对他的忽视让他感到惊讶，也激怒了他。他没盼着在断断续续的来往之后，杰内特会对他产生感情或者缠上他，当然他肯定不愿意让这样的情况发生，但是看她这么安静地读书，他觉得这么做很过分，仿佛是让他知道他只是完成一项体力运动，然后就可以走了。他实在想不出其他的语言或者话题来吸引她的注意了。

她合上书，不是全部合上，她把食指夹在里面做记号，这样托马斯就看清了封面，约瑟夫·康拉德的《秘密特工》，是企鹅出版社的版本，书脊是灰色。他的莫名其妙多少有些不合逻辑：之前从没见她读过这本书，不过既然她的工作环境里全是书，她从没翻开这些书看才是不正常的。

“他从没有计划，只有循规蹈矩和重蹈覆辙，”她回答说，“他太忙了，没空想我们的事，都没空想第二天、第二周以后的未来。他是那种活在当下的人。在他看来，事情该怎么办就怎么办。他不喜欢任何改变。”

“你怎么想？这样好吗？”

“不，对我来说这样不好。好几年前我就想做些改变。现在我知道这些改变不会发生了。”

“所以呢？”托马斯突然感到好奇，懊恼之前就该说说这类问题。

杰内特把指头从书中抽出来，折上书页，把书放在枕头上。她向上挺挺身，用胳膊肘支着床，手撑着下巴，另一只手摸着刘海，她的指甲很长，涂了指甲油，或许在思考是否回答托马斯的问题。她的头发原本应该就是金色的，但比此时看起来的要暗。她的发色是闪亮的，是斯堪的纳维亚人的金色头发，这种色泽非常亮，偶尔能在街上看到，很难与其他颜色混淆；当牛津被层层浮云遮蔽的太阳照到她时，有时这头金发看起来像一只黄金头盔。

“嗯，我刚给他发了最后通牒。”她冷漠地说道，她的面容突然变得瘦削，跟上了年纪的人一样，这是死亡的征兆，仿佛鼻子、眼睛和嘴，还有漂亮的蛾眉和下颚变成了切割冰块，“我告诉他下周末为期限，尽快改变现在这种情况。”

“如果他做不到呢，你会怎么办？离开他？我想你应该知道最后通牒几乎总是难让人如意。”

“我当然知道，当下情况更是如此。我不期待得到反馈，那不是我想要的。”

“不是你要的？那为什么要定一周的期限？”

她愣了一会儿。从床头柜上拿起一颗透明包装纸的硬糖，塞进嘴里，汤姆马上看到她一侧腮帮鼓起来，然后是另一侧，好像哪一侧都没能让她感到舒服。汤姆这样想。

“好吧，事实上你总是期盼某事，但也深信会事与愿违。你只是想吓吓他，让那人想想自己会多么想念你，没有你他会活得多艰难。但没人会想这事，也不会认真对待你说的话。当然他已经习惯了一周五天看不到我的日子，这就是我这么做的原因。不，我不会给他什么惊喜。我只是觉得该这么做，警告他，在采取措施前给他一个预警，告诉他我要做什么。因为我不会离开他，这事根本不用提。我的生命都给了他。我离开的可能性非常小，即便这些年来他没能遵守承诺，如果你从一开始就没有搞错的话。或许这是一个恩惠。我已经浪费了好几年的时光，我投入很多时间，独自熬过许多孤独的夜晚。我失去的光阴，没有人能把它们还给我了。走得再远也无法补偿我的损失。如果对我来说一切都是浪费时间，一切都是偏执，诚然对他也是如此。”

“他有家室了。”托马斯说。

杰内特换了姿势，摇了摇手镯，把它们褪到上臂，马上用奇怪的眼神看着他，仿佛在询问这么多次见面以后，为什么托马斯才问这种问题。她把糖果咬成两半，免得太大，在嘴里转动不开。她叉开两腿，且没从地上捡起底裤穿上。（也许他去洗手间的时候，她也没做清洁，也许这是失望的信号，确切说是懒散。）虽然汤姆刚刚访问过那里，但是他仍有回去的冲动，他再次有一种让人绝望的紧迫感，哪怕只是看看，都让他无法抗拒。刚才他在里面的时候，没有仔细看，因为她是背朝着他的。他突然想：这怎么可能？我刚刚还在想本该省去这份欲望，现在居然又渴望了。

“今天你问得太多了，”杰内特厌烦地答道，她并非是要回答汤姆的问题，只是忍不住多说一句，“如果你读读报纸，就知道了。他不全是那样的人，怎么也算个人物。”这话听起来像是强调句，说那人是“重要人物”。“我不会成为无名小卒的，做回原来的样子。他明知这一点，却还不相信。他认为我不敢，他能再次安抚我，然后一切照旧。他认为我会平复下来，下周末仍去找他，给我三瓜两枣，我就会忘记最后通牒。这就是他的乐事之一，他是个彻头彻尾的乐观主义者。始终相信事事都能进展顺利。总而言之，言而总之，希望我能是这样的人。”

“休是个公众人物？”汤姆忍不住问道，“他是谁？我知道吗？”

“这个说来话长。你走吧，我累了。你还是走吧。”她一动不动，更没有要送他出门的动作，也没站起来给他一个告别吻。托马斯看着眼前的情景，那里还是湿滑的，而他也是鼓胀的，他感到了自己的悸动，感受到力量的召唤。他想再次进入那里或者观察得细致些，总之，有什么阻碍他妈？没有。他不知羞地靠近她，找个合适的高度弯腰仔细观察，然后将两根手指放了进去。通常，视觉先于触觉，但并非总是如此，有人只喜欢看，讨厌接触。“你做什么？”杰内特突然用难以置信、几乎是防备的语气问，她紧闭双腿，仿佛那里要插进一把匕首，遮蔽了他的视线。“今天你到底怎么了？我刚跟你说我很累了。你到底在想什么？今天你不着急走吗？我还想睡觉呢。”

托马斯的手指停在半空，他很害臊。“是啊，我这是在干什么？”他自问。他心虚地随便找了个借口，就是那种根本没人信的借口，只是听听就行了。

“你误解我了，见谅。我想我把烟放在床上了，就在那儿，在你身子底下。我把它放在外衣口袋里。”他直起身，走向她，从口袋里拿出金属烟盒，烟盒的牌子是马尔科维奇，他拿出一支烟叼在嘴上，但没点燃。他站起来，穿上了大衣，准备离开，那儿没有他能做的事了，实际上他也不想做了。“以后跟我讲讲你的进展，就是那个最后通牒。祝你好运。”

“不会有结果的……”她沉默了几秒说道，更像对自己说的，“我懒得做这件事，报复需要投入很多且让人压力很大。不过我会做的。我会做……”

杰内特说到这事，眼神迷茫，意志不坚定。很快她觉得很是疲倦。她拿起《秘密特工》，翻开书，带着惊奇的神情读起来。她装作在读书，似乎在用这种态度说“对我而言，你已经走了”。但现在她一行字也没读进去。汤姆靠近她，在她一侧的脸颊上轻摸一下以示告别，她机械地抬起一只手回应他，目光不曾离开书页，长指甲轻轻刮了他一下，碰掉了他嘴上的烟。汤姆别开脸，没有抱怨也没有照镜子，那儿应该有一小条划痕。他也没捡起应该是被压到床上的烟。她没注意到细小的伤口，眼睛不曾离开未被翻面的书页，仿佛在研究一份需要背诵的地图。

托马斯走到大街上，夜色正浓。他走出门廊几步远，一直走到峻滢街，拿出一支烟点燃，他想站那儿抽支烟，看着杰内特公寓灯光摇曳的窗，复燃的急迫来得不是时候，即便他努力压制，仍让他心存侥幸，但他知道这一夜已经结束，自己决计不可屈服。他盼着灯光马上熄灭，既然她突然感到如此疲乏，自己也就冲动全无。圣约翰街没有与公寓同高的路灯，只有门廊边有一盏。所以即便他看，也看得不甚清楚。他刚要丢掉烟蒂，一个中等身材、体格健壮的男人出现了。他是突然出现的，没看到他从车上下来，在他走进灯下以前也没听见他的脚步声。他的头发卷曲且颜色深，穿着及膝的长大衣，大衣是黑色的或者海军蓝色，仿佛穿上它会让人显得高挑。浅灰色的围巾整齐地塞在大衣领子里，他还带着同色的手套，像个汽车导购，佩戴两样配饰是有意为之。托马斯盯着他的脸看了几秒，脑海中闪出一个念头：鼻翼很宽，眼睛小而明亮，下巴有美人沟，乍一看，这样的五官组合很有吸引力，这是他的突出点。他有四十多岁，动作敏捷。步子矫健，一步迈上三个台阶。汤姆看到他按门铃，快速地说了句话（类似于“是我，开门”，没别的了），然后快步走向进口。他竖起衣领，从门口消失了，大门很快合上了。托马斯·内文森又点燃一支烟，抬头往上看。窗口的灯光仍然亮着，但看不到任何身影。那个男人去的是其他地方，现在这里的确没他什么事了。

第二天，汤姆来到圣彼得学院，随新任老师索斯沃斯先生上辅导课，一名便衣警察礼貌且耐心地等在外面，一直等到课程结束。他说想跟汤姆聊聊，他未等索斯沃斯邀请便走进来。索斯沃斯问他是留下还是离开，警察说请他和内文森先生自便，这次只是想证明一些事情，做几个调查。“这次”听起来让人不舒服。他以调查员或者探员，或者他想要示人的身份出现，给自己的名字前面加了一两组字母，DS、DI、CID 或者 DC，汤姆不知道这些字母的含义，也没能记住，因此不了解他的警衔，只知道他来自泰晤士河谷警察局，叫莫尔斯。[①] 三个人坐下来，索斯沃斯一心想知道发生了什么事，或者想保护自己的得意门生，而警察是一个三十几岁的男人，有双清澈的浅蓝色眼睛，鹰钩鼻，嘴唇呈波浪形，仿佛画上去的，透着些许傲慢。他没有提问，而是直接对汤姆说：

“内文森先生，昨晚你和杰内特·杰弗瑞斯一起待在她位于圣约翰街的公寓里，是吗？”

“是的，我想是这样。怎么了？”

“您想？”莫尔斯睁大眼睛，流露出鄙夷，“您不确定自己是否在那里待过？”

---

① 此处戏仿了英国作家柯林·德克斯特笔下的绅士侦探莫尔斯。

“我想说的是，现在我才意识到，我从不知道她的姓氏，或许她跟我提过，可那是很久以前的事了，我已经忘记了。对我来说，她就是杰内特，在沃特菲尔德书店工作。不过我想应该是她，她住圣约翰街。我曾去过那里几次，当然昨晚也去了。怎么了？发生什么事情了？您是怎么知道这事的？”

莫尔斯没有回答，而是说：

“您不觉得奇怪吗？她，一个死人，连我这个只见过她一面的人都知道她的姓氏，你居然不知道。你跟她的关系这么远吗？”

“死了？您到底想说什么，死了？”托马斯问道，与其说感到警惕，不如说感到困惑。

“按常理，我推断您离开的时候她还活着。您在那里待了多久？什么时候走的？”

托马斯渐渐懂得了莫尔斯的意思，试着把这些话当成真的，因为他真切地听到了这些话。他脸色变得苍白，感到一阵眩晕，胃里顿觉翻江倒海，他努力控制住：

“她死了？怎么回事？这怎么可能？我和她一起待到十点左右，当时她一直好好的。我们在一起待了一小时，大概从九点到十点，她从没感到不舒服。”

警察沉默了一会儿，用审问的目光看着他，仿佛等着他继续补充或者想从他的神情中发现点什么。这足以让托马斯感到不自在，让索斯沃斯起了戒备心。索斯沃斯抬起一只手，张开嘴想要插话。但他最终什么都没做，或许还没想到要说什么，他一直是个非常严谨的人。因此他仅仅向莫尔斯伸出手掌，像给他让路或者请他继续说，好像他是戏剧导演，督促心不在焉或健忘的演员有所行动。他达到了目的。

“她没有理由感觉不舒服，”莫尔斯用一种既强硬又温和的语气说，“凶器是丝袜，她是被勒死的。目前据我们了解，就是在您离开的时候发生的，稍早前或稍晚后。”

对危险的感知如同生存本能被瞬间激活，汤姆·内文森已经不去想发生在杰内特身上的事了，不去想她不在这个世界上了，被以最残酷的方式驱逐了出去，没有得到警告，也没有准备应对的机会，徒劳地抵抗某人的专断，徒劳地战斗着，无法掌控自己的命运，试图寻找救赎，却没能发出一丁点儿声音。托马斯也没在想一个生命的终止显得多奇怪，也没在想这让一个有意识的人感到不可思议，我们可以说，他的意识混乱了。他想的却是：昨晚是我漫不经心地脱下那双丝袜的，谁知道我有没有扔掉或撕坏它；丝袜就扔在地板上，和她的底裤在一起，没有人拾起来，我当然更不会，那不关我的事。谁会想到利用丝袜，那种阴暗、有杀人欲的人，一看到丝袜就萌生杀意，这怎么可能？一个谋杀犯。那双完整的丝袜应该留着我的指纹，而不是那个随后到来的健壮男人的，他没脱下机车手套，他绝不会脱下来，更不会在按门铃时留下食指指纹，我离得太远，看不清他按的是不是杰内特的门铃，应该是的，虽然我没有看到他或她的影子映在窗上，门和床都距离窗户太远。她肯定会起来开门，以为是我折回去又想讨好她。她会再次放下书，或者不再全神贯注地盯着《秘密特工》的几行字，她永远读不完那本小说了……意识到危险临近，我们的注意力会马上回到自己身上，准备自救，尚且温热的尸体立刻被置于脑后。毕竟，已无法再为逝者出一份力，可怜的杰内特虚度了短暂的生命，为她做任何事都无济于事，要担心的是汤姆。

“应该是在那之后，”他马上说，没有多想，“我敢肯定我离开的时候她还活着。应该是那个随后到来的男人干的。”

“哪个男人？”莫尔斯问道。

汤姆讲了他在峻滢街拐角暗处看到的。汤姆描述了那人的身形，遗憾的是记不清他的面容，他的脑中会有灵光一闪，可他试图仔细回忆时那面容就更加模糊不清。此时谨慎的索斯沃斯试图打断他，对莫尔斯说：

“我不知道我的学生在没有律师的情况是否应该继续讲下去。我的理解是就当下的情况来看，他的嫌疑很大，是这样吗？”

但警察没有理睬他。他的工作就是刨根问底，因此他敷衍道：

“没抓到嫌疑犯之前，所有人都有嫌疑。甚至是您，索斯沃斯先生，除非您有不在场证据。我们哪里知道谁与谁相识呢。”索斯沃斯剜了莫尔斯一眼，紧抿双唇，像准备再次张口说话，但他忍住没说，也许他认为此时不宜多言，他的表情已经说明一切：这种说辞着实无耻，且超出底线。“请继续说吧，内文森先生。你说的这些将大有用处。”

天真的嫌疑人很心急，希望别再盯着他，希望解除自己的嫌疑，所以他十分配合，显得过于迫切，一心想将追光灯从自己身上引开，却没发现这件事本身就如同一支手电筒，在来来回回地照着他。汤姆继续讲，甚至说到了休，说到几年来知道的一点关于休的信息，说到昨天晚上杰内特向他吐露的事。他是个名人，她说。她给他下了个最后通牒，杰内特也许会毁掉休的生活，杰内特是这么说的。她还说到了复仇，复仇费功夫而且让人压力很大，她懒得施行。但是为了能伤害到他，她会去做。因为两个人应该对等。托马斯对自己提到这个词感到惊讶，这是他的理解，尽管没有违背杰内特的本意。她死了，不再呼吸，不再跟他讲话了，他觉得这不是真的。“她已经死了，”他想，“她不能再让我爱她了，而我对她最后的记忆，最后所见，是她分开的双腿，是让我想再一次进入的私处。或许随着时间的流逝，我对她会产生对逝去的人应有的尊重，对意外遭受暴力而死的年轻女子更应尊重，我才会抹去昨日还显得自然平常、今日就显得怪诞的画面。不知道为什么，但我感觉事实如此，仿佛心怀想往是一种俗欲，仿佛他与人们用以教化他的同情和惋惜产生了踯躅。总之，按他的想法，生者与逝者无甚区别。从现在起杰内特就是这样，可怜的杰内特，成了回忆，此外就什么都不是了。”

莫尔斯和蔼的笑容里含着讽刺：

“让我想想该怎么说。这些都是推测，不过非常有用。或许我们该找找那人。但是先告诉我三件事……您吸烟吗？”

“是的。”

“我能看看你的烟盒吗？如果你带在身上的话。”

托马斯拿出马尔科维奇牌金属烟盒，盒盖上左侧是黑白竖条纹，右侧是一幅小图，画着一个戴黑色礼帽的绅士正在点烟，他双手戴着手套，护着点燃的火，手套是灰色的，脖子上板正地围着软绸巾，鼻梁笔直高挺，薄唇似笑非笑，眉毛浓重，双眼模糊，好似上了妆，与其说是面容，不如说是面具，实际上看起来相当邪恶。他背后燃起熊熊火焰，不知是否来自地狱。托马斯递给莫尔斯：

“您为什么要看这个？”

警察看了一会儿，把烟盒还给他。

“很遗憾，”他回答，“如果你不吸这个牌子的，我会找其他吸这个烟的人。这个牌子不常见。不过我看的确如此，你吸这个牌子。请告诉我，你下巴上的划痕是怎么弄的？”他指着托马斯受伤的位置说（韦勒的陈年伤疤差不多在同一位置）。

莫尔斯观察得很仔细。直到早晨在镜子看到这道伤痕，托马斯才想起来，那时伤口已经结了一小块痂，他小心地避开，刮了周围的胡须。

“这个吗？”他摸了一下，“是杰内特不小心弄的。她躺在床上，抬起一只手要摸我，但她没看我，估摸错了距离，把我抓伤了。她的指甲很长，我不知道她是不是意识到了。您是不是在想其他事？”

“我想到了很多事，”莫尔斯说，“尽管有时候我不觉得是这样，但某种程度上说，我的同事和我有很大收获，所以我竭尽全力考虑所有方面。最后我问一句，你和杰内特·杰弗瑞斯到底是什么关系？”

汤姆迟疑地望了索斯沃斯一眼。虽然索斯沃斯很年轻，但他毕竟是汤姆的老师，众多老师之一。他与其说是用下巴，不如说是用嘴唇表示同意——嘴唇紧抿，仿佛在确认汤姆真的被问到他和杰内特的关系亲密到了何种程度。

“我们偶尔上床，如果这是您想了解的。一般都是在下午。她的休住在伦敦，我的女友在马德里。工作日总是很长，三个学期更是长。”

“昨晚呢？”

“昨晚也是，我们在一起。”

“你们每次见面都如此吗？”

“是的，几乎是这样，偶尔例外。我不是她什么人，她于我也一样。她是为了那个休活着。我们只是给彼此解解闷，交往不深。您该去其他地方查查。”

莫尔斯并未理会这个提议。

“从什么时候开始的，这种给彼此解闷？”

“好吧，从我到这里的第一学期起……就这么发生了。”

莫尔斯皱着眉，感到惊讶。

“重复做一件事，”他说，“持续了好几年，这样不深的交往真是少见。”

索斯沃斯决定帮一帮他的学生，他觉得警察这句评论言过其实，是不相信，是难以置信，是有意影射，但警察的话只是表明他不理解比他小十五到二十岁的年轻人的行为方式，最多是对互为利用的性关系表现出抽象意味的反对，他只是不接受抽去爱、粗率和毫无结果的性。

“一个人可以和某个人共度一生，但始终没有发展出深层关系。您不这么想吗？要我说，肯定有不少婚姻原原本本就是这样。”索斯沃斯先生是个一丝不苟的人，在任何情况下，他都不可能保持沉默，不去指出更准确的细节。西班牙语系的同事都有些怕他。

莫尔斯耸了耸肩。

“我不知道，我还是单身，”他回答，“假如这事发生在我身上，我难以想象。”这听起来有些伤感，仿佛他想起了某个没能与之结婚的人，“我不会……”

他还想说点什么，但没有说下去。他摊开手掌看掌心，反复看了两次，仿佛在体味他没能戴在手上的戒指。这一连串动作像在说“可这与您两位有什么关系呢？我的意见又有什么关系呢？我们不讨论这个问题了”。他向二人表示感谢后，便告诉汤姆不得擅自离开牛津，必须获得警局的许可。他还要求汤姆近日内去警局做笔录，把今天的话都写下来，并且签字。可能还需要汤姆的合作，让画师根据他对进入杰弗瑞斯小姐公寓门厅的男人的描绘画一幅肖像。

“这位莫尔斯可真是个人物。”托马斯说，二人听着莫尔斯下楼的脚步声。

索斯沃斯并没为此感到放松，恰恰相反，他让托马斯坐下，非常严肃地说：

“我不清楚你对此事认识到什么程度，这件事会带来恶劣的影响。我相信他们找不到一丝你伤害那姑娘的动机，但他们不会就此罢休，目前你还是主要嫌疑人，除非他们找到那个男人，证明他去了杰内特的公寓，而不是去了其他地方，你不知道他去了哪里。那个姑娘没有怀你的孩子，对吧？他们会做解剖，然后就知道了。”索斯沃斯的语气非常冷静，然而语速飞快，这暴露了他真实的感觉。

“她一直在吃药。即使出了意外，更可能是与那个休在一起时有的。您别让我去担心那个了，现在我该想想我自己。要紧的是有人杀了杰内特，我还没从中缓过来。昨晚我和她在一起，索斯沃斯先生。我和她发生了关系，或许他们就是为了这事而杀了她。”托马斯绝望地抱着头，直到说出来的这一刻，他才冒出这个念头。

“是的，我意识到了，汤姆。我理解你的意思，”索斯沃斯关切地说，“你的确要担心自己。我理解你的恐惧，你的遗憾，你的惊讶，但对你来说她已经不重要了，我是指对于活人而言。现在处于危险之中的是你。找个律师聊聊吧，让他给你建议，为你辩护，为你可能面临的指控做辩护。这次的事情太突然，也许找律师都来不及了。你不该对那个莫尔斯说太多，你太过坦白，毫无保留。他的言谈举止礼貌得体，获取了你的信任，轻易利用了你的无知。我试图警告过你。”

“我没什么好掩饰的。”

“别这么天真，汤姆。你永远不知道到底该隐瞒多少，你自己相信什么、当时发生了什么都在其次，除非有人能够作证。关键在于别人如何理解你的话，或者说他们决定相信什么。他们会歪曲事实，促使形势对自己有利。他们是怎么知道昨晚你去过那里的？有人看到你进出了吗？”

“是的，我到那里时，遇到了一个女邻居，也不是第一次见面了。我记得很久之前在楼梯上遇到过，杰内特介绍我们认识，她们停下来聊了会儿。可能她记得我的名字，但是我不知道她的。不过我不记得初次见面时是否提到了我的姓氏。”

“都一样，他们会在沃特菲尔德书店打听你，或者询问那姑娘的朋友们。你也不知道她会讲起你多少事情，用什么样的词语或者和谁提到你。也许你对于她比你预想的更重要。或许你不只是一个陪她打发时间的伙伴，或许她想过有一天你会迈进一步，把她从那个休那里解放出来。”他沉默了一会儿，说出了法语，像一段引述：“‘她和别人一样，有过她的恋爱故事’……我们并非总是能了解其他人的爱情故事，即便我们是他们爱慕的对象、目标或终点。快去找个律师吧。事实上你一点头绪都没有。”

“我从哪里找，索斯沃斯先生？律师收费很贵，我不想向我家里人开口。我不想让他们受到惊吓，也不想让他们花不必要的钱。可能最后查出来不关我事。我是想说，他们可能会找到那个男人，找到指向他的证据。”

在教师公寓或者泰勒学院，索斯沃斯先生总是穿着黑色袍子给学生们上课。袍子瀑布一样垂下，他仔细铺好下摆，让褶皱如波浪般分散开；整个人犹如辛格·萨金特笔下的画像。他双手合十，更像个教士，仿佛在此时此地就要布道，尽管房间的墙壁上摆满了与上帝相距甚远的书籍。他还不到三十岁，却已有些许华发，赋予他超出这个年龄所应有的气质和责任。他似乎更乐意尽快将青春年少抛在身后。

“嗯——嗯。”他思索着，看上去不大自然。他几次翘起、放平双腿，优雅地抚平身上的黑袍，“嗯，和皮特谈谈吧。”虽然索斯沃斯与皮特不是同龄人，职级也不同，但他仍然直呼其名，“和韦勒教授谈谈吧。”他更正了一下，毕竟他是在对一个学生讲话，这个学生再聪明，再受老师们欣赏，也还是学生。“他认识人，他知道该怎么做。他比我能更好地引导你。好过你的家人和你的教父斯塔基，比任何人都好。他到处都有相识的人，到处都有。跟他说说你经历的事情，虽然他可能已经有所耳闻。都这个时候了，”他看了看表，并没有看清具体的时间，“他应该知道了，掌握的信息可能比你还要多。”

“是吗？”托马斯·内文森惊讶地问，“他是怎么知道的呢？我是当事人，他怎么会比我知道得多？”

“当然了，他不会知道昨晚你和那姑娘在一起，他对这不感兴趣。除非你杀了她，对吧，我是不信的，他也不会信。但是有可能他已经弄清楚她的长期情人休的真实身份。他知道莫尔斯来找过你，有可能一大早他就知道莫尔斯会来找你。他还了解莫尔斯的个性，知道他能不能帮得上忙。”他把眼镜往下拽了拽，从镜片上方盯着汤姆，汤姆觉得他的眼神里既有嘲讽又有严肃。“在这个城市里发生的事，很少能逃过皮特的眼睛。更何况是一场谋杀。”

以韦勒对这事的了解，他认为自己都不需要见到汤姆，不用碰面。“我一直在等你的电话。”他在电话里平静地说，一点儿都不紧张。“你惹上什么麻烦事了。”他紧接着说，他用的不是疑问句，托马斯以为他在问自己，便又啰嗦了一遍经过，他还是太年轻，没经验。韦勒干巴巴地打断他：“那件事我全知道了，我赶时间。”托马斯觉得因为自己前些日子对他疏离，韦勒觉得受到了冒犯，或者觉得很失望，认为汤姆在与他保持距离。从那次长谈之后，汤姆只参加了一次他的课，他们在泰勒学院的走廊上遇到，会像往常一样打招呼，但是不会停下来聊天，实际上这没什么反常的。不过，有些人笃定地认为他们想的都是对的，以为自己无法理解为什么有人会跟他们唱反调，他们搞不明白个中原因，韦勒教授就属于这类人。也许，他感到惊讶，而不是情感上受到伤害。“好好听我说，认真点。我恐怕，你陷入的困境比你想象的大得多。有一些你不晓得的因素，妨碍你脱身，你不了解情况。我的一个伦敦的熟人能帮你一把，就是图布拉先生，去看看他能做些什么。”他拼读那人的姓氏，听起来一点儿都不像英国人的姓。“明天他就来牛津。十点半在布莱克威尔书店等你，就是在卖旧书的那一层。和他聊聊，听听他的话，他会给你一些建议。如果你愿意，就去见他，但我的建议是最好去见一见。他手里有很多资源。别盲目乐观、异想天开了。他会给你很好的建议。”“我们怎么辨认对方呢?”托马斯问。“哦对。你拿一本艾略特的书翻翻。他也会拿一本瞧瞧。”“T. S. 艾略特还是乔治·艾略特?”“诗人，托马斯，那个诗人，同名的诗人，”韦勒的语气有点儿崩溃。“《四个四重奏》、《荒原》、《普鲁弗洛克》，你看到什么就拿什么。”“您来介绍我们认识，不是更好吗，教授?听听他对我讲什么。”“我不用去，我也不想这么做。那是你与他之间的事。你和他就可以了。”他说。“他告诉你的是敏感的事，可能不受听。处于你这种境地，我不知道还有什么是你乐意听的。”韦勒停顿了一下，刚才他说得很快，像是想马上结束对话。这会儿，他花几分钟分析一个小问题，“最差的情况就是他们以谋杀罪拘留你。这将是一场没完没了的审判，你再认为自己无辜、确信局势对自己有利也没有用。事实根本不重要，在这事儿上有绝对权威的人才说了算，就是在这件事上起决定作用的人，而他根本不知道真相，我指的是法官。把自己押到不公正的人手里是不理智的，这样的人是靠掷硬币做决定的，或者是靠猜测或直觉。这一习惯有很高的声望和长久的生命力，在全世界范围内有多多少少的保障，还贴着全然无用的保证公正的标签，最后成为一场闹剧。”他顿了顿，又继续说:“没有人意识到这个古老而普遍的任务是不可能的，没人能明白它是毫无意义的，这事总是让我百思不得其解。我不认可法庭的权威。如果能够避免，我不会接受任何审判。这是我的底线。记住我的话，托马斯。好好想想，他们可以随意地把一个人关进监狱。仅是因为那个人倒霉。”有一次汤姆问他，换做他，会怎么办，如果没人能分辨出什么是谎言和真相，除了当事人，但正因为是当事人，不是作保也不能作为考查人员，这是个悖论：唯一知道真相的人是被指控的人，最不能被信任的人，甚至会被强迫说谎或伪造证据。他还想问教授是否相信他是清白的，没有掐死杰内特·杰弗瑞斯。从教授的话语和提供帮助的态度看，教授认为他是无辜的。但汤姆特别想听教授亲口说，这对他是特别的安慰。但这是不能的，因为韦勒马上挂了电话，没有祝他好运也没说再见。

汤姆·内文森十点一刻到达布莱克威尔书店，走到顶层开始等人。这里人很少，大部分学生和教授还在上课。他找到诗歌部分，看到这里有充裕的艾略特诗歌的二手书，他决定在这儿等到十点半。他拿起一本书开始翻，他在宽敞的空间里转悠，看看其他书架上的书，一边观察周围。他不知道图布拉先生的容貌和年龄。他看到一个身材很胖的男人站在历史书架前，他拿出好几卷，可能因为老花眼，要把书脊端在离眼睛较远的地方，又快速把书插回去，没翻开任何一本，像是在做序号、编年或作者姓氏排列顺序什么的。他还看到了索默维尔学院的女教授，一眼就认出了她，这是个身材窈窕的漂亮女人，四十几岁的年纪，风姿绰约，嘴唇性感，勾起同侪的绮念。她在看植物学书籍，应该是她的专业。他看到一个干瘦的年轻人，鼻子很大，穿着很长的旧大衣。在其他二手书店里经常见到他，比如索顿、泰托、桑德、斯威夫特，在杰内特工作的沃特菲尔德书店里也见过，他在少数几排奇幻文学或者超自然作品书架间找来找去，他是此类书的忠实读者，他的爱犬一直陪在他身边，懂规矩、安静且温顺。他还看到一个二十多岁的男人在十点半左右出现，身穿条纹西装和双排扣外套，亮蓝色的衬衫配白色的领口，系一红丝绸领带，手臂上搭着一件崭新的雨衣，他有种使馆或者部委官员的气质，不过官阶较低，近来刚刚升职，希望自己看起来高雅，正因为热衷于表现出高雅，但习惯和积淀不够，年龄和经验不足以养成如此气质，实则更为俗气。这类情形中最好就是再年长几岁。西装条纹很粗，只有在英国才能看到这类宽条纹，这是在向人宣告他在社交生活中不耐烦。他不认为在场的人——索默维尔学院的女教授和带狗的青年是韦勒推荐的人，能帮他一把，那个胖子太胖且精神涣散，那个官员太年轻且狂妄，看起来都不像有许多资源的人。

因而过了约定时间两分钟，汤姆走到诗歌书架边，抽出一本题为《小吉丁》的册子开始翻看，边等边读几句诗，完全没心思细品，只是看个一两句或者三四句。

“逝者活着的时候，不曾说出口的话，在他们将死时，会讲给你听。”他读了一遍，没有看懂，于是接着读下面的诗句。

“老人衣袖上的灰尘……悬浮在空中的灰尘标志着一段历史终结的地方。”他往后翻了几页。

“去年的词语属于去年的语言，明年的词语则在等待另一个声音。”他用余光四处看，仍然没有人走近他；他感觉到有两个新进来的顾客，但他不想抬头观察他们。

“这是戏谑不幸之人带来的伤害。”还是没有人来，但是时间并不算晚。

“在两种生活中，冷漠与其他态度相同，如同死亡与生存一样。”托马斯停下来自问：“死亡和生存一样？的确，死去的杰内特会和活着的杰内特一样，是可以辨认出的。不过这会持续多久呢？时间拂过尸体，粗暴地对待它们，而这些尸体不会告诉你任何事，前晚杰内特还跟我提过今天能帮助我，可谁能证实这事呢？没人叫我去看她。”

“我们称之为开始的，常常是结束。”另一段诗写道。托马斯不想继续读了，他觉得这些诗句肤浅。他没有意识到在1942年读着可能并不肤浅，《小吉丁》首次出版时，还处在战火中。

“任何一个行动都是向断头台，向烈火，向大海的喉咙或字迹模糊的墓碑跨前一步。”他再一次停住，想检查一下自己理解得对不对，也是因为忽然生出一种不祥的预感：“block”在西班牙语里想必对应的是“tajo”，就是用木头搭成的台子，犯人顺从地把头放在上面，等着刽子手一刀砍下；也许就是这些——断头台、烈火，还有把一切吞进肚子里的海沟或此时晦涩难解的诗——在等待着他，如果图布拉不出现，不带他走出困境的话。“情况很不妙，”索斯沃斯先生警告过他，“现在你处于危险之中。”但是厄运还是会降临，他读到的长诗里的零星诗句不过是些许先兆：

“我们和正在死亡的人一同死去：看啊，他们离开了，我们与他们同往。我们和逝者同生：看啊，他们回来了，与我们同归。”受到1942年或者那以前写下的诗句的影响，托马斯困惑地想：的确，我们会和他们一起走，至少在他们死去的一瞬间是这样。我们想陪着他们，跟随他们的脚步进入他们的时空，然而那个瞬间过去了；我们觉得他们在渐渐抛弃我们，他们已经开启另一段旅程，我们成了孤孤单单留下来的，在那条昏暗的路上前行，已与他们无关，是他们放弃的路；既然我们不能追随，我们不敢追随，我们只得重生，幼儿般蹒跚学步，每一个亲近的人逝世，我们就如同一次重生，每一次某个人倒下，要拉我们跟着走，却没能把我们带入吞没他或她的海沟。前晚是我离海沟最近的一次，我在一个当时活着、现在已经死了的人的身体里，她已经无可挽回地成了幽灵，成了我此后或短或长的生命里的一段日益模糊的记忆。我还想回到她的身体里。也许能防止她被杀死，那个上楼来杀她的男人看见她不是一个人在家，就不会动手了。我把自己的意愿和本能强加了上来。

“历史由永恒的瞬间交叉而成”，他又往下读了三行，再读几行就会到结尾了。他只是装作在读书，翻页的速度比阅读的速度快。就在这时——

“快点，就在这儿，总是这样……”

这是最后几行诗里的一句，他从遐想中回过神，抬头发现自己身旁不止一个人，而是有两个男人，手里都在翻着艾略特的一本书：穿条纹西装的手里拿的是《批评批评家》；另一个是何时来的，托马斯没有察觉到，手里拿的是《圣灰星期三》。他不想抬头直接看那人，他想离得远一些，好更仔细地观察他，虽然这样的观察只能是片面的。那人身材健壮，肩宽个子高，比托马斯和另外那个自负的年轻人都高。他穿着羊毛大衣，头上戴了一顶和蒙哥马利元帅一样的贝雷帽，那时蒙哥马利还活着，年轻人也把贝雷帽的一边稍微歪戴，和蒙哥马利一模一样，只是没有帽徽。他应该是在模仿元帅或者他就是狂热的崇拜者，所以如此准确地模仿偶像的装扮。他也蓄着和战争英雄一样的棕色小胡子，但是有一处是他与偶像完全不同的地方：取得阿拉曼战役胜利、被授予子爵称号的蒙哥马利是一个瘦子，颧骨突出、面颊粗糙，这个人却胖得像座小山，身高、胸宽和体量都超过常人，满身肥肉，面色红润。虽然是在室内，他也没有礼貌地脱下帽子，他似乎看不懂那首诗：《圣灰星期三》（汤姆记得那句“老人衣袖上的灰尘”，还有其他几句）。他站在汤姆右边，倨傲的官员站在左边（他还可能是新手警察，靠一身衣服假装经验老到），他们给人感觉不是同时来的，托马斯在琢磨究竟哪一位是图布拉，因为如果就在此时此刻出现第三个人来读艾略特的话，就会尴尬无比。托马斯打算等其中一个人讲话，另一个人肯定不会说话的，而托马斯是唯一看起来就像学生的人。但是，半分钟过去了，谁也没有跟他讲话，也没有给出某种信号。发生的事不重要吗？他愈发感到困惑，愈发觉得自己深陷泥潭（“任何一个行动都是向断头台，向烈火”），而那位图布拉先生是他知道的唯一能救他的，他等不下去了，选择转身面对穿军装的男人，最为知名的秘密情报部门，军情五处和军情六处，不是代表“军事情报部门”吗。他合上书，羞涩地小声询问打扮得像蒙哥马利的壮汉：

“我想，您是图布拉先生？”

那座小山用左手指了一下另外一个人，以他本人期盼但永远不会达到的高贵姿态，冷冷地说：

“就在你旁边。内文森，他来了好一会儿了。”

虽然托马斯非常年轻，但是那个男人没有称呼他“先生”，这可是初次见面，如此缺乏起码的尊重让托马斯心生反感。他甚至更不喜欢图布拉，当他伸出手想与图布拉握手的时候，图布拉做了一个轻蔑的动作，仿佛是让他等着，像在对他说“这会儿不行，小孩，没看到我正忙着呢吗”。图布拉都没有转过身正面对着他，两个陌生人的行为里两个细节让托马斯感觉他们不可靠：他们像对待一个愣头青似的，把他当成一个来找工作或者来请托事情的人；他们称呼下属、弟子或者学徒时只提姓氏。那个不拿正眼瞧他、让他空举着手的图布拉走路有点跛脚，肩膀也随着摆动，他盯着女教授在一排排书架上浏览着找书，此刻已不是植物学类书籍，而是艺术类。她弯腰去查看较低的书架，那时候的女裙下摆短得多，四十岁的女人也不例外，露出让人赏心悦目的腿，晶亮的丝袜裹着的双腿，图布拉直勾勾地盯着她，这更像外国人——比如西班牙人，而非英国人会有的举动。汤姆注意到这一幕，他也盯着那个女人，目光不禁沾染了图布拉的好色。他觉得女教授不仅察觉了，还主动参与了这场游戏，她去够最高书架上的、最难拿到的书，这动作让裙子缩得更短。托马斯惊讶极了，据他所知，这个身材罕见的女教授一向傲慢地对待众多追求者，有“冷美人”的外号，可当下她就站在那儿，很大程度上屈从于一个粗人色眯眯的目光，那人还比她矮许多（夸张地说是隔空屈从）。

图布拉在看女人，托马斯在看他。他的头很大，浓密且卷曲的头发，太阳穴两边有许多小卷。他的眼睛像蓝色又像灰色，上方笼着又长又密的睫毛，流露出阴柔的气质，看起来简直不像真的，更像是画的。苍白的目光含着嘲讽，即使他没有嘲讽的意愿，这也是满含热情或赞赏的目光，他的双眼绝不会对面前的表示冷漠，如果他朝着人，后者会对他感到很惊奇，仿佛理应先解读那双眼睛掩藏的秘密。托马斯·内文森想到，会这样看别人的人很吃香；这样的目光可以如此准确地聚焦，而且高度正好，比如男人的身高；站在他面前捕捉到或者说吸收了这一画面的女人，很可能对此无法抗拒，无论出身、职业、经历、相貌、年龄或自负程度。尽管韦勒的这个相识不算英俊，或许把莽撞当作最大的优势，汤姆却必须承认他的整体形象富有魅力，盖过了不讨喜的甚至是与客观的目光看来相冲突的特征：鼻子相当丑陋，像是被一拳打断过，或之后又断过，像一个打小就惯于参与斗殴的人的鼻子，甚至是一个练拳击的人或者打手的鼻子，出拳几次偶尔总会中招。他的皮肤闪亮得让人心惊，在英国很少见到这种类似啤酒的金黄色皮肤，让人不禁怀疑他可能来自欧洲南部。眉毛像两道煤垢，快要连在一起了，尽管他可能不时地用镊子拔除杂毛。更突出的是相当丰满且松软的嘴巴，太宽，缺少线条感——斯拉夫人特有的嘴唇，亲吻的时候张开来，就像柔软的橡皮泥，至少给人的感觉如此，也像吸盘，总是湿润的。而所谓客观印象稍纵即逝，随后什么都没留下，并不觉得有不和谐的地方，甚至你可能都没注意到第一印象不佳。这张嘴一开始就能惹不少女人喜欢，点燃她们的热情，总有这样的男人，能激起原始的冲动，毫不费力地实施引诱，对女人而言，直接、本能地表现出坏坏的性感足矣。图布拉先生还算年轻，但他的傲慢、坚定的态度表明，实际上他是个超越年龄的人，犹如几个世纪都处于一个不变的年龄；他想必是那种早早就得长大的人，好比一打出生就是这样，立刻领会到这个世界的规则，或他恰好降生的阴暗角落的规则，于是决定跳过童年，认为童年是虚度光阴，是脆弱的集中表现。他没比托马斯大几岁，却像他的上一辈或者隔辈人。

“他是这类人，”汤姆想，“可以放下手头任务，跟引起他注意的人勾搭，或者仅仅是观看就能自娱自乐。”他耐心地等着，不如说是服从，等着图布拉结束目光挑逗，这一直到索默维尔学院的教授直起身来才算完（汤姆觉得每过一分钟，她就变得越迷人；有些人的引诱像能传播的疾病）。女教授优雅地抚平裙子（她站立的时候，裙子便短过膝盖，她蹲下去时，裙子更是缩得更短，不大像无意的动作）。她手里拿着一本书下了楼，收银台都在底楼，对着大街。图布拉迅速从诗歌类书架上拿下托马斯刚翻过的小书《小吉丁》，仍然没跟汤姆打招呼，也没和他握手，甚至都不看他，只对着汤姆和蒙哥马利做了一个“跟上”的手势，好像他们是他的小跟班。“这不太可能，”汤姆想，“这人只管干他自己的事，谁知道还要多长时间，我本人和我面临的问题他根本没放在心上；他要去收银台制造与女教授偶遇了，或许还能约上她；拜托他们迟些再约会，他别晾着我，否则这一天又过去了，我的问题还是没解决。每过去一个小时，我的处境就越艰难。那个警察莫尔斯会来找我，用他直勾勾的、洞察一切的眼神看着我，把我带走。”蒙哥马利铁钩似的手抓着他的肩膀，轻推他下楼。

“我们走，内文森，走了。”

还是干巴巴地只叫姓氏。就按调解人的方式来吧。汤姆再次觉得自己被轻视了，他只能听指令，还能怎么办呢，目前他找不到其他人能帮忙。排队等着付款时，汤姆看到图布拉紧跟在女教授身后。他几乎贴上了她，她的后颈都能感到他的呼气，即便他没蹭上她，他的外套也扫到了她裙子后部，外套搭在他的手臂上。索默维尔学院的教授没有向前迈半步避免过于亲密的接触，她就站在那儿，等着店员收钱。汤姆对这男人的手段感到惊奇：他不仅不曾引起猎物的抗拒或者反感，他的猎物反而暗暗地鼓励他；诚然，那双灰色或者蓝色的眼睛发出温暖、包容的目光，而非冒犯或恐吓，请求女人卸下盾牌，脱掉铠甲，更容易被他的目光俘获。图布拉扫了一眼她要买的书（是欧文·潘诺夫斯基的《陵墓雕塑》，汤姆看到封面的书名，这是本大部头，他在想图布拉能就这本书说些什么，他可是混迹于台球室、各种地下室、赌场、保龄球馆、跑狗场或者其他难以想象的街区里最差的地方；“从古埃及到贝尔尼尼”，副标题也不知所云）。随后他估计是讲了个笑话，因为女教授笑了——人们觉得她这样的博学人士会更拘谨（她的确富有魅力，也可能是受对方感染，他凝视着她，而她亦深受震撼）。图布拉和那女人悄声说话，汤姆听不见他说什么，但他听到了他们在做自我介绍。“泰德·瑞茨比，随时为您效劳。”他说道。“卡洛琳·贝克维斯。”她说。“瑞茨比？”托马斯心里一惊，他记得导师说他是图布拉先生。他推测这人可能不想给出自己的真名，而韦勒说的才是真的。也许他不想让一个醒目的外国姓氏破坏美妙的搭讪，在英国这种姓氏会让人产生怀疑，或者说在阶层问题上，这个姓氏属于服从阶层。表面看，他的口音和用词无懈可击，有一点牛津口音，这让汤姆有了两种推断：虽然图布拉看起来华而不实，但他是入读了牛津的；又或者这人和汤姆一样，也是一个模仿大师，想模仿什么口音就模仿什么口音的天才。

他和大块头蒙哥马利将军在后面等着，像两个打手，也像在排队，汤姆无法继续忍受，至少大块头蒙哥马利还对他说了几句话，没有忽视他的存在，不像这个看起来像他的头儿的人，完全忽略汤姆。

“他说自己是瑞茨比？”他低声问，“他不是图布拉吗？”

健壮的蒙哥马利还戴着黑色的贝雷帽，粗呢大衣系紧，就差戴上兜帽了。他的小胡子跟他所模仿的英雄几乎一模一样，只可惜他的身形与那著名的斯巴达将领截然不同，这是蒙哥马利的另一个称号。他白了汤姆一眼。

“图布拉先生会根据不同的场合选择合适的名字，我们且听着，”他简短地回答说，“还没轮到你提问呢，内文森。”他还没有卸下严肃的面具，他对待比他年轻许多的托马斯的方式显得奇怪，这个模仿阿拉曼战役指挥者的人应该有三十五岁了。他把托马斯当成学生或者下等兵，毫无疑问，他自己是个将军，只是打扮得像平民。托马斯愈发觉得自己在受人恩惠，只能待在他旁边，任凭他注视着图布拉和女教授。

让人敬畏的贝克维斯女士付了钱，图布拉也跟着付款，她磨蹭了一会儿，为了跟他一起走到明亮宽敞的布洛德街。图布拉或者说是瑞茨比顽固地不看汤姆，也不跟他讲话，他仍忙着讨好女人。这对男女交换电话号码和名片的时候，蒙哥马利和汤姆像旧时代的仆从一样跟在后面，保持一定的距离。汤姆觉得他们俩又会聊几句玩笑话，接着道别——几个小时后又会见面。图布拉把雨衣一抡，搭在肩膀上，姿态潇洒，几近粗野，然后大步朝圣吉列斯街走去，连转头示意他们两个跟上都省了，外套下摆在身后翻腾，像风中的斗篷。到了鹰和小孩酒吧——这儿是托尔金在他生命最后的岁月里每个下午都会驻足的地方，他径直走了进去，两个跟班赶紧跟上，学生被元帅领着，元帅的大手搭在汤姆的肩膀上，厚实的大手，却也不是硬推着他走。

他们拿了三杯啤酒在靠窗的桌边坐下，图布拉终于搭理汤姆了，但是他没有做正式的自我介绍。显然他认为他们已经知道彼此是谁，为什么还要浪费时间寒暄客套。此时，汤姆已战战兢兢，感到胆怯或者说是害怕；自打早上起床，他就在反复想象所有的可能发生的最糟糕的结局，从他可能会立即被捕到他无权申诉，会在英国坐上一辈子牢（都说这里法律严苛），他的一生还没开始就要被毁了。瞧不起人的图布拉和意外出现的冷漠随从，都让汤姆更恐惧。韦勒教授在电话中传递给他的那一丁点的冷静态度都消失了。他迷信般重复着教授最充满希望的几句话，“他会帮你一把”“他会找到解决方法”“我的建议是你要尽可能地跟他沟通”“他的人脉很广”。这两个陌生人对他越是冷漠，他越相信自己的命运全靠他们，越会否定自己，内心饱受煎熬，越想听从他们的建议。他们刚用拖延和不理睬摧毁了他的希望，现在他紧紧地抓着他们，仿佛他们是地球上最后的幸存者。

图布拉等了很久，最后抬头，盯着汤姆，小口喝杯子里的酒，然后把杯子放在桌上，他仔细审视汤姆，用赞赏的目光看放在眼前的一切事物，汤姆感觉自己袒露无余，对他产生了反感，因为此前他没理过汤姆，没注意过他这个人，更没想过他有哪种困难。《小吉丁》的诗句还印在汤姆的脑海里，汤姆开始猜：在这人看来，我是一个死人了，一个宇宙弃儿。但现在我回来了，他会把我带走吗？

“情况不明朗，内文森。”图布拉一针见血；他的声音比他与女教授说话时要严肃，可能他之前是故意把声带放柔和，也可能是他此刻收紧了。“你真不走运。韦勒教授已经跟我说了。我也看了那个模范警察莫尔斯的报告。你给他的印象不错，但是这没什么用。这点东西无济于事。不管怎么说，我了解你讲述的事情经过，不用再跟我重复了。我现在给你看几张照片，看看能不能认出谁来。布雷克斯通——”他向将军伸出手，后者在酒吧里还戴着英雄贝雷帽，可能他就没把它摘下来过。可能是因为他没洗头发，也可能他一根头发也没有，谁知道呢。所以他的名字是布雷克斯通，除非他也是根据不同的情境选择合适的称谓。他打开腋下夹着的没有提手的文件袋，女学生会用的那种文件袋，递给图布拉一个信封，图布拉从里面掏出八张方形照片。他像打牌一样把照片分成两排摆在桌面上，好像在亮底牌。“不着急，仔细地看看。看看这当中有没有那晚你离开时见到的去杰弗瑞斯家的人。哦，你是这么说的。天知道是不是有人去过。”

图布拉言语间流露的不信任并没有让托马斯觉得惊讶，为什么要相信他呢？跟韦勒说的一样，如果法官或评审团对真实发生了什么一无所知，那么为什么要相信他呢？托马斯没有说话，仔细地观察那些人脸。他们看起来都很体面，值得尊敬，是富人相。显然看着都不像罪犯，不是凶狠的歹徒，他们的衣着和发型都很讲究。这些照片不是在警察局拍摄的脸部照片。用图布拉的话说，这些是肖像。不是画室创作的肖像，可能是从报纸上收集的。有人穿着细条纹西装，这是英国权势阶层的穿衣习惯。他很快注意到其中两个人，其他六个人他从没见过。

“应该是这两人中的一个。”他一边指一边说道，他们的五官符合他从远处看到的：宽鼻翼，一个人是小眼睛，要睡着了的样子，另一个的眼神疏离，但眼睛很大，或这是被相机的闪光灯晃了眼睛，两个人都有一点欧米伽下巴，一个人的下巴比另一个长一些（跟前些年扮演过福尔摩斯和德古拉的演员克里斯托弗·李一样），当时那道沟可能是一个阴影，是一种蒙蔽；深色的毛发，没有他记忆中在灯下看到的那样卷，他记不得那个罪犯的形象了。让人绝望的是他越是想抓住些细节，把它们展现出来，那些细节就越发消散、混淆、逃离他。这事会发生在被人爱戴的逝者身上，即便在许多年中人们天天看到他；也会发生在不在场的人身上，他们一般会定格在单一的表情或眼神中；对托马斯来说贝尔塔的样子在他们分别时就是定格的，在他的回忆中她总是安静的，好像是画中人，而且是有呼吸和行动的某个人。“是的，我想说是他。”他捡起一张照片，是那个眼神疏离、下巴短一点的人。“他是谁？叫什么名字？”不管他是谁，他希望这人叫休。

图布拉收拾起散开的六张照片，一撕两半后装进信封里。

“你确定吗，内文森？看仔细了。你看到这家伙来了？”他用的就是这个词“家伙”，不算是敬称。“如果你看到的是他，那对你来说可不是好事，你最好能确定。”

“为什么这么说？我做错了什么？我没法百分之百肯定。要知道我是在晚上看到他的，那只是一瞬间的事。这只是一张照片，可能也不是近照。如果我能见到他本人，我会辨认得更准确，也可能相反，要从身高、体格或者走路方式来判断。总之我想说，如果这人身高一米九零，那就不是他。”

“我不认为他的身高超过一米七五。”

“非常有可能，我倾向于认为是这位。为什么说这不是好事？”

布雷克斯通元帅要打断上司的谈话时，会先捋捋胡子，仿佛他需要一种机械化的、有些神经质的准备动作，他用食指敲了敲照片里的那个人。这张照片事后需要彻底清洁，可能留下了指纹、汗渍和一滴啤酒。

“你从没见过他吗，内文森？我是说在电视或者报纸上。他不常出镜，但偶尔会。这人可是个大人物。”他这样说道。杰内特在她最后一晚，或者说最后一个小时里也这么说过。她用了一模一样的表述。“你可能是从媒体上看到的，并不是你在情人门口看到的人。再好好想想。”“情人”这个过时的词让托马斯感到刺耳，他从未如此看待那个沃特菲尔德书店的店员。那只是一个他时不时与之欢愉一番的姑娘，他没有保持长久关系的想法，不会进一步反思或赋予重要意义。这种关系在他的同龄人中很常见，无论是不是学生。如果她是某人的“情人”，那么该是伦敦“休”的：他们在一起好几年了，她不开心，对一成不变的日子感到厌烦，刚刚对他下了“最后通牒”。

“不，我几乎不看电视，报纸我只是随手翻翻。我完全不知道他是谁，我肯定不是在电视上或报纸上见过他，就是前晚在圣约翰街上看到过他。他在按门铃，我也不知道他按的是不是杰内特的门铃，事实就是这样。我也没法保证就是他。我觉得他很像，是的，但我能跟您说什么呢，我不确定。他是谁？叫什么名字？”托马斯又一次问道，听到那句“不是好事情”后，他开始怀疑自己是否希望那人叫休或者叫其他名字。

图布拉重新拿起照片，像轰苍蝇一样轰走了布雷克斯通的食指，尽管并没真的碰到。布雷克斯通把照片压得留下了痕迹。

“他是MP。”他说。对托马斯这个不常住在英国的人来说，要花好一会儿才想起这两个字母对应的单词，下议院议员（Member of Parliament）。这是常用的口语表达。“他叫休·萨玛莱斯–希尔，如果你看到的是真的，因为我们知道他和杰内特·杰弗瑞斯保持肉体关系有一段时间了。他去看她的话，在情理之中。”

“两位知道？两位又是谁？我看到的应该就是他。”

“我们两个人不止是两个，其实有一百个，我也不知道是多少个。”

“肯定超过一千个，贝特拉姆，”布雷克斯通子爵骄傲地说，他飞快地捋了捋小胡子。图布拉没有理会他，继续说道：

“超过一百人，我们知道得不少。不是一切，但是已经相当多了。一些人知道这些事，一些人知道那些事，我们几乎知道方方面面，至少是关于下议院议员和担任要职的人。从给出的资料来看，像是他本人，但不该是他，因为萨玛莱斯–希尔先生是被排除一切嫌疑的人。我们的劳模警探莫尔斯已经跟他、他周围的人谈过了。莫尔斯昨天就去了伦敦。萨玛莱斯–希尔先生不曾否认自己与杰内特·杰弗瑞斯的关系，否认则很愚蠢。和往常一样，他最近一次见她是上周日。他不知道是谁想害这个年轻姑娘，他从没来这里找过她，都是她去他那里，他们都是在他个人名下的一处小公寓见面，他偶尔用这处房子当办公室或者工作中非正式的会谈场所。萨玛莱斯–希尔承认与妻子分居，他们很少在一起，周末也如此。他把全部精力放在政治活动上，这是一个对他有利的借口，至少可信，或者说显得可信。”

“如果我是他妻子，我才不会相信。”布雷克斯通说，图布拉继续说话，仿佛没有听到他说什么一样。

“所以那个家伙不知道杰弗瑞斯在工作日过的是什么样的生活，交什么样的朋友。他没听过你的名字，这明显解释得通。”奇怪的是，他对那个人的称谓从之前的尊称变成了颇具鄙视的称呼，听起来很是微妙。“据莫尔斯讲，他对她没有那么多好奇心，人的精力有限，关注一件事情已属不易，其余的无暇顾及。事实就是周三整晚他都待在伦敦，他有目击证人。他不可能去牛津，除非证人弄错或者撒谎。第一种情况是不可能的，前晚是个很近的时间点；第二种情况也很有可能。但是因为没有其他证据，证人的证词是有效的。所以我跟你说，如果你看到的是这个家伙，那真不是好事，因为你毫无胜算，你会是第一犯罪嫌疑人，几乎是唯一嫌疑人。所有的指控都将指向您，因为没有其他人了。您能明白吗？把责任归咎于强盗或者疯子，嗯，那只是在极端复杂的情况下才可能，或者是自案发后过去了很久，而调查仍然毫无头绪的情况。此时做这个决判，为时尚早。”

“现在不可否认的是，有个人在她被杀的那个时间段与她发生了性关系。”布雷克斯通说，他正了正根本不需要整理的贝雷帽。

“布雷克斯通说到点子上了，萨玛莱斯-希尔先生是个人物。他有影响力，举足轻重，受他的党派庇护。他是个有前途的辉格党人士，你明白吗？没有某种理由或线索的话，警察不会去调查他的活动。相反，即便有什么线索，也得等着，从其他方面展开调查，因为必须顾及他的身份。对你就不一样了，”图布拉顿了顿，用他包容一切的眼睛从上到下打量托马斯，仿佛他看到的是恐惧和泄气，以及随之而来的屈服，“你，相反，什么人都不是。”

“一个宇宙弃儿，”汤姆·内文森立刻想到韦勒说的话，在脑中重复着这个形容，“他们不过是说得更直白，没有文学意味。可是听他们这样说，仿佛那不是我们大多数人的宿命，不是自打人出生就等着他的归宿，仿佛我们所有人都是生命的点缀品，或者像一幅画作里永远一动不动的背景人物，所有人都是泯然众生、无足轻重的，所有人都可以被替代、是隐形的，所有人都是普通人。算得上是例外的人的数量少到可以忽略不计，即便是这些人，经过一段很短的时间后，一个世纪或者十年，也不会留下痕迹：最后他们大多数和从来都无足轻重的人一样，仿佛从未存在过，或者如同草芥、尘埃、一个生命、一场战争、一把灰烬、一阵风，韦勒看重的东西，其他人都已不记得。一旦战场被清扫干净，没人会记起战争。”他不打算继续联想下去，必须赶紧顾着眼下，想想自己。最后他灵光一现，带来幼稚的慰藉：“那个萨玛莱斯-希尔也会如此，终究被人忘记，和他们认为的相反；他也会成为无名小卒，因为他和我共享一个情人，出名与否都不重要了。”

“他们会放手吗？”他毫不掩饰惊讶地问，声音里早早流露出一丝焦虑。这在像西班牙这样的独裁国家稀疏平常，那里的警察对下独断专行，对上卑躬屈膝，从根上就开始腐败。但是他不曾想过英国也会这样。或许在某些层面，所有国家是相似的，治理术都是如此。“那个莫尔斯也这样？他给我感觉他并非那种人，不会故意选择无视，袖手旁观。”

“可能他不会，”图布拉说，拿起自己的啤酒喝了一口，目光一直盯着托马斯，“但他无权无势，只是个跑腿的。如果他不学着认清时务，就不可能爬多高。他向上级报告，遵从命令；官职越高，越敏感。我是指对恩惠敏感。相比之下，给予的恩惠更多。施恩是很多人更愿意做的，内文森；你应该注意到了，虽然你很年轻，连小孩子都明白，他在和成年人相处过程中领会到这一点。受人恩惠是小，施人恩惠是大。”

“没错，能帮别人一把感觉真好，”布雷克斯通补充道，显然他从来都是顺着年轻的头儿说话，“哪怕是没有回报。有些人甚至连谢谢也没说，也不会把恩惠放在心上，这种人不在少数。这些不知感恩、狂妄自大的人认为一切都是他们应该得到的。有相当多的人是这样。但是能帮别人一把，感觉真的不错，即使连句谢谢也没有。”他应该是经验之谈，也许他就是那种不会主动去做什么的人，像牵线木偶一样走路和干活，唯一的特长就是听话干活，只是服从新的指示和让他们前进的命令。如果没有外部刺激，从出生到死亡，他们会一直保持冬眠的状态。

“啊”，托马斯说，“所以呢？你们有什么建议吗？我猜两位会帮我，尽管我什么都不是，但我需要帮助。我已经够渺小了，如果我能摆脱这桩麻烦，我不介意自己变得更加渺小。韦勒教授跟我说您会给我建议，图布拉先生，我应该听从您的建议，但是您到现在仍然没有给我任何建议，不是吗？两位只是给我展示了黑暗的未来，比我见两位之前的境况还要糟糕。我本希望那个休能救我，如果我走运的话，该把焦点聚集在他身上，可是现在两位告诉我说我看到的那个人就是他，我相信，我的指控马上就要来了，可能判死刑，不是这样吗？”他想起韦勒警告他的话，“你所处的困境比你想象的更难。有些你不知道的因素让你很难脱身”。他可能是指杰内特的下院议员男友，那么他是知道这事的，那么他与图布拉之间的联系应该是畅通且持续的，那么他们究竟是什么关系？图布拉和布雷克斯通都沉默了，仿佛面对不言自明的情形，不需要多费口舌。图布拉冷眼盯着他，仿佛觉得这种情形很有意思。想必他已经习惯散播迷惘或绝望，让人们相信他们没有其他路可走，只能依靠他（或许这就是他的工作，把交谈对象逼得走投无路，强迫他们向他寻求解决办法，让他介入，想法脱身；他很有技巧，仿佛他没有强迫他们做决定，而是让鄙视本身发挥作用，鄙视对方，就可以让人泄气，灭人威风）。布雷克斯通竭力模仿他的上司，但画虎不成，他盯着托马斯的目光是中立的，或者更差，是难以琢磨的。他还没喝过自己的啤酒，只是屡次吹上面的泡沫，即使此时已没有泡沫可吹。托马斯用拇指和食指的指腹揉眼睛，他无法忍受两个人探究他的方式，仿佛他们在催促他自己提建议，而不是他们。他拿出一支烟，沉浸在混乱的思绪里，他甚至没想起来要递给布雷克斯通或图布拉一支。图布拉倒是拿出自己的烟，拉美西斯二世牌子的烟，烟盒上印着五颜六色的埃及人和法老。两人各自点燃了烟，托马斯抽自己的马尔科维奇，和杰内特不小心打掉的烟是一个牌子。“多么奇怪，那些手指再也不能抚摸、不能抓、不能拿起东西了，”他想，“前天晚上那些手指还能想做什么就做什么，现在什么都做不了了，那些都没有意义了，死和生不一样，一个接续另一个是毫无意义的，试图取代就更没有意义。”莫尔斯发现的抓痕和烟嘴都对他不利，汤姆又摸到了抓痕留下的一丁点硬痂。他的前途一片黑暗，或者说乌云密布，他为此感到愤懑。“那么，你们是谁？代表谁？”他突然发觉自己忽略了一些东西。他怀有猜测，但是实际上图布拉或布雷克斯通、瑞茨比或蒙哥马利都没做过自我介绍，没有告诉他他们属于哪个机构，听命于谁（或许他们是自由特工，是有能力偷梁换柱、敲诈勒索的黑手党，据索斯沃斯讲，韦勒认识各行各业的人），当然他们也没有展示任何证件之类，他无法知道他们有多大的影响力、站在哪一边；是否有能力凌驾于警察、司法甚至政府之上。托马斯开始希望他们是无所不能的，可以抹除整个事件，甚至是那场扼喉凶案，他们能让杰内特起死回生，然而这种奢望只持续了一瞬间。目前的情况是，他们还没说会帮助他，仅仅指出了他面临的诸多问题。事实上，他根本不知道自己在和谁交谈，可是他已经把自己交到他们手上了，已经向他们屈服。

这时图布拉微微一笑。总体上讲，他是个和蔼的人，虽然举止上爱答不理。也许他一直在做为难人、说服人的事情，让人彻底失去希望，可能还让某些与他有交集的人感到害怕，但他的方式一直是温和而有魅力的。当然，他有他的路数，可以霎时变得冷酷、残暴（粗糙的、断过的鼻子和突出的后脑勺，再多的发卷也无法遮挡），当他没变成那副样子的时候，则会有某种和煦的态度（浓密的睫毛和一直湿润的嘴唇）。布雷克斯通的反应慢了半拍，才笑起来。他需要有人给他许可或者做个榜样。

“我们代表谁，这孩子在问，你听到了吗，贝特拉姆？他问我们代表谁，多荒唐的问题！”他兴奋地喊道，这使他愈发大笑，笑声尖锐，停不下来，一声比一声高，简直变成一种笑声攻击，哈哈哈，哈哈哈哈，持续的笑声一段比一段长，一段比一段尖锐，惹得酒吧里的老主顾们开始伸长脖子朝他们的桌子迷惑地瞧。此前，他们的谈话都是悄悄进行，谁都不想引起大家的注意，现在布雷克斯通激起了人们的窃窃私语，扮成战争英雄的样子，连蓄的小胡子都一样，如此与众不同，所有人都记住了他，一个疯癫的子爵。“不代表任何人，内文森，没有人。这恰恰是最有意思的地方，我们从来都不代表任何人。”在大笑停顿的间隙，他抢着说道。那种笑既有传染性，又让人感到尴尬，汤姆只听过天真、年轻的同性恋这样笑过。真正的蒙哥马利元帅绝对会责备他这么笑，如果看到自己这么笑他一定很气愤。即便这只是他的模仿者不大成功的诠释。大衣的扣子一直扣到脖颈，使布雷克斯通没办法开怀大笑。托马斯本以为那些扣子会崩开，但随后是一阵剧烈的咳嗽，他不停地笑，笑声和咳嗽声掺在一起了。

“够了，布雷克斯通，”图布拉对他说，“别笑了，喝点东西。如果你不停下，就要背过气了。”他被传染了一点畅快的笑声，听起来不那么强势了。连汤姆也被笑声感染，尽管他依然感到焦虑。

蒙哥马利戴上了兜帽，贝雷帽被兜在里面，用两三张餐巾纸捂住嘴巴咳嗽，他的笑声渐渐平息。他接着喝了一口啤酒，一口就灌进了半杯。

“见谅，见谅，”他用法语说，“我看向我们提出这个问题，再合适不过了。”他强忍着避免再次笑出声来（他在兜帽下面弓着身），好在他忍住了笑意。

“布雷克斯通说的并非毫无道理，”图布拉对汤姆说，“虽然不至于笑成这样。布雷克斯通会被憋着，幸好他不总这样笑。他觉得好笑的地方是我们不属于任何机构，不是官方人士也不是非官方人士。我们既是人物又是无名小卒。我们活着却不存在，或者说我们是存在的却不在任何地方。我们既做事情又没做事情，内文森，或者说我们没做过我们做的那些事，或者说我们做的事情没有人需要负责。它们仅仅是发生了。”这些话在托马斯听来像贝克特写的，那些年贝克特在知识分子中很流行，他的剧作在伦敦上演，受到精英崇拜，不久前他获得了诺贝尔文学奖。按照刚才的话接续下去，可以说汤姆既理解又不理解。图布拉接着说：“我们能够改变事物，但不会留下痕迹，对于那些改变我们不会被追究责任。没有人能为我们做过的却不是我们做的事情而找到我们头上，也因为我们是不存在的，没有人能给我们下命令或者派遣我们。”

“我不确定自己理解你说的意思，图布拉先生。”

布雷克斯通已经彻底平静下来，便脱下兜帽，这一下把贝雷帽也带了下来，他露出了脑袋：一头短而卷的红发，令他瞬间变成了可怕的摩托车手。他的样子粗蛮，霎时失去了军人的气质——只是一霎时，因为他熟练地用一只手掀起头发，用另一只手把将军的贝雷帽戴好（没有徽章），真正的蒙哥马利宁可尖声大笑也不愿有这样一头红发。结果布雷克斯通用来捂住咳嗽的餐巾纸被掖进了大衣兜帽，他自己还没察觉到这点。汤姆紧盯着餐巾纸，它们皱成了一团，仿佛是从篮子里露头的卷心菜叶子。

“我们就像小说中的第三人称叙述者，类似这种，内文森，你肯定读过小说的，”图布拉教导道，“他可以决定将要发生什么，负责讲述故事，但是他不能受到质疑或提问。他没有名字，也不是小说人物，与第一人称叙述者不一样；当然人们信任他，毫不怀疑他；大家不知道他为什么会知道他所知道的，为什么会省略他要省略的，对要保密的缄默不言，为什么他有能力主宰所有人物的命运，却从不会遭到质疑。很明显，他既在那里，同时又不在那里，或者反过来说，他存在，但是没办法找到他。甚至无法被探知到。我在说叙述者，注意，不是作者，后者待在家里，不是所谓的叙述者，他不能解释为什么叙述者知道得如此多，换个方式说，第三人称叙述者是全知全能的，这是约定俗成。打开小说，没人会问为什么或出于什么目的是他说话，他会连着讲几百页的故事，这个隐形人的声音，是自发的、外在的，不是从任何一个地方发出的。”他停顿了一下，玩弄太阳穴旁边的卷发，喝了一口啤酒，他的啤酒已经没了泡沫。“所以我们就是类似的，被普遍接受的惯例，就像人们接受偶然，就像人们全盘接受意外或事故、疾病、灾难、幸运和不幸，不会提出质疑。我们能阻止一场不幸，就像一阵狂风，突然改变方向，救下一艘船；或者像一阵烟雾，掩蔽被追踪者，摆脱追踪人；或者像一场大雪，掩盖了前者的踪迹，误导后者和他们的狗；或者像阻挡前路、蒙蔽视野的黑夜。甚至，我们像分开的海水，让以色列人从中穿过，然后在追逐他们、试图消灭他们的法老的军队面前关闭通道。这就是我们，事实上我们不代表任何人。”

“又来这套，”汤姆想，“如同一粒草芥，一颗尘埃，没有起源的生命，没有起因的战争，一把灰烬，一场氤氲，一只虫豸，是某样东西，同时又什么都不是。”但是他捕捉到的主要信息是“我们能阻止一场不幸”。也许这是事实，可能他们能够阻碍正向他袭来的东西，但他们仍然没有说该怎么做，他们需要做什么才能变成转向的风、大雪、烟雾或黑夜，或者中分的海水。他忍不住向图布拉投去探查的目光：

“我想您是学文学的，不是吗，图布拉先生？所以您会这样想。”

图布拉又笑了，带着一种迁就的态度，好像告诉汤姆：“你把我当成什么人了？一个没脑子的跑腿的？是的，我的确可以放下一切疑心开始行动，但我会逐渐了解真相，我会一直思考。”看起来他比汤姆大了二十五岁，而不是几岁。

“我学过许多东西，”他回答，“就在这里，在牛津，也在其他地方学习过。我一生都在学习。我的专业是中世纪历史，不过我们有好几位共同的老师，也许是他们在间接拯救你，内文森。”汤姆注意到他做解释的时候带上了一点牛津音。他好奇这人是如何进入这所老牌大学的，别提这人是来自伦敦东部的贝思诺·格林平民区，或者更差的司垂特汉姆区、克莱普汉姆区或者布里克森区。他肯定有许多过人之处，很精明，或者如韦勒所言，他有许多人脉。他能让人们信服，或者让人们恐惧。

“间接？”

“是的，通过我们，”图布拉微笑着说，“通过降临的烟雾。您知道是谁在介入。”

至此托马斯大着胆子直接问道：

“两位能结束我的不幸吗？”是的，他捕捉到的就是这句话。

“也许吧，看情况。或许我们能够让你不再是无名之辈，也成为某个人物。不是吗，布雷克斯通？”布雷克斯通迟疑地点头，“如果是这种情况，你该庆祝了，成为休·萨玛莱斯-希尔那样的人。不用同样的方式，不为同样的目标，但大致相似。抹掉两个大活人的痕迹是有困难的，在那个糟糕的夜晚，有两个人去了杰内特·杰弗瑞斯的公寓。好吧，你睡了她，萨玛莱斯-希尔可能睡了她，也可能没有。的确，那不是个大麻烦，是可以补救的。总之，现在看您的了，托马斯·内文森先生。希望您能为我们降下雨雪，或者让我们的东风转向。”这是第一次他没有直接称呼汤姆的姓氏，而是加上了“先生”称谓，仿佛想以这种方式引导汤姆，以此验证平步青云后身份的显著变化。

“如果你们处理了，会发生什么事呢？会不会引起轩然大波呢？那个莫尔斯会怎么说？该如何解释呢？”

“是的，那个男人会发怒，提出抗议，可能他的直属上司也会这么做，因为他们是一艘船上的。但他们的抱怨不会传播太远，他们很快就会被压制住，跟其他的等级机构一样。目前，杰内特·杰弗瑞斯死亡事件会成为悬案，证据不足，没有确凿的证据做基础，谁也不会开始一场不能胜诉的官司。有许多案子遇到这类情况。有时候，过了好多年才发现凶手，有时候从未找到罪犯。瞧瞧半个世纪以来的、二十年来的、十年来的卷宗。在这个国家，公众非常关注罪案，表现出极大的热情。但是如果没有连续报道或者结案说明，他们就会彻底忘记这些案件，除非有个别疯子坚持给警署写信申诉，直到他自己疲倦至极才放弃。如果人们知道悬案的数量之大，一定会引起哗然，会始终感到惶惶不可终日。他们被已经解决的案件分散了注意力，有足够的审判和惩戒让他们觉得警察效率高。如果问问老百姓，大多数人坚信我们的警察和我们的司法制度比其他地方要好，这里法网恢恢，疏而不漏。人们不会计算消失在回忆里的案件数量，或者说不会估量飘在没人能望到的边缘地带的东西。”最后一句大概让图布拉很满意，因为他停顿了一下，像一句补充诗句，“六个月后，没人会记得杰内特，除了她身边的人。牛津的居民也不会记得她，即使这些人现在正提出抗议、迫切等着消息，持续几个星期，但是接下来就不会了，一两个月没有新消息，他们就不会如此迫不及待了。”

“但是会有传言说我曾跟她在一起。看到我的那个女邻居会散布传言。人们会把我当作坏人，怀疑我，会互相询问为什么没把我逮捕，他们会孤立我。更糟糕的是，他们会敌视我。”

“几星期内是有可能，”图布拉平静地说，“随后他们会推断出与你毫无干系，你是无辜的。因为没有逮捕你或指证你。他们甚至会想：‘可怜的孩子，他们在他和她在一起的那个晚上杀了她，他多么不走运。他刚刚还爱抚她，随后他们就掐死了她。’此外，没多久您在这儿的课程就要结束了，学业也快完成了，不是吗？您不会在这里停留很久。您会回到西班牙，或者暂时去其他的地方，继续深造。当你来访牛津时，没人会想起你了，更不会把你跟什么事联系在一起。”

“就是这样。如果我们阻止了您的不幸。我是说如果阻止。”布雷克斯通说。

“如果没能阻止，可能我就会在这儿待上好多年，”托马斯突然想到，“在铁栏高墙之间，和杀人犯一起生活。”

他看到布雷克斯通的贝雷帽下露出一绺红发，从左后脑勺垂下来，让他看起来像个蒙古人或者鞑靼人，那绺头发让人心烦。他向他做了一个提醒的动作，子爵马上把头发掖了回去。托马斯趁机把手伸进兜帽拿出了那团餐巾纸，厌恶地放在桌子上，两个男人都吃了一惊。

“两位说这事靠我自己。具体讲，该怎么办？我能做什么呢？”托马斯已经知道了，但是他想听听。这个决定相当重要，不能仅凭推测做出，虽然事实上并不是推测，相反，是确凿的事实。

“不久前，”图布拉说，“一位我们共同的老师向您提出了一个有吸引力的建议，据我理解，您拒绝了。成为对国家有用之才，用您超群的能力为它服务。我们是宜人的、可信的国家，不像您的，至少根据我的经验来看，虽然我只在那里待过不长时间。您不会相信一个西班牙人许诺的事，对吧，内文森？或者说很少相信。如果这人有权势，就更不会相信了，我是指那类可以让黑夜降临、分开海水让人通过的人。您无法确定通道能不能及时关闭，在以为感到安全实际上仍能看见追兵的时候，烟雾能不能腾起。另一方面，在这里我们信守承诺。如果您同意与我们合作，您会变成某个大人物，可怜的杰内特·杰弗瑞斯要等上一阵子才能等到正义了。我们总以为冥冥之中，逝者看重杀害他们的凶手是否受到了惩罚。是的，或许在他们咽下最后一口气之前，这是对他们来说最重要的事，那时他们还在反抗、挣扎；但是那个时刻很快就过去了，他们停止呼吸的瞬间就成了遥远的过去。我们却继续盲目地认为他们还有活人的特征和反应，这不过是我们的想象力使然，而深渊是如此深不见底，他们已经完全不在乎尘世的愿望，哪怕是最后的愿望。他们做好了一直等待的准备，直到时间终结，因为他们甚至不知道自己在等待，也不明白等待是什么意思。事实上，他们什么都不知道。他们不会感到不耐烦，也不再有愿望。”

“这不是诗人想的嘛，”汤姆很快想到，“‘逝者活着的时候，不曾说出口的话’，”他复述着，“‘在他们将死时，会讲给你听。’”这些诗句依然让他摸不着头脑，而且他得赶紧把事情敲定。

“如果我没理解错两位的意思——即便我被逮捕或受指控，杰内特仍必须等待她的正义推迟伸张。因为我没有杀她，两位应该明了。至少我们共同的老师是知道的。他应该告诉您了。”

图布拉耸了耸肩，又笑了，再次露出和煦的、几乎是欢乐的表情。他对自己、对自己的个性和外貌感到满意，有女人缘的男人经常会这样。他无疑坚信自己那身斜宽纹套装是高品位的极致展现。

“无所谓他相信什么，无所谓我们相信什么，无所谓您说了什么。除了死亡，没有人会确定什么，即便她看见了谋杀犯，如果那人是从背后偷袭的，连她也看不到。您可能杀了她，我们所有人都不知道，不可否认这种可能一直存在，在法官或陪审团看来有这种可能性，甚至能被证实。这才是算数的东西：记录在案的、被法律决定的事实。法律宣称的、有记录的东西中，当然，有些是不存在的，我们非常了解。我们的一部分工作就涉及不要留下记录。如果您仍是无名小卒，内文森，您就有落入被法官或陪审团审判的危险，把自己交到他们手中，以非常糟糕的方式玩儿完。”这话跟想提供保护的索斯沃斯先生对他说的很相似，而且索斯沃斯和韦勒一样蔑视法律。在牛津这座城市里，没人认为法律必不可少，也没人认为它神圣不可侵犯。可能图布拉、布雷克斯通、韦勒（这位凌驾于索斯沃斯之上的人更厉害）都在这个框架内活动；可能他们避开法律，在它之上，仿佛实际意义上的风、夜、雪或烟，他们不需要交代什么，他们的活动不受法律约束，也没有关于这些活动的记录。“真可惜，您还是太年轻了，”图布拉严肃地说，“您还没开始人生的旅途，初始者都算不上。”

“那么谁会践行承诺?”托马斯突然问，“谁?如果你们不代表任何人。如果你们活着，但不存在，或者说存在，但是不在任何机构内，这是一样的吗?您刚才是怎么说的，你们做过却不是你们做的，您们既是人物，又是无名小卒。据您说，这是个宜人的、值得信赖的国家，但我不知道我在和这个国家的什么人谈话，谁能给我承诺帮我脱身。您想要我如何回复，如果没人找您负责，没人派您来，没人给您发号施令?我在和谁说话，一个幽灵吗?”

“你怎么会这么想，内文森?”布雷克斯通不耐烦地插嘴，“你在和贝特拉姆·图布拉说话，他同意来这里的唯一理由就是为了帮助你。”他以虔诚、钦佩的语气说出了长官的全名，仿佛在他看来，长官就是一个体制，一句座右铭。对明显比他年轻许多的人表示钦佩，真是引人注目。

“啊，是吗?”托马斯有些生气地回答，“更确切地说我是在和泰德·瑞茨比先生说话，贝克维斯女士就是这样认为的。即使他的名字不太固定。”

汤姆注意到，这样的细节让图布拉觉得有趣，或者说满意。他向索默维尔学院的迷人女教授自我介绍时，汤姆竖起耳朵听到了。但他没有对此作评论。

“还不明白吗，内文森?您真的不知道自己在和谁说话吗?好吧，好吧，我们共同的老师说得很明白了，他跟我说了。您拒绝了他，他可真是失望啊。接着前面的举例来说：如果雾能帮您脱困，您不能向它求得保证或事先问得时间期限。您只是利用它，不是吗?相信它一直在那里，有充裕的时间掩盖一切。甚至与它裹挟在一起，与之混杂、融合，此后也变成一片迷雾。几个世纪以来，英国的雾以其浓厚程度闻名。您完全可以相信它，我相信您会信任它的，因为现在您就是它的一部分，会随着它飘往任何地方。您会成为许多突发事件的一个环节，诸多疾病、幸运与不幸中的一环。随着时间的推移，您会跟我们一样：事情就这么简单地发生了。您身上不甚突出的东西不会让您停滞，更不会离您而去，因为您没有自暴自弃，我不知道您是否跟上了我的思路。”

他一直跟着图布拉的思路，但是没有跟上。他大体上理解了他的话，但是没理解各种偏离主题的比喻，在这些比喻中他发现了他们共同的老师的痕迹，即韦勒教授，图布拉很有可能也曾是他最得意的弟子，那时韦勒本人也许就招募了图布拉，让他做不固定的、幽灵般的工作。如果是这样，教授说服图布拉或瑞茨比就不是难事，因为图布拉来牛津之前的生活可能不只是枪林弹雨、即兴发挥和颠沛流离，更可能是犯罪的日子。汤姆越跟图布拉谈话，越觉得他的面容有意思，一开始觉得粗俗，慢慢地听他谈话，觉得他是个妙人——可能起初觉得他市井，现在觉得他言辞斟酌。他的过往是肆无忌惮的，甚至充斥暴力，他不会完全放弃那些，尽管他在接受教育——这个过程仍然没有结束。他肯定是那种趋利而行的人，并非为了某种信念努力，而是为了在这个世界上有存在感、爬得更快；他肯定明白要一步一个脚印地往上爬才可以达到目的，同时他对走过的路、坐过的办公室、进过的沙龙抱着的蔑视态度丝毫不减。他肯定在街头混过，肯定明白道儿上的那套才有用，那才是往前迈步、解决问题和战胜困难的最后办法，尤其是在形势非常不乐观的时候。图布拉之前的生活肯定不遂人意，他宁愿抛在脑后。顾好眼前，用他的话说，营造一场雾，他应该已经有了救汤姆的法子，或者头绪，旧账一笔勾销，或让他的暗箱操作合法化。

“我本来有积极的人生，”托马斯想，“如今我似乎失去了，它忽然离我远去，难再复返。这段日子真是糟透了，每一天都非常糟糕，人不知今夕何夕，兴冲冲地迈入本该避免的一天，没有办法猜测在哪一天会遭天谴，踏入水火，跌入深渊，哪一天毁灭一切的东西会到来……多么愚蠢，多么徒劳，那一天本不该迈出那些步子，甚至不该离开屋子。像往常一样起床，走进书店，和一个暂时的、没什么分量的情人勾搭一下，约定晚上见面，出于无聊或者一种控制欲或敌意，抑或不想觉得孤单、觉得渺小，如果那晚不出门，事态就不会如此严重。如今已经结束了，毫无乐趣可言，甚至颇为悲哀，太不值得；如果可以回到过去，我当时一定不会那么做。”那场愚蠢的约会和浮夸的云烟毁了一个人预先设定的人生轨迹。以前设想的一切都不作数了，我的未来消失了，或者说被替换了，也许我得拒绝贝尔塔了，放弃与她过普通人的日子，那是多少可谓和谐的、没有阴暗秘密的生活；这些机密，除了被迫承认的，也许就是主导我们的准则。他们给我提供了两条路，但哪一条我都不想选（我能选择的权利已成为过去）。最糟糕的情况，拘留或刑期未定的审判，定刑和数年牢狱；抑或是无法想象的、混沌的任务，持续时间无法确定，但我对此没有做好准备：装扮成另一个人，与可怕的陌生人来往。与敌人套近乎，而后背叛，这是韦勒跟我提的，他提到了“渗透”这个词，我从来没想过这些。“你会成为一个杰出的渗透者”“你可以扮成不少地方的当地人”，他说过，接着试图缓和：“没有哪项任务会持续很长时间”“是稀松平常的事，对家人或友人来说也没什么奇怪的。你在西班牙的时候，一切如常。当你不在西班牙的时候，就不是这样了，我不骗你，你会有各种伪造的身份，过着不属于你的生活。但这只是暂时的，早晚你会回到原来的生活，做回原来的你”。是的，他的话清楚明了，我曾试图忘记他的话，当时一切井然有序，他的提议是可以拒绝的，此刻而言，就不一样了。现在这两个人提出的几乎是命令，就是布雷克斯通和图布拉，或者蒙哥马利和瑞茨比，或者无论他们叫什么。但是进监狱更糟，比任何事都糟。即使我出了监狱，我的人生也被毁了——我得多大年纪了，还谈什么期望？谁会要我，谁会雇用一个杀人犯，一个瘟神？贝尔塔早已离我远远的，和其他男人结婚了，有了别人的孩子，也许她都不想再看见我或听到我的消息，甚至不想听到我的名字，把我从记忆中抹除，像经历了一场噩梦或犯了赧颜的错。如果我接受建议，我就不会失去她，即使那意味着一起过混沌、黑暗的日子，充满沉默、欺骗或缺席，最好的情况会是披露一半的事实，此外是宽广的阴影区；如果我拒绝他们的建议，也许我也能证明自己没有罪过，甚至不会经受审判，可以继续走我自己的路，就像那愚蠢的一天从未来临过。毕竟，我没杀杰内特，也没杀任何人。但风险太高了，谁知道呢，谁知道；我害怕，恐惧蒙蔽了我的双眼和理智，恐惧让我难以忍受，我只想摆脱恐惧……”

“我想想，”最后他说，他可以感觉到那两人愈发不耐烦了，“再想一下。”

“时间快到了，”图布拉敲着桌面强调，还眨了眨那两排厚重的睫毛，“我们可没有一整天的时间。已经给了您一条出路，内文森，最好抓住时机。您来决定，但要快点儿。”

“快点，就在这儿，总是这样……”托马斯立刻想起了《小吉丁》最后一节的诗句，“现在会永远存在，奇怪的是：即使做了决定，最大的可能性是我带着我的决定成了宇宙弃儿；韦勒让我尽量避免的恰恰是我留有的。我会成为我现在不能成为的人，我会是个虚拟的人，我会成为来来往往的幽灵。我将仅仅是发生，如图布拉所说，我会是海水、大雪和风。”他意识到自己已经做了决定，但不想大声承认，他想保留一会儿，把决定禁锢在思想里，不说出来，就还有回转的余地。“浮悬在空中的灰尘标志着一段历史终结的地方，”他脑中突然跳出了两句新的诗句，“我的故事在此结束了。什么在等着我，因为我仍然在这里，现在就是永远。这是空气的死亡。”他又抓住了一句诗：“而我存活。多么幸运，多么不幸。”

第三章

1974年5月，在圣费敏教堂，我和托马斯·内文森结婚了。教堂就在我们从前就读的中学旁边，我们就是在学校里认识的，他入学比我晚，十四岁时来到这所学校读书。我们离开教堂时，可笑地手挽着手（我们以前没有这样挽着走，那以后也没再挽过），当时我俩还不满二十三岁。我穿得一身白，手拿花束，头上披着纱，唇边挂着胜利的笑容。我想这是因为夙愿实现了，这是一个人在孩童时代和少年时代就定下的难以抹除的甚至无法更改的目标，即便客观环境变化很大，也终于达成了。感情方面的事更是如此，要经过更长的时间才能观察和懂得情感的变化，在考虑放弃它们之前，将其完成更好。我该穿过那条不与其他事物交叉、能够达到理解或反悔目的的边界，如此才能抛却过往；当你选择了错误的道路，只有一直走到底才会意识到那是错误的路，你试图改正错误，却为时已晚，想不造成损害或将差错完完全全地改正已没有可能。那时，我毫无顾虑地把自己的人生完完全全与托马斯捆绑在一起，从没想到会与他分离，在这个国家还没有离婚一说，虽然许多婚姻中，双方已经分居；有时候，人在有胆量斩断某件事之前，会紧紧地抓住它。仿佛我们在繁重的、不可能完成的任务前是软弱无能的，很多人终其一生在完成这些任务，因为他们没有别的方式，只能在痛苦、不懈斗争和逢场作戏中摸索：

他们纠结是为了摆脱纠结，就这样把他们被赐予的所有的光阴都消耗掉。

我不是为这个目的结婚的，当然，这么说颇为犬儒主义。相反，我本来以为婚姻能结束那些出格、奇怪的事，自他从牛津结束学业回到马德里后，我就一直觉得他有些不寻常，或者说他好像没有彻底返回，不是我料想的那样。表面上，一切都很顺利，显然那所大学的学位带来了诸多好处，像他这样的年轻人马上就可以在英国大使馆找到职位，听命于文化参赞，收入非常可观，我们可以畅快地生活，而且我也有微薄的收入补贴家用。我在我们的母校做教师，每个学期伊始，如果有职位空缺，学校常会询问有责任心的女性校友的意愿。托马斯在使馆或者比使馆级别更高的机构里颇受好评，因此他经常被派去英国，有时是一个月，甚至更长时间，他在那里接受类似于外交或商业性质的培训，学习礼节、危机处理、人事管理、预算管理等内容，我不大感兴趣，而且我觉得这些与他当下的或未来的职位没有关系。至少他是这样告诉我的。他们培养他，是因为在他身上看到了未来，想提拔他，让他施展能力，尽管他学的不是外交或国际关系专业。我想或许以后他们会让他去英国的某个部委，比如外交部，做一个精明、高效的官员，可以运用他的语言天赋，而且能与人和睦相处。所以我们有可能会搬家，或他被派去别的国家，在那儿他能发挥作用，他有可能去美国。

奇怪的是，只有我是这么想的，托马斯在马德里的时候，仅仅是完成他必须完成的工作，从不思考他的未来，也没有什么理想，仿佛他没有未来，仿佛他的未来已经写好，他已经读过了。对于生活给予他的东西，他一点儿都不感兴趣；他没有目标，没有野心，没有躁动，更没有疑问。有时候，我觉得自己在和一个命运已经注定的人一起生活，他被困住了，没有退路，所以他对自己的生活漠不关心，心里明白巨大的、美好的惊喜不会降到他头上。某种程度上说，他像一个上了年纪的人，只等着时光流逝、夜幕降临，或等着黑夜过去、清晨到来。用文绉绉的语言来说：无论是深夜还是凌晨，每次我睁开眼睛，都发现他醒着，仿佛连续的思考让他难以入睡，或者让他只能浅眠，所以只要我换个姿势或蹭到了他，都会立刻让他清醒。有时候我会轻声问他是否还醒着，他不常搭话，我也不会继续问，怕自己弄错了，打断他的睡眠。可是他的呼吸是清醒的人才有的，是沉思的人、在沉默中咒骂自己的霉运的人才有的，他总是保持警惕，散发着悲伤和愤懑的情绪。有好些夜晚，我看到他的烟在黑暗中闪烁，仿佛他是战壕里精疲力竭、无比厌倦的士兵，他不在意暴露自己的位置，不担心被对方连续射出的子弹击中而死去。我便知道他还没睡着，于是提高声音问他：

“你睡不着吗？你在想什么？”

“没什么。我什么都没想，只是抽支烟。”

我把手搭在他的肩膀上，轻轻抚摸他，仿佛身体接触能让他平静下来。

“我能帮上什么吗？你想聊聊天吗？”

有时他会回答我说“不用，你睡吧”，有时他把烟按灭在烟灰缸里，把我拉向他，掀起我的睡衣，像动物交媾一样，突然进入我的身体，没有前戏铺垫，他会突然勃起，也许失眠导致他勃起；毕竟，那时他还很年轻。我感觉他在寻找让自己疲倦或者释放压力的方法，任何一个女人都能起到相同的作用，只不过我恰好是这个人，这里恰好是我的床，他不需要问我、不需要征求我的同意，他认为这是理所应当的，大多数男人一旦成为了丈夫就会有如此的惯性思维。可能这是托马斯拥有的为数不多的清空思想的方式，为了让自己日日夜夜感到的焦灼得以舒缓，或至少让这种情绪与身体的需求和运动共存，可能他只是想让肉体暂时蒙蔽灵魂，扰乱它，用原始欲望（即便再用心精雕细琢，性总是最粗陋的，但我们不是这种情况）让它沉默。他结束以后，我会去洗手间，当我再回到卧室时，发现他已经睡了。还没到起床的时候，我非常小心地爬上床，认真地看他一会儿，看他的脸庞和呼吸。如果看起来他还没睡熟，我会轻轻摸着他的下巴，悄悄说：

“安静地睡吧，亲爱的。如果你不动，也不翻身，就会不经意间陷入熟睡，慢慢地你的思想就停滞了。也许你该告诉我你在想什么，这么长时间了。虽然你否认，但你不停地想着某些事，让你无法入睡。你肯定遇到了什么事，是我不知道的事。”

与其说我在讲给他听，不如说我是讲给自己听的。

白天他勤劳工作，努力装作一切照常。他仍然会开随和的、受欢迎的玩笑，会开朗地笑，在需要我们参加的各种晚宴和社交场合，被人要求表演模仿时，他从不吝啬自己出了名的本领。读高中时他就给同学们带来欢乐，如今只不过是观众换作了成年人，他们的笑声更加响亮，更加夸张。从中学起他就一直在磨炼这项本领，现在已经到了出神入化的境界，没有任何一种口音、一个公众人物或哪个人是他不能模仿的，不止一个人建议他去英国或西班牙的电视上做节目。不过，在我们轻松、愉快的日常生活中，我能感受到他打心底对自己的人生的漠不关心，他竟然对未来缺乏好奇心，进而导致他一点儿都不享受当下的生活。每当他要去英国出差前，他的精神状态就会发生变化：一些时候他会显得焦虑，另外一些时候则变得悲伤，他从牛津毕业时带回来的紧张感也随之浮现。完成学业归来的年轻人和启程去学习的那个人判若两人，这倒也不奇怪，求学这几年，每逢长假他大多会回西班牙，我们都会见面，一直有肌肤之亲，经历了迟来的、多少让人失望的“第一次”以后，我还是越来越有激情。每次回来的这个他都和前一次回来的他不一样，从希拉里学期末到圣三一学期之前的五个星期，他和我待在马德里，他表现得不在乎，甚至可以说是不感兴趣，整个人都被严肃感笼罩。他变成一个面孔阴暗、躲躲闪闪的人，好多时候少言寡语，在读牛津的第三个学期，他就已经变得差不多是这样。在他灰色的圆眼睛里，集聚着一股已然能够成为他的个性的不安，这与他通常表现出的随和完全不一样，这双眼睛似乎从不休息，仿佛一直反映着波涛汹涌的情绪，这种情绪只属于一种凝固的思维，既不前进、也不演变、更得不出结论的思维。起初，我把这归因于对刚结束的一段时期感到茫然，是暂时性的不适应，只是有时候这种不适应持续的时间很长；因为他有好几年一直辗转两地，不能在这儿或那儿安定下来。但是他马上纠正我，跟我说自己的留学生活还没结束，需要在伦敦停留好一段时间，参加之前约定好的入职培训课程，可能在 9 月或 10 月开始。我自然会问起他时不时表现出的悲伤：

“这几个月里你经历了什么事吗？我注意到你不大一样了，仿佛突然间老了十岁，好像你的肩上突然扛了担子，不久前还没有。”

他迷惑地看着我，仿佛对我发觉他竭力用轻松、玩笑和幽默的神情掩盖的变化很是惊讶。他向后拢了两把头发，往常他都只拢一下，可能这是在拖延回答我的问题。他的目光变得迷离，我觉得他是在犹豫是否该跟我说，如果我猜得没错，他最终还是选择转移话题。

“没有，”他回答说，“完全没有，我能发生什么事？我想应该还是我要毕业了的事。就是曲终人散，寻欢作乐的日子结束了。从今往后，我走的每一步都将决定我的人生。没有更多的试用期了，纠正错误的时限已经过去了。我现在做的事会影响未来的二十年，但是我并没有觉得自己比十五岁的时候，哦不，比八岁的时候更有自主选择的权力。沿着这条路走，直到某个地方，没有回头路，要一直走下去，很难回头的路，我不知道。来年，你也会遇到跟我一样的情况。”西班牙大学学制是五年，托马斯回来的时候，我还有一年毕业，除了和他结婚，我还有时间考虑接下来做什么。结婚的事是很久以前就决定了的，是我计划了许久、终于即将实现的。我从来没有花那么长时间用来期盼，需要竭尽全力对抗思念，忍受毫无意义的长时间分离；如果我们时不时地仍要分离，那也只好这样了，即便这种情况会贯穿我们的一生。我绝不允许自己有任何的动摇，绝对不行。可能托马斯变了，他突然变得成熟了，身上突然有了沉重、茫然的气质，我要与这样的他共同生活，如果他要我跟上他的变化，我会努力迅速变得成熟，我不会让自己落后。不仅是因为我在他身上投入了很多时间和感情，更因为我当时不可救药地爱着他，我故意用了“不可救药”这个词，因为我从年少的时候就喜欢他，还因为我深深地陷入了这段感情，没有什么比同时拥有爱和意志的情感更加稳固的了。他不在的时候，我有过一次性的冒险，那时我很年轻，而且当时的环境就是那样，但是在任何时候，我都不曾怀疑自己对他的爱，更不曾退缩，我对他的爱是无条件的。年少时，我颤抖的手指选中了他（因情绪激动而颤抖），这感情是真真切切的，对此我毫不怀疑。那么他呢？我不在乎他是不是有些露水情缘，但是我在乎他与我的关系有什么改变，比如激情是否有微妙的冷却。尽管他的不安影响了我，但是我可以肯定，我没有让他感到不安。我们最初的想法是，差不多等一年以后再结婚，等我大学毕业。托马斯为了印证他之前的否定态度，又说：“我能在牛津发生什么事？你知道的，在那儿没什么事。我是说没什么要紧事，没什么意外。那是个备受保护的地方，由委员会管着，一切都被做成木乃伊或者泡在福尔马林里。不管是好的还是坏的，还是不真实的，还是……它就是这样的地方。”他迟疑了，停顿了下，他要说的话就在他嘴边，“那是被宇宙放逐的地方。”

“你害怕无法修正的事物里面，也包括我吗？在未来二十年内会成为你的负担，可能你希望它不存在，或者从未发生过？你会这样看我吗，无法撤回的一步，是你必须走的、无法回头的路？我不知道，一切都不确定，没人能告诉你未来是怎样的，我对你也没有要求，也不会向你提要求。但是我不想让你觉得我是又一个威胁。如果你觉得现在的自己没有比八岁时更有能力做出选择，我不会天真到认为自己在你的选择范围内。我最不想你把我当成束缚。然后你就会害怕见到我。”

“没有，贝尔塔，没有。”他只是回答，这无法安抚我。在我紧张的注视下，他又一次用夸张的动作往后拢了下头发，过了一会儿，他继续说：“当然不是这样。肯定不会这样认为你。事实上，你是为数不多的让我觉得自己没有受到强迫，是我自由选择的。在其他方面，我觉得自己命数已定，我觉得我身不由己，只能被人选择。你是真真正正属于我的，我唯一确信是我自己想要的。”

那些话让我觉得言过其实，还有点难以理解。他说他的命数已定，说他的自由受到限制，我不明白这是什么意思，他想说什么。没有什么能强迫他接受他在做的工作——他一毕业就有一份好工作，我们中的大多数人要游荡一阵子，做做临时工，能力不行的人甚至会被辞退。我不理解那种被人选择、而非自己做主的感受。“他肯定有什么事，奇怪的、让他烦恼的事，但现在他还不想告诉我，”我想，“好吧，他会说的。我们的日子还长呢，人终有一天会跟日复一日睡在身边的人讲实话，因为永远保守秘密很难。”人感到不安、害怕的时候，自我意识会占主导，而我也只关心与我有关的事情，他的话听起来像一种肯定，一种爱的宣言。我释然地叹了一口气，把一切抛在一边。他把我拉向他，用一只手臂搂着我，这也让我更感慰藉，虽然这种拥抱姿势有点尴尬，我的脸轻贴他的胸口。一时间，我看不到他，只闻到他身上的古龙水、香烟和上好的英国布料的味道。我感到放松、踏实，一边摩挲他的后颈以示安慰。当我后来回想到这一幕，我想自己之所以会有那样的感觉，部分原因是他阴云密布的神色忽然从我眼前消失：我的脸埋在他的衬衫里，我看不到我一直喜欢碰触和亲吻的厚嘴唇，看不到他像飞行员一样的棕发，看不到他的忧郁的双眼，在这双眼睛里，我再也没看到平和、安宁，还有彻底放松的神情。

他过了很久才讲给我听，但是他从未将全部都说出来。我已经习惯不问他细节，他非常擅长掩饰，有不得披露秘密的禁令约束他。每当他有坦白的想法，就会想起他可能要受到的报复，以及其他人要背负被暴露的风险，还会想到他将面对的是无休止的盘问。最好保持沉默，一个字也不说，最好是说谎，最好是直接否认。

我们结婚两年，已经有了一个儿子，这时他才不得不开口讲一些事情。尽管我给了他很多压力，尽管他在别处的一些行动已经把我们暴露在危险中，但是他没有吐露很多，只说了允许他说的话。至少我知道了那些是什么样的行动。或者我能想象到的那些行动包括什么，我们都知道，有时候想象比现实更加无边无际，即便它缺乏现实的精准和可怕的力量，所以你往往会忽略想象带来的预感，对自己说："这是不可能发生的，既然我不知道到底发生了什么，我为什么要用胡思乱想折磨自己呢?"从那时起，我便带着一种莫名的恐惧生活着，特别担心他，也担心儿子和我自己，还担心即将出世的女儿。他对我发誓说过去的事绝不会再发生，更不会有不好的事发生，我却自然而然地想到有些人会对他们无法掌控的事情立下誓言，无论避免还是实现都在他们的能力之外（通常这些人都是无耻之徒，或者被通缉的人）。但我还是愚蠢地相信了他，或者说有必要相信他。如果我想继续过这种一半寻常、一半不寻常的日子，除了信他，没有别的办法。虽然从那以后，一切都不寻常了。他发誓无非是为了解除困境（他一口咬定自己被跟踪了），我相信他纯粹是因为我的恐惧是莫名的、暂时的、隐蔽的，而非尖锐、压得人透不过气。

是的，从他结束学业回到西班牙，到不得不告诉我一些他们允许他讲出来的真相，中间隔了三年。托马斯与预想的一样，在使馆谋得一个职位，往返于马德里、伦敦以及英国其他地方，他已然成了头号种子，为使馆工作，薪水迅速增长，相比之下，我只是象征性地为家庭收入做贡献，只够我自己或孩子的花销，孩子可是个无底洞。他的培训周期越来越长，终于有一天，托马斯不得不找一个有效期更长的借口：因为他会两种语言、善于为人处世以及他突出的能力（他能与各种人相处融洽，大家都喜欢他），外事部门希望他能在伦敦工作一段时间，从事咨询、协调和游说的工作，类似在英国广播公司从事西班牙语播音，也用英语播报西班牙或拉美国家的事件，因此他会一直在英国，派驻时间有时比较长，有时很短，他很难提前知道具体时长。

我们的婚姻生活成了断断续续地过日子，我们已经习惯了，毫不费力地接受了这个事实。而且我们会像以往，或者说会像我们相信的那样相爱（在这里主要是说我自己），某种程度上说，我们很高兴能有一直思念对方的契机，有时间浓缩对彼此的感情（包括肉体上的和心理上的），没有了让人愉悦的抬头不见低头见——这种日复一日、望不到尽头的生活也可能会成为一种负担，即使不是负担，也会成为理所当然的，不需再去花力气争取，因为那个人一直都在，包括那些你想沉浸在自己的思绪和回忆里的日子，或者你就想开车四处转转的时候，毫无目的地闲荡，夜幕降临，开车到达一个陌生的城市，找一家旅馆过夜，假装自己恢复单身，没有家庭负担。他在马德里一待就是好几个月，这令我满怀激情，我怀念那段日子，是一份礼物，一开始显得很特别，填补了生活的空虚，让一切各就其位。如果他躺在床上，身体散发出热量，我知道他醒着或半睡半醒时，我会用指腹轻轻摩挲他的背，确认他就躺在那儿，为他就在这儿、离我如此近、就在我身边感到异常兴奋，之前好几个月里我独守空床，我会在半梦半醒中迷迷糊糊地想："他什么时候再回来呢？这不是我的想象，之前他把这个空位填上了，他在这里待过。"

我知道，这种共同生活的日子总有结束的时候，知道这段时间过后，他又会离开，我会开始另一段思念和等待的时光，这也让我满心欢喜。每个清晨，我们一起起床，每个夜晚，我们一起在家吃饭或一起出门，一个在使馆工作的人总有晚宴要参加。不，他不是从前那个年轻人了，我在他那里感受到了他不曾提起的痛苦，让他否定自己的存在感，这种痛苦在我看来是无缘由的；而那个轻快、爱戏谑的年轻人并未完全消失，有时候会变回来，当然他没有完全迷失自己，他只是变得日益成熟，甚至神奇地变成了对未来毫不感兴趣的老者，如果那个年轻的男人的确存在，毫无疑问他肯定还在他的身体里。所以当他和我在一起的时候，他是否变成了另外一个人，是否表现得痛苦、孤僻，忍受着大多数时候我都无能为力的失眠，都没有关系；我能看到他笑就可以了，当他微笑的时候，他灰色的眼睛是警觉的，在他有心情开玩笑的时候，我能听听他讲笑话、模仿别人就足够了，我能细细地亲吻他的双唇就好，只要能日复一日守着这一切，无论他是不是发生了很大的变化，无论他是不是我相识多年、最初的托马斯。

一旦在一个或另一个地方的停留趋于稳定，他再回马德里时就会变得很不一样。他显得疲劳至极，仿佛刚摆脱一场不幸或者经历了一段承受重压的日子。过了几天，他会沉静下来，精力逐渐恢复，仿佛他成功地逃过了他刚经历的事，开始享受下次出行前的休整。在这几周里，有我的陪伴，托马斯的脾气又变好了，能喘口气，重新习惯家庭生活、与友人相处和这个城市的日常，包括适应埃塔或其他组织的恐怖活动、极端右翼组织偶尔的犯罪活动、军队政变引起的冲突、争论和威胁，不朽的佛朗哥去世后等着我们的，或者让我们感到不安的、前途未卜的日子。所有这些对他影响甚少，仿佛这跟他没关系，他遇到过更糟的，他只是在英国踩着厚实的地毯、在办公室里办公、参加各类接待活动、担任翻译。我不能说自己从未怀疑过他，在我脑子里的确闪过关于他在做其他事的念头，特别是有一次他消失了两个多月，回来的时候脸上挂了彩。我是指他的脸颊上有一处明显的伤疤，不是剃须刀的划口，而是一把刀或者匕首造成的。我见到他的时候，伤口已经快愈合了。伤口可能不深，但是疤痕留了相当长的时间，也许会一直有，如果别人知道该往哪儿看的话，除非他做了整形手术。他跟我说他会做手术祛除疤痕，的确如此，因为他下次回来的时候，疤痕消失了，让人难以置信，仿佛他没有被划伤过，肯定是个高手或者非常专业的医生为他做的。但是当我第一次看到伤疤时，我很警觉：

“怎么了？是谁干的？”

他用拇指摸了下脸颊，摸了下伤疤，好像这已经成了他的习惯动作。

“嗯，这是很久以前的事了。一天晚上，我下班很晚，想走路回家，快要到家时，有人袭击了我。是两个拿着刀的家伙，我不想把钱夹交给他们。我踢了一个人的胸口一脚，然后赶紧跑，可是另一个人用刀把我划伤了。还好只是被刀尖碰了一下，不是刀刃。一道浅伤口，虽然起初流了不少血。你瞧，现在已经好了。”

“可能不深，但是很长。”疤痕从一侧连鬓胡子开始，一直延伸到下巴，那时流行留较长的连鬓胡。“这会让你留疤的，受到袭击的时候，你怎么不和我说呢？”我有些犹豫，小心地伸出手，抚摸伤疤。在他方便的时候，我们会通电话，可是他没提过那次袭击，当时没有提，后来也没有提起。“你肯定很疼。”我注意到那疤痕和他的嘴唇相似，柔软而有褶皱。

“什么都能让你紧张。那时你肯定要来看我。别担心这块疤，当它变小时，他们会派来一个专家帮我做祛疤。我的领导说，在一些场合中，脸上有疤会让人不信任。像个恶人或无赖。他们保证不会留下一点疤痕，我的脸会变得很平滑，就跟没有受到那场袭击一样。”

事实如此，在他睡着的时候，或者装睡的时候，当阳光照进房间，我仔仔细细地看了半天，却再没有在他脸上看到那场意外留下的痕迹。奇怪的是，他保留了用指甲拂过空荡荡的面颊的动作，仿佛这个动作让他觉得舒服，即便那道疤痕在他的脸上停留的时间并不长。总之，即便他的解释是真的（那时伦敦有许多拦路抢劫犯，人们一直这么称呼这些人，因为惊悚电影《发条橙》让人产生了许多联想），我仍不禁想到他有可能经常从事他们指派给他的更危险的事务。当个体为国家工作的时候，国家会向他提出要求，会没完没了地要求他，拉紧拴住他的绳子，会压榨它拥有的属下和公民（做这个是出于爱国主义，做那个是出于忠诚，那个是出于对弱者的同情，还有那个是出于共同利益）。没人知道这些要求或索取什么结束，它需要一个人做多么出格的事或者多少牺牲。我的嘴巴一直很严，我一直知道最好不要提问，问了他也从不会回答，或者他不会说实话。提问只会让我感到挫败。最好等到他别无他法，鉴于形势让人失望或者事情败露，抑或他无法继续沉默（几乎没有人能把污蔑、扭曲他记忆的事带进坟墓），只能自己讲出来。我知道这个道理，纯属个人经验之谈，因为如果我不想让别人知道，就不会对别人讲真话。

不过这一天还是来了，我必须问他，即使清楚自己只能知道一丝真相。托马斯不得不告诉我了，用一缕烟、一粒尘、一点火星或一阵风安抚我，或者可能不止这些，但对他来说无疑够多了，过多了，他讨厌告诉我这些。之前我提过，我们结婚两年了，他从牛津毕业已经三年，在这么长的时间里，他几乎保持绝对的沉默，为的是掩护他在他的第二或第一国家的活动，无疑也包括其他国家。我意识到自己永远不会确切地知道每晚他在哪里，每一天、每一周、每一月和谁待在一起。我终于开口问他，却并非出于自己惯常的习惯和谨慎的天性，而是出于惊恐、警觉或害怕，想提前采取措施，想知道到底发生了什么事情，据此判断担心程度。如果一个人受到了威胁，最好是了解发生了什么样的危险，因为最危险的情况是不知道自己处于危险中。有胆量和能力面对危险，当然可以忽略危险的信号，即使是这样也不该忽略。

故事要从萨瓦蒂尼公园说起，我休假时，白天会推着婴儿车，带着孩子去那里呼吸一下新鲜空气，在公园里逛一逛。我们住得很近，在帕威亚大街，东方广场的延伸段，就在王宫对面，恩卡西翁大教堂旁边。我穿过小公园，在长椅上坐一会儿，我总是坐在同一张椅子上，一手拿着一本书，一手摇着吉列尔莫，吉列尔莫是托马斯非常喜欢的名字，我也觉得不错，这是为了纪念一个儿童文学形象，是他儿时读过的，叫吉列尔莫·布朗或者机灵的吉列尔莫，或流浪儿吉列尔莫——作家里奇玛尔·克罗普顿创造的人物在西班牙的称呼。虽然托马斯会两种语言，但他读的是这套书的西班牙语译本，他要和同学们讨论，如果他跟他们说“小威廉”或者“淘气小威廉”，同学们会不知道他在说谁。

在公园里，我从没有连续阅读超过十行字，对一个妈妈来说，至少对我来说，我总是要看看宝宝是不是还在旁边，注意到他发出声响，注意到他安静了，是睡着了还是醒着？这是个十八世纪建筑风格的小公园，人迹罕至（大部分是游客），有黄杨树篱围成的袖珍迷宫，水塘里有几只鸭子，每当我听见脚步声或我的视野里出现人的身影，我会马上抬头观察，看看是什么打破了惯常的宁静。所以我远远地就看见一对夫妇，男人和女人，看起来像一对夫妇，女人挽着男人的手臂。他们看起来毫无攻击性，非常友好，其实这是胖子给人留下的刻板印象，人们总觉得胖子不会比瘦骨嶙峋的吸血鬼或傅满洲[①]危险。男人是一个胖子（灵活的胖子，步伐矫健），女人很瘦，可是因为身边有个胖子，这也影响到她给人的感觉。

我坐在背阴的木质长椅上，他们在我对面的石凳上坐下，面朝着太阳，那是五月里的一天，天气暖和。我马上发现他们一直在盯着我看，好像认识我，或者想认识我，他们觉得我像熟人，他们在努力回忆是否见过我。我没见过他们，他们完完全全是陌生人。他们对我微笑，我也礼貌地朝他们微笑。在这种天气里，男人还穿着褐色的大衣，显得多余。他有四十多岁，褐色的短发打着卷，他的眼镜框大得出奇，显得正常的眼

---

① 傅满洲出现于 1913 年，是英国小说家萨克斯·罗默创作的《傅满洲》系列小说中的反派人物。

睛很小。他的五官小巧，也许是脸上的赘肉让他的五官显得小——鼻子短、嘴唇薄，却笑容开朗，有亲和力，牙齿整齐得像一排按键，讨人喜欢的面相。女人最引人注目的地方是那双蓝色的大眼睛，还有点儿斜视，刻薄的人会觉得她是斗鸡眼；她与丈夫年龄相仿，看起来她的皮肤却没有丈夫的紧实，妆容厚重且夸张，一点都不时尚。嘴唇涂成大红色，金色的头发像理发店刚做的，或者刚照着镜子打理过。她像外国人，而他可能是，也可能不是，如果他任凭头发长出刘海儿（或者梳成大背头），他的发型就会像跳伦巴舞或唱歌的，他的皮肤很白，没有被太阳晒黑，好像有将长却未长的雀斑，但肤质很好，没有皱纹，显得比妻子年轻。女人的气质更优雅，身材苗条且衣着体面，脸上也露出真诚的笑容。她的身材不算惹火，身形更像一个母亲；她不胖也不瘦，外套没有遮住她浑圆、坚挺的胸（高高耸立），成年男子面对这样的胸，会失去抵抗力，小孩或少年，甚至女人也会觉得它很有吸引力。但是她的斜眼会让人反感，人家完全不知道她的眼睛看向哪里，当然，毫无疑问，那两双眼睛——她的和他的——都在看我，看升起遮阳棚的婴儿车（他们对小孩充满好奇，这很自然），还对我手里拿的书感兴趣，显然是想看清书名和作者。他们一直看着我，微笑着，让我感到不舒服，我想回家。这时胖男人开口了：

“内文森太太，是吧？”他站起身，走近我，笑容更加舒展，伸出手要跟我握手。

我机械地伸出手，无法拒绝如此热情的招呼。

“我们认识吗？”我问他，“我想不起……”

“您当然不记得了。我们一点儿也不起眼，一对普通的老夫妻。跟您的丈夫和您不一样，两位相当年轻光鲜。几个月前我们在大使馆的鸡尾酒会上见过，我说的是汤姆斯所在的使馆。”在西班牙，很少有人称他为汤姆斯，通常都是托马斯或汤姆。“我们聊过一会儿，当然，人们很难记住在某些场合下只说过几句话的人。我们没给你留下什么印象，呵呵。”他谦和、做作地找借口，实际上他们很容易让人记住，他的身材肥硕，她有蓝色的斜楞眼。“米盖尔·路易斯·金德兰，随时为您效劳。这是我的爱人，玛丽·凯特。”

女人也凑过来，亲吻了我两边脸颊，在西班牙这是两个女人惯用的打招呼方式（“不，别动，亲爱的。”她结实有力的手臂搭在我的肩膀上，不让我站起来，虽然我们不认识，她却用“你”来称呼我）。从名字和口音判断，她是外国人，虽然她能流利地讲卡斯蒂利亚语，可能她在这里住了有一段时间了。而他说话跟托马斯或我一样，更像路易斯而不是像外来的金德兰。接着，他们望着吉列尔莫的脸，脸上充满了喜爱之情，表现得很夸张（“多可爱啊，多神奇啊！”玛丽·凯特感叹）。面对小宝宝时，人们常常表现得很夸张，对长得丑的小孩也是如此——总会有长得丑的小孩。

“金德兰？”我觉得这个姓氏耳熟，虽然不是西班牙的姓氏，但在西班牙很常见，我之前不止一次听过或看见别人写过这个名字。“有名人姓这个姓氏，是吧？但我没想起来。”

“嗯，是一个几年前去世的将军。阿尔弗莱德·金德兰。第一个获得飞行执照的西班牙人，还写过几本书。或许您听过他的名字，金德兰将军。我想他参加了起义，但我不知道内战时他是不是管着空军。我想有一条街是以他命名的，不，”他纠正道，“那是柯克帕特里克将军。您知道的，西班牙有一些爱尔兰姓氏，也许是同样信仰天主教的缘故。在市中心有一条叫欧唐奈尔的街道，是吧？以拉西将军命名的街道也不差，比欧法里尔、欧瑞恩、沃尔和欧唐诺华等要幸运得多，这最后一位是墨西哥总督，他推动了墨西哥的独立，他的统治不讨人喜欢。您知道他成了欧唐诺胡吗？就是这么写的，加上了字母j，字母u上有重音符号。多有意思，胡安·欧唐诺胡是他的官方姓名。他可能是塞维利亚人。他还是个著名的共济会教士。”他像英国人一样用英语念出所有这些姓氏的发音（除了欧唐诺胡），没用西班牙语，或许他和托马斯一样是双语人士。

我不禁注意到他说了“起义”这个词，这或许表明他赞同1936年针对共和国的军事政变，尽管有些人用这个词时没有多加思索，仅是出于习惯或受他人影响，抑或听了几十年的宣传机器使然，官方用这个词来指代起初失败、三年后取得胜利的政变（在1976年还能听到这样的说法）。谢天谢地，他至少没有加上“伟大的”这个形容词，之前必会和“起义”一起出现。

“金德兰是爱尔兰姓氏？”

“应该是的，很久以前就来西班牙了，据我所知，是十一或十二世纪来的。最初的姓氏是欧金德兰，谁知道呢。许多人成了圣地亚哥骑士团的骑士。”

“您属于这个古老的望族吗？”我带着一丝嘲讽问他。他没有王公贵族的气质，虽然衣着整洁，鞋却很脏，沾上了公园里的泥土。他腆着啤酒肚，衬衫便显得短了，露出了裤腰。他该买长下摆的衬衫，那种大得像床单一样的，才能把衬衫稳稳地束进裤腰里。聊了几句以后，我觉得这个机灵的胖子和他讲的话很有趣。他知道跟爱尔兰裔西班牙人有关的事（我只听说过欧唐奈尔），听他讲和名字相关的奇闻异事怪有意思的，至少对我而言是这样。虽然我有家人和朋友，但大部分时间里我都是一个人。当你有了小孩，你就得花很多时间和他单独待在一起。

"啊不是的，呵呵，"他又笑了，"瞧，我想我应该是与它有些渊源的，不过我属于中世纪骑士、圣地亚哥骑士团家族的旁系。可能我的一个祖先不走运，犯了错误，被驱逐了，被流放了，被永久性地排除在金德兰的世界之外。这是祖上的渊源。我不认识任何贵族，最多算是个中产。"他又笑起来，玛丽·凯特则在埋怨他：

"我都不知道你为什么要说这些蠢话。你不知道自己在干吗。你当然和那些骑士和飞行员将军有关系。米盖尔喜欢开玩笑，亲爱的贝尔塔。您是贝尔塔，对吗？如果我没记错的话。"

"是的，瞧我这个记性。"我惊讶地说。他们连我的名字都记得，我却完全想不起他们，可我越观察他们，越听他们说话，就越认为如果我跟他们聊过，我肯定会记得他们。当女人用斜楞眼紧盯着某处时，让人觉得心里发毛，而当她眼神飘忽不定时，她又显得率真、楚楚可怜。

"嗯，好吧，"他坚持继续说下去，"我们就说那个撇下家族的人，我的高贵祖先。有时候人们会声明放弃很多东西，比如名望、幸福的生活，甚至最好的财物，更别说安静的生活了。有些人就这样离开了，不再回来，消失了，走了。每个家族里都有辱没家族声誉的人，不想成为该成为的人，或者不想按照命运的既定轨迹走。他们想过本来完全不属于他们的生活，与他们的出身或所受教育完全不符的生活。有时他们来无影去无踪，他们的亲朋会感叹说：总算走啦！您知道英语有这种表达吗？"他用英语说出这个词，发音地道，他肯定和托马斯一样是双语人士。"有些类似西班牙语'眼不见心不烦呐'，这和穷寇莫追的道理不同，因为一开始他不是敌人，当然，如果有一天他变成了敌人，没有比与你有相同血脉的人变成仇敌或者夫妻反目更糟的了。请原谅——"他说，"我话特别多。

那么托马斯怎么样了？我很久没碰到他了。”

“他在伦敦。他在那里工作好长时间了。”

“怎么可能！”玛丽·凯特震惊地说，“他让你自己带这个小可爱、小天使？”她挥动两只手，想引起吉列尔莫的注意。她的几只镯子发出响声，仿佛我们身处一间正遭到打劫的陶器店里。小婴儿喜欢这种声音，玛丽·凯特更一而再、再而三地挥舞手臂。

“嗯，能有什么办法。工作是第一位的，您两位知道的。那里需要托马斯。”我跟他们两个说话的时候，仍使用“您”的称谓，路易斯·金德兰只有一次不小心使用了“你”，但他马上就更正了。我不轻易相信别人，我比他们要年轻许多，不想对他们表现得过于亲近。“不过我能忙得过来。白天我雇了个保姆，如果有些晚上我要出去，保姆会留下来，我妈妈和我婆婆、姐姐、朋友也会搭把手。孩子小时候是在女人堆里长大的，我们就是他们的全世界，是他们的依靠。他们依靠我们得到一切，靠我们生存。奇怪的是，他们没有留下他人的印记。不是吗？我是指男人们。可能他们违背了本真，离那个温柔的世界越来越远，与他们后来发现的世界很不同。或许我们的爱护让他们抓狂。我希望吉列尔莫不会变成这样。”

“你别不信，亲爱的贝尔塔，”玛丽·凯特说话明显有口音，可能是爱尔兰口音，“心理学家说出生后几个月和头几年是人格塑造的基础阶段，我们女人要负完全的责任。我们必须担负教育的责任，你不该怀疑，”她犯了一个虚拟式不规则变位的错误，有些外国人总也学不会，“你绝不愿意看到，如果他们出生后没有得到我们的照顾，他们会变成多么粗鲁的孩子。几乎和动物没差别。说起这个，你可不知道爱尔兰的小孩子，比西班牙和意大利的糟多了。”

“都是些小畜生。”路易斯·金德兰说。他马上意识自己的评价过头了，又显得冷酷，他想更正自己，可在新手妈妈面前，他很难纠正这种话，“我想说有些小孩非常野，特别是生活在小村庄的孩子。西班牙和意大利的孩子很受宠，缺乏教养，可是爱尔兰的孩子更加野蛮。那里比较落后。”我突然想到或许他为此遭过罪，在他小时候，假如他在爱尔兰长大的话，甚至包括成年后回爱尔兰时，他可能被人用弹弓打过或被石头砸过，因为他这么胖。无论在哪儿，胖子都是最受欢迎的靶子。“神甫做了他们能做的，但是远不够。”他这么说出乎我的意料，我本以为神甫为落后地区做过不少贡献。

“比这里的村庄还要落后吗？”

他思考了一会儿。

“您说的有道理。在这里的村子有许多愚笨的孩子，长大就是粗鄙的成年人。”

“您两位是爱尔兰人吗？”我适时地问，“有小孩吗？”直到此时，他们只告诉了我名字，没有姓氏，除了玛丽·凯特。我不知道他们是做什么的，也不知道为什么我们会在使馆的鸡尾酒会上见面。酒会的门槛不算高，但也不是向所有人开放。他们两个已经坐到了我旁边，坐在我这边的长椅上，我只好挪到长椅的一边，给他俩腾地方，我们坐得有些挤。他们是有侵略性的人，虽然和蔼且真诚。

玛丽·凯特的确是爱尔兰人，结婚前的姓名是玛丽·凯特·欧瑞阿达（“和音乐家一个姓，愿逝者安息，”她说，“有些人念成欧瑞迪，另外一些人不这样发音。”我完全不知道那音乐家是谁）。路易斯·金德兰不是爱尔兰人，他是西班牙人，但在都柏林生活过，他游遍了爱尔兰，非常了解这个国家。他们在爱尔兰使馆工作，因此结识了托马斯，才经常受邀参加聚会和外交晚宴。不，他们没有孩子。现在要孩子已经晚了。

“我们也没坚持要孩子，你想，我们总是特别忙。”玛丽·凯特用斜楞眼盯着水塘里游来的一队小鸭子，仿佛让她想起了他们不曾有过的孩子，或许在她看来，孩子与需要喂食的愚蠢动物没有太大差别，“我们两个决定了，”她一点儿也不难过，“米盖尔照顾我，我照顾米盖尔。我们不仅是夫妻，更是一个团队，我们永远都不会分离。只有死亡才会把我们分开，幸运的话，或许会把我们两个同时带走。不是吗，米盖尔？”

“是的。完全正确。”

如果可以称之为事件的话，在这件事发生之后的四五周里，我感到恐惧、惊慌。我感觉到他们的确是一个团队，一直在一起。我从没见过俩人分开。他们常常在萨瓦蒂尼公园出现（可能之前也如此，只是我没注意到），除了公园，我还在社区其他地方遇到了他们，他们说自己住在附近，没有确切地说住在哪里，有时大致地指向罗萨雷斯画家大街。因为他们是一对没有孩子的夫妇，所以容易、甚至说是高兴地“接纳”我。他们面带笑容、和蔼可亲，乐于保护别人、操心别人的事，他们主动帮助我，如果我需要，他们还会照顾小孩（这完全没必要，我不会信任刚认识的人，无论他们多么有爱心、声称他们没有任何企图）。他们向我示好、献殷勤，我照单全收。有时候我觉得很孤独，吉列尔莫太小了，我不能让他离开我的视线，与孩子分离哪怕是一小会儿都很难，只想一直把他们抱在怀里，闻他们身上的味道，想让世界停在此刻，希望孩子不要长大，让时间凝固在此时此刻，只有我和他，他和我。当然，这种日子让人觉得自己与世隔绝，如果有人陪伴和聊天，还像长辈般关心我，住在附近，我遇到困难时随时能帮我，我会很感激。他们留了电话，我也把自己的留给他们了，从那时起，这两个自来熟总给我打电话，问我是否一切都好，是否需要什么，他们可以帮我代劳，是否需要帮我带我忘记买又没法买的东西。有时，我感到奇怪，大白天的，难道他们不需要去使馆，这可是所有人最忙的时候，因此我从不指望我母亲、婆婆、姐妹以及其他忙碌的友人在白天帮我。一天，我问起他们的工作，他们说自己的工作时间非常灵活，我也就没有多想。

一次，托马斯匆忙地跟我通电话时，我提起了路易斯·金德兰夫妇，我问他是不是记得这两个人，那个胖子称呼他“汤姆斯”，玛丽·凯特也这么叫，虽然她可能是在模仿同伴的发音，我问托马斯是否熟悉这两个人。

“听名字，我不认识，我不记得了，”他回答，“可能我见过他们一面……记不得他们不奇怪，一年中有许多鸡尾酒会、聚会和各种见面的场合，每人都要跟几百人打照面，跟每个人聊几分钟，如果不是重要的人物或者非常显眼、让人印象深刻的人，转眼就会被人忘记。”

“不能说他们多扎眼，但是只要见过一次，就不会忘记的，而我竟然完全不记得他们，真是奇怪。男人胖得厉害，女人是斜楞眼。她其实很漂亮，但斜视得厉害，让人不自在。”

“我不知道，完全没有印象，或许我与他们在 AHGBI 的某个活动中见过。我要挂电话了，我赶时间。”

“AHGBI？”他说的是英文缩写，“你总是没空，是吧？我真是不知道他们让你做什么工作。”

“就是大不列颠和爱尔兰西班牙语学者协会，我们和这些人组织活动，他们中的一些人到了西班牙，绝不会浪费来英国文化教育协会喝一杯的机会。从斯塔基时代起，很多爱尔兰人加入这个协会。你别忘了，斯塔基本人就是其中一员。他对自己是都柏林圣三一学院第一位西班牙语教授感到骄傲，萨缪尔·贝克特就是他的学生。你问问他，如果你好奇的话。他肯定认识这对夫妇。”

沃尔特·斯塔基是英伦学院的创始人和领导者，托马斯在来我们学校之前一直在那里学习。他是我公公杰克的好友，非常照顾托马斯，我猜托马斯能得到现在这份工作，他出了些力。他在加利福尼亚教了一段时间书，目前回到了马德里，几个月后，他就因为慢性哮喘发作去世了。

“不，我不想打扰他，他年龄大了。我也没有那么好奇。事实上他们对我非常友好，很会逗小宝宝开心。有一天，他们来家里，给他带来好多小礼物。他们真是体贴。”

我本该对他们保持好奇心，或许，如此一来，我就能躲过那场意外，躲过恐惧和惊慌。或许，因此我还能了解更多跟托马斯有关的信息。

他们经常向我问起托马斯，就是路易斯·金德兰夫妇或者说米盖尔和玛丽·凯特（我们很快就用“你”来称呼对方，在1976年的西班牙，长时间坚持使用“您”这个称呼是很难做到的），我客气地应对他们有点执拗的兴趣，他们一直想要安慰我、陪伴我、为我操心。

“有汤姆斯的消息吗？有关于他的新鲜事吗？他现在伦敦做什么呢？他在伦敦吗？照他的工作职责来说，他可能会被派去出差。他在外事办公室具体是做什么的？为谁工作？我们认识那儿的人，他可能和盖斯恩共事，那是我们的好友，你问他是不是和这人打交道，瑞吉·盖斯恩。他离开你太久了，你不觉得吗？如果他只是短期与他们合作，那时间可真是够久了，不是吗？他们应该考虑他的家庭情况，孩子还这么小，真是罪过。你听听是不是这个道理，我不是想要批评他，工作是工作，没错，但是他应该多花时间陪陪你。宝宝出生的第一年是最难的，需要非常多的关心，需要人投入非常多的精力，看得出来，你是累极了，即便有人帮你。他错过了这段时光，小宝宝一天一个样儿，吉列尔莫每天都在变。他们让他在那儿干什么？他预计什么时候回来？什么事绊住他了？肯定是棘手的事情或任务。他肯定非常想念你们，不是吗？迫切地想要看到你们，尤其是想见你。”

我没法准确地回答他，也没法敷衍他。实际上我什么都不知道，连他何时回来都不知道。我没听过托马斯提起瑞吉·盖斯恩，也从没设想过他在伦敦的日常生活。他回来的时候，懒得告诉我那些，我也懒得听。从年轻时候起，就是我们认识的时候起，他有些事情一直是我不知道的，随着时光流逝，这部分有增无减，我也从不刨根问底。我们唯一真正共有的部分，最大、最基础的部分，最核心的部分（每对夫妇都该有的），就是房子、床、孩子、欢笑、亲吻，无关家长里短的对话，还有共处、一起出门、有彼此陪在身边的快乐，或者面对面、一上一下、背靠背感受对方的呼吸。我想有些厚脸皮的人会说“是我们欢爱的快乐”。的确，我非常想他，我想他也一样想我。但人的感觉属于想象力范畴。一个人无法确切知道所有的事，不会知道最动情的语言是真心话，还是一种解释或约定俗成；是那个人深以为然的想法，还是依据自己的感受，准备好的说辞。我迫切地想看到他。他是否也一样迫切，我不确定。我说过，一种沉默的负担夺走了他，是一种在牛津学习期间落在他身上的担子，是让他紧张的东西。命途不济，人身不由己，他就不抱希望了，终日茫茫然。可以说没有什么地方适合他们，或者说愿望成了幻影或空想，经历好几个脆弱的时刻，他的使命就完成了。

我与金德兰夫妇相识一个月左右的时候，一天，他们来到我家，吉列尔莫前晚一直发烧，我不想带他出去，不想让他到外面吹风了，所以他们来看我们，对吉列尔莫表示关心。凌晨他退热了，困倦得很，之前他一直在哭闹，没有睡足。我几乎整夜没合过眼。

往常，米盖尔是个幽默、活泼的话痨，这次他相当沉默，一开始他就表现得反常。他们坐在沙发上，我坐在他们左侧的扶手椅上，然后把摇篮挪过来，这样我就能看着吉列尔莫。宝宝在他们和我中间，在我们脚边。那时候人人喜欢吸烟，并不避着婴儿。路易斯·金德兰夫妇抽烟，这没什么，他们跟托马斯和我一样吸烟，中间停了九或十个月以后，我重新开始吸烟了。路易斯·金德兰从皮烟盒里取出一支烟，但他没有点燃，只是拿在手里，从一只手换到另一只手，还像机械师或者店里的老伙计一样把烟夹在耳朵上。

“贝尔塔，我们要跟你说件事，”他突然说，打断了之前的闲聊。他挤出一点微笑，露出一排方正的小牙，好像键盘，试图表现得和往常一样和蔼，试图用轻快的语气消解我的担忧，但这类开场白通常不会预示好事，只有不幸、抛弃、冲突等坏消息。

“你说吧，什么事？”

“嗯，实际上是两件事。第一件事情，我们是来辞别的，这让我们很难过。他们让我们搬走，你想想看。我们在这儿住了这么久。这不公平。一个人在一处讨生活，努力适应这个地方，突然就要走了，去一个他完全不喜欢的地方。这种情况会随时发生，你知道的，这是我们的工作环境；我们都怕了，直到现在我们仍年复一年极力避免这类情况。我们不走运，不知道什么时候我们能回来，也不知道我们能否回得来。还好我们努力争取，让他们把我们两个人派到同一处。我们不能离开彼此。那儿可能会有危险。那里有些危险，是实实在在的危险。”

“米盖尔照顾我，我照顾米盖尔。”玛丽·凯特插嘴说，她重复了第一天见面时说的话。

“唉，对你们和我自己，我真是感到很遗憾。这真不幸。”的确我为自己感到遗憾，人能很快习惯向着自己的人，与扮演保护者和提供方便的人相处，“你们还不知道被派到哪里，是吗？”

“有两种可能，”路易斯·金德兰说，“有时候他们最后一刻通知你，让你马上搬家。可能是意大利，我们去过那儿，但也可能是土耳其。我可真不喜欢那里，他们不信天主教，不是基督徒，人口不多。语言很可怕，或者说，他们的语言与其他语言都不像。有人说像古匈牙利语，你看这算哪门子好事。如果是在匈牙利，我们还生活在天主教信徒中，虽然那里也有许多犹太人，我真不知道这帮人还会不会想法子回去。”他们没有明着说宗教信仰，我已经通过他们重点透露的细节了解到宗教信仰对他们很重要。每周日他们去做弥撒，这是他们自己讲的，也许不只周日去。“总之，在安卡拉我们不会有太大作用，但那儿缺人手。反正这事快了，我们马上就要搬家了。”

“真的吗？怎么这么急？”我表面上露出失望。

“就在一周内，我们认为。最多十天。不过，除了这个，亲爱的贝尔塔，我们迫不得已来告别，是因为你也不想再见到我们了。在我们即将要做某件事以后，你肯定不想再见我们。”他轻松地说，面露微笑。他掏出常用的之宝打火机。他没有打开盖子，只是摩挲着它。到现在，这种打火机仍然很流行，是美国大兵在越南战争期间用的，“越战”一年前已经结束了。据说他们用这种打火机点燃了好多村镇，那比火把高效得多。

现在我的确开始担忧了。

“还有什么事吗？”

他又问起托马斯。

“告诉我，你确定他在伦敦从事他告诉你的工作吗？而且，你肯定他就在伦敦吗？他现在就在那儿？”

“嗯，我只知道他告诉我的这些。我已经跟你们说过，他给我的讯息不多，与我无关的，他从不细说，我也不关注。”我想了一下，“你不可能完全相信对别人告诉你的事，不是吗？虽然他常给我打电话，如果有急事，我有两个伦敦的电话号码可以拨打，他为什么不待在他说的那个地方？”

“他总是自己接电话吗？”玛丽·凯特盘问道，“是他家里的电话号码？公寓的？还是工作地点的一个办公室，外交部办公室的电话号码？”

他们两个如此执着地提问，让我觉得很奇怪，而我没从这些问题中感觉到他们的异常，事实上他们总是很好奇，常常问这问那。

“瞧，”我说，“两个号码我只用过一次。他没接到我的电话，这很正常。一个是办公电话，他在那里的时间比在家久，另一个是公寓大楼的总机，大楼离格鲁切斯特街很近。他在那儿住，或者说在那儿睡觉。有两个人接过我的电话，给他留了便签，实际上他很快就拨过来了。我不知道他是否就在外交部工作，还是在其他地方。怎么了？为什么问这些？”

“我们得到的消息称他根本不在外交部工作，而是为军情六处服务。”路易斯·金德兰看着我惊奇的表情，觉得应该给我解释一下。我知道军情六处和军情五处是什么，至少这两个我是知道的，所有读过詹姆斯·邦德小说的人都知道。“是负责海外行动的情报部门”，看我保持沉默（我感到惊奇，因为我以为他在开玩笑，不是认真的），他又补充了两句便于理解的话，好像我是个傻瓜或者看起来太稚嫩，“用一个词概括，就是间谍。”

我笑了笑，不相信他说的话，这种毫无必要的解释，让我觉得可笑。这太幼稚了。

“他从没跟我说过。当然，如果他是间谍，如果他的工作是机密，他当然不会说。”我笑着说。路易斯·金德兰夫妇继续面带微笑，保持着和蔼的声调。他们提出这些问题的时候，不自觉地露出了不好相处的个性。“不过，如果是这样，又如何？我不赞同这种看法，即便是这样，我猜他从外交部换到那里也不难，只是偶尔被调去工作。可能他们让他审问某个外国人，或者让他做翻译。他外语说得好，会说好几种外语，而且能流畅使用其中好几种语言。如果他对军情六处有用，他们肯定不会浪费他的才华。”

“没这么简单，没这么简单。‘MI’代表‘军队情报局’，如果你之前不知道，以后会知道的。这是个军方组织，不是外交部门，不是国家部委。它背靠军队，凌驾于警察和几乎所有的权力机构之上。它的人有职级、有军衔，那些人有自己的规则。总之，他们属于……”他换了个坐姿，纠正自己的说法，“他们是侵略军里的官员。”

“侵略军？侵略哪儿？”

“当然是爱尔兰，我们的国家。”玛丽·凯特突然操着有口音的西班牙语回答。说话的时候，她的眼睛直勾勾地盯着我，散发出怒气，也许是我感觉她生气了。当她的斜视变得更加严重，我就会感到有些害怕，通常她的斜视只有几秒钟，这次却持续了很久。隔了好一会，那双眼睛才变回温和的样子，那双直勾勾同时又分散的目光在刻薄地批评我：你还没反应过来吗，傻姑娘？你与世隔绝了吗，不在这个世界之内吗？有一支军队正在侵略我们的国家。

我转移视线，低头看小宝宝，我知道自己想从他那里寻找安慰。他的目光柔和、眼神飘忽不定，还不会盯着人或物品看，眼睛没法集中在某处，跟玛丽·凯特的眼睛不同。他睁着眼睛，一点也不闹。他在我们腿边咿咿呀呀地叫。

我弯下腰，用一根手指抚摸着他的脸颊。我的小宝宝刚来到人世间，这么柔软，圆滚滚的，这么稚嫩。这么讲可能有点荒唐，可是他的目光的确让我感到沉静，仿佛有他在旁边，我就不会有事，周围的一切都会消失不见；仿佛我们两个互为保护者，小可怜儿，他怎么可能保护我呢。之宝打火机的声音引得我抬起头。路易斯·金德兰终于把烟叼在嘴里，用拇指翻开打火机盖，打算点燃香烟，但火苗没有喷出。他用力地摇了摇打火机，又试了一次，还是没打着火。我看到了他的鞋，这双鞋总是有些脏，至少没有擦得锃亮，他可能不关心这事，很多男人懒得用刷子、抹布和鞋油这擦鞋三件套。我突然想到这双鞋与质量上乘的、整洁的衣服完全不配，这套衣服太鲜亮。已经是六月了，来我家时他的胳膊上还搭着这件外套，此时它就胡乱堆在身旁的沙发上。

"瞧，亲爱的贝尔塔，"他突然笑了，好像想给这场谈话加点儿积极气氛，"我们得到消息：有个军情六处的人在贝尔法斯特制造了大规模破坏性事件，或者他要去那里或者其他地方搞破坏，只是我们不知道他在路上还是已经到了目的地。"说到爱尔兰首都的名字时，他的咬字奇怪，会发出尖锐的元音，一个西班牙人不会这么讲话，至少没有外国血统的西班牙人不会。他又说了那句话"我们得到消息"，谁给的消息？"我们"

指谁？只有他和玛丽·凯特吗，还有其他人吗？指一个机构、一个政府或一个国家？“我们不确定是谁，也不知道他会扮成谁，我们不知道他的样子，因为他易容了一两次。现在可能蓄了胡须，他会先刮净脸，再留络腮胡子，让它和唇上的小胡子连在一起，克罗斯贝式小胡子，斯蒂尔斯或尼尔·杨式络腮胡子。”那时，克罗斯贝、斯蒂尔斯、纳什和杨这个乐队的歌仍在传唱。但是路易斯·金德兰对这个乐队如此熟悉，仍然让我感到惊讶。“他之前没有戴眼镜，现在却戴了一副跟我的一样大的眼镜。”他摸了下眼镜框，用中指扶正，顺便抚平卷发。“他掩饰自己真正的容貌在情理之中，或者他是想扮成各式各样的人，让人分不清楚哪个是他，让人陷入迷惑。”他笑起来，好像这是场游戏或者猜谜。“我们怀疑他可能是一名新手间谍，刚刚加入训练，还不曾参与行动，是个生手，可能要执行间谍任务，就是渗透，嗯，你知道的。有可能是汤姆斯，汤姆斯的爱尔兰语口音怎么样？你觉得他能变成我们中的一员吗？看起来他非常擅长模仿口音。好像人们听他说话觉得很有意思，我们没有机会见到他表演，据说那真是棒极了。”他第三次笑起来，好像真的在看表演。然后他摸索身旁的大衣，在大衣口袋里找东西，这种样式的大衣有好多个口袋，同时，他还用戏谑的口吻说话，一点都不像演戏。“注意，我们不是说一定就是他，我们不知道，很难调查出来，这不是很正常嘛，他的上级就是做这个的，竭力增加我们调查的难度。我们也不完全肯定是军情六处雇用了他。实际上我希望不是他，希望这一切是场误会。如果是我们非常喜欢的一个人伤害了爱尔兰，那可真让我们难过，而且还是我们非常喜欢的一个人的丈夫做的。你想想看。”

“他还是这个小天使的爸爸，”玛丽·凯特说，她最喜欢用这个词来形容小宝宝。她弯下腰，在吉列尔莫面前晃动手镯，用声音引起他的注意，把手镯当成拨浪鼓。

“但是谣言是这么说的，你知道吗?”路易斯·金德兰说，“有时候谣言不是假的，在我们看来，它是真的。希望这次是假的。”他把烟叼在嘴里，手里拿着合上盖子的之宝，非常平静地用另一只手在大衣口袋里不慌不忙地掏着，他好像不在乎，完全不在乎他要找的东西能否出现。“最好是能够验证这件事，杜绝各种可能性。对我们和你们来说，越快越好。对所有人也一样，不是吗？我相信你能做到的。贝尔塔，你去查查，跟他谈谈。如果那个谣言是真的，就劝说他退出，否则我们所有人都会遭受损失，都会很糟糕。你懂我的意思吗?”他终于从里侧口袋里拿出了一样东西：一小瓶汽油或者燃料，也是之宝牌的，跟打火机一样是黑色的，瓶口用红色的橡胶盖塞住，转一下是开，再转一下是关，给打火机加油时，燃料就从小孔流出来。原来不是打火石失效了，其实是没有燃料了，路易斯·金德兰试了两次，打火机的声音正常，但喷出的是火星，不是火苗，不是之宝打火机那种大大的、跳动的火苗，表面上看起来比其他品牌的难操控，可能因此它才不会被空气熄灭，哪怕它是小火苗，可能这是它比火把更能点燃物品的原因。打火机的燃料用完了，金德兰准备把它灌满。那时人人——当然是所有吸烟的人都认识这种打火机。他从金属盒中拿出打火机，从小孔倒入汽油，把棉芯或者类似材质的东西全部浸在里面，准备再试一次。“哎，如果没人能说服他，就麻烦了。”他又挤出一丝他特有的和蔼笑容。这时，我发现打火机的盖子是打开的，它本该是关闭的。路易斯·金德兰用打火机之前会摇一摇，有几滴燃料（或一小股液体）落在了吉列尔莫的摇篮里，落在小床单和他的小睡衣上。看起来他不是故意的，是不小心，因为盖子不牢靠。这一切发生得很突然，拿出打火机让燃料滴在错误的地方（实际上只是抬一下手臂）。我没有时间做点什么来避免这个不小心的动作。我的第一反应是该把孩子抱走，抱在怀里带到洗手间，把他的衣服脱下，给他擦干净，把他放进水里，给他洗澡，让他远离这对曾有一时让我信任、给我依靠又让我感到害怕的夫妇。可是恐惧让我不敢动，因为在我刚要碰到小宝宝的时候，路易斯·金德兰又用拇指翻开了打火机盖，想再一次点燃香烟，他既没有往里面灌入汽油，也没有合上盖子，和所有刚点过烟卷的人一样。他仍然把烟叼在嘴里，一只手拿着小瓶子，另一只手拿着盖子翻开的打火机。我愣住了，突然意识到我之前不愿想清楚的事，我坐在椅子上，一动也不敢动，害怕自己会让局面变得更糟糕，让不好的事情发生，无法挽回。"打火石能用。"我迅速转着念头，焦虑间呼吸愈发沉重，今天的穿堂风可能很大，"藤编的摇篮、床褥、睡衣都有可能烧起来。或者他不是有意为之，只要让点燃的打火机从手里滑落。"我非常想站起来，却又不敢动；我想跑，带着我的孩子逃，但我不敢，我强迫自己平静下来。我哀求地看着他，仿佛我什么都不知道，我们还和往常一样。我佯装镇定，自然地跟他说话，却藏不住喘息和颤抖的声音。我装出正常的样子，实际上是在求他：

"拜托，米盖尔，把打火机盖上，现在别点火。你都洒进摇篮里了，我真不明白你怎么会对着孩子摆弄这东西。把那个盖子合上，你怎么能就这么开着。你肯定也洒在大衣上了，你也沾到自己的身上了。"

从我坐下的地方能闻到汽油味。吉列尔莫闻到的味道更重，汽油散发出来的气味会对他幼小的肺有害，该怎么办？我想伸手一挥，打掉金德兰手上的一样或两样东西；任何东西都能成为武器，在嫉恨的驱使下，人类的智慧可以很残忍。但是据我观察，他握得非常牢，如果我失手了，会造成更大的危险。他不会做什么，我试图说服自己，驱散恐惧，如果他放火烧小宝宝，就会进监狱，他跑不掉，除非他把我也一起烧了。可如果他进了监狱，我又能怎样，如果他真的这么做了，后果无法挽回。他皱起眉头，仿佛没有发生什么事情，好像一点危险都不存在，我的恐惧让他感到惊讶，他笑了。

“姑娘，你不用有如此夸张的反应。不会有坏事情发生，哼哼。”他用惯常的态度回答我。他按上瓶嘴，但没有盖上火机盖。“危险减少了一个，”我感激地想，但我很快意识到事实并非如此，易燃的东西已经滴在摇篮里了，不需要再倒了。“多久能挥发掉？”我琢磨着，因为我完全不知道。所幸小宝宝不哭不闹，高举着两只握紧的小拳头，不聚焦的眼睛盯着天花板，发出咯咯声，可能那种刺鼻的气味让他感到反胃。

我看了一眼玛丽·凯特，寻求她的帮助和支持，女性的同情心或许能起作用，但她一点也没有让我平静下来。她一直盯着坐在左边的丈夫看，眼神专注且满怀希望，好像希望他能做出他本该采取的行动或者他记得自己应该做的事。随后，她的斜视让我感受到了一种疯狂（我突然明白了？），好像她的蓝眼睛不仅卸下了偶尔会流露的天真和无助，而且抛开了所有的怜悯，留下的是与我截然不同的东西，现在我是束手无策。他们缺少的子嗣，在她看来，就像一对凫水的傻鸭子，我记得她的话。我还记得，他说那就是些小畜生。

“不要紧，亲爱的贝尔塔，没事，”玛丽·凯特目不转睛地盯着金德兰，同时恰能捕捉到我勉强掩饰的哀求的目光，“没事的，不过要看你了，据我所知，你是最好的母亲。”她加了些有趣的俚语，更加表明她是个外国人。不知怎的，我发觉自己在盯着她高耸的胸部，也许仅仅是不再想看到她吓人的斜楞眼，或者是想说服自己有着这样温暖胸怀的女人不会伤害任何人，更何况是一个婴儿。我好像在用这种方式向她求助，尽管她肯定从未被激发出母亲的本能。我的头脑愈发混沌，没有一种积极的想法让我觉得有用，我心底其实坚信，她可以伤害任何人，如果她受到召唤，我能猜到那种召唤指什么。有相当多的人声称是响应本国或者其他国家需要的人，并最终习惯于以有感染力的狂热将国家据为己有。

“当然。”我说，感觉自己是在安抚一对疯狂的夫妇，他们往往注意到这一点，反而惹得他们更不高兴，但是我不知道还能说什么别的，用什么别的语气。“当然，”我又说道，“等我能联系上他时，我会和他谈谈，我要仔细问他，试着说服他，别担心。问他那是不是真的，最好不是。或许是谣言，认错了人，那根本不是他。”说到最后我变得语无伦次，但是我想他们懂我的意思。持续的恐惧会让我们的思考陷入混沌，言语都变得云遮雾罩。

“好，但是如果他否认呢？”玛丽·凯特说。

“如果他否认，就是因为那不是真的。”

“你如何分辨？即使是真的，他也可以否认。如果他为军情六处工作，他们可以训练他睁眼说瞎话，这是工作需要。他可以身处某地的同时否认自己在那里。”

我的思路还是跟不上这样的对话，即使是这样简短的。我脑子里只想着我的孩子和那个开着盖的打火机，如果路易斯·金德兰用拇指旋动一下齿轮，这次打着了火，只需一下，接下来发生的事我不敢想象，无论是意外还是故意。我无法保护或救起吉列尔莫，这个念头让我愈发焦虑。我盯着金德兰的拇指，呼吸声又粗又急，我不惜做任何事情。他们可能要让我做最无耻、难堪、下流的事，我都会答应。我肯定会背叛我的国家——经过四十年的独裁，我对它也没有多高的敬意，或者背叛我父母，或者托马斯；只要能让我的孩子免除被烧着的危险，我不会有丝毫犹豫。我甚至不允许自己想象他被烧着，因为一旦开始想象，我可能会昏厥，更别提集中注意力听他们讲话了。

路易斯·金德兰继续微笑着，像往常一样，他还咯咯笑了一阵，好像是被玛丽·凯特的最后几句话逗乐的。

“托马斯为什么会介入进来。”他说，不像在提问题，而是已经视其有了答案，他觉得这是个有趣的问题，值得思索，“他在西班牙长大，成为不了多么忠诚的英国人。从事那些活动，到头来不得善终，亲爱的贝尔塔，如果他们能抽身而退的话。我认识一些像他这样的人，也格外关注过几个人，他们不是疯了就是死了。那些没有被处决或没有彻底疯癫的，最后搞不清楚自己是谁。他们失去了自己的生活，或者说生活一分为二，两个部分无法调和，彼此排斥。他们的身份丢了，关于过去的记忆也没有了。多年以后，一些人想回归日常生活，却几乎没法回归，他们不知道该如何融入，让我们这么说吧，就是融入平淡的生活，没有突然的起伏或压力的日子，不管他们处于什么年龄段，都有可能被强制退休。如果他们没用了或者被废了，他们就会无条件地让他退休，把他打发回家或者让他在某个办公室里枯坐，有些人甚至不到三十岁，就觉得日子到头了，好像足球运动员。他们怀念自己的全盛时期，怀念干坏事的日子，充满欺骗和虚假的日子。他们被困在自己混乱的过去里，有时会被悔恨笼罩：他们停下来时才意识到自己做过的事是肮脏的，只起那么一丁点作用，或全然无用。最好的情况，不过是做了些不甚重要的事。换作别人来做，结果也是一样。他们经历的艰辛与危险都变得无关紧要，几乎是毫无用处，个人永远不可能起到决定性作用，更不可能从本质上改变什么。他们还发现，没有人感谢他们的努力和称赞他们的天赋、诡计或者耐性，那儿不存在感恩，也没有敬佩。对他们来说是重要的东西，对其他人则什么都不是。怎么说呢，在他们看来不可或缺的……汤姆斯怎么会掺和进这种事的，干这么不体面的事儿。我跟你说，在那里不会有好结果的。非常糟糕。”我没有仔细听他说话，我在想：只要他一直说话就好，别停下来。他会分心，忘记他的打火机，不会试着点燃它。”接着我又想：“他是做什么的，他们是做什么的？说这事的时候，是不是他也在说自己呢？因为他知道自己也有这么一天遇到类似的事，他们应该有和托马斯类似的任务，否则他不会告诫我，不会强迫我让托马斯远离他的事务。我不知道那些事是什么，肯定是出了差错，他们把托马斯和其他人弄混了。可实际上我知道的真是太少了。“他把你们这些无关的人置于危险之中。你以为呢，亲爱的贝尔塔？那些被他伤害的人不会试图躲避吗？不会想尽办法让他中立吗？不会报复吗？”他的确在说他自己，我心想，在说他和玛丽·凯特，他们组成了一个团队。他们不仅是夫妻，他们装作夫妻，仿佛他们为了成为说客或复仇者，变成了不同的人，不像他们自己了。他镇定地说着话，金德兰之前朝摇篮里洒了汽油，现在手上一直举着掀开盖子的之宝，虽然打火机缺少燃料，但在任何时候一滴燃料都能引起火苗，虽然一切看起来是干爽的，但事实上并非如此，我在电影中看到，把空瓶子打碎，最后滴一滴燃料，就像汗水滴下来一样……

吉列尔莫开始咳嗽，我再也熬不住了。

“我会按照你的要求做，米盖尔。求你了，把那盖子合上，让我把孩子抱起来，给他洗干净、换身衣服，他已经被刺鼻的味道熏得窒息了，瞧瞧他的咳嗽。我都闻到了，更何况他。他太小了，还没有长大。让我处理下吧，求你了。”

最好只说气味，不提火焰，最好不要发表看法。我往简单了想，显然一开始他就打算伪装成意外事件，想让我害怕，让我接受任何要求，让我承诺做能力范围之外的、全不由我决定的事。我弯下腰、伸出手臂，一心想把吉列尔莫抱走，不管他们是否同意。但他们没有给我机会，就在那时，看出我有动作，他的拇指动了，想把嘴里叼着的烟点燃。这一次仍没有冒出火花。但是我没有时间轻松地喘气——刚才我一直憋着一口气，我的心漏跳了一拍——因为金德兰刚合上火机盖，又把它打开了，再次发出威胁。我生生地停下动作，我的两只手臂僵直地摊开，举在半空，像被一道不可逾越的障碍、一排栅栏、一面玻璃挡住了，无法够到孩子，因为有一股巨大的力量、恐惧的力量阻止着我。金德兰像往常一样微笑地看着我，发出一声笑，他对自己的行为很是得意。

“看把你吓的，姑娘，”他温和地说，“我说过了，不会有糟糕的事情发生。”

他又开始摩挲滑轮，可能出乎他的意料，火机喷出了一小簇火焰，跳动的火苗持续并不久，正如我的预想。

我想，我做了任何一个母亲会做的事。我下意识地用力吹火苗，把它吹灭了。接着一把抱起婴儿搂在怀里，我不能再等了。我看到微弱的火光闪了一下，我受够了。我敢肯定路易斯·金德兰已经结束了他的工作，玛丽·凯特也一样。我肯定那天的危险已经过去了，但还有可能会再次发生，那天是危险的开始。他“呲”的一声关上了打火机，把它放回上衣口袋。“好，我今天可以休息了。”我觉得，但从今往后，我永远不能休息了，因为他们还会回来。或许这是一场沉重的玩笑，明天我就能这么看待它了。很难想象，我们是多么艰难地从脑海中剔除焦虑和痛苦，这些让我们难以回归正常的生活，在战争时代，在两次轰炸之间，人们利用这个间隙走上街头，去咖啡馆，跟什么都没发生过一样，我需要相信这正在发生的事还没有结束，我还盯着路易斯·金德兰夫妇，我问自己他们到底是谁，我马上觉得领馆的工作人员绝不会这么做，虽然他们小心地装出事出偶然的样子，我一直知道并非如此，但我该如何验证呢？我不能在他们的上司面前控告或者提出抗议，我只能跟托马斯说，告诉他这事，如果这些事是真的，我还要问他多少是真实的。虽然我觉得自己获救了，但我还是喘着粗气。我的喘息一刻也没停，恐惧感也不曾消失。

接着，金德兰又收起了汽油瓶，把它塞回大衣口袋，两样武器消失了。他拿起压出褶皱的大衣，搭到他来时搭衣服的手臂上，接着突然站起身——他的动作总是很灵敏，肥胖的身躯与敏捷的动作很不相称。他的妻子也站起身，她的口红有些晕开，超过了唇线，她马上注意到了这点，打开小包、拿出一面小镜子和一张纸巾，蘸干净口红（她还看了下牙齿，避免它们也沾上红色），好像什么事情都没有发生过。总之，那双眼睛离开小镜子，开始四下打量客厅，现在它们不再盯着吉列尔莫看了，好像这个小可爱不存在似的。我用全身的力气紧紧抱着吉列尔莫，用手护住他的头，让他尽可能远离那两个人。他贴在我身上时，我闻到了他身上散发的汽油味，小可怜，我一直担心他的肺会感染，不过我把他抱起来的时候，从摇篮中抱出来时，他已经不咳嗽了，我会马上去问问专家的意见，以防万一，比如卡斯蒂亚医生或者阿朗兹医生。

金德兰夫妇显然想离开了，真希望他们的工作、令人厌恶的任务一完成，就能去土耳其或者蒙古。他们镇定地向门走去，我没有送他们，跟他们保持的距离越远越好。等他们走出了门，我赶紧冲过去插上门。拉开楼梯间的门把手之前，胖子又一次笑了，发出咯咯的笑声：

“瞧，亲爱的贝尔塔，我们说得有道理吧？从今以后，你肯定不想再看到我们了。”

第四章

就在那天下午，卡斯蒂亚医生（他立刻来看诊，很是和蔼，用他惯常的聒噪安慰我）走后，我拨打了托马斯留下的两个电话号码，没有人接听。公寓大楼总机只是帮我转接到他的分机，可是没有人接听。我又拨他的办公电话，请求接线员给内文森先生留便签，说他妻子从马德里打电话来，有急事找他。接线员回复我说请稍等，他们同样帮我接到他的分机，但是电话的忙音响了很久，直到断线。我才发现自己与他是如此音信隔绝。我都不知道谁是他最亲近的同事和朋友。我竭力回忆，想起他提过几次瑞茨比先生，还提过顿达斯先生（实际上他说的是 Dundás，重音在后面），还提到了乌莱先生，我不知道乌莱是不是这么写的（他读的是 Iuah，类似这个音），他还拼读出来，让我很惊讶，“苏格兰姓氏”，他是为了让我弄明白这个姓氏，而不是具体的人，提起顿达斯时，他也是这么说的。所以我再次打电话，询问瑞茨比先生，那里没有这个人；我试着问顿达斯先生，得到同样的否定回复。“那请问，我能和乌莱先生说话吗？”我坚持找人，试着用托马斯的发音方式读出这个名字（我的英语还不错，当然跟他没法比）。拼读出 Iuah 的声音时，我觉得很荒谬，为了确保我的发音能被听懂，我发出了一个感叹词，但仍然没有什么用，没有乌莱在那儿工作。我失望至极，却突然想起听他说过一次“蒙哥马利”，我便询问蒙哥马利先生，有可能这是个教名，至少在美国是这样的，但我们不是在美国。电话另一边的人有教养却不耐烦的声音传来：“这儿没有蒙哥马利先生，您确定自己拨对电话了吗，女士？”“这是外事办公室，不是吗？”我问，“内文森先生在这里工作，不是吗？”听到我的第一个问题后，那边突然沉默了。好像没有预料到我会问出这样的问题或者没有准备好满足我的好奇心。其实，接电话的时候，那边没有说机构的名称，我只听到了问候语“hello”，仿佛我拨打的是私人号码。“是的，内文森先生是我们的工作人员，我给您接他的分机。”“不必了，之前您已经接过了，没人接听。”我打断对方。接着我又想起另一个名字，是路易斯·金德兰夫妇提过的，瑞吉·盖斯恩。这回我猜对了，但不凑巧，“很抱歉，盖斯恩先生这周不在，我们不知道他什么时候来。”所以，那对夫妇说过的某些话是真的，如果那儿有瑞吉·盖斯恩，那么那儿一定是外事办公室或者外交部的分部。我求接线员给内文森留个便签，说我想尽快跟他谈谈。“发生了一件非常严重的事情，我是内文森太太，他的妻子，”我说道，让自己显得强势一些（并不是说做妻子有多大权威）。“我得告知您，这些天他都不在，”那边的人说，“我们也不知道他什么时候回来，我不确定他能马上回复您消息。”“您知道我在哪儿能找到他吗，他在哪里？”“我很抱歉，女士，我无法掌握这一级别的信息。”

我盯着挂断的电话看了好一会儿。我时不时试着拨打另一个号码，结果都是一样的，总是拨不通。那个接线员说的是“away”，西班牙语的意思是“不在”，这个词，确切地说，应该是“在外面”的意思，是“出城了”。如果托马斯不在伦敦，那么就没有办法找到他，可我确实需要跟他说话，告诉他发生的事情，问他到底在搞什么、把我们卷入了多大的困难中，还要问问他实际上在做什么工作，那对让我再也不想在萨瓦蒂尼公园或者其他地方见到的金德兰夫妇说的是不是真的。我需要让他采取措施，确保那样的事不会再发生。

电话响起的时候，我还在盯着电话看。在我求告无门的半小时以后，我冲向电话机。“肯定是有人给他留了便签，一定是托马斯。”那是一个说英语的人打来的电话，询问内文森太太，也就是我。

“我是泰德·瑞茨比。”他做了自我介绍。从一开始，他的声音就是平静的，让人感到信服，与接线员的板正口气完全不同。“抱歉打扰，不过您好像之前打电话来找您丈夫，问起了我和其他人，接线员弄错了，告诉您我不在这儿。嗯，显然他几分钟前意识到自己弄错了，现在他不会忘记了。这不怪他，他是新来的，还认不全这里的所有人。”他说了“这里”，我本想问他是不是指外事办公室，至少他应该解释一下，但他说了一大段话，完全没给我提问的机会。我把所有的注意力都放在理解他的话上了，他说话有些拉长调，声音倒是悦耳，我习惯听在正式或社交场合发言的外交官讲话，难以跟上他的语速，况且我们又是在电话上聊——看不到说话人的口型——交流的难度增加了。“汤姆不在伦敦，”他继续说，还是不让我插话，“他随一个代表团去了柏林那边，过些日子才能回来，我想就几天而已，希望不会有复杂的情况让他推迟归期，有些事谁也说不准。有人跟我说您有事要跟他谈，所以我给您回个电话，内文森太太，有什么我能帮助您的吗？因为现在没有办法与汤姆取得联系。”

“没有办法与他联系？”我终于打断了他，“这怎么可能？您也无法联系上他吗？”

“不能，女士，我恐怕这是不可能的。在谈判或商谈期间，代表团被禁止与外界联系。有时会发生这样的情况。这是挺荒唐、极端的情况。我要跟您解释一下，这是因为对方要求我们这么做。我们很少做这种事情。”

“您是说那个代表团现在与世隔绝，您一直没法联系上他们吗？”

“不完全是。我们能和代表团团长联系，但是代表团成员无权私自与外界联系。我们可以转达您的困难。您的消息会转给代表团的团长，他有可能会告诉汤姆。但是，如果是不好的或者可能让他情绪激动的消息，不大可能转达给他，我很抱歉。请告诉我，您是否有真的很严重或紧急的事情，我们看看能否从这边帮上您。您和驻马德里大使馆说过吗？”

我不想在电话上用有限的英文告诉陌生人发生了什么，况且我不知道这个泰德·瑞茨比是谁，我听托马斯提过几次这个姓氏，但我不记得他跟我提过这个人，或许我没怎么注意他的话。我不知道他们是朋友，还是仅仅是同事，也不知道谁听谁的命令。也可能我是在他与其他人谈话时听说过这个人。

“不用了，”我说，“还不需要，我想先和汤姆说。”

“我建议您跟大使馆谈谈，内文森太太。如果您需要帮助的话，让马德里大使馆帮助您更为方便。您需要我来联系吗？我可以从这儿给他们打电话。”我沉默了一会儿，对这样的提议感到奇怪，“请讲，您还好吗？您家有个小婴儿，是吗？孩子还好吗？”

实际情况是很好，我很好，吉列尔莫也很好。我们不需要紧急救助，现在不需要了，之前我们是需要的，但现在不需要了。那个早上，我们非常需要帮助，我差点看着自己的孩子烧起来。“任何一个动作都会点燃火焰”，有时我听托马斯念过，这应该是一句诗，他用英语低声念出这个句子。或许一切需要等待，我该等一等。现在跟这个瑞茨比提金德兰夫妇、描述他们费尽心机的接近、他们的打火机和燃料瓶、他们的指控、他们对托马斯的怀疑，还不是时候。如果托马斯在柏林附近，那么他就不会出现在爱尔兰或北爱尔兰，也就不能给那个国家带去伤害。我一直相信这个男人说的是真话。

“是的，我们两个现在都很好，没有别的事。”

“现在？之前不好？”我沉默了，我的通话人对我的词句如此较真，让我感到困扰。接着他换了个话题：“请允许我问个问题，或者说是两个问题，是您个人的事情还是与汤姆的工作有关的事情？我是指您这么紧急找他的原因。”

一个陌生人，而且还是个英国人提出这样的问题让我感到奇怪，因为在那个时代，英国人给人的感觉还是保守的。我着急找托马斯，可以出于任何原因，可以是因为想念他，可以是因为与他分居两地心里有猜忌，可以是对他有不确定感，可以是想听到他的声音。

“我没有什么要紧事，瑞茨比先生，”我回答他，以这种方式提醒他这不关他的事，“如果我不能跟他说话，那就先这样。等他回来了，我再跟他讲。等他能与外界通信了，等他不再被禁止了解他的妻子和孩子近况。真是奇怪，他没有告诉我会有这种情况发生。而且还持续了这么多天。”

“是的，是的，”他忽略了我刚才近乎责备的话，表示抱歉，“我这样问只是因为，如果是第二种情况，或许我可以帮上您。”

我没有讲话。

“还有其他的问题吗？”竖着耳朵听他说话很累，我开始不耐烦了，不禁觉得金德兰夫妇或许有道理。托马斯并不在外事办公室工作，现在跟我讲话的人不是外交部的，而是军情六处的。

“嗯，没关系。出于好奇而已。听接线员说，您先问起了我，然后又问起顿达斯先生、乌莱先生、蒙哥马利先生和盖斯恩先生，我能问问您是从哪里听到这些名字的吗？纯粹是出于好奇，盖斯恩和我确有其人，但其他人是不存在的。我们这里没有这些人。在英国的另一边，我想这些人是存在的。”他说的最后一句是玩笑话，但我没有兴致听他开玩笑，我一点都不想笑，哪怕是出于礼貌，我都不想笑。

“我不是很清楚，”我回答说，“我听我丈夫提到过那些名字。接线员不知道或者不想告诉我他的去向，所以我想你们当中的某个人或许能告诉我，事情就是这样。瑞茨比先生，我在和外事办公室通话，是吗？”

“当然，是的。”瑞茨比说，“Of course，naturally”，这是他的原话，“很抱歉，做自我介绍的时候没有说清楚。我以为您知道呢，如果不是这儿，您以为自己拨通的是哪里？”

“当然，当然，好的。非常感谢给我回电，瑞茨比先生。您真是太好了，至少现在我知道汤姆在哪儿了，我再等几天。”

“可能还会更久，内文森太太，可能要更长时间。”

“行，别忘了告诉他，我需要尽快和他谈谈。我是说有机会的话，麻烦您了。”

说完这些，我结束了对话。是的，我该等着。我该等着他和那队驻在柏林、管理严格的代表团回来。突然间，我意识到瑞茨比说的是“柏林附近”，不是“在柏林”。或许是我听错了，但我突然想到在那附近，就是说在西柏林外，只有共产主义柏林——东德，德意志民主共和国。所以，我想，他应该是乘飞机去那里了，也可能有跨越阻隔的通道，在上面行驶的汽车不能停下也不能开下来。汤姆怎么可能会在柏林附近呢？民主共和国德国是所谓的“铁幕”国家之一，非常封闭，几乎不与西方国家交流。可我这样的人又怎么会知道是不是有外交层面或者政府之间的交往呢？或者那是另一种性质的交往，我想，是私下沟通的，有保密性质的。我感到特别奇怪的是托马斯从没跟我提起他要出行，说我会无法联系上他。

第二天上午，我给驻马德里大使馆打电话，询问米盖尔·路易斯·金德兰先生。我大胆提出请他们把电话转接给他，我想最后一次听到他开玩笑似的、现在想起来让我无比憎恨的声音，但我做好了不出声音、随时挂电话的准备。如果他们问我“请问您是哪位”，我就说个假名字。这些全都不需要了，因为一个西语语音优美的女人回答我说那儿没有人叫这个名字。我问她之前是否有，我记得他们要办交接手续，可能因此不在人员名单上出现。

“没有，这里从来没有叫这个名字的人，小姐。很久以前也没有类似的名字。”可能我的声音和语调听起来很年轻，她用“小姐”称呼我。我又问起玛丽·凯特·欧瑞阿达，我用两种方式读了这个姓氏，用西班牙语和爱尔兰语，怕对方听不懂。“也没有，”她回答，“是谁告诉您他们是在大使馆工作的？”

“他们自己说的，是真的。”我坦白道出自己的困惑。

“那么我恐怕他们是在欺骗您，小姐。从来没有欧瑞阿达，也没有路易斯·金德兰。跟金德兰将军一样的名字，是吗？可能他们是想在您面前显示自己是重要人物。”

我给家公杰克·内文森打了电话，我其实不大和他、婆婆梅赛德斯联系，不会讲我认识了谁和遇到什么事，这算是青春期留下的习惯，和同龄人一样，我宁愿保持沉默，保护我自己的小世界。我没和他们提过金德兰夫妇，但是现在我要问问他是否听说过，是否知道他们是谁。

“我从未听说过他们，”他说，“怎么了？”

“没什么。他们不过是我认识的人，我只是觉得好奇。”第一个知道事件经过的人应该是托马斯。我不会无缘无故地告诉任何不相关的人，也不想让大家都掺和进来，我这样想。托马斯做了他该做的，仅此而已。

我还鼓起勇气给沃尔特·斯塔基打电话，虽然他的年龄已经很大了，但我还是得给他打个电话。几十年来，他结识了外交圈和其他领域的各色人等，而且他有超常的记忆力。但他的回答也是一样：

“我之前从未听说过这两个名字，亲爱的贝尔塔。”他都没问我为什么这么问。

驻留在黑暗中是多么容易，或许，这才是我们的自然状态。接下来的几天、几周，我一直这么想，我耐心地等着托马斯传来他还活着的消息，或者他没有预先告知我，突然在马德里出现。每次我听见楼道里的脚步声，或者电梯运行的声音，我都迫切盼望会是他回来了，是他顾不上打电话、直接回来看我了，看我们——孩子和我，他的任务结束了，管他什么任务呢，可能是他在柏林知道了我对瑞茨比先生感到焦虑。别人不说的，我们永远不会知道；即便是告诉我们的，我们也不一定了解全部的事实。我们倾向于相信人们告诉我们的是事实，不会想太多，也没打算提出质疑，否则，日子就过不下去了。如果我们对再平凡不过的叙述都表示怀疑——大家为什么要对自己的姓名、工作、职业、籍贯、喜好和习惯说谎呢？为什么要对那些我们相互之间不计回报地交换来的大量信息撒谎呢？这些信息不是别人主动问我们的，他们对我们是谁、我们是做什么的、我们要到哪里去等问题一点兴趣都没有，可以说我们拥有的信息量远多于我们应该拥有的，更有甚者，我们传递着任何人都不感兴趣的信息和故事，事先假设别人有好奇心，为什么别人该对我、你、他感到好奇呢？如果我们消失了，很少人会想起我们，问起我们的人会更少。“哦对，我不知道那个女人怎么样了，”他们会这样说，“她有个小孩，在这幢楼里住过一段时间，她的丈夫偶尔回来，经常不在家，她是一直住在这里的。她可能搬家了。我不知道她是单身还是结婚了，如果他们分居了，那也不奇怪，她有点孤单，和男的在一起时，她看起来更高兴。总之，小孩是跟着她的，不都是这样嘛。”的确，每个人会相信别人告诉他的事，这很正常，但是托马斯可能并非从事他告诉我的职业，并不在他告诉我的地方，而我听他说起的那些名字，都是不存在的，外事办公室里没有顿达斯，没有乌莱，没有蒙哥马利，不过的确有瑞茨比，可鬼知道这人说的是不是真话。我不知道托马斯在西德还是东德，或者不在这两地，而是在贝尔法斯特或者其他什么地方，路易斯·金德兰夫妇从没有在爱尔兰大使馆出现过，因此也不可能被迁到安卡拉、罗马或都灵，一切都是杜撰。很可能他不叫欧瑞阿达，也不叫欧瑞迪或路易斯·金德兰，也不叫米盖尔，或者玛丽·凯特，他们取这些名字，是因为听起来有声望，又响亮，我不知道那个音乐家，也不知道那个支持佛朗哥的飞行员将军。她也许真的是爱尔兰人，北爱尔兰人，可能是爱尔兰共和军成员，奇怪的是，她的西班牙语讲得很好，那个组织在很多地区有合作者和支持者，在狂热的天主教国家肯定也有，在我们的国家也会有。而他呢？可能是埃塔成员，或者和她差不多，这两个组织有联系，互相帮助，众所周知，埃塔的成员里，有几个人或者某个人能讲流利的英语，应该有这样的人，可能他就是个双语人士，一半血统是巴斯克人，一半是爱尔兰人。他懂得不少知识，可能是牧师，教会与恐怖组织的创建、支持、盛行和清洗大有关系；或者他是半个美国人，因为美国给爱尔兰共和军提供了很多资金支持。

一无所知是多么容易，游游逛逛也不难，上当受骗很常见，我们说的可不是撒谎，不是这么无耻、傻子才会信的谎话，有意思的是骗子们自以为聪明、机灵，其实骗人不需要一丁点伎俩。我们听到了多少是是非非，顶重要的和微不足道的，无关紧要的和重中之重的，与我们生死攸关的和与我们全然无关的。我们的生活是‘一步错，步步错’，我们认定自己过的是合理、稳定、平静的日子，然后我们发现一切都是不确定的，是一片泥淖，不可控制，没有立足点，或者一切皆为虚妄，仿佛我们立在戏台上，坚信自己是在现实世界里，我们还没察觉灯火已熄，序幕已拉开，我们就站在舞台上，而非坐在台下的观众席，或者仿佛我们被困在电影屏幕中，被钉在电影里，被迫一次次重复表演固定的脚本，我们成了胶片，无力改变事件、情节、镜头、视角和灯光，故事如何发展由他人决定。有的人发觉在他的个体生命里，有一些无法改变的事物，他的人生像一个已经被人看完或者被人读过的故事，一个已经被叙述过的故事；这些事物引着我们走上一条不归路，我们顶多能做出预测，可能只是通过难以察觉的动作或挤挤眼睛，我们试图捕捉这些事物以期能够避开它们，因为走上那条路是违背我们本心的，它限制我们的行动和我们要前进或者要逃离时沉重的脚步。实际上，我们走上这条路，并非是我们对它抱着信任或者出于我们本心，是别人把我们放在了这条路上，对我来说，那个人就是我的丈夫，我一直爱着的男人，我的人生与他永远地绑缚在一起——或者说我是这样想的，那个人是托马斯。

在等待的每一天、每一周中，我觉得仿佛被浓雾笼罩。我努力推断，在乐观和极度悲观之间徘徊，思考着也许什么事都有可能发生，托马斯就是他自己，无论那意味着什么，金德兰夫妇弄错了；又或者从一开始，托马斯就对我撒了谎，他还有一段遥远而且秘密的人生，甚至要对我保密。这些猜疑让我感到窒息，我的脑海中反复出现托马斯漫不经心地背出的诗句，比如他刮胡子的时候，偶尔哼出来的，或者低声念出来的句子，是很长的诗句，我不知道那些句子是不是同一首诗里的，是不是同一个诗人写的，但我知道有些是艾略特写的，是的，以前他常高声地、快速地读他的诗。再见他时，我要问问他，虽然谁也不知道那会是什么时候。我想起了那句诗：这是空气的死亡。事实上，这不像是我自己缺乏空气，而是更糟的东西；好像到处都没有了空气，它从宇宙中消失，彻底不复存在。托马斯背了一些我听不懂、现在也想不起来的诗句后，还会加上一句："这就是土的灭亡。"又背诵了几句，又有一句："这是水与火的死亡。"要是之宝打火机和燃料罐一起出现的那个早上，火死了就好了。而一直在我脑子里萦绕的是第一句，"这是空气的死亡"。

但是我知道，抛开条条框框和不确定因素，抛开绕不开的疑虑能熬过一天是一天，金德兰夫妇所怀疑的，并不是没有道理，那可以解释很多事情。这解释了托马斯性格的转变和他结束学业以后多变的情绪；解释了他难以入睡的问题、永远绷着神经、每当回伦敦的日期将近时就愈发消沉的意志；解释了为什么在短时间内，他好像比我老了许多，其实我们岁数相当；解释了他莫名衰老的精神和偶尔表现出的迟钝；解释了他为什么会在失眠的夜晚和清晨与我做爱，就好像我就是盛装他积蓄的精神压力的容器，或者我就是承载他那已经被写就、被解锁、被读取的命数的人，他想获得片刻的解脱，获得几分钟——对男人来说是几秒钟的欢愉，让肉体碾倒精神，通常只有在生病、感觉疼痛以及在欢爱的时候才能做到；还解释了为什么他对未来缺乏好奇心，对明天、后天以及明年表现出的冷漠，他不相信会有意料之外的事发生，好像那不会再发生，至少不会发生在他身上；甚至在某种程度上还解释了某次他对我说的话，那是在我们结婚前，“你是为数不多的让我觉得自己没有受到强迫，是我自由选择的。在其他方面，我觉得自己命数已定，我觉得我身不由己，只能被人选择。你是真真正正属于我的，我唯一确信是我自己想要的。”这么多年过去了，我还像守着珍宝一样守着这些话，也许是因为他从没如此直白，如此真实地对我说过话。我只记得话语中听到的一面，好像在说誓言，在反复确认、强调我的独特、申明他的爱。现在我才意识到，那句话里有更多的东西，他是在说反话。但是这个念头没有在我脑中停留多久，我们总是倾向于保存对我们有利的，弱化或摒除其他的诠释，尤其是在回忆里，在事后反复回想时。

如果托马斯在服军役，那么他就会知道他的命运已经确定了，他的未来生活不会有惊喜，会知道他必须服从命令、完成派给他的任务，知道他没有选择的权力。每次回到英国，他都要听从上级的命令，不得推迟或者犹豫，这很容易让他感到不舒服，对他产生影响，令他失眠。能想象到那有多糟糕，他无法拒绝，不能商量，不能申诉，只能服从所有级别高于他的人，即便是让他不舒服或者反感的人，他得咽下另外一个人端给他的恶心葡萄酒。从某种程度上说，我们所有人都如此，无论我们是做什么的，从出生到死亡，头顶上总有人指挥我们该做什么，我们无法反抗，而在军队体制内，事事都是冤有头，债有主，等级更加鲜明，这是最基本的常识。那对魔鬼夫妇说得有理，军情五处和军情六处不依附外交部或者内务部，而是属于军队，尽管它的成员也许永远不能穿上那身军装，他们没有机会着装。但如果金德兰夫妇说得对，托马斯一直在情报部门工作，那他肯定是自愿的，他内心是接受这份工作的，另外，我想他是能退出或者反悔的。不过，照金德兰的说法，“从事那些活动，到头来不得善终……那些没有被处决或没有彻底发疯的，最终搞不清楚自己是谁”。托马斯是怎么卷进去的，他真的在那儿工作吗？他很久以前说过那句我极看重的话是什么意思呢——“我觉得我身不由己，只能被人选择”。

彻底沉寂了两周，看他不露面，我鼓起勇气又给泰德·瑞茨比打电话，当然是给外事办公室打。我连线直接找他，没找托马斯。瑞茨比没有接电话，那边不知道他在哪里，但半小时后他回话了，差不多和上次一样。这个声音成了我和我丈夫之间唯一的纽带。

“瑞茨比先生，”我说，“从上次我们通话后，我一直没有汤姆的消息。您知道他还在外面吗，还在德国吗？您能否想办法替我给他传个信息？他知道我要跟他聊聊吗，或者他还不知道这两周我一直在找他，在等他消息？”我还加了一句，或许有些冒昧，“据您所知，他在西德还是东德？”

这次瑞茨比可没有之前那么有耐心，好像我的问题让他不舒服，我的第二通电话不合时宜。我觉得他对我失去了尊重。也许他也没有托马斯的消息，他不知道如何让托马斯的妻子耐心等待并保持沉默。也有可能，我暗自揣测，是托马斯出了差错，那时候他已经死了。瑞茨比的语气中有一丝难以把握的失望。

“内文森太太，”他说，他没有回答我的问题，“您现在太没有耐心了，这帮不了您丈夫。我已经跟您说了，事务要延期。如果汤姆没有跟您联系，那是因为他还不能联系您，对吗？您怎么就这么固执？让他把事情做完，他就会回来了。”

这次我打算告诉他一些事情，让他自己掂量掂量分量，也是给他点儿警示，引起他的好奇心。

“瑞茨比先生，我们的孩子受到了死亡威胁。您知道，这可不是小事，您该明白我需要马上跟他谈谈。他应该采取措施，他应该做点什么，让这样的事不再发生。我不知道他遇到了什么事，也不知道汤姆实际上在哪里工作。我只知道，是他的工作导致我们的儿子可能会被烧死。有人说他在为军情六处工作。您应该知道，是吗？”

瑞茨比不是那类会被别人的话带跑或者突然头脑一热的人，也许他已经发现我的话里有保留，遭遇了突发事件，第一次谈话时我就该如实说，而不是等到两周以后。他也不是那种会上钩、然后被套话的人。他没有问我发生了什么事，是谁威胁到孩子的生命，被烧死是什么意思，谁提到了军情六处，他几乎不为所动。

“我很遗憾听到这些，内文森太太，”他只是这么说，“或许，在汤姆还在开辟事业的阶段，他的生活中本不该有孩子。我不能再跟您讲了。在我这个层面，汤姆是同时为外事办公室和我们在马德里的使馆工作的，他在两个地方都发挥了很大的作用，他的发展前景很广阔，请相信我。如果他被情报部门招募了，我敢肯定，我无从知晓这事。通常情况下，没人知道谁是情报部门的成员，我想您应该明白，这很正常。‘秘密’这个词就是这个意思，不是吗？当他回马德里的时候，跟他谈谈吧，问问他您向我提出的这些问题。某种程度上说我知道，但我不能回答您。”

“自以为知道其实一无所知，身处这样的状态多么容易，”我想，“留在阴暗处很容易，或者这是我们的常态。当然，托马斯也在那儿，不仅仅是我，不仅仅是我。他在他的世界里发现了不安和混沌，当然我也如此。”

那个场景、那件事、那让我从不曾缓过神的巨大惊吓——我仍时不时梦见，喘着粗气醒来，满身都是汗水，好像我还停留在那一日，这中间许多年的光阴都是虚幻。四个星期后，托马斯才现身。他提前一天打电话来，说等他回来再谈。

“你现在跟我说什么都没用，我们马上就见面了。我们没必要吵架，现在也不是责怪我的时候。明天我们一起吃晚饭。我晚上就到了。”

“可我一刻也等不得了，”我说，“事情很严重，你想象不到。我不知道你到底在做什么，但是不能再这样继续下去。你为什么不能跟我说清楚？为什么不能告诉我实话？你在鼓捣什么呢，托马斯？你让宝宝的生命受到了威胁，你知道吗？他们威胁他。”

“我回到伦敦时，他们跟我讲了一些。对不起。昨天我才回来，今天就让我歇口气吧。”

“从哪儿？你从哪里回来？这么长时间了，你都没告诉我，你怎么能这么干。”

“从那边回来的。”他回答我的方式就跟一个少年回答父母问他从哪回来的一样。这表明他没准备好接受批评或者承认错误。他还补充了一句，语气中简单陈述事实的成分多于道歉，“事情特别急，是临时的。工作就是这样，之前我没办法告诉你。”

“你从哪里回来的，”我坚持问他，“从德国吗？你的朋友瑞茨比是这么说的，还是你去了贝尔法斯特？”我的发音跟米盖尔的发音一样，就是自称“米盖尔”的人。

“我都说了是从那边，”他重复道，他的口气就像跟我说“这跟你没关系，贝尔塔，你问得再多，也不会了解的”，“明天我们聊聊，明天我跟你解释，从头跟你说。我还不知道能说多少，我已经在咨询了，他们还在研究，今天他们就会告诉我的。所以你得等等，只是再等一天，总之你放心，不论过去发生了什么，未来都不会发生了，这是我向你保证的，肯定不会有问题。”人们总是承诺一些他们没有能力做到的事。

让我感到幸运的是，在无休止的等待中，金德兰夫妇没有再出现。那件事过后好多天，我才壮着胆子独自带着吉列尔莫出门，还去了萨瓦蒂尼公园，跟往常一样散步。当然，我要保持警惕，看到人影我就紧张，连天主教双王的雕像都让我感到莫名的战栗。他们没出现，我在那里或者周边都没见到他们，我尽量不去罗萨雷斯画家大街，他们曾住在那边，谁知道这是真是假，一个多月的相处中他们一句都没提到住处。没遇到他们，没见到他们，让我顿时轻松下来，但一天下午，玛丽·凯特给我打电话了，这又让我惊恐万分。听出她声音时，我想起了她情绪不佳时的那对蓝色的斜眼儿，还有涂得鲜红的嘴唇，像脸上有块血迹。

“别挂电话，亲爱的贝尔塔，”她马上求我，同时还有一丝发号施令的语气，“我在罗马给你打的电话，我们基本安定下来了。逐渐在意大利安定下来，好吧，你不知道这个国家实际上有多糟。他们还是把我们派到了这里，倒还不错，不是那么糟。”我不敢相信自己的耳朵，她竟然继续编造谎言，继续假装和我关系不错，她肯定没有在使馆工作过。不过，他们被派去外国，离教皇和神父近一些，这些人会管束他们，但这之前，他们先被派给了我，恐吓我一番。毫无疑问，我需要相信这通电话的确是长途电话，他们找不到我。

“你可真敢说，玛丽·凯特，如果你真是叫这个名字的话。爱尔兰大使馆没人听说过你，那儿没人认识你。”

她忽略了我的话，继续说道：

“不知道你们，就是小宝贝和你的消息，我太难受了。我非常想念你们，非常非常想。一切都好吗？”

当时，我真想挂上电话。或许我该申请走程序更改电话号码，用我的名字申请，这样不受欢迎的人就不会知道或者轻易查出来了，号码簿中有许多姓伊思拉的。但是我没有马上挂电话，我想最好搞清楚她想做什么，她肯定不是对我们的健康状况感兴趣。

“是的，一切都好。离你们远一点儿，一切都好极了。”

“啊，你对一个并没有发生的意外可真执着。米盖尔太蠢了，他是越来越心不在焉了，你都不知道他在这儿又惹了多少麻烦，”她满不在乎地说，“其实没什么的，贝尔塔，瞧，什么都没发生。吉列尔莫很健康可爱，不是吗？说说吧，你和汤姆斯谈过了吗？他回来了吗？根据我们的估算，他应该已经回来了，或者快回来了。你知道我们是多不赞成他把你一个人留下。”

“估算？什么估算？你们知道他的事，他在哪里？”托马斯一直沉默、联系不上，我很绝望，不禁脱口而出。

“嗨，他还没有回来？”玛丽·凯特只是说，“真有意思。”

“没有，他没有回来，从你们来这儿起，他就没给我打过电话。我完全没有他的消息，”我小心翼翼地隐瞒我与瑞茨比的对话，“我特别想跟他说话，告诉他你们对他儿子的所作所为，你们将要对他儿子做的事。我想他不会像我这样容易受惊吓。”

她没有回应这些话，再次否认那件事的重要性。

“瞧瞧你有多夸张，贝尔塔，和其他妈妈一个样。”接着，她把一开始埋下的话头迅速地接上了。她的语气是命令式的，夹着警告、建议或者指令：“他回来的时候，你别忘了跟他聊聊。我们搬走了不意味着这件事就结束了，这事该有个让人满意的结果。多亲亲那个小宝宝，好吧，帮我这个忙。米盖尔向你俩笨拙地表示喜爱之情。你知道吗，他现在更胖了。”

我没去机场接托马斯。他的飞机到得很晚，我也不想给谁添麻烦，比如让他或我的父母照看一下小宝贝。本来我可以请个保姆，但我想或许对他来说，刚下飞机还是不要看到我的怒容为好，也不要看到我在有他人的场合紧咬着嘴唇忍住不提问题，最好让他独自待一会儿，不用回答我的问题。他到马德里以后，可以乘出租车，从巴拉哈斯机场开到我们位于帕威亚大街的家。我们居住的地方很不错，离皇家大剧院很近，周围竟有一排高高的树木挡住视野，有时我呆呆地看着这些树，在刮风的日子里听它们窃窃私语。我想要给他时间想明白，他刚回到这儿，对这些一成不变的风景不熟悉，他能看看在亚美利加大街宣告城市入口的白塔，路过贝克尔街转角斜坡一直走到卡斯蒂亚娜大街，然后直行到市中心，就是首都的中心地点，他会突然发现自己对这些景物很是陌生，或许关于遥远的过去已然无法挽回的痴梦会突然浮现在他眼前，让他知道自己曾经站在何处、做了什么。我打算待在家里，晚饭有点冷了，我盼望听到他转钥匙的声音，或者门铃声，如果他会按的话，有一两个月或者更长时间里，他没用过钥匙，那把钥匙也没有其他用途，是很容易被弄丢或者遗忘的，我已经记不清他离开的日期了，客观环境、恐惧、日渐增强的疑虑让我觉得他一直是缺席的，现在我几乎可以肯定金德兰夫妇说的是实话，或者有一部分是实话。我决定让他有一段缓冲的时间，好能理个周全、有条理的思路，甚至是把要跟我说的、必须跟我说的打个腹稿。他已经跟上司请示过，管他们是什么人呢，这些人正在研究，他是这么说的，“他们今天会告诉我的”，昨天他说的这句话，然后他获得了准许，也可能没有获得，那么他就要保持沉默，只会这么回复我：“你别问了，贝尔塔，再也别这么问了。如果你还想留在我身边，你就得对‘托马斯离开了、不在这儿’这事不闻不问。如果你受不了‘他会回来的，他的确会出现在这儿’的说法，好吧，那你想干吗就干吗，我不会怪你的；我的灵魂会碎成一地，一丝都不剩，我的生活也彻底垮了。但那不是你的错，我能理解，更不会抱怨。”

天色越来越暗，我等不急了。在他差不多要到帕威亚大街时（如果他没有耽搁的话，这是我乐观的估算），我走到窗台探出身子，看着大街，出租车可能会把他放在大教堂门口，每次开窗的时候我都往右看，但不止看向那边，我还望着东方广场、莱庞多大街和巴伊兰大街，其实是四处望，视野范围很大。我不知道自己这么做过多少次了，我只知道还有些许天光时，暴雨落了下来（六、七、八月里，在我们国家，这样的天气是常有的），我没有因此关窗，反而打开窗，从每扇窗子探出身去，我们有三扇窗。虽然我探一下就缩回身（雨特别大时，我就会缩回来），我的头发和脸颊都湿了，我的衬衫和裙子湿了，我的高跟鞋也湿了，它们没什么要紧的，我不在乎。我没想着换衣服，我不知道该如何克制自己的急不可耐，我换上的干净衣服仍会湿透，我无法平静，无法不去找他，无法不以冲向阳台的方式引起他注意，否则他怎么能看见我呢？我们分开了这么久，我还想着要穿着短裙和高跟鞋来迎接他，他一直喜欢我这么穿，当然不止这种打扮，但他最喜欢这身，我发觉，除了不安、恐惧、对真相一无所知，除了最近玛丽·凯特的电话引起的烦躁，我仍然在意他的爱，在意他流露出最为欣赏、最为美好的目光，或是表达最为原始的情感的目光中喷薄而出的惊奇。他离开这么久，我想象他在离我很远的地方历尽千辛万苦，那道目光应该是迷茫的，或像玻璃似的，或变得冷漠，又或者变得困倦，他没法打起精神，也没兴趣这么做，我要在那个瞬间激活那道目光，我不能犹豫，许久没见面以后，见面时的第一眼很大程度上决定了接下来要发生的事。我们竭力想要记住的脸庞是清亮且万能的，但随着时间的流逝——那份热忱肯定会消磨那副面容，诋毁它，扭曲它——使它渐渐变得模糊，最终我们的脑海几乎无法想起它，无法真实浮现它的样子。我突然想通过看照片找到它，于是，静止的照片代替了真实的面容，姿态、动作、五官定格了，只是刹那间的样子，看着照片，就相当于看到了人，照片抹去、驱逐或者赶走了真的人，因此我们很难真实地回忆去世很久的人。如果对我来说是这样的，那么我于托马斯亦是如此，他肯定在遥远的地方忙碌着，可能是忙于执行任务，这需要他投入全部精力、需要他执着地忘记属于他的、那个曾经的我。

别骗我了：他很可能有了其他的女人，因为喜欢，或是因为疲倦或想要休息，还可能是责任使然。或许他为了赢得某个女人的信任，爬上了她的床，对她说些虚假的话；或者他无可奈何地按照另一个女人的要求蜷起身体，也许那是个长得丑的女人，一个有说服力的胖子，一个上了年纪的单身女人，一个容易满足的无耻之徒，他有自己的目的，或者只是为了套取消息、一两个数据。但我们知道再不情愿的开端，即使让人心生反感，最终却能让我们发觉自己受到了引诱，因为存在习惯的力量和一种出乎意料的想要重来的愿望。人会发现，一开始没能吸引他的人，最终推翻了所有预测，让他违背本心，陪他走到了最后。同样，我们与一个难以想象的人物在梦里春宵一度，随后，我们不可避免地以为那人是个懒鬼、甚至是该受指责的淫贱货，仿佛他在我们毫无防备地睡着时对我们植入了一种病毒；无论我们清醒时对他是多么地抗拒，那人还是在我们的意识里占据了一席之地，这在我们清醒的时候是绝对不可能发生的。那个获得位置的人赢了我们，他已经懂得如何触动我们，即使我们对他缺乏爱意、我们抵制他、采取消极的态度，这个人让我们感到羞耻，为我们偷情的快乐感到惋惜，这种快乐出乎我们意料，让我们感到颇为勉强。

所以我感到很气愤，不只是因为托马斯对我隐藏了真相、将我和孩子置于危险，还因为在我最需要他的时候他消失了，那段时间长到让我连他的面容都快记不清了。我还对他再次见到我时的反应感到害怕——我承认，他是那么的色情，那么的粗俗——仿佛他要征服什么似的，好像要躲避一种香气或一种臭味，明亮或肮脏、柔和的或者光滑的皮肤，紧实的或者松弛的肌肉、迷人的或丑陋的另一个女人或者许多女人，也许她们都跟他在一起过，他勉勉强强地适应了她们，这对我来说还不算糟糕。我全身上下都湿透了，高跟鞋也脱了，即便它们熬过这一夜，我还是打算把它们扔了——经历了暴雨，疯狂地开关窗子、几次三番把身体探出窗外，一直在想“你怎么还不回来？你在哪儿？他们不会是在最后一刻收回了许可吧，你可别错过了航班，别计划着晚到，别再从我的生命里消失了，我都快记不清你了”。在某一刻，我走进卧室，那里有一面全身镜，我看着镜中的自己。在被不安或者虚无感击中的时候（许多时候那是同一种感觉，或者是两者并存，更确切地说是两者融合），我觉得全身湿透挺好的，感觉很不错，我突然意识到我此刻的想法是多么淫荡和粗鄙。以男人的眼光，不怀好意的眼光来看，我穿着透明的衬衫，皱巴巴的裙子缩了上去、紧贴大腿。我的头发乱糟糟的，没关系，显得我有野性的一面，可能如此一来我就能与他对抗了。现在，我反而害怕我的衣服提前干了或者雨停了，那么我就会变得底气不足，显得荒唐，更让我感到不安的是那个词（或者那个想法）：对抗。为什么我会有那种感觉？为什么我觉得在这方面受到了威胁呢？其实真正的威胁是另外一种，而且完全比这要更加严重，这事情里不只我一个人，是三个人。总而言之，言而总之，那才是迫在眉睫的，是我该担心的，那才是问题关键。

突然，我听见了钥匙开门的声音，我惊得跳起来，我没看到他从街上过来、从出租车下来。现在来不及了，我赶紧从房间跑出来，看到他在门口放下手提箱，举手投足间流露出隐忍或疲惫之感。他的样子变了，我辨认了好一会儿。他把胡子刮掉了，蓄了长发，但还不至于盖住额头，这让他看起来更像个白人。他瘦了几公斤，似乎在这段时间里，他甩掉了青春的痕迹，似乎迈出了没有退路的一步，让我们置身于成熟的人生阶段，我们已然无法倒退。的确，他一直是个成熟的男人，是个有吸引力的男人，现在看起来完全像个外国人，仿佛他身体中属于我们国家的那一半已经消失了，或者说是属于我的、我唯一拥有的那部分。

他惊讶地看着我，好像也没有认出我，也可能是忘记了我的样子，谁知道这几个月他经历了什么、从事什么工作，或者干了什么，也许他的脑海中有个静止的、冰封的形象，没有目光、言语、脉动或心跳，那是一个暗淡的、关于我的形象，也许是母亲的形象。很多时候，女人一旦生了孩子，甚至在生孩子之前，只要看到她们身材走形，男人就会产生一种贬低妻子的想法，他不知道女人不是孤身一人，而是带着一个不停地生长和索取的、有侵略性的生物。这都是很久以前的事了，可能托马斯还保存着我怀孕、哺乳的印象，那种状态的女人有另一种特权，很少顾及他人。事实上，我的身材已经恢复苗条，别人第一次见到我时都猜不出我生过小孩，没人能看出来。托马斯就像那些人，定定地看着我。我感受到那欣赏的目光，流露出浓厚的性意味，竟然颇感自得，他仿佛在对自己说："瞧你的运气，小子，我都快忘了。"许多女人抱怨被不怀好意的目光打量，好像自己是"取悦人的物件"，却没有人承认如果从未被那样的目光打量过，又会感到多么羞辱、压抑、让人丧气，至少我们在乎的人要这样做。或者我们试图去骄傲地选择和筛选：这个在看我，那个也在看我，他有资格，而他没资格。我在许多年前选择了托马斯·内文森，而且从年轻时候起就在期待他热切的目光盯着我，期待他的人，后来我终于等到了他。

"你怎么全身湿透了？"他问，我的样子肯定很奇怪。

我没有回答，甚至脸红了。我抬起右手，摸了摸衬衫和裙子，仿佛不曾意识到湿透了，必须证实一下，左手胡乱指了下阳台，某扇窗子。

他走向我，迈出了四步——一、二、三和四——他抱住了我。但那个拥抱很短暂，因为接下来他就遵从我给他的指示做了，是否符合他的意愿，我不知道，他抚摸着我的衬衫和裙子，以及衣服下面的身体。他快速地把我转了半圈，从背后抱住我，他的双手放在我的胸上，他的身体紧贴着我，也许他刚才有空用色情的目光打量我（他没有问起孩子，他刚才就睡了，他最好不要和我们的作息时间保持一致，这是我希望的，事实也如此）。他把裙子往上推，一把拉下我的内裤，我知道这是他在许多个不眠之夜的习惯，方式很粗鲁，没有前戏、不用试探，我感觉他处于焦虑时，对他而言，我和其他处于这种情形的女人一样，不过是因为这事发生得无可厚非，今天恰好是我出现在这里，恰好是他对面的女人。今天我又一次出现在这儿，今天我又成了我。

他尽全力让那个夜晚变成放松和休息、享受肉体之欢的时光，他试图避开交谈，不让我跟他开口，不让我提问，所以过了一会儿，在我洗完澡、脱了湿衣服，他只想再做一次，在卧室，在日渐只像是我一个人的床上再做一次，他已经很久没有在这张床上躺过了，而对我来说，这是“忧伤的温床”，另一个经典诗人的话，这次不是艾略特。我也读艾略特，是英语版的，尽我所能去理解意思，我手边常备词典，因为我好奇，想知道他写的是什么，想要更好地了解托马斯。“天色即将破晓，在这条毁损的街上，他带着永别的神情离开了我，消失在汽笛的长鸣中。”我渐渐地知道了一些零散的诗句，不是所有的都能读懂，事实上也不需要全部都懂，我重复着一句话的几个部分。可能跟托马斯一样，也仅是这样。“请为那些送别了儿子或丈夫 / 启程出海，他们还没回家的女人们 / 再做一次祈祷吧，”不过你终于回来了，至少这一次如此。“所以当我把我的躯体 / 委弃在遥远的岸边以后 / 我在我从未想到会重访的街巷 / 找到了我从未想说的话。”可是以后呢？你还能回来吗？或是把你的身体留在遥远的岸边？这些不相干的词组、随机的诗句，我肯定记得的这些，不全是出于巧合。

我洗完澡就穿上了浴袍，没和他躺在一起，也没有躺在床上，而是挺直身体坐在床边，我很生气，但不至于义愤填膺，我想尽可能离他远一些，但仍跟他共享一张床，如果我是坐在椅子上，我会马上很后悔，为刚发生的事感到懊恼，事情不该是这样；他打定主意，找到了一条捷径躲避算账，直到第二天，直到上午、下午、晚上或者凌晨才知道事情的经过。

“在这条损毁的街上他离开了我，”我停顿了一下，“带着永别的神情。”我继续念出来，又停顿了一下。

他没用西班牙语补全，而是用英文做了补充，这是他知道的语言：

“And faded on the blowing of the horn.”

“有多少次你离开了我，托马斯，还有多少次你会离开我。总是这样吗，是吗？一次比一次久，更加难以确定。”

他钻进了床单里，因为太热只盖了一条床单，被子被放到了他那一侧，他用那块床单盖住脸，好像承认不能再拖延这事了，我不会再次分神了，我没有不耐烦，不觉得紧张、也没有感到不确定，我被最肤浅的空虚攻占了（看见我穿着浴袍出来时，他做了一个动作，他解开了我的腰带，敞开了浴袍，我又把它系上了）。到了他必须解释那些人授权他做出何种解释的时候了。

“是的，贝尔塔，的确如此。是的，贝尔塔，是真的。”他重复道。他从床上起来，披上衬衫、系好扣子，穿上之前脱下来的裤子，穿上袜子，把所有的衣物穿上，像是全部穿戴完毕才能开始谈话。“是的，一直会是如此，但是‘一直’这个词很含糊，只是一种说辞。”穿好衣服后，他又躺下了，枕着枕头，鞋子蹬着床单，我也不在意，我不会因为这个埋怨他。“如果你想继续待在我身边，那就这样。如果不想，一切对我来说一直是这样，但对你就不是了。好吧，说吧，告诉我，告诉我到底发生了什么事。”

于是我开始讲金德兰夫妇的故事，他们友好地接近我，如何赢得我的信任，如何对他的活动感兴趣以及后来对他的评价，他们知道的消息和关于他的流言，他们拿来恐吓我。打火机和说非常糟糕的话的那一段，“他把你们这些无关的人置于危险之中。你以为呢，亲爱的贝尔塔？那些被他伤害的人不会试图躲避吗？不会想尽办法让他中立吗？不会报复吗？”我毫无条件地答应了：“我会按照你的要求做，米盖尔。”米盖尔想让我做调查，他已经调查了一些了，然后，根据情况说服托马斯。现在是我在说服他，如果我做到了，这肯定对大家都好。包括那些敌人，包括金德兰夫妇在内。

“你到底怎么回事，这阵子你到底在哪儿。你听到我说的话了吗？”我用这三句严肃的责问（在他没有给我肯定的答复以前，我想保持严肃的态度）结束了陈述。

我想，他尽可能地回答了我的问题，说他们允许他说的，而不被允许说的让他的处境很艰难。我中途插入提了一些问题，但我现在记不清了，只记得他说的个别词句，有些句子像是他背诵出来的，有时候我觉得在说话的不是托马斯，而是站在他身后的人。我还想他穿上衣服不是要遮住身体，而是想掌握控制权和主导权，一个穿上衣服和鞋子的人比穿着浴袍的人更有安全感。

“目前这种情况看，”他说，“你是该知道一点，这样不至于太坏。知道一点。尽可能的，有必要知道的。我能告诉你的不多。你要当作我从没跟你讲过。这是不会发生的，另外为什么这么说呢。你只需要知道：的确，我不只为外事处工作，还偶尔为情报局工作。很久以前就是这样了，这不是什么新鲜事，也许对你来说是的。但这事跟我们距离甚远，不会给我们的生活、你现在的日子、你和我带来影响。他们派我去各地，就这样，有时我不知道要在那里待多久，只能不太准确地预估。事实上，我从这儿出发，我都不知道自己什么时候回来，我也不知道要去哪里，我只做他们指派给我的事，紧急的、必须做的事，去我能发挥作用的地方。你别不信，不经常是这样。有时候我不出去，就安静地住在伦敦。你别问我要做什么，因为我也不知道。也别问我做了什么，因为实际上我什么都没有做，我做的那些事本不该发生的，什么都没有的，不会有记录也不该有。不管发生了什么，都不是我做的，因为我们这些参与者确有其人，但我们是不存在的，或者说的确存在我们这些人，但我们不在那里。是我们做的，但其实我们没做过，我们没有做那些是我们做的事。事情只是发生了，就像气候现象。没人找我们算账。也没人对我们发号施令或者派我们去。所以如果你还想待在我身边，就不要向我提问，永远别问，我生命的一部分是你管不着的，就是这样，因为尽管那部分占据着时间，但对你来说，它是不存在的。对我来说也是不存在的。不过你别担心，那对金德兰……不会再发生那样的事情了。肯定是出了差错，他们把我和另外一个人，一个不存在的人弄混了。像他们那种人认为不存在的事物其实是存在的。到这个节骨眼上他们就知道了。他们不会再打扰你了。”

“啊，是吗？”我记得他也这么说过，我很生气，“那么，为什么几天前玛丽·凯特还从罗马或者其他地方给我打电话？为什么她又一次问起你？她怎么知道你快回来了呢？谁是‘像他们样的人’？他们是爱尔兰共和军吗，他们是谁？你去过贝尔法斯特吗？”除了这一切，还有其他原因让我不喜欢这种可能性。四年前，就是 1972 年，在北爱尔兰德里发生了“血腥星期天”事件。我很反感托马斯可能在那里帮助英国人的想法，英国军队向一队手无寸铁的、和平的示威者开枪，导致十三人死亡、许多人受伤，相关责任人没有受到惩罚和告诫。实际上随后他们受到了国家的嘉奖。如果是爱尔兰共和军先成了恶魔，这场屠杀则在民众面前做出了公判，让他们充满力量。

但托马斯仅回答了我的第一个问题，严格地执行他刚对我说的：“你不该问我。”

“他们得到的消息是错误的。我向你保证他们现在知道了。这样的事情不可能再发生了。你不用为吉列尔莫、为你自己担心。这些事跟你没关系，不会落到你们头上，没有人知道我的事。这只是个意外事件。不会再有第二次了。那只是过于妒忌，可以这么说吧。处在包围中的、疑神疑鬼的人怀疑所有人，所以他们无意中能猜中部分事实。比如警察不会排除犯罪者的嫌疑。如果他没有排除嫌疑，肯定是所有的嫌疑人中有犯罪人，但这不能说明他知道那是谁。那群人可能怀疑整个外事办，包括我在内。你别紧张，我向你保证不会再有这样的事了。”

“好吧。”我说，但我的怒气在累积。我站起身，点燃一支烟，在房间里转了一圈。走路时，我的双腿从浴袍中露出来，这我是知道的，因为我又捕捉到了托马斯欣赏的目光。有些男人在任何时候都在惦记这个，甚至是在做重要的解释或争辩的时候，真让人难以置信。或许他已经很久没跟女人在一起了，我想，发现自己有这么幼稚的想法，即便事实如此，我感到羞愧。我怎么会知道呢，我什么都不知道，不知道他在哪里住过，做了什么。我开始想如果我继续跟他在一起，日子就将永远如此。但我没有其他的生活规划，除了跟他在一起，我得立即考虑。“好吧，你是万里挑一的，所以他们不厌其烦地和我浪费了一个月。你想跟我说什么，还会有其他像金德兰夫妇一样的人对外事办的每个职员的家庭做同样的事情吗？没有组织有这样的人。算了吧，好了，得了，别逗了。”

是他不合时宜地笑了，仿佛我的反应、我的思考方式很可笑。

“不，不是这样的，贝尔塔，这是一种夸张的表达方式。他们可能会怀疑新来的、有特点的、没有执行过任务的人，我曾经是个新手。正如你对我说的，他们欣赏我的模仿天赋。这没什么奇怪的，他们有的在马德里，有的在牛津，伦敦还有一些小圈子。跟我们有渗透者一样，他们也有，以他们可能有的方式。”我不可避免地注意到“我们”两个字，这是我第一次听到他类似于爱国的表达，我不知道该说什么。刚刚他还在说“我们这些人参与”类似的话，其实不是（是的，对一个国家的热爱始于……这句诗也是艾略特的，但我不记得后面怎么说了），“瞧，我告诉了你本不该说的，但这是个例外，因为你应该知道一些。明天、后天就不会告诉你了。如果我向你保证，在这会儿他们知道了自己的错误，所有关于我的怀疑都解除了，金德兰夫妇不会来打扰你了，是因为就在这周，他们认为的那个可能是我的人已经栽了，就是他们告诉你的那个人，在贝尔法斯特制造了或者即将制造很大的破坏活动的那个人。还不错，在他栽了之前，完成了重要的事。现在他们会知道那不是我。”

“已经栽了？你说的是什么意思？他们把他杀了吗？”

“不，只是他们发现了他，或者是他暴露了，我不知道。总之他没用了，不能继续干了，也做不了什么了，他在那儿废了。我猜，如果他们能办到，就会把他杀了，但他已经去了很远的地方，用另一个名字，变成另外的样子，可能顶着另一副面孔。”

“跟你一样，他们去掉了你脸上的疤。”我没有用问句，而是用肯定的语气。他用食指的指甲刮着脸颊，没有作答。“如果那个人栽了，”我说，“那么不存在的事情就是存在的了，不是吗?”他看着我，没有理解我说的话，“你说过像他们那样的人认为不该存在的事物是存在的。但其实的确存在。而且一直存在。不是吗？你做了那件事，你参与了，你在那儿。掺和进了那件真实存在的事。”现在我为自己、为孩子感到的害怕都不及为他感到的：可能还有其他人，不是爱尔兰共和军，想要杀死他，如果可能的话，因为他引起了很大的破坏。

他起身，走到我面前，我们谈话时，我一直在房间里转。他又一次拉住我睡袍的带子，现在像是在征求我的同意，想解开浴袍、帮我脱掉。他怎么又一次在想这事。可是，如果一个人在想并且表现出来，会让另外一个人也想。我再次愚蠢地觉得自己受到了鼓舞，我还能有什么办法。但我推开了他的手，拒绝了他。

“我们最好反过来讲，贝尔塔，”他回答，往后一倒，举起双手，像是放弃了（我没想让他放弃，只是想推后一会儿），“连的确发生的，也是不存在的。”

我们暂停了争吵，我有好一会儿没去看看小宝宝了，没听到他哼哼或大哭。他已经有自己的房间，房门日夜敞开。托马斯有好几个月没见到他了，终于想起要看看他。“变化真大啊。”他说，只有走廊的灯亮着，吉列尔莫的双眼紧闭，没什么必要的话最好还是不要吵醒他。我们站在一起，看着宝宝，像每晚上床前都会看看他那样，微微探身，趴在摇篮旁。大多数夜晚只有我在，他在遥远的某个地方，天知道和谁在一起，扮成什么人的样子，总之不是他自己。他伸手揽着我的肩膀，许久不曾出现的场景，像是用这个动作在对我说“瞧，这是你和我的孩子，是我们两个人创造了他”。他摸了摸宝宝的脸颊，动作轻柔，怕吵醒他，我想他不是用摩挲伤疤的指甲，而是用指腹摸的。“他越来越像你了，不是吗？”他说。他还没有吃晚饭，旅途疲惫，又饿着肚子，对工作也已厌倦，那些眼下对我而言模糊、难以捉摸的经历，而以后依然会是如此，他生活的一部分会继续把我排除在外。的确，我看出了他的疲惫，他可能刚从德国或者其他待过的地方回来，几乎没在伦敦停留，也许和在贝尔法斯特的那个人一样，花了几个月完成重要的任务。可能他们发现了他，或者他暴露了，他废了，无法继续工作。托马斯蓄了胡须，留长了头发，而脸还是原来的。可能他就是从德国回来的，也许就是一次外交任务，如果瑞茨比先生说的是真话。可是，如果有一天他的面容发生了变化，那会怎样？

“跟我说过话的那位瑞茨比先生。那个瑞茨比因为跟我说过话，所以应该告诉你我有急事了。他是你的头儿？他也做跟你一样的，本来不存在的事？”不应该提问，但至少一开始，这条规则让我难以接受。可我知道那晚是个例外，我要好好利用。我不会错过试试看的机会，之前他总会打断我，或者只是回答他准备好回答的问题。

我们坐在餐桌前，我给他拿了火腿卷和蜜瓜、笋尖、蛏子、一点奶酪、肉酱、烤面包、榅桲果、一些干果，他还想吃什么会和我说。他穿戴整齐，我依然围着浴袍。

如我所料，他不想回答我的问题。

“不存在的，就不能讲，”他说，“如果什么都没有，怎么可能讲出来？”

“至少告诉我为什么。”

“什么为什么？”

“你为什么要卷进去。什么时候的事，从什么时候开始的。是在牛津还是那之后？别跟我说是在我们结婚前。是这以后？没人强迫你做，是吗？你又不是英国人，你的生活在这儿。”我发觉自己是在重复或者吸收了路易斯·金德兰的看法。如果本质上那个胖子是正确的，他如此坚定的妥协是没有道理的，托马斯是在冒险。“金德兰，无论他到底是谁，对我说他认识类似的几个人，他们从那里出来以后都没有好下场。精神失常，或者死了，他说，那些人要么疯了，要么受到审判。他们失去了生命和身份，最后不知道自己是谁。没人认可他们，也没人感谢他们，更没人认同他们的牺牲。当他们不能发挥作用的时候，就得无条件地退休，跟没用的机器一样。他非常清楚自己在说什么，这让人印象深刻，跟他自己是那些人中的一员一样。我想对于属于那个组织的人，风险是差不多的，不管是合法的还是违法的，隐秘的还是官方的。你为什么要掺和这种事。我不理解。”

托马斯把目光从盘子上移开，他一直吃得很慢，这里吃吃、那里吃吃。他的目光流露出道德的优越感，几乎是同情，仿佛在看着一个彻头彻尾的无知者或非常肤浅的人。

“你从没听说过王国的防范吗？”

“什么防范？什么王国？你在说什么？”

“在不同的时间和地点，在不同的情形下，王国的表现形态也不同，但是王国永远需要各种防范措施。你以为我们在干什么？如果没有这些，我们会走向何处？凭什么认为人们会安静地生活，忙他们自己的事，操心自己遇到的倒霉事，照顾自己和亲人？凭什么认为人们可以这样只需忙着处理自己个人生活中的不太平，只需要顾着自己？没有防范，这就是不可能的。凭什么认为每天清晨一切都会井井有条，多多少少是有条理的，人们各行其是，邮局和分拣处开门、市场卖货、公交、地铁、火车和飞机运营、银行人员开放银行、公民去办业务、存储蓄、拿收益？为什么面包房会有面包，点心店有点心，为什么路灯会熄灭，夜晚再亮起来，为什么股市有升有降，个人在月底的收入有多有少？对我们来说，这一切都再普通不过，其实是不同寻常的，日复一日的运转、循环往复是反常的。如果事情就是这样发生的，那是因为有王国一直在沉默地守卫着，没人知道，也不该有人知道。这与军队不一样，在战争时期，军队是喧嚣的、明面上的，我们则是一直默默地活跃着，当然在战争与和平时期都如此。很可能没有这样的组织，就不会有和平，或者说表面的和平。历史上，没有哪个王国没有经历过来自内部或外部的袭击、动荡、侵略、破坏，而且这样的情况一直存在；即便表面看来威胁是不存在的，其实一直有。欧洲到处都是城堡、高墙、塔楼和围墙，或者这些东西的残垣。现在我们不建造这些东西，但并不说明它们不存在或没有用。我们就是瞭望台、护城河、防火线，我们就是望远镜、岗楼、哨兵，我们一直守卫着，无论是白天或者黑夜，我们都在。有的人要一直保持警觉，好让其他人能休息，有的人要警示危险，有的人要提前行动以免为时已晚。有的人要保卫王国，好让你能和吉列尔莫出去散散步。你却问我这是为什么？”

我没想到他会发表这样一番头头是道的言论，很不像平日里的他，他没有探究自我的习惯，没法集中注意力，也不感兴趣。他难以认清自己，也让别人难以看清他。这曾是他吸引人的地方，很大程度上说，他的魅力在于身处当下却对当下不甚在意。他时不时地变得沮丧和混沌，现在我知道了原因，但是此前他从未这样长篇大论一番。“他们肯定对他进行了培训，他们说服他相信任务的重要性，”我想，“我们所有人都倾向于认为自己是重要的，我们存在是在做贡献，存在不是无用的、与一切不相关的。我本人也是如此，自从我做了妈妈，我认为自己就像焦点，走过街道时，我觉得自己理应受到尊敬和欢迎，跟我看到的其他母亲一样。我相信自己也在做贡献：我为这个世界带来了一个人，这可能是最基础的贡献。可怜的小宝贝，无数可怜的小宝贝，他们还不知道我们赋予他们多少抽象的信仰。我们几乎所有人都是这么认为的，但大多数人知道事实并非如此。托马斯列举的所有的事，即使没有我们，也能照常运转，因为我们只是二传手，是可以替代的，实际上有一支无限长的队伍等着我们腾出位置，无论这个位置多么卑微。如果我们消失了，没人会发觉，空位会马上填满，就像迅速织就的布匹，像再次生长的壁虎尾巴，谁会记得被割断的东西。而他有理由认为这是重要的，他刚说了，是永远在守卫的哨兵，是阻止危险的人，是王国的守卫者，保证其他人能安睡的人。他怎么会如此单纯、温顺，怎么会被这套说辞骗了呢？所有这些都是所谓的爱国主义说辞，这种说辞有一定的道理，因为它总有一些事实基础，谎言、敌人、危险总是存在的。普通人会轻易地被吸引过去，他们只想听到简单、明了的事实。可是托马斯不是普通人，或者说他以前可不是，可能他竭力编造了一个借口来解释他的决定，他已经对自己做出了评判，没人能沉浸在这种虚构的生活中，退出本来的生活，放弃他渴望的生活，却相信自己在为他人提供最基本的服务，就是为所谓王国、为国家服务。从什么时候起，英国成了他的国家？

他不吃饭了，停下来点了一支烟。他从桌旁站起身，走到阳台看风暴，透过玻璃可以看到摇晃的树木。我们在卧室的时候，雨已经停了，而此时又下了。我跟着他走过去，站在他旁边，说：

"你是怎么成为他们一分子的？你可是在这里长大的。别跟我说那一套，好像你和我不一样。你跟我一样是西班牙人。你一直都是西班牙人。你什么时候成了爱英国的人？从什么时候起，这里不再是你的国家了？你的儿子和我都生活在这里。"

"不是这样的，你是西班牙人，不，贝尔塔，"他回答我，"你是纯粹的马德里人，我不是。他们在那儿接近我。他们发掘了我的潜力，他们希望我加入。在那儿，他们欣赏我的能力，总之，人是该去珍惜他的地方，尤其想要招募他的地方，去真正吸引他的地方。在这儿没人招募我，这是这个国家的特点，即便没有驱逐可用之才，也总是弃之不用。而且，你能做什么？在这儿我们不知道出路在哪儿。即使那些人对我感兴趣，我也不会听从独裁者的命令。你会更反感，你可能会更加好奇，肯定更加不能原谅我。四天前总理还是阿里亚斯·纳瓦罗。没人知道这个苏亚雷斯。我们知道他是真的想改革，但我们要看是不是这样，是否允许他这么干，即便国王给予他很多的支持。”

他说的不像是传言，倒像有可靠的消息（“我们知道”，他又一次说到“我们”）。如果他在英国情报部门工作，知道的可真不少，我想。事实上，7 月 1 日，也就是几天前，胡安·卡洛斯国王加强了阿里亚斯·纳瓦罗的权力，他是佛朗哥分子，是由佛朗哥任命的。就在六七个月以前，这人在电视上泣不成声地宣布了佛朗哥的死讯，那感觉像已过去了好几年，虽然这个佛朗哥分子继续出任首相。如果我没记错的话，他的绰号是“马拉加的小屠夫”，因为他在马拉加省施行了暴力镇压，在内战末期，就是他下的命令，成百上千人没有经过审判或仅仅是走个审判过场就被处决了，跟历史上其他人一样，这是个嗜血、冲动的家伙，历史上反而经常出现这样的人，情绪恣肆得让人害怕，感情脆弱，但对他人异常凶狠。7 月 3 日，阿多尔夫·苏亚雷斯被任命，他的确有改变事态的能力，但是那时他不为人知，不能让人信服。英国也处于关键阶段。几个月前，首相哈罗德·威尔逊辞职了，詹姆斯·卡拉汉上任，他是工党成员。三年后，卡拉汉因玛格丽特·撒切尔的胜出而备受指责，但是在 1976 年，我们还不知道她，这一年在我的生命中留下了永远的印记，我知道了生活的真实面貌，除此之外我一无所知。那晚，我知道自己面临两难境地，我要做出决定，是否继续待在托马斯身边，偶尔与他分开，对他生活的另一部分一无所知，而且对他的另一半时间全无了解，还有，不知道他在干什么，是否撒弥天大谎，是否背叛了那些把他当作同伴或朋友的人，是否把那些人送进了牢房或者给他们带去死亡，这一切都不能问。我和小宝贝可能遭遇危险，虽然他跟我发誓说不会再有危险发生，他也不会遭遇巨大的风险。从阳台望着落到东方广场的大雨，我们两个人一个贴着另外一个，我只是抬手摸着他的手，把头靠在他的肩膀上，我转过身抱着他，他抱着我，我突然想到：会不会有一天他回不来了，会不会不在这儿的时间越来越长，先是好几个月，然后是好几年都没有托马斯的消息。也许我会一直等下去，不知道他是活着还是在某个地方被杀了，是被发现，然后被处决了，跟金德兰说的一样。要么是他自己决定消失，不再回来了，到另外一个地方重新开始生活，成为另外一个人。这有什么意义，过这样的日子等于没过，只是在煎熬中度日，每天都在问自己他是否会回来跟我在一起，还是在迷雾、雪山或烟雾中消失了，在浓黑的夜里消失了，或是在暴风雨中消失了，如果他跟那些直接离去、没有口信、不见尸体、没有踪迹的丈夫一样，被海峡吞没了。我只好放弃他，我们分开，我慢慢地忘记他，或者另找一个男人、一段爱情淡化关于他的记忆，就这样慢慢来。（我还年轻，还有充足的时间，人们都说再难以忘记的都能被遗忘，上的年纪的人是这么说的。）我不知道他的行踪、落脚点，不管他是否出现，也不关心他在那个被选定的世界里的分量和秘密，那些不是我的事务，也不会成为我的，在不可能了解足够信息的情况下就是一无所知，盖住一切不平和的、不是敞开大门迎接我的，遮蔽那些起波澜的、雾茫茫的或者是完全黑暗的东西。但事实上从许久以前，一切都不是透明的，所有的都是不明朗的，因为我没兴趣知道。很久以前，他在伦敦的日子，或者说我以为他在那里的日子，对我来说就是不存在的，只是让人难以理解的、打引号的日子，从他读大学的时候我就已经习惯了，事实上这么多年来我们一直是偶尔分居，一直这么过的，所以没什么分别。哦对了，有很大差别，一种是在外事办做外交官的工作，另一种是做卧底、特务、伪装者，改变容貌，用他掌握的各国语言和完美的模仿才能以及没有破绽的口音骗过王国的敌人，与他们友好相处，扮成他们的一员，以他们的方式思考，可能还与他们共同谋划，他的伪装被揭穿或受到指控，接着就是找你算账，在和平时期，哪怕是表面和平的时期，间谍就是间谍，一样要受到判决，当然在金德兰夫妇的北爱尔兰，和平是不存在的……

“托马斯，这不是问题，”我说，“问题在于无论在西班牙还是在英国，没人强迫你去做，我的意思没表达清楚。你本可以不加入的，什么都不会发生，小宝贝也不会受到被火烧的威胁，你能感受到那种野蛮的恐怖吗？你知道我经历了什么吗？”他一言不发，似乎承认了这间接的、与他不甚有关的错误，“我们还应该想想，现在我们是否继续在一起。好吧，如你所说，这不应该由我来提。我知道你是想继续过日子的，虽然这一切发生了，虽然你跟我说了你的事，虽然你向我提出不同寻常的要求。只要我不能向你提问，以相当特殊的方式遵守你的规则。这让我很不好过。我不知道你之前是怎么考虑的，你怎么能如此不计后果。”

他转过脸看着我。我一直看着前方，看着树木和风暴，看着外面，但我用余光瞥到了他的表情。这一次不是高高在上的优越感。相反，他是卑微的。是一个人犯了错或把珍贵的东西掉在地上的卑微，是一个人惋惜事实无法改变的卑微。

“我没有被授权告知你这些事，贝尔塔，如果我说了，我就得进监狱。我当然想跟你在一起。你不知道，你是唯一能让我清楚想起自己是谁的人。但你不知道那些是什么样的责任，都是什么样的责任。”他重复说着一句话。

“那就跟我说说吧。”

他沉默了好一会儿，好像在权衡利弊或告知我的可能性，好像他想要说，但知道自己不该说，如果他受了蛊惑，就会在未来的每一天感到悔恨。接着，他收起叹息，说道：

“负责阻止不幸发生，贝尔塔。你觉得少吗？这就是我们做的事。我们阻止不幸事件。一件又一件。无穷无尽的不幸。”

我敢肯定他指的不是这个意思，但那晚我是满意的，这话听起来还不错。雨又停了。现在我累了，他也筋疲力尽，谁知道他从哪里、从什么时候起担负着多少疲乏和痛苦。不管怎样，他还是回来了，回家了，睡在我身旁，我能看到他躺在床上的身形，看到他的脸和下巴枕着枕头，他的下巴留了胡子。一切过后，这一幕看起来让人难以置信，但让我觉得安心。明天我想做什么呢。我的头枕在他的臂膀上。他肯定误解了我这个动作。

第五章

那晚，事实上我不知道以后会如何，但以后我肯定还是会跟托马斯在一起，在放弃拥有的之前肯定会失去很多，如果被放弃的与最初的目标有关，是出于种种固执做出的决定，那么失去的会更多。人会渐渐收敛壮志、降低期望，与之前想要达到的而眼下已是破碎的状态妥协，或者是相信自己已经做到了，在人生的所有阶段都允许打折扣和不完美，各种要求渐渐被搁置一旁，“就这样就好，那是不可能做到的，”他会承认，“但还剩下许多，还需要补上，有可能要掩饰下，但总好过什么都没有，比一败涂地强。”当一个人知道了他人的不忠（这是通俗的说法，没什么想象力的说法），他会第一时间变得抓狂，对不忠的人拳打脚踢，把他赶出家，堵上他所有的退路。有的人很高傲，也许是恪守清规且道德高尚，会一直保持这种态度。但大多数人，生气过后，开始在心里说这是可以饶恕的，是他任性的结果，只是他一时兴起，一次无聊的行为，一场空虚，一时糊涂；并非是严重的事情，让人与欺骗他的对方诀别，如常言道，替换他、把他赶走。在这种反应中，不仅是一个人曾经获得的而且是一直有的保守思想起作用——害怕一无所有且一直懒于再次迈开步伐——还有抓住对方有所亏欠的把柄。如果他还选择留在对方身边，忽略他的过错，他就永远有资格揭开疮疤、指责对方，哪怕是一个眼神、一个动作，甚至是喘气都会成为由头。或者沉默，特别是没来由的沉默，就能让对方自问“为什么不搭话，为什么什么都不说，为什么不抬头看我？是在回味过去的事吗？”。

我遇到的情况不在此类，可能存在的不忠行为源于需要、工作甚至是生存；可能只不过是男女演员的逢场作戏，亲吻和性爱镜头，都是装出来的，当导演喊“停”的时候，这些演员就会突然停下，与对方分开，仿佛彼此之前不曾有过一丁点亲密行为。或者说，只是身体接触，而灵魂不曾有交集，可能这是为数不多的层面上能保持的分离。当然在托马斯的表演中，没有导演、相机、团队，也没有任何见证人或结束的口令。反之，一切都要表现得极为真诚，特别是要表现给另外一个人看，或许他要愚蠢地爱上对方，把本不该太多的指望放在对方身上，在那儿寻找突破，寻找埋伏的敌人、伪装者、叛徒。告诉他，说出自己知道的，表现出自己的可用之处，可以馈赠对方的东西，可以提供的一个日期、一个名字，不经意间告发某个人。据说在这个环境里，总是以滔滔不绝的话收尾，好像这是份大礼，能满足好奇心、提供情报，不管对方是不是需要。这些礼物纯属浪费，因为大多数人会马上忘记是如何知道这事或那事的，所以不会对透露消息的人有谢意或钦佩。不久，人就会认为是自己想办法调查出的消息，一旦掌握了一种知识或一条数据，他就很少能记起数据的来源和他掌握的途径，信使的身影很快会变得模糊。

有一天，我试着让托马斯送我一份类似这种性质的礼物。既然他不能开口谈论，我就尽量问得宽泛，不需要他承诺的，于是我大着胆子直接问他：

“你在那儿时，如果你得扮成其他人的样子，我想有时你就得和其他女人睡觉，可能只是为了套取情报或者赢得她的信任，为吐露机密做铺垫。是这样吗？你可以跟我讲讲，我会理解的。我不会责备你。”

这样说并非完全不可信——我是指我说我会理解。毕竟，在七十年代，人们在这方面是宽容和理解的，一个人不是另外一个的财产，契约和捆绑不受重视，如果我跟你在一起并且不再与其他人往来，就并非出于责任感，而是出于我本人意愿，我们是自由人，这是那个时代许多夫妇的普遍的观点，虽然结婚的时候我们是抱着天长地久的目的的。而且，托马斯与我在很年轻的时候就开始分居两地了，因而感情非常容易破裂。在最终他和我在一起时，我指到最后或者说是本来应该的、法律允许的同房的时候，他不是我的第一个男人，我也不是他的第一个女人，我们对此再明白不过。我们没向对方坦白破处的细节、约会经过和对方姓名，在某种程度上，自然而然，渐渐就变成了纯属虚构的故事。然后，猜测这些是我们举行婚礼前的事情了。这对我们来说，本质上没有什么改变，可能对我来说如此，我天真地失去了处子之身，把这过程当成是一种收获，在婚姻中有一种几乎无人能免疫或是放下的、遗传的、传奇的玄学，跟母性的神秘差不多。肯定地说，是祖传旧习的感受。女人已经成家了，男人已经成家了，他们就不是之前做过那种事的人了。虽然没人真正相信仪式，即便仪式是简单的且给人有过程感，各种仪式会起作用的，所以才有人发明它们，我以为，是为了划界限，区别过去和以后，让人严肃地信服过去的事，着重强调和增加庄严。为了传递一个信息，如此一来，这条信息能够被群体接受和认可。可能没人知道谁是新国王（除非没有继承人且纷争不断），但有哪个王国放弃或者跳过加冕仪式吗？也许我在提问时，问题本身对我比对他更有分量。

我们坐在罗萨雷斯画家大街的一处咖啡馆外面，四周树木郁郁葱葱，夏天即将过去，现在是9月底，只有我们两个，小宝宝在祖父母家。托马斯惊讶地看着我，面露窘色，这相当于对我的问题做了一部分回答，或者是我这样想。

“这又是哪来的心思？”他问我，“我想我们已经达成一致意见了，不要向我提问，不是吗？”

“喔，可我没有问你具体的，没问你去过哪儿，为什么去，和谁去，对付谁，什么是你做的，什么是你没做的。只是这么一问。就这样，很笼统的。纯粹是好奇。如果你是我，你不想问吗？如果我是你，我扮成另外一个人，跟没结婚、没生过孩子一样，与陌生的男人纠缠不清，你不想问？跟我说你会的，你会感到非常好奇。我不是有意冒犯。”我想把问题缓和成一个玩笑，微笑着说出后面的话。但我没法开玩笑。

他望向别处，看起来在思考。他喝了一口啤酒，把杯子放在桌上，马上又拿起来喝了一口。

“你为什么想知道呢？每次我出行，你都在担心这事儿吗？想着我是不是为了完成任务正在跟某个女人睡觉？你不要胡思乱想了，我以为我们已经说清楚了，你是接受的。那些事对你来说是不存在的。对我来说也是不存在的。不管你怎么想我对你说的这些话，事实上就是不存在。没发生过，没有的事。你没听说过那些士兵吗，回家以后从不讲他们的战争经历和他们不得不做的事。他们从不讲自己看到的，五十年或者更久以后，直到死去仍然只字不提。仿佛他们一生中从未参与战斗。同样道理，区别在于他们选择了沉默，而我们不能选择。我们是被迫的。要永远保持缄默。否则，我们会被指控泄露国家机密，这可不是开玩笑的，我说的可是真话。”又一次提到“我们”，毫无疑问他觉得自己属于某支队伍，也许是某个俱乐部的一员，这种说法让他感到振作。

“我仍然不理解，你会卷入这样的事，”我说，“根据你的说法，你们在保卫王国，而且没有人知道这事，所以你们还不能跟我们吹牛。这代价是不是挺大的？我知道，你们的行动，应该说你们的所有的行动，英语叫‘classified’，是私下做的、秘密的，一直要隐瞒到你们死了，甚至还要瞒更长的时间。你有份不错的薪水，我想很大程度上来说我们都要靠这份薪水过活，但除此之外，我没看出你们还得到了什么。而且没人把你们当成英雄，更没人当你们是爱国者。你们做过的，将被封存在遗忘或无知里。无论这事有多么重要，不管你们成功阻止的不幸是多么的巨大。如果没人知道这些……一次流产的威胁行动，一场被阻止的不幸，被缩小为一次心惊胆战。那些没有实现的惊吓被人们视为未经证实的流言，跟夸大其词、疑神疑鬼的话一样，随后就成了玩笑话。五十年代到七十年代，特别是在美国，那些寻求核武器庇护的人被当成了笑柄。我不明白，没发生的事情好像就没了严肃性。而那些不为人所知的事，却愈发清楚明了。发生的和没发生的之间存在着深渊，在人的意识里，后者消解了，是不重要的，几乎没人关心它。我们遵从事实的力量，受它指引，仅此而已。瞧瞧我经历的这事儿。如果金德兰点火烧了吉列尔莫，我看着孩子被点燃，如果他死了，我们的生活就永远毁了，我绝不会原谅你。也许我会当场发疯，可能还会跑到厨房拿出一把刀刺向米盖尔和玛丽·凯特。也许我会因此进监狱，略微好一点的结果是我精神错乱，被关起来。但那仅是一次威胁，一场恐吓，因为事件没真正发生，我能相对平静地叙述过去发生的事，因为本质上没有什么发生改变，小宝宝健健康康，继续成长，过着平凡的日子，我希望是这样，谁知道会不会有一天，我带着玩笑的口气跟他提起这事，跟说一个吸引人的笑话似的，讲他还是小宝宝的时候，遭遇过巨大危险。事件可能发生与已经发生有很大的不同，前者会被遗忘，即便当时它即将发生。且不说以前可能发生的事件不为人所知，如果是这样，连忘记它都谈不上，这就更糟了。你能想象几天之内，佛朗哥政变失败吗？这可能会成为史书中某一页的注脚，成为共和国时期的一个意外事件。还有许多恐慌和谣言没来得及制造呢？没人知道那些粉碎了威胁的人的名字，不是吗？这些人帮助国家避免了内战，拯救了近百万人的性命。因为这些死亡没有发生，所以揭露暴动的阴谋成了没有戏剧性效果的事件，没有掀起波澜，也没有了可能会发生暴动的前提条件。”我沉默了好一会儿，托马斯看着我，对我的长篇大论感到很惊讶，我接着说：“照你说的，你是那些人中的一员，一直都是。不会有人记住他们的名字，甚至没人知道他们。你自愿成为他们的一员。”

托马斯做了一个手向上托的动作，好像手里拿着一个沉重的球，或约里克的头骨[①]，他的手肘撑在桌上。我莫名地在他的动作中觉察出迁就的意思。

“你不明白，是因为你不可能明白，贝尔塔。你没摊上这种事，觉得没什么特别的。你不知道原委，是因为你混淆了时间概念，你想到的词语是不存在的。你说我们做的会被遗忘或无知封存。合理的说法是我们做的已经被遗忘封存了，在做的时候就被封存了。当然也被无知封存了。打个比方，这些如同是不存在的人做的。差不多是这样。在我们去做以前，这些就被封存了。实际上以前和以后都没有差别。这事没人做过，就是没人做过，以后也没人做，所以一切照旧，并且继续如此。即便是在做这件事的期间，这么说吧，这件事就是没发生。我

① 参见莎士比亚笔下的哈姆雷特手捧宫廷小丑约里克的头骨。

承认，这不太好理解。”

“不是很难，他们已经教会他了，”我想，“他们向他灌输这个道理，他终于学会了。如今他来对我鼓吹这个道理了，因为他们允许他告诉我一些东西，一些必不可少的东西，他终于可以自吹自擂了。尽管只能对我一个人，对着他的妻子吹嘘——现在我不是普通人了，我也算是个人物了。即便他放弃做那些事，他也是高兴的，即便他不能把它们说出来，他得服从命令，但是人多少都会吹牛，这是不可避免的事。”

“不是很难，”我说，在树荫下，我回到了谈话的起始点，他越是不回答我的问题，我越是好奇，“我尊重那些陌生的女人，可能还是外国女人，至少你得说说，我们现在是处于那些以前没有、现在没有、当然未来也不会有的事情之前还是之后。我想，不会是在这之间。”

这一次我没在开玩笑，比说玩笑话的态度严肃一点。他手里拿着想象中的球，朝我微笑，愿意回答我的问题。当然他说的不会是真话，肯定不是真话。他喝光啤酒，颇为开心地说：

“到目前为止，还没发生过。但有可能会发生。”

“按你的说法，就是即便发生了，也是未曾有过。”

他发觉自己说得有些多了，且不小心露出了矛盾。两句简短的、脱口而出的话，可能会被质疑，他不小心陷入了矛盾，通向未来的门、关着更多疑虑的窗对我半开半掩，让我捕捉到了一点东西。如同不经意间阴差阳错地，在黑暗中点亮了微弱的烛光。仿佛就是那个不存在的人已经开始行动了。他已经承认了一点东西，“那种事”有可能会发生。他想更正自己的说法，可是时机已过。不过他还是试着这么做了，说道：

“的确，未曾有过，因为即使有，实际上也将是没有。”

就这样过了一年、两年、三年、四年、五年、六年。自从托马斯有所保留地告诉我他真实的工作，我觉得在马德里的时候，他不那么忧心了，稍微开朗了，脾气好了许多；他不再一直面色阴沉和睡不着觉，只是偶尔会这样，启程去伦敦之前，他会变得阴郁和失眠，这些症状会加重，回来的时候也如此，好像他需要时间摆脱他的另一段生活，许多如过眼云烟的生活，但也许这些生活是非常真实生动的；他需要时间去相信，之前的那段日子，不管那是什么环境下的日子，都过去了，一去不复返了，他还要相信，唯一让他不知悔改的，唯一能让他重蹈覆辙的是在我们的城市，有我在惦念他。他从一开始慢慢地到后来迅速地变得心平气和了，像是成功地与他在离开这儿的时间里做的事撇清了关系，与他的经历、接触到的、谁知道从哪里来的人划清了界限，在好几个星期或几个月中，他一定是在伪装成他们中的一员，扮成与他们政见相同的人、同胞、爱国者，用令人难以置信的模仿和表演欺骗他们，以达到造假或欺骗的目的，总之就是做这样的事。因为我想他去伦敦之后，从那里——可能并非一直如此——被派去其他地方。我开始懂得，也可以说是猜测，他什么时候在另外一个地方，因为他在伦敦的时候，可能是在外事办或者在军情五处、军情六处的分部，可能有许多不同的分部，他会常打电话回来，自从小女儿艾丽莎出生，他的来电更多了，他觉得亏欠了小女儿父爱，许多男人在女儿小时候都这么想，他们认为女儿更可爱、更娇嫩，从不把女儿当作有敌意的后代，或当作有朝一日会独立的个体，会自认为比父亲优秀的个体，看不起父亲，要取代父亲，正像儿子出生时，父亲通常看待儿子的态度。

根据我的推断或者我的理解，他在英国其他地方接受特殊训练时，我们沟通的频率就会降低。他从事那种特殊的职业，显然要不定期地训练、研究、学习、打磨自己、完善自己。非常有可能在每次执行任务前，他需要做特别的训练或准备，流畅地掌握一种语言或口音，在一场特定的对话中发挥自如，还要准确地掌握各种历史知识，熟记日期、地名、地理、风俗、传统。在我的想象中，我感觉某个人，托马斯或者其他人，能成功地伪装成另外一个人，但不可能在许多个不同的地方、不同的环境中伪装不同的人，不论如何变化相貌、如何伪装，一系列因素会影响每一种扮相的记忆，在扮成或表现某个人、凭空捏造某个人或者作为某个人替身的时候，要非常仔细。总而言之，当他不打电话的时候，我推测他是奔赴另一项任务或者“前线”任务，我听他这样提过。当一切停滞，停止一切活动，沉寂的时间至少有一个月，通常有两三个月，这种情况不止一次的时候，我只能揣着烦躁、不安和理解熬过这些时间。那些日子里，他没有音信，我不知道他是否还活着，总是问自己他有没有被人发现，如果被发现了，他们会怎么对付他，他是否能从那儿脱身，回到我身边；事情搞砸了或者别人抓住他了，他是否有助手或救援；那位瑞茨比或其他同事会不会帮他一把，还是会放弃他，让他听天由命，就当他消失了，在某个区域失踪。

我不仅操心他的动向，还担忧各种行动的本质。我真心希望他能全身而退，回到他作为普通人的样子：是我的丈夫，我的孩子的父亲，是一直没变、不曾选择极端的、阴暗的生活的人，他的选择让我无法理解，我看不出这么做的必要性。有时候我不可避免地想到，他在工作时会做坏事，坏在根儿上的那种：用虚伪赢得男人和女人的信任，他们把他当作兄弟、情人，或者还可能当作真爱，可随后他就背叛、告发他们，他偷偷地收集情报，把这些人的姓名、特征、照片列出来，汇报他们的计划和行为，这也许会让那些人丢了性命（“任何行动都是通往断头台、水深火热、大海喉咙或无名墓碑的路”），他怎么能把亲密的朋友或忠诚的同伴推向死亡，或者直接给他们带去死亡，他曾在床上拥着那个人，与她肌肤相亲；那个人曾做好为救他而赴死的准备，如此种种都可能发生。托马斯是那种装作有爱的人，连最残暴冷酷的人都能有爱心地触摸他人，表现出脆弱的时刻，同情无法控制一个人的思想，爱情就更不可能了，纯粹的性爱更无法控制一个人。能影响我们的意志的东西真是太少了。是托马斯让这些曾经信任他的人被拘禁或遭遇失败，在一些国家或机构里，失败是不可原谅的。假意相信卧底，相信敌方特工，向他提供许多已经完成的或即将开展的工作的信息，这种情况不在我们讨论的范围内。

我明白这就是他的工作，而且他就是这样阻止种种不幸的，但在许多次愤恨和正面对峙的时候，视角决定了一切，对一个群体是不幸，对另一个则是幸运。他把自己放在英国的立场上，他选了这个国家，无论这么做的原因是否有理，我想，这也轮不到他去评判，他只需表示认同并服从。不过，我没理由与他持有相同的爱国精神，这么说吧，我不会这么做。这些年里，很多西班牙人（这么说，就是我们这些不赞同佛朗哥主义的人）对秘密警察感到极度反感，非常看不起渗透者。这帮人站在独裁政府的一方，而且只有这一方有这类人，他们有社会政治队里让人作呕的成员，他们被简称为“社会队员”，他们伪装成工厂里的工人、矿井里的矿工、船厂里的工人、非法工会里的工人代表、政党（都是地下党）里的军人或领导者、监狱里被关押的政治犯或大学生，他们装得很激进，连累许多人犯罪，要不是因为他们的施压、引导、做鼓动性的演说、游说极端思想，人们就不会犯罪。无数人因为这些诽谤被送进监狱，那些人不仅是告发者，还是诽谤者，看着重刑强加在“颠覆者”身上，发传单与瞄准银行或者商场的玻璃投石子不是一回事；参加游行时，被“灰衣”追着跑与暴力抗警、手持铁棒把警察拉下马不是一回事；加入一个党派与在军队上校的汽车下安装炸弹或朝他射击不是一回事。让社会队员有兴趣的是，安分的人不再安分，自由的人聚在一起交际，他们不仅调查这些人、给他们安上罪名，还引诱这些落进他们手里的人就范，然后就能给他们安上更大的罪名。他们还折磨被他们抓捕的人，把他们从楼梯或窗口扔下去，与我同时代的大学生恩里克·卢亚诺以及其他人就受到了如此对待，按他们的说法，是这些人试图逃跑，但那儿没有通道，所以这些人掉下去或者跳下去了，但这些人是双手被铐在背后的，时时有人看着他们。那个邪恶的组织还没完全解散或者被披露，它的成员没有受到惩罚、拘留或者审判，这些人还找到了出路，伪装得更深，干起了与新的民主社会更契合的活儿。

我一直认为，英国会是另外一种情况，那儿没有过独裁统治，情报部门也要遵循法律，接受民选政客的统辖，还有正直、独立的法官；英国制度明晰、言论自由，那是我们西班牙还没达到的理想状态。没有人滥用权力、没有人用罪恶手段蓄意引发犯罪，如果有，则决不会让罪犯逍遥法外。在四十多年中，有许多给佛朗哥效力的人还逍遥法外呢，他们每个人守在最平凡或者最有破坏性的岗位上。不过，绝对的正确是不存在的。我拿起从阿尔马格罗大街的英伦学院图书馆借到的几本书，读了有关第二次世界大战的章节，读到特别行动署（SOE）、秘密情报局（SIS）、政治战执行局（PWE）（我认得这些字母）的残忍行为，让我汗毛直竖。我努力地想，在战争中，一切都是不同的、夸张的，在战时一切都是被允许的，是为了打败敌人，特别是为了生存或者不被打败有必要做的；这些出格的是过去的事了，是在那场战争中恶劣的环境下发生的。我也对自己说，一旦有了一些证据——不管是不是在极端情况下的迫不得已——都会采取一定的行动，做验证的可能是国家或个人，也许是国家常常不知情，而且希望永远不知道——事情总是这么个道理，采取这种方式比我们料想得更容易。如果某一次我们成功跳出了规则，再次跳出规则时不会觉得有什么困难，即便这种打破规则的行为不一定是必要的。仅仅是因为这是最有效、最便捷的路径，不需要做出解释或找谁算账。这就是人们常常描述杀人犯时说的话：一旦迈出了第一步、双手握过屠刀，以后就不觉得有负担了。他们发觉如果一直戴着思想枷锁生活，这份负担便会与日俱增；还会发觉实际上戴着思想枷锁也不是很难，一个人能忘掉自己被剥夺的那段生活，因为事实上不受那段生活的记忆困扰、阻挠或者威胁，哪怕仅仅是内心不用面对那段生活，日子反而好过些；人们还能发觉，要不是在另外一个世界有另一段生命，他们会活得更好，这也说明那段生活让他们更轻快地接受属于自己的生活；一旦事情过去了，越过了规则的边界，发觉后果不是很严重，再次杀人便不会很难，第二次、第三次、甚至第四次实施谋杀也没什么不便之处。这种想法可以说是老生常谈了，可这是实实在在的想法，他们就是这么想的。

不，我不能完全确定。我的英语阅读能力已经提高了不少，在一本我跳着读或读过一半的书里，可能就是赛夫顿·德尔默的自传——此人是政治战执行局的主要发起人，这是一个秘密组织，在对抗纳粹德国时发起“黑色宣传”——我发现书里有些章节与托马斯告诉我关于做与没做的阐释是一致的，比如，发生了但其实没发生过，已有事物是不存在的——如我们所想的那种不可能——抹除行为的能力（或许是相反的情况，托马斯背下来的那些话就是源于政治战执行局）。加入他的组织的德国人（原来的国际纵队队员、移民、难民、愿意配合的战俘、逃兵），到了位于沃本的政治战执行局的秘密指挥部时，德尔默会给他们做演讲或者发表类似于讲座的讲话：“我们对抗希特勒，为解放所有天才而战斗。任何能够尽快结束战争的、打败德意志帝国的事，都是值得的。在这儿有可能要求你们做出反对同胞的行为，如果你们对此有质疑，那么现在就说出来。我会非常理解。如果是这样，就不能用你们了，就得给你们找别的活儿干。不过，如果你们愿意与我一起，我得告诫你们，在我的队伍里，我们是做好准备开展所有的、我们能想到的肮脏的活动。没有预先被禁止的行为。越是肮脏的越好。谎言、窃听、贪污、背叛、造假、诽谤、隐匿、作伪证和指控、歪曲事实，总之任何事情。甚至是纯粹谋杀，你们要牢记。”我仍然记得那句英语，“sheer murder”。

无独有偶，那几年里，报刊登载了一篇与水门事件相关的文章，水门事件震动了英语世界，这我很清楚。文章作者理查·克罗斯曼是英国首相哈罗德·威尔逊内阁的一名部长，也是政治战执行局的重要人物，和德尔默差不多，他承认从 1941 年左右——就在这个冷酷的、没底线的机构成立时，到战争结束前，英国存在一个“内部政府”，其行事准则与公开、可见的政府完全不同，而且在战争期间这个部门是必不可少的武器。那位克罗斯曼身居高位，没人会轻易与他对峙或揭穿他，他自己也承认黑色宣传是针对德国一些关键城市——德累斯顿、汉堡、科隆、曼海姆等——开展“战略性”轰炸，宣传虚无主义，制造破坏。

我还读到——不知是德尔默的自传还是自传续作，或者其他书，从官方角度来说，赛夫顿·德尔默的机构是不存在的，它的成员对所有人一直否认它的存在，包括其他的机构也这么说，实际上（不是理论上的，当然，因为没有关于它的记录）与它合作的机构也对此否认，跟特别行动署负责指挥和管理打手、军情六处负责侦查一样。许久以后，它的名字和代码才为人所知。许多在那里工作的人持否定态度，他们认为自己在为PID，就是政治情报部服务，一开始是外交部一个公开的小部门。负责白色宣传（比如，BBC对德国和欧洲被占领区的广播）的人完全不知道黑色宣传的存在，不知道这是他们的同事通过单独的频道秘密完成的。黑色宣传最大的好处，或者说它引发的灾难性后果，是没人承认这是英国的主意，英国政府自然也否认与这样的野蛮行径有关。结果，为这一机构干活的人自由得很，也就是说，丝毫不受质疑，也不受限制。

政治战执行局在活跃时期就被认为是超乎寻常的（毫无疑问它在推动取得战争胜利中起了关键作用），在1945年5月7日德国无条件投降后，机构马上解散了，给诸多成员最后的指令大概是这样的：许多年来，我们对我们组织以外的人隐瞒我们的工作，对我们的丈夫、妻子、父母和子女也保密。我们希望你们继续这样做，保持下去。别受任何事或任何人的引诱去吹嘘我们的战绩。如果我们那样做了——最邪恶的大脑也想象不出我们的所做所为，后果不堪设想。所以把嘴闭上。我读这些，有时是跳着看的，我不知道迅速解散这个组织是因为谨慎还是羞耻，是不想把信息泄露给未来的敌人还是要隐藏其必须执行的任务甚至是为所欲为的行径。总之，政治战执行局已经被剥夺了生命力，已经死亡。或者换个说法，它在世的时候，是查无此物。它被取消的时候，就是从未有过。我想，许多年后有人会提起它的。直到有个人，不管是坏是好，终于忍不住要为它唱赞歌。

托马斯的忍耐力极好，从未有吐露秘密的冲动。我是说他听从命令，没有向任何人透露他的这些行程的初衷以及被派去的地方，他不在那儿或者有时候离岗的原因，他接触的人员的姓名，也许他与他们接触是为了消灭他们。我想他不曾对任何人提起，因为他连我都没告诉，在所有人中我应该是唯一可以知晓他的行动的人，至少在马德里是这样的；我是唯一能让他尽最大努力消除疑虑或者其他不好的想法的人，可能还有我的侦查，或者因他的缘故我留下的许多住址信息，它发挥了双重作用。我们已经说好了，我不问他在其他地方过的另一段人生，那是我看不到也听不到的，把我排除在外的，但总有些时刻我不禁好奇，忍不住明里暗里地问他（求知欲，是最大的惩罚或者诸多不幸的主要来源，人们遭遇不幸或者本能地感受到了不幸，即便如此，人们仍然禁不住好奇心），而他马上用几句想也想得到的话阻止了我，“你最好不要知道”或“你明白，你是不会知道那些的”，或“真是谢天谢地，我无可奉告。有保密条款，我得遵守”。（他用这些话告诉我发生过的事，或者模棱两可的事，并非是为了炫耀），或者仅仅说“别问我，记住我们的约定”。有时候，他用最有效、最通俗的劝诫方式吓唬我：“如果我告诉你了，就会把你和孩子置于危险的境地。这可不是我们俩希望的，对吗？我们不想再遇到其他的金德兰了，或者比他更坏的人，会扔出打火机而不是收起它的人。最终他们还是把打火机收起来了，对吧？所以孩子还能快乐、健康地成长。”

其实有许多间接的方式猜测，但于情于理我不想这么做。托马斯沉着、温和，但有时候会很惹眼，他表现出无所谓的样子，或者在寻求同情或者表扬，总之是他更投入，需要忍耐得更多，是他为这个家挣得了更多的钱，他的酬劳一次比一次高，我心里有数，我们过得很悠闲。当他完成某个特别艰巨或危险的任务，或者完成了非常耗神的任务，他会打心底发出一两句感慨，“你都想不到这一次遭的罪”“我筋疲力尽。我需要睡上三天三夜，我不想再看到我看到的场面，再也不想在清醒的时候遇到那些”“你可不知道，让那些人有挫败感是多么难，这对我们很重要，他们是咎由自取。绝对是咎由自取，这帮狗娘养的”。而我总是反复陷入提问的怪圈，怎么可能不好奇呢？“遭什么样的罪？你看到了什么？你们要挫败谁？哪些人是狗娘养的？如果你不告诉我，我就没法开导你了。我也永远不能理解你。”托马斯马上就不说话了，他至多说些与他的工作风马牛不相及的话，允许他向他的妻子说的真是太少了，可能她还是这世界上他唯一能与之谈工作的人，同僚除外，不过他们从不会崇拜他，更不会感到好奇或惊讶。“不行，原谅我的压抑感，贝尔塔。不，这样就很好，你最好不要知道你无法参与的那一段生活。那常常是让人很不愉快的，有许多悲伤的故事，所有人都是不幸的。”他说，又说了一会儿别的话。

不，托马斯守规矩，从不会乱讲，即使他想说出来，他还是会记得自己的宣誓，每次回来、待在我身边的几日他都守口如瓶。（不能讲讲发生的事情以及经历真是让人沮丧，那些渡过的难关和预先想好的歪理邪说、设定好的两难处境和采纳的决定，诸多变数不就是为了留到以后讲给人听？我猜他的工作肯定有许多麻烦。）因为恰恰相反，他没在我身上看到不感兴趣或是忍耐。事实上，我是想让他松口，我跟他讲我读的书、他的前辈的丰功伟绩。我给他讲二战时期 PWE、MI6、SOE 大胆的渗透行动，讲 SIS、SAS、NID 和 PID。这些缩写我熟悉得很。我还给他讲弗莱明和勒卡雷的小说，写虚构作品的当代作家。调查过去没有什么坏处，何况是最为刺激的一段历史，所有这些都写在书里，任何人都能读。显然，我对这些事的兴趣都源于我发现我丈夫有隐藏的一面，源于他简略的、受制于许可的坦白。即使无法知晓他的行踪，我想至少可以了解三四十年前他的前辈光辉岁月里的事迹。但我有借口来掩饰自己的目的与他不相干，我想了解我不知道的，在我接受现实且相当有耐心的几年里，我取得了博士学位，我以大学后三年的课程为专业，并与我当下所处环境为参照。我的意思是我的研究方向带有自传性。我在康普顿斯大学的英文系得到了一个编制外的教师职位，我像多面手，有时我要教英语文学，有时要教语音学，有时要教英国历史，这取决于教授或副教授是否方便，他们常常懒于工作、消极怠工或者光明正大地请病假，佛朗哥时期人们养成的懒散性子还没有改。我可以兼顾自己的研究、授课与养育孩子们，和同时代的许多要工作的母亲一样。实际上，多亏托马斯赚得的高薪（理论上讲，是外事办支付的，他赚的是英镑），我最不缺的就是大多数人恰恰没有的、数量可观的资助。我的英语水平进步得尤其快，虽然远不如我丈夫与生俱来的双语能力，更别提他有掌握多种语言的天赋。因此我必须更新、深化自己的知识结构，而长长的英国历史让我终日都得忙很多东西。

“你怎么会特别关注二战的？”有一次，听我说起薇薇安、蒙盖斯、考吉尔、克罗斯曼和德尔默，托马斯怀疑地问我，所以我把街角的书店指给他看，我还知道“Menzies”的发音为“蒙盖斯”。“你或许还得向学生们介绍阿尔弗莱德大帝和征服者威廉、玫瑰战争和克伦威尔。在一门课里，你不可能把所有东西都涉及到。”

“嗯，因为没人关注，也没人管我，我可以按照自己的偏好来做，”我回答，“我觉得了解相对来说比较近的年份更重要，了解推动我们走到当下的，在很大程度上说，仍然活跃在历史舞台的。军情六处和政治战执行局的替代品不是仍然很活跃吗？因为我敢肯定有东西会代替它。而且，它有可能在其他民主国家开展了机密的黑色行动，对此我不感到奇怪。而非民主国家也有这些黑色行动，明眼人都知道。”我说的这些都是我深信不疑的，不过我也想借此干扰他，好让他开口，即便不说具体的，也可以讲讲抽象的。实际上在这个层面，他的确会跟我争辩：

“为什么这么说？你有依据吗？”看得出来，他不喜欢我的看法，“如果你做了深入研究，就该知道政治战执行局在战争结束时就被解散了。它只是一时有用，哪怕多存在一分钟都是不可能的。它是那个年代的特殊产物，是生死存亡的关键。它打败了德国，战胜了它，你以为呢。有时候，按照法律规章办事是不可能的，更不可能每走一步都预先请示。如果敌人果断干脆，那么持怀疑态度的另一方就输定了。几个世纪以前，战争就是这样的。在近代的观念中，‘战争罪行’这一说法就是荒谬、愚蠢的，因为战争从头到尾就是由发生在各条战线上的罪行组成的。所以只能二选一，要么战败，要么做好准备，犯下所有可能的罪行，为了获得胜利，不惜一切代价。”

“‘纯粹谋杀’也算吗？我读到德尔默对他的部下和追随者

是这么要求的。”我不会错过向他展示我的阅读经历的机会，我在阿尔马格罗大街读到的东西是杂乱的、不完整的，甚至是错误的，但提及这些名字是用来表明另外一件事：我的确是在夸耀。我不知道他了解的有多少，他们也许会给他上课，但是可能他对此没兴趣，也没时间学。“我想说，在大后方针对公民的行径，让他们情绪低迷，散布恐慌，人人自危。他们只是普通人，没有背负什么任务，也没有参与肉搏。你别跟我说这样的事已丝毫不会发生了。”

“当然没有，”那个表示强调的“当然”让我觉得他在撒谎，“现在我们不是在战争年代了，或者说不是在公开的战争年代。你从哪儿知道这些的？”

“从非常简单的信仰——人类的一个特点就是从不放弃已经尝试过的东西，如果他试过了，毫发无伤或是成功了，他就会紧紧抓住。无论个人还是群体，做过一次的事，还会做更多次。即便没有必要，人类早晚会把发明用于实践，仅仅是因为这是人类发明的，人类能这么做。实践能实践的，不经意间将那些发明和进步的实践结果带入科学领域，而且人类迫不及待地把实践成果带入科学。事物只是不断累积，但没有收获。对纳粹理应感到的恐惧，不会阻碍纳粹积累的知识被它的敌人深入学习，比如苏联人。怎么会没有留下来呢？怎么可能不利用这些曾经用于超越和战胜纳粹的东西？即便不是一直用，至少能偶尔地、短暂性地帮助一个人摆脱巨大的险境。一切都不曾被抛弃，一切都还在这里。人们尝试过许多，舍弃的更多，这些罪恶的、不公正的，实际上没有被舍弃，只是在等待，它悄无声息，仿佛睡着了，怎么称呼它都行，叫它回来，它就会醒来，这段旁观的、微不足道的时间过去，它终究会回来。我肯定，每次都会让它施加援手。你自己跟我讲过你和你的朋友们做过的和没做过的事，这些事都没发生。像我这样的人会这样想：这不存在，他们会否认的，他们不会承认的，肯定是躲在暗处，这恰恰就是政治战执行局关于自身和各种活动的信条。”

他讨厌我提起他和他的朋友，脸色立刻沉了下来。他也不喜欢我把他们直接与德尔默、克罗斯曼或者其他人做比较。我发觉他很紧张，他做出要捶矮桌的动作，我们坐在客厅里的沙发上，就是那天金德兰夫妇坐下的地方，我从未忘记那一天。他忍住了，没有拍桌子。他变得愈发紧张，他想让我闭嘴。

“不要讲了，别再提这事了，”他命令道，托马斯从不认为发号施令有用，他极少这样做，“我已经跟你说过了，那些都是没有的事。1945 年它就没有了。你别跟我解释我工作上的事。到此为止。你怎么可能知道。我才是最了解自己工作的，你以为呢？”

他的语气里有怒气和轻蔑，不像平常的语气，是想给我提个醒。但我不乐意，我没有因为他阻止就停下来不说。

“你说的有道理，那确实是生死存亡的时候。的确是那样，如果英国都要完蛋了，全世界就会成为地狱。我想我们眼下的生活与那时相比已不那么残酷，父辈的日子比我们的残酷得多。但是每个时代的人都喜欢夸张，需要自我夸奖，每个时代的人都觉得他们经历的冲突非常激烈，都关乎生死存亡。他们都觉得自己身处的时代必须采取极端举措，他们无法想象自己是无足轻重的。没有哪个时代不认为自己面临巨大的危险，没有哪个时代不准备打破它自己制定的规则，没有哪个时代不觉得受自己的戒律约束，总要找到忽略它们或绕开它们的方法。像你这样的人生活在恐惧中，你对我说过，‘我们是阻止不幸的人’，你们每一天都觉得各地都可能有坏事发生，要尽一切力量把危险的苗头扼杀。把鸡毛当成令箭，任何异常都会触发警报，让你们戒备起来，准备行动，实施监视，伺机摧毁它。这就像你喜爱的艾略特的那句诗，‘简言之，我就是害怕’。”

他马上条件反射般跟着我重复了一遍这句英语诗。他背诵的句子可真不少。不过他的插话很短，声音听起来沙哑且有距离感，好像那不是他的声音，是从他的铠甲发出来的，而不是从他的胸腔。

“简言之，我就是害怕。”

我忽略他，继续讲下去：

“如果你还站在原地，如果你不离开，那么这句诗就是对你的人生的概括。不经意间把一切归于恐惧，而不是停留在好或坏、比例协调或不协调、罪行、结果，当然后来公正会带来的。我担心你做这些是出于恐惧，托马斯，担心我一无所知、以后也无从知晓的一切。我会不自觉地想象这些，所以我想，我以为那与社会党成员在这儿做的没什么分别，只是离我们较远而已。他们也是深陷恐惧，在各处都能看到敌人。他们也致力于阻止会破坏佛朗哥政权的事件。他们也假扮成其他人，从事渗透或告密活动。而且，这些行为不会被抹去。”

这会儿他真的一拳砸在桌上，震起了桌上的烟缸、零碎东西，有放大镜、小钟表、指南针，一对拔刀相向的铅制人偶掉了，还有我们刚用来喝威士忌的杯子，里面的冰块被震得作响，天黑了，我怕刚在房间睡着的孩子们被吵醒。通常平和的表情——连他生气时也是如此竟然变得怒气冲天，眼神游移不定。他的声音再次变得很陌生，我觉得像一位老者的声音。他在发火，声音却属于一个老人的。

“别把我跟假社会党人做比较。可怕的内战催生的独裁统治，镇压民众几十年的政权干的事，怎么能跟我做的事相比？怎么能跟世界上最老牌的民主国家与历史上最邪恶的势力对抗相比——其实就是对抗佛朗哥的同盟者和拥护者，这怎么能一样？我们知道的英国就是这么过来的，经历了和站在另一边的敌人的战争。你怎么好意思这么比较。你知道些什么？你知道我们避免或改变了什么吗，我们做的善举，许多善举。你知道这个世界掩盖的东西吗，藏在任何一个地下室或小酒馆，藏在壕沟里的东西。你怎么可能知道。”

我觉得他马上就要动手了，动用肢体暴力，他从来不是动粗的人。“他有这个能力，”我突然想到，“他应该是在各种训练中学到的。”现在有点害怕的人是我。但这是另外一种害怕，瞬间的恐惧，突如其来的，对喊叫、殴打、粗哑且傲慢的声音的害怕；也不是他感到的那种害怕：沉默、持久、警觉、冷酷、图谋报复，时时保持警惕，永远伺机粉碎潜在的威胁，那种经年累月的恐惧，他已不知道该如何摆脱。是那个不真实的声音，我感觉，那才是最让我害怕的，而非他砸小桌的厚玻璃板的动作和暴怒的表情。那是一个老人的声音，却仍然充满活力，与他的年龄匹配。但是既然他有话要说，我不想就这样罢休。这么多年来，我一直体谅他、陪在他身边，肯定是出于我的个人意愿，因为我仍然爱他，不再爱很早以前就爱上的人是不容易的，年轻时经历的感情最为顽固；也许还因为这种生活适合我，一种相当舒适的生活，甚至像享有特权；到头来，你可以习惯任何事情，更何况我们从一开始就是聚少离多，不耐烦的情绪不增反降，我已经过了三十岁，更可以控制情绪。我没有问他具体的、被准许说出来的行程、任务、可能要实施的犯罪以及那些不被允许说的事。我想我只是在笼统地提醒和说服他，当然，那仍会让人心里不痛快。所以，我尽量语气柔和，让自己的话时有停顿。

“不，我不知道。托马斯，你说得有理。我没有询问的意思，我不想知道。”我说谎了，很多时候我的求知欲很强烈，想知道梗概，他装成哪些人的朋友，然后背叛他们；他会怎么做、会扰乱哪些人的计划、他阻止了多么严重的不幸事件发生；他会奉承什么样的女人，那些孀妇、年轻的姑娘或者大龄女人长什么样，他从哪些人套取情报从而给她们的父亲或兄弟定罪，就没有人还记着他或想念他吗。“不过我知道一件事，因为随处可见：你认为自己是在替一个民主政府工作，无可指责的政府，保卫它的安全和财富。但你只是从电视和报纸上看到或听到这些政府官员，从没有亲眼见过，你只是个普普通通的公民。你是与上尉、中尉打交道的，从来没见过将军。上尉和中尉至少在下属面前，按照自己的意愿做决定。将军们也这么干，部长们更是如此。如此一来，他们不必特地发号施令、被别人揣测意图，不用兑现诺言，有朝一日还可以说：我对这一切不知情，这些都是在我不知道的情况下做的，当然未曾经过我的同意。你认为自己是为撒切尔夫人工作，她没有发动政变，引发内战或者实施独裁，但是她其他的作为我不觉得和佛朗哥有很大不同。”我故意说得很夸张，想要扰乱他的思路，激发他的爱国情绪。他却没什么反应。“或者跟从前一样，你认为自己是为卡拉汉、威尔逊或其他什么人服务，你没告诉我是从什么时候起开始参与的，我想不会是做学生的时候吧。”

“希斯。”他说。

“什么？”

“爱德华·希斯是威尔逊的上一任。”他别扭地用英语说了这么一句（无论他的双语切换多顺畅，我的英语水平多高，我们都没用英语交谈过），而且我发觉他用的是美国口音，他好像是在模仿一个人。是一个老年人的声音。

“管他是谁，都一样，”我继续说，“最真实的情况就是那些首相不知道也从来没有了解过你们，你和你的朋友、军队做的事，可能你现在是中尉或上尉了。更不会有人提起这些事。你们称之为王国的也一样，女王不知道，也不想知道，这样最好。从这个层面上说，自二战以来，在英国或在其他地方，什么都没变。为政治战执行局工作的人，认为自己在为丘吉尔工作，为他领导的国家工作，如果的确是这么个道理，那可真是太经不起推敲了。他们是为洛克哈特、克罗斯曼或德尔默工作。”除了缩写字母，我甩出了一串名字，希望用我了解到的假信息触动他，“或者是在他们手下工作。军情六处的人跟着蒙盖斯或薇薇安或者与他们关系或近或远的下属；同样，平常蒙盖斯与丘吉尔一起办公，也许是这样，我不知道；丘吉尔与军队隔着十万八千里远，你与撒切尔或者当下的首相的距离也是这么远，这个道理放之四海皆准。负责决策的人仅是作为代表，不了解个中详情，他们的眼前蒙着一层纱，这层纱的好处就是既能让人看见，也能让人看不见，或者遵从个人意愿，让他看得不清楚，甚至适时打褶加厚，从一层变成两层再变成四层，直到让人什么都看不见。所以大家不知道自己在为谁工作，不知道执行的命令是来自谁的。这可真是荒谬：所有人认为自己是为了什么、为了谁……他们是独眼龙，看不清还是瞎了眼，可能只有他们自己知道了。”

我闭上嘴，停顿一会儿看他的状态，观察他是不是还在生气，有没有在听我讲话。我觉得他的情绪平复了一些，他多多少少回到了保持警惕性的状态。

“迪克·弗兰克，我想，”我猜这是指导行动的一个人，“接着说，你还想说什么？”他仍然用一种老态龙钟的声音说美语，让我觉得十分古怪。他不说话了，于是我接着说：

“你记得莎士比亚的《亨利五世》里的一场戏吗？”我教英国文学需要精读这部作品，才能在课堂上做讲解。

“哪场戏？”

“战争前夜的那场，国王穿着披风，与三个守夜的士兵在一起，三个士兵紧握着兵器，对即将到来的第二日感到巨大恐惧。国王装成是他们的朋友，跟他们一样，走到篝火旁坐下来聊聊天。士兵们之间的聊天是很自由的，有两个人在某一刻彻底放下了戒心，因为此时他于他们不是国王，只是普通人，他们也不是他的下属，他们可以与他争论，当着他的面，想什么说什么，国王伪装自己、掩饰了真实身份。”

“喔，那是非常著名的戏，很有名。我记得，接下来就是那场著名的演说。这场戏怎么了？”

托马斯看似平静了，但他的声音仍然是苍老的，语气像是另一个人，比大声吼叫和砸向小桌的拳头更让我害怕。我不知道他在搞什么，也不知道他为什么这么做，这与他之前的趣味模仿不一样，现在也不是玩模仿的时刻。就像一个陌生人在跟我说话，这人从很远的地方来，不是托马斯。我看着他，的确是他，虽然在外面待了很长时间。每次回来，他的相貌会发生变化：头发变长、变短或者剃成光头，头发颜色时浅时深，留山羊胡子、两撇小胡子、连鬓胡子梳成小辫儿，或者下巴刮得精光，增重或减轻好几公斤，脸颊和身体很瘦或很胖，跟吹了气似的，鼻头儿宽宽的，黑眼圈很重，背上有一块新疤，这是一次车祸留下的，他说过，这不算个事。但他的只字片语让我很是不安，而且让我开始抓狂，好像他被西部电影里的一个老演员占据了灵魂，比如沃尔特·布莱南——演过上百部电影，获得了奥斯卡最佳男配角奖，说话时像在嚼着烟草或者缺了牙。我常常听不懂他说话，我看过他演的《我亲爱的克莱门汀》《红河》《勇敢的河》，我们都喜欢。托马斯的人与声音、口音彻底分离让我感到不安，或者说是感到一种不可理喻的危险，就像踩在一摊烂泥上；如果他变成这个样子，那他就有能力变成任何样子，我想，连动作都可以彻底改变。他手臂一挥，打断了我的思绪，这是一个年轻男人的动作，我马上说：

“这些士兵知道自己是为国王效力，虽然从未亲眼见到国王，他们做好准备等待国王接见，就像你从许多年前开始为你亲爱的英国效力一样。可是，这些头脑简单的男人会问为什么要打仗，黎明到来时，他们就要上战场了，可能会失去生命。他们中的一个人说：如果打仗不是为着什么好事儿，那可得好好找国王算账，到结束那天把战场上的断腿、断手和脑袋搜罗到一块，然后齐声大喊‘我们就是在这里死的’，戏就是这么演的。事实上，没人晓得那些与自己八竿子打不着边的战争的起因是好还是坏，即使这跟自己的国家有关，不会让人感到羞耻的国家，直到最近才属于我们的国家，或者我该说，是我的国家。你要记得，原因只是表象，一件又一件事情接连发生，原因就不重要了。瞧瞧当下的潮流，所有人都在为同胞做过的事情请求宽恕，因为几个世纪以来，他们的同胞一直养着走狗门徒，这可真让人啼笑皆非。所以跟我说说，如果是中间人、上尉或者中尉来找你，带着毫无疑问是歪曲的、没有价值的或伪造的、可能还不清不楚的理由，你怎么能认同那些理由，认为它们是正义的；他们会费力和你解释指派给你的命令有什么正当的理由吗？我非常怀疑。他们把你派到这里或那里，告诉你‘你得做这个’或‘你得把那事解决了’，只说这样的话，我敢拿命打赌。如果连我们自己都要经常费尽心思地判断的本心是好是坏，我们是不是自欺欺人，你想想看，那些八竿子打不着边的由头又是怎样的光景。我们更不可能知道了。”

我想继续说下去，因为我最想对他讲的不是这些，这只是开场白。但他在我歇口气的间隙打断我，多说了几句，还是——让我感到绝望——还是沃尔特·布莱南的声音，这声音入耳的分分秒秒，都愈发让我觉得它邪恶，这声音从他的喉咙和嘴唇中冒出来，激怒了我。

“如果我没记错，在那场著名的戏里，有这样一句话：‘如果战争的起因不是正当的，我们对国王的忠诚会洗清我们在战争中犯下的罪恶。’工作需要，我们也要读莎士比亚。当然，莎士比亚的话已不是现今世界的信条，如今是如果船长犯下重罪，会栽赃给可怜的水手，因为他们在同一艘船上。可能《亨利五世》里的士兵比我们更明理，我们自命不凡，其实比谁都虚伪。但我不知道你到底想说明什么，也不知道你讲的是什么意思，姑娘。”“姑娘”，他这么叫我，好像他是一个老牛仔，我是让人讨厌的小女孩，要么就是个傻瓜。“自打有领导和阶级，类似的事情常有，有一条指挥链，每个人收到直属上级的指令，再传递给下级。如果每个个体都对指令有异议，像莎士比亚笔下的士兵一样提出道德层面的质疑，那么这条指挥链就不能运行，什么事也办不成，天下大乱。不论是在军队、在公司还是在海外机构，任何事务都办不成。没人有能力办到，更没人能赢得战争，连一场小战役都打不赢。我们可以肯定，这在西班牙有很悠久的传统：不自律的军队和偷装炸弹的坏心思。”为了说明这个道理，他说起了西班牙语。“他们质疑一切、将自己的标准加诸一切，即便做不到，也要保持这些看法。当然自很久以前，许多德不配位的、糟糕的领导者推动树立了这一看法。英国则被另外一种思维模式主导，这不奇怪。不过，从历史的角度看，英国也有过不少手握大权的乡巴佬……”

他的高谈阔论进行到一半时，小女儿开始哭闹，托马斯没有停下来，他装作没有听见，或者他认为不用立刻去哄她，至少应该让他把无关紧要的话说完。他没说完，我也有话要讲，但那会儿我等不及了，我起身去看女儿，撂下话说：

“能不能别再这样说话了？你为什么像西部电影里的老头一样说话？你想玩什么花样？你让我感到紧张，我害怕。你的声音听起来像另外一个人，我不知道，感觉像沃尔特·布莱南。我真不理解这一切，你变得让我认不出了。所以别再这样说话，别开玩笑了。”

我走去卧室，抱起小女儿。她渴了，我给她喂了水，然后把她抱到了客厅，让她和我们在一起，我竖抱着她，让她把头靠在我的肩膀上。我托着她的腿好让她平静下来，听着我们两个的嘀咕，随着我细碎的步子，她又睡着了。如果托马斯不能回到常态，我就很难应对。他与吉列尔莫、艾丽莎的关系完全不同。他是爱他们的，他们让他感到幸福，但他更偏爱小女儿。不过，他在马德里时，努力与他们保持一定的距离。他的爱是隐忍的，他本能地保留了一部分对孩子们的宠爱，好像他不想适应这种感情流露，他不想在日后不得不离开家的时候，痛苦地想念他们。他在这儿住了几个月，可他知道自己会再次被叫走，再次离开，他在家停留的时间是短暂的，不排除他无法回来的情况。我很难过，我不是特别想责备他了。托马斯一直以为有一天他会被驱逐出我们的世界，因此他极力让自己不要与一切贴得太紧，在某种程度上来说是尽可能地成为过客。他向我伸出手想要接过小女儿，我把孩子递给他，他让她靠在自己的肩膀上，有些笨拙地摇晃她。女儿停止了哭闹，哼哼唧唧地睡着了，他用这个间隙回答我的问题，没有转换语言，不过用了一种与之前完全不同的声音和语气：听起来是一个文化程度不高的英国人，他的发音里，所有的元音都接近“o”，like 和 mind 发音有点像 loik 和 moind。不过我也不是分得很清楚。这个声音爽朗，属于一个年轻的、粗鲁的男人，而不是一个老头儿的。

“更像查利·格雷普韦恩。”他说。我不知道那是谁，我猜是另一个男配角。也许在训练中他看了许多电影，有新的，也有旧的，为了学着模仿各种声音、口音和语气。此外，我猜还有许多不同语种和方言的磁带。“如果你讨厌这个调调，那我换个别的。”

另一个声音一样让我难受，我感到紧张，看到他变成这副样子，在自己家里却听不到托马斯自己的声音，而是一系列陌生人的声音，这些声音占据了托马斯的身体，让我感到恐惧。此刻，他的模仿让人感到不安，倒不是让人害怕，他能装成任何人。他们把他教得很好，这些年他刻意发扬了自己的天赋，成为一个扮相多变的演员，或者是一名职业模仿人，在广播里表演，让听众相信事实上讲话的就是总理、国王或者教皇。这些口语模仿不像从前，是为了娱乐身边的朋友，而是严肃认真的。结果让人震惊，这是系统地造假，就像一幅假画被当成真的展览和售卖一样，就像一个在许多经典剧目里出现的诱奸者利用夜晚，装成一个女人的丈夫上床与她做爱，这本质上是欺骗。有能力从事类似造假行为的人可以戏弄任何人，是个非常危险的人，我想。这让我难以接受，我的丈夫、我的爱人具备这种模仿的能力，而且他在其他地方把这种能力任意发挥，那是他的另一段人生，是我没有权限走入的。尽管我心里不舒服，我还是要把想说的话说完。他假装的口音没有影响到小女儿，那仍是她爸爸的声音，被爸爸抱着，她睡着了。也许任何人的声音都能让小婴儿入睡，不管是什么样的声音，他们只要知道自己并不孤单，身边有人守着。

“听我说，托马斯，告诉我你怎么看这一幕。那场戏中的一个士兵，如果我没记错的话，叫贝茨，也许不是他，是威廉斯，他与蒙面或者戴着帽兜的国王争论时起了冲突，我不确定国王是不是蒙面，反正那是在夜里。威廉斯说了些贬低王国的话，国王反驳他（就是说，他以他人的口吻为自己申辩），两人都生气了，约定等打完仗，如果他们俩都还活着，再算这笔账。他们用各自的一只手套代替衣服，互相交换作为认出对方的记号，一个人把手套挂在铠甲上，一个人把手套顶在帽子上，直到他们再次见面，如果他们还能见面的话。就这样跳过几幕，显然亨利国王还活着，他接见法国的和本国的下等士兵时，看到威廉斯走过。国王是本来的样子，身边站着侍卫，他走到士兵面前，看到后者帽子上顶着一只手套。他问士兵为什么顶着手套，后者对他讲述了前夜自己与一个陌生的英国人或威尔士人的故事。‘如果那个人是骑士呢？’亨利不怀好意地问。威廉斯在得到长官的许可后回答说，无论与他约定推迟争辩的人身份有多高贵，如果看到那人活着，并且拿着他的手套，自己都会遵守誓言，打他一耳光。来来往往的人没有过多理会这事，但最终国王展示了另一只手套，当威廉斯还是摸不着头脑的时候，国王在背光处把手套递给了他。所以亨利责难威廉斯说是他亏欠了他，用这种方式亏欠了国王，‘你发誓要揍的人是我，听你说了最残忍的话的人是我’，他说。他还用了表示高贵的语格来恐吓威廉斯，我最近一次读这句话是在课堂上，‘你伤害的人是我’，旁观他们的对话的上尉迅速改变主意，请求亨利惩罚威廉斯。‘尊贵的陛下，请赐予这个骗子绞刑，’他说，‘如果世界上有军法就好了。’”

“我记得前面那部分，但不记得后面的。”托马斯说，他说的是西班牙语，用的是他自己的、平常的、真实的声音，仿佛突然间他变回了自己，这可真有意思，因为我对他说：“国王怎么做的？真的杀了他吗？那真是不公，是在滥用权力。那晚士兵怎么知道自己在跟谁说话，对他来说这是另一场战斗，同样要他争辩和战斗。”

“威廉斯是这样回答他的：‘我的陛下，您没有表明自己的身份，而是以普通人的身份出现在我面前，你的尊贵身份被那个身影掩盖了，我请求您为此事负责，而不是怪罪于我，因为把您当作了其他人，我不是有意冒犯，所以我请求您的原谅，我的陛下。’我记得这句话，就是这么说的。”我说。

“我不明白威廉斯为什么要请求原谅，”托马斯的情绪有点激动（最单纯的读者和观众、儿童和少年才会有的激动），“很明显，他没有冒犯国王。如果国王没有坐在宝座上，如果他伪装自己，在他假扮的时候，他就不是国王。他在虚假的面容下说的话不能作数，所以无论威廉斯是冒犯他、颠覆他的权力还是反抗他，都要当成他没这么做过，不予理会，应该略过这事儿。亨利当时是怎么做的？把他杀了吗？”他非常想知道故事的进展，“亨利国王是否利用这次带有欺骗性的调查，了解士兵是否轻视他（由此会产生争论、辩解和传唤），或者他会饶恕威廉斯的错误，不论威廉斯说了什么、挑衅了谁、与谁争斗、在谁面前为自己申辩。”

我盯着托马斯看了好一会儿，我不知道自己的表情是带着困惑，是怀着温柔与惋惜，还是不经意间露出的讥讽，可能讥讽是难免的。他还在轻轻地晃着艾丽莎，她已经睡着了，呼吸均匀。我想再抱抱她，然后把她放回摇篮里，我只是这么想着，还没行动。

“从现在的角度评判，你说得对，我相信，士兵说得也有道理。所以说，在打仗前，国王渗透进自己的军队，站在为他服务、为他或他的国家做好付出生命的准备的人中间，在那个时代，国家与国王区别不明显，对于军队来说是一样的。如今甚至还有政客试图让民众相信他们与国家之间没有区别，不管世道已经有了巨变，所以想象一下 1415 年会是什么样。士兵们问起打仗的原因，无论这原因是好是坏，他们都无法逃避上战场，都要服从长官的命令。所以恰恰如此，作为渗透者，国王没有权力凭借他偷听到的话做判断，那些掏心窝子的话。如果他利用了这些话，惩罚那个士兵，就是辜负他的下属给予他的信任，士兵不知道，在畅谈的时候，自己等于把脑袋交到了友好的聊天对象手上，其实二人根本不平等，也无法为自己辩护。现在我们是这样看的，对吗？在莎士比亚生活的时期，人们可能也这么想，那时距那场战争已有两百年。我们认为亨利行事阴险，走歪门邪道。但那时国王是至高无上的，他的意愿不受质疑，所以多变的长官立刻请国王处死士兵，而士兵刚刚在战场上取得胜利，敌人也未曾夺去他的性命。这有什么关系，依据长官的看法，国王怎么会知道威廉斯不是有意的，士兵威胁国王，要打他耳光，长官才不管士兵怎么想，总之他威胁的人是国王，即便国王穿着乞丐的衣服，也还是国王，跟故事里讲的一样。这就是长官的逻辑，或者说是他的信念。他叫弗鲁爱林……”

我突然停住了，我发现托马斯变得警觉，听到我说了一个已经想了很久的词以后，他有点上心了。“他以为‘渗透’这个词也在说他，”我想，“他可能知道或觉察到我接下来要说什么，我为什么要提这场戏，我要说的话会让他重新思考他刚刚说过的话——士兵不该受责备，如果国王要惩罚他，那就是不公平的；语言与行动的后果以及其严重程度，也要依据调查方式是干净的还是肮脏的、使用的手段是好的还是坏的来判定。”他没有回应我说的话，没有马上回应，而是再一次问起解决这一两难境地的办法：

“别强迫我从书里找，贝尔塔。哪一幕，哪一场。你就一口气说完国王是怎么做的。我已经说了，我完全不记得那场戏了，好像从来没读过似的。我猜是国王命令吊死他。或者没有，放他走了，他在战场上取得了胜利。严肃地对待为他战斗的人，这些人出人意料地带给他一场载入史册的胜利。”

我还是决定再拖延他一会儿，好让他放下戒备。我走近他，接过小女儿，“把她递给我，她最好还是去摇篮睡。”我送她回房间时顺便看看吉列尔莫是否醒了，我轻轻地把艾丽莎放下，避免她因为换地方而醒来，我回到客厅，坐下来，喝了一口我的酒，然后开始回答他的疑问：

“没有，亨利没有理会弗鲁爱林上尉。他命令他的叔叔埃克塞特公爵在威廉斯留了一天一夜的手套里塞满了钱币。‘拿着它，伙计，’他说，‘把它挂在你的帽子做个标记，等我叫你吧。’这话有些怪，但我不知道这个句子是否有其他意思。我不知道，你的英文肯定比我好，刚才还跟我夸耀。除非你嫌烦不想看。”我想我成功地引起了他的好奇心，他一个人时肯定会找来读。

“上尉是什么反应？亨利在有人作证的情况下罢免了他。”

“嗯，他的态度又变了，他是个变化无常的人。他承认了士兵的英勇，又往士兵口袋里塞了十二便士，以父亲的口吻建议威廉斯忠诚地信仰上帝，以后避免与他人发生冲突，这样才有好日子过。但威廉斯拒绝收下他的钱。‘我不想要您的钱。’威廉斯说。”

“骄傲的家伙，挺有原则的，小兵威廉斯。”

“是的，但莎士比亚没有让他说最后一句台词，那样太容易了。上尉坚持要给他钱，声称自己是出于好心，其实是要羞辱他。‘你拿去，修修你的鞋子，瞧瞧，都这么旧了。’盯着别人的鞋看，还不客气地评头论足。场面一度静可闻针，没人讲话，不过我们可以想象威廉斯最后拿了这一先令——仅仅片刻前，施舍他的人还想着送他上断头台。威廉斯的鞋子肯定破烂极了。”

托马斯摸了摸我的下巴，盯着我的眼睛看了三十秒，或者可能有一分钟，什么都没说。他的目光里有笑意，究竟是笑什么，我反而没有把握住。可能是我的评论让他觉得好笑，我不知道。或者他可能猜到了接下来的聊天内容，猜到了我想说的话。他转过头，望向阳台或者更远的地方，望向东方广场上的大树的树冠，我们两个常常一起或者各自望着那些树，夜晚也看，白天也看，我看得最多，我几乎一直住在马德里，而他不是，他要去很远的地方，不知道什么时候能回来，是不是还能回来。这一刻，他在想事情，在思考（“在这条损毁的街上他离开了我”），他好像自言自语地说：

“1415 年的鞋会是什么样，你想象一下。军队远征到法国。那可是长征。我不知道几个世纪来军队是怎么忍受的，他们要负重前进。在所有的时代都如此。现在的人还抱怨自己有多难，真是操蛋。”

他没在抱怨自己的事，这一点可以肯定，可能是他没有被授权的缘故，因为如果他这么做，就得透露具体信息、细节。他肯定隶属于军队，名称是“军方特殊情报局”，虽然这个部门不曾像威廉斯和弗鲁爱林以及其他六个世纪以前的士兵一样上战场打仗。我问他现在是什么官衔，他应该已经得到晋升。从他给我讲了一些他被授权讲的事算起，已经过去好几年，他默默叹息或者感到难以表达焦虑的时候不多了。（他从没有抱怨的言辞。）你会习惯一切，人们这样说，不管它听起来多么简单粗暴，那就是最为真实的日常。想必他愿意去执行任务，甚至会怀着类似兴奋或激动的情绪。就算选择一条路时心中满怀疑虑，但是最终，那条路看起来会像正确的路；更有甚者，他会发现自己无法放弃它，也根本不想那样做，如果他们把他换掉或者让他退休，他会感到气闷的（“如果这就是我的命，我接受、我信命，努力地从中受益，让这段生命变得无与伦比。”）这么多年过去，五年，六年，无论究竟是多久，托马斯肯定完全投入到那些任务中，甚至非常认可。如果起初他不是这样的人——他从未认真地跟我解释过，为什么他从年轻的时候起就掺和这种事，为什么他没有拒绝这份工作，那时他并没有参军——为什么他要选择双重的、秘密的人生呢？即使这种人生不是令人焦虑的，至少不会让人心里舒坦。他过这样的日子让我感到焦虑。他的变化无常，他的阴郁气质，他的模棱两可，他的晦暗不明。客气地说，还有身处道德灰色地带。背叛成了他行事的准则、指导和方法。

“你觉得亨利渗透自己人是不对的，他扮成其他人的样子是欺骗，”我说，“又或者你不认同他耍心机，借此惩罚被他捉个正着的人。你怎么解释你的所作所为，托马斯？你怎么自圆其说？”

听到我这么说，他站起身，怒气冲冲地快步走到阳台上，仿佛坐在我旁边、与我接触让他厌恶。他推开窗，探出身，点起一支烟吸了两口，才开始讲话。

“你又一次无端地作比较，贝尔塔。国王渗透自己的人就是不对，因为那是他自己的兵。人不应该怀疑为自己卖命的人，不应该给忠诚的人布下陷阱。国王心里知道，所以他没有报复威廉斯的轻视和傲慢。他怎么可能不知道。难道在作品里，打仗前的那段讲话中，事情不是这样的吗？难道他没有对他的军队、部下说‘我们这些人，这些不幸的人，我们这帮兄弟们’？”

“对，”我马上回答，“在圣克里斯宾节上说的。他还说‘因为今天要抛洒热血的都是我的兄弟’。夜里或者第二天或者一个月以后，会碰上一个犹大，有不少人可从没把你当成兄弟。当然这要从他的角度来看。”

他的声调又高了，但现在听来不像发火，更像是失望，因为自己不被理解、不得不解释显而易见的情形而感到失望。

“你根本不知道我做了什么，你只是在想象、推断。”

“当然，我不知道具体的情况。你总是明确地说你不能告诉我，我也不能问你，我们严格地遵守这个约定。我只能靠猜，除了猜，我也没有别的办法。而且你一直竭力回避我的问题，不是吗？当你过着另一半对我来说是‘缺席’的人生时，怎么可能让我不去想你在哪儿、在做什么、有什么样的危险以及你会给什么人带去怎样的伤害？我也不想如此，我不喜欢自己想象的东西，完全不喜欢，可是除非你跟我讲点什么，否则我只能凭自己想象。我别无选择，我敢跟你这么讲。是那些想法找上我的。跟我的恐惧和理解力一样。还有我的妒忌，我有妒忌的心理，虽然我知道，理论上来说，这不应该掺合进来，那是工作需要……”实际上我不知道自己在讲什么，我没有把这个句子说完，我想换个场合，换个时间再谈。“我的想象就是这样，你让我拿它怎么办。要么你告诉我不一样的东西，或许我的想法就转变了。可如果摆在我面前的是一片空白，我做不到不去想象。”

“猜我做渗透工作，你这样形容，”他回答我，现在他的语气平缓，想要表现出有耐心、谆谆教诲的样子，“猜我以你想象的方式进行渗透，这与我对国王和威廉斯的看法无关。我是对敌人进行渗透，而不是对自己人、对自己的兄弟。这道理相当于指责一个士兵在战场上杀死了对手，那个对手曾竭力地想要杀死他。”

“不，这不一样。间谍、渗透者与敌人建立联系，赢取对方的信任、装成他的朋友，接着，如果可以的话，从背后刺上一刀。士兵是不会这么做的，他会正面对抗，丝毫不掩饰自己的意图。他不做投机倒把的事，不诱敌，不会背叛朋友。他不是狡诈的人。”

托马斯哈哈大笑，笑声带着防备和讽刺。他的笑显得很刻意。

“可是，你这是在批评什么呢，贝尔塔？间谍活动吗？你觉得什么是不好的，试图预测对方的行动吗？他们想伤害我们或者清除我们呢。调查、粉碎他们计划或暴行、计划好的谋杀吗？不该阻止他们犯罪吗？这是一种防卫方式。”

“什么防卫？王国的防卫吗？”他可能忘记他跟我提过这种表达方式了。所有的王国都只是防卫，而非攻击其他国家。

“是的，防卫，”他没有重复整个词组，也许他突然觉得这么说显得夸张，“完全跟上战场打仗、在水上打海战、枪炮无眼的道理是一样的。你认为这里边没有欺骗、没有背叛吗？一种叫做策略，还有一种叫战术，这两个都是出其不意攻其不备的基本方法，埋伏、戏弄、设计、伪装、掩护、背叛在你看来是有罪的。没人用这套说辞了，也没人知道它是什么意思。你觉得为什么会有潜艇？我的老天爷！它们是隐身的，对吗？这样设计是有理由的，对吗？从一开始，一切就是这样，一直如此。在希波战争中有渗透者或叛徒，如果你愿意去想的话。你以为在特洛伊战争中希腊人是怎么取胜的？难道那只木马不是一个计谋，一份有毒的礼物，一场欺骗吗？把木马留在海滩上的人没有错，但是把士兵塞进它肚子里的人有错。受愚弄的人才有错，而不是愚弄人的人有错，因为他只是在完成任务。交战的双方都知道兵不厌诈的道理，双方都使用计策。在战争中总要有人使诈，如此才能取胜。”

有好一会儿，我觉得自己特别天真。他说的不无道理，但我不喜欢这样解释，因为我发现他的所作所为和我的想象都如此可悲，比战争本身还可悲。

“我仍然认为这是两码事。潜艇上的机组人员与被他们击沉的船没有建立私人关系，”我强调，“他们不讲话，不露出真面目，他们没有密切的交往，他们不会认为对方是同伴或兄弟。也许在一场战争里做什么都是正当的，我不知道，但是对于后来的人，那些没有亲历战争的人而言不一样，他们是战争的受益人，从想获胜就要采取一切必要的手段这一事实中受益……在英国介入的战争中，哪里还有陆战、海战或轰炸？你说得像二战还没结束似的。二战都结束了快四十年了。之前你说，国王隐藏了真实的容貌，听士兵们妄论时，国王不是他自己（你明白我的意思），士兵们不该受到惩罚，无论说的话显得多么冒犯，你是这么讲的。”

“我仍然这么认为，”他回答，但是我觉得他似乎有些后悔说得那么绝对，“在开战的前夜、离死亡不远的时候，这些可怜的、心惊胆战的士兵与我们监视的那些人、当下仍被监视的人不是一回事。虽然现在没有明面上的宣战，但是我们仍然有敌人，是劲敌。而且，战争总是存在的，即使人们不曾目睹战争或对它一无所知，还可以继续过安稳日子。我们的职责就是把战争挡在视野之外。你不知道我们这么做的益处。”他熄灭手里的烟，马上点燃另一支烟。他已经不吸以前那款马尔科维奇了，我想是因为那个牌子已经不生产了。他看向阳台，又说：“那帮子人，真是狗娘养的。”

我对他突然使用的修饰语感到奇怪，托马斯很少这么说。他突然加入了个人评判，带着很强的主观性。总之，他认识那些人。他与他们近身接触过，虽然他常常用荒谬的假设掩盖自己的行动，好像仍然认为不能给自己的行动明确定性。

“他们也是这么看你、看你们的。那些拘禁别人、折磨别人、把人从窗口扔下去的社会党人是这么看的。所有人，都是狗娘养的。”

“你又搞混了。我从没有当着一个母亲的面，用点燃小婴儿来威胁她，我可以向你发誓我从没这么做过。在这世界上，总有些底线是不会越过的，总会有不同种类的人。”

每当我想起那对邪恶的夫妇，我就会发抖。让我感到庆幸的是，自从玛丽·凯特从罗马打电话来，应该是罗马，好多年过去了，他们没再出现。因为有那次通话（如果可以说是通话的话），每次接电话，我都会一直屏住呼吸，听对方先说话。

“你弄清楚他们到底是谁了吗？他们是爱尔兰共和军的？”

“我不知道，也许是吧。我一直都不知道。最好是这样。这总比别人忘记你容易得多，你记不得他，就不会去找他或骚扰他。我跟你保证，他们已经永远忘记我们了。”

这不是他第一次表现得如此肯定。还有一次他对我说：类似的事情不会再发生了。既然不会再发生了，我脑中闪过的一个念头是：也许他们已经注意到米盖尔和玛丽·凯特。也许他们已经确定了这两个人的身份，确定了他们的住处，然后除掉了他们。不是托马斯本人出马，我希望（可谁知道呢，他消失的时候可以轻松溜到罗马），应该是“我们”中的一个人，阻止不幸的人中的一员做的。实际上，路易斯·金德兰夫妇没有再显露踪迹，仿佛那场对话已经结束了，这是解释不通的，对我来说那事仿佛是三天前发生的，玛丽·凯特用冷漠而强硬的语气说“托马斯回来的时候，别忘了跟他谈谈”“虽然我们离得远，可这不等于事情就这么算了”，然后她居然还大胆地问候小宝宝，像为了惹恼我般给我提个醒。不用说，这么说话让他们很愉快。因为我不相信托马斯和他的上级会感到害怕而放弃对北爱尔兰的监控（如果他们的确在从事此类活动），我突然想到米盖尔和玛丽·凯特已经出局了，是因为他们死了，在以前被称为“纯粹谋杀”。所以托马斯才如此肯定他们“永远忘记我们了”。

我并非为这个想法感到特别惊奇，虽然这些年来我从未这么想过，我惊讶的是我自己的反应。我发觉，我不在乎那对夫妇是否被暴力地从地球上清除。况且，我觉得如此甚好。他们曾经赢得我的信任，欺骗我、利用我，把我手无寸铁的儿子置于事先设计的危险中，这是对一个母亲能施行的最糟的恶行，这会让一个母亲发疯。托马斯有可能亲自负责这事，对此我不觉得有多可怕，从前当我知道他可能冷血地杀死敌人时我本会感到眩晕。如果对方是路易斯·金德兰夫妇，那是可以接受的，也许还是公平的，甚至可以说是值得表扬。他们做得真不赖，那个早上，时间凝固了，在我家里他们得逞了，的确有些人生轨迹是不会相交的，而他们却与我相遇了，还用虚伪的笑容愚弄我。当然，有件事是毋庸置疑的，我们只是为了来世上走一遭，无论我们怎么做，我们的任何行为都是通向断头台、通向水深火热之地的路，我们历经万难终将走到那里。在罪恶的人生里，米盖尔和玛丽·凯特迈进了多少步呢，或许正如他们所讲："也许我对事物的看法受到托马斯的影响，另外一些人则影响了他。只要听他是怎么说的就能发现。"我想。但我不想说出此刻的想法，或者是我还不想说。我还想说说《亨利五世》：

"跟我说说，如果士兵们说的话有谋反的嫌疑，国王应该怎么做？如果那晚他发现了在黎明前谋杀他的计划，这样士兵们就不用奔赴让他们掉脑袋、丢胳膊少腿的战场了。他不需要采取措施、动刑、利用暗中调查得到的消息吗？戴着虚假的面具，就该不闻不问，抹去事实，这是你说的。那么你觉得，他该怎么办？任凭别人在帐子里杀了他吗，倒头就睡，再也不醒，等着士兵们带着匕首来找他吗？"

托马斯笑了，这一次的笑容带着同情，好像我的推论很有意思，引他发笑。我想他跟我在一起的感觉还不错，从一开始就是这样，他从未觉得厌倦。虽然我俩的日子是乌烟瘴气的，我俩相处得还挺好。我的目光短浅，所有的问题都出在我这儿。仿佛我只有一只眼睛看得到他的生活，另一只眼睛失明了。有时候我难以忍受这样的生活，但我还是坚持下来了。即便如此，我仍然爱他，和所有人一样，我的爱不完美且掺杂着其他的情绪。不，我的爱和那些爱得更多的人一样。他有部分人生在与我诀别、不在我眼前、会成为他的一段回忆，但我仍然爱这样的他。

“不，形势会发生本质上的改变。如果出现那样的情况，威廉斯和其他两个人就不是他的人了，不再是他的兵，而是他的敌人。如果国王已经怀疑那晚有人要谋害他，目的是制止战争，并谋取胜利，他完全有权力伪装自己、侦查他的士兵和部下以及贵族们，从头查到尾。墙头草上尉肯定会以军法论处士兵，砍下他的脑袋。处决那些人就不算是滥用权力，是应当区分的，避免给王国带来更多的伤害。”

我又想起了佛朗哥的社会党。所有人站在自己的角度，都有评判的权力，每个人都有自己的逻辑，辨明道理是非常容易的。但我没再争辩这事，因为那个时刻我突然想到了自己灵机一动的后续：

“我们忘了？”我轻快地说了这么一句，好让他明白我没有怪罪他的意思（如果那对夫妇成了死人，我们的孩子就更加安全了，这对孩子们来说是至关重要的事，尤其是他们还这么小），“如果你们接管了这事，他们不单忘了我们，他们忘记了一切。忘记了自己的面容。还有他们的名字。”

我的问题让他感到意外（这事已经过去很久了，我从没提过），或者他努力装作毫无防备的样子。和往常一样，他没有完整地回答我的问题：

“怎么有这种想法，贝尔塔。当然不会了，我们不会那么做的，真是一派胡言。你把我们当成什么人了？克格勃、斯塔西、摩萨德，还是国家情报局（智利）？当成詹姆斯·邦德，当成美国中央情报局？”“如果所有这些情报机构无情地审判敌人，托马斯他们没理由不这么做。”这是一瞬间涌入我脑海的想法。“或者更糟，当成黑帮？我已经跟你说过了，我不知道他们的事，真是谢天谢地。”他突然不说话了，摸着脸上那道已经消失的疤，沉浸在回忆中。随后说道：“还有，你是不能问我的，为什么还要提问题呢？我不能回答你。”

第六章

托马斯有了一个验证那个下午他对我说过的话的机会，不到一个月后，阿根廷的独裁政府的军队怀着一腔荒唐的所谓爱国热情，决定入侵马尔维纳斯群岛，或者叫福克兰群岛，在不同国家和不同语言里，对它的称呼也不同。从 1833 年起，它就归属英国。无论自己是不是占理，大不列颠都不会对此类武力侵占无动于衷。面对既成的事实，以玛格丽特·撒切尔为首的英国政府更不会就此罢休。群岛的形状像上帝丢在海里的打火机，西班牙语这样形容，它在麦哲伦海峡以东，火地岛东北方向，离南极地区不远。

攻打独裁政府这一事实让英国的宣战师出有名，可是阿根廷的独裁邻居，智利的皮诺切特却得到了撒切尔夫人的同情，她给予他毕生的同情或者说皮诺切特毕生获得了她的同情，我不记得他俩是谁先死的。大多数政客却忽略了这种矛盾和反差。这场战争竟然真的爆发了——在阿根廷军队登陆并占领了福克兰群岛的省会斯坦利以后。英国和阿根廷相距甚远，但在意识形态上却不是那么远，毕竟阿根廷的军人已掌权六年，犯下不少野蛮行径，所谓的“自由世界”对此并没有表现出敌意。但是侵略就是侵略，实际上这就是宣战的行为。以示威胁的外交手段总归会用完。

“瞧瞧这个，”托马斯让我读一份激进的英国报纸的头版，

“不久前，你还说读不到海战爆发的消息，也没有战争前线和轰炸的消息，恐怕你很快就会看到此类报道，特别是关于海战的，因为我们和福克兰群岛之间只有大海，福克兰群岛距离大陆三百英里。主要火力会是船：护卫舰、驱逐舰、潜水艇、航空母舰、巡航舰、运兵舰和登陆艇。英国介入后，你会在公海上看到英国海军舰队，这是没办法的。我就说总归要打仗，时不时会有明面上的战争。这次就是这样，要做给全世界看，让大家都长个记性。但不会持续很久，我敢保证。那帮狂妄的士兵是在用不顾一切的行动自掘坟墓。”“在海峡深处”，这次我有充足的理由想起了那句诗。

他的声音听起来甚至可以说是开心的，很得意。他不仅是要告诉我他是多么有道理，看起来他很乐意看到武力冲突一触即发，双方都有死伤的情况，如果战争结束得快，也许伤亡人数不会很多。但这不会让人的痛苦减少。他那股子兴奋的劲头也并不让我觉得奇怪，因为撒切尔和阿根廷军政府总统加尔铁里都在拼命鼓动士气。无论如何，托马斯总归是为撒切尔服务的，她发号施令，当然她最好“不知道”的命令是除外的；全副武装的命令会有人去解读，不用她亲自说出来。阿根廷人和英国人，经过了好几个世纪的摸索，英国人的探索尤其多，都立场鲜明，请求惩罚对方，这是他们最想做的事——这些人真是厚颜无耻，总有几百万人，却不认为自己无耻——他们真的认为这会是一场大战。在还没有开始打仗的时候，他们就这么想了。

我马上有了这样的想法：如果要去攻打一个西班牙语国家，那托马斯早晚要被召回伦敦承接口译、翻译任务，也许还要负责审问等事务。我不认为会派他去哪个地方做渗透者，此时不太可能需要间谍，自从阿根廷军队占领了岛屿以来，一切都是公开的，不需要调查；更不用说，英国军队实力远超过阿根廷军队，后者自我毁灭似的轻率和毫无责任感让人惊诧不已。总之，我丝毫不怀疑，托马斯有能力完美地伪装自己，那么他也能毫不费力地扮成阿根廷人，惟妙惟肖地模仿布宜诺斯艾利斯口音，至少在我们西班牙人听来是很像的，不会轻易让人起疑。当然，我被蒙在鼓里，从不敢下肯定的结论，我说过，这些都是我自己的推断和揣测。他们也许会派他去布宜诺斯艾利斯或者里奥加耶戈斯，或者就去火地岛，这些都是我自己的想象。

如果我说托马斯还有时间跟我聊聊他的辉煌战绩，是因为战争进程如我所料。1982 年 4 月 3 日，联合国安理会敦促阿根廷从福克兰群岛（我习惯按照托马斯的方式称呼岛）撤兵，希望两国政府以外交方式解决争端，就在同一天，托马斯跟我说他要去英国，第二天就走。隔天，就是 5 日，英国的特遣队被无比渴战的人们簇拥着，在欢呼声中从朴次茅斯出发，人们高喊着要重拾早已颓败的荣光。在过去的一个半世纪里，这个民族与法国的拿破仑、俄国的沙皇、德国的皇帝和希特勒等不少人打过仗。

4 日，我送他去机场。以往他离开的时候，我很少送他。我已经习惯他随时出差，即便不知道他什么时候能回来，我努力当它们是些商务活动，这些行程属于一个不安分的人，他在世界各地穿梭，常常出人意料地延长归期，仿佛他乐意常常缺席我们的生活、常常换地方。但这一次不同，首先是真正的战争开始了，如他所言，是明面上的战争，我并不害怕他被派往前线，登上一艘船担任翻译或类似的职务，他的确处于服兵役的年龄段，在我看来，任何事都有可能发生。我能想见他有可能面临各种危险，我们都看过大型海战电影，船只着火、沉没，船员落水，艰难求生。我像往常一样陪着他，没说什么话，我当然不能问他接到了什么样的任务，可能他也不知道。他显得很亢奋（积极意义上的亢奋），不是受到他要亲自去办的事的影响，更像受战争氛围触动。实话说，我觉得那种氛围夸张而让人反感。阿根廷的情形也类似，2 日在布宜诺斯艾利斯的五月广场，人们游行示威，支持以武力收复马尔维纳斯群岛。人们为将军们高声呐喊，全然忘记这些将军犯下的暴行，现在又准备牺牲年轻人，他们不可能给士兵什么好处，也不可能取得什么胜利。撒切尔夫人的出师名头也不怎么好，但与历史记载或莎士比亚笔下的亨利五世的阿金库尔战不同，她不是战争的发起者，一开始这一事实还能被拿来说理，后来她的回应是不是有失分寸就不重要了，包括炮击和派遣廓尔喀人，手握锋利短刀去近身肉搏。

“你不知道自己什么时候回来，是吧，”我在去巴拉哈斯机场的出租车上只对他说了这么一句，“比以往时候知道得更少。即便看起来胜券在握，没人知道战争会持续多久，对不对？”

“谁告诉你我要上战场了，”他意味深长地问，好像他比平常更乐于揶揄我，“我当然不是去那里。而且在这种情况下，我不能离开伦敦。”他没说自己知不知道，他没有透露更多的信息。

“是的，你没对我说过。但不用成为福尔摩斯也能推测出来。如果他们紧急召唤你，同时又在准备舰队出征那片岛屿，把它从跟我们说相同语言的国家那里夺回来，那很可能与战争有关。我不是说你要登上驱逐舰去福克兰群岛，但你能在战斗中起很大的作用，这是肯定的。”

“我一直能发挥很大的作用，贝尔塔。”他自负地笑笑，有时他很难克制这一心理。“他真是变了，”我想，“与许多年前的他真是很不一样，他过着荒诞、隐秘的生活，只能在我面前炫耀，而且还不能说太多。可能他常常有挫败感，真是个可怜人儿，就在家里对着妻子表现出自负。不过，他怎么会成为一个如此有坚定信仰的人的，变成心无芥蒂、不带个人评判标准的英国爱国者，或者即便他有个人判断，他把它锁在意识的深处。对王国表示不满意味着质疑它的行动和路线、道路、存在合理性。他唯一没有改变的一点就是，他没兴趣认知事物、提出问题，他完全缺乏自省能力，他做该做的事，仅此而已，或者做他决定做的事，他总是觉得自我审视是浪费时间的事。从这个角度看，也许他知道自己是什么类型的人，具备什么样的能力，他接受这样的自己，与自我和解，偶尔还会颇感骄傲，或者还不至于，对自己的能力得以验证感到满足。我怀疑他是否有自我规划，他觉得自己只要能干活、有办事能力就行。当然我还是怀念以前的他，这还用说吗，我还是爱他的，我最不敢想的事就是失去他，即便现在我只能拥有他的人生的几个片段。总之，现在的他身上有过去的影子，他在或不在，他来或去，过去的他也是现在的他。他还在这里，带着惺忪睡意，或者成为一次持续时间较长的魔法事件的受害者。但愿他早日回来，但愿他在岛上一切平安。但愿这场愚蠢的战争不会持续太久。”他又说：“其他的战斗还在继续，你别自欺欺人。遗憾的是，它们没有因更吸引人眼球的事件发生而停止。敌人们不休息，从不。你睡着的时候，他们还是活跃的。即使他们睡着了，还在梦见制造以后对他们有用的高效机器设备。与此同时，他们利用另一条前线的缺口、我们疏忽和精力分散的时机，增强火力，开展最为低等的袭击。比如，你觉得爱尔兰问题摆平了，所以二战时，我们暂时停火了？根本没有。爱尔兰宣称中立。中立，多么可笑。1944 年——请注意，我们已经在战火中煎熬了五年，爱尔兰却拒绝驱逐驻守在那里的轴心国代表，我们和美国都请求他们这么做。”“我们”延伸到了过去，那个他甚至还没出生的年代，这真让人难以置信；我想最起码还能延伸到 1415 年阿金库尔战役。“事实上，有不少爱尔兰人与德国人合作，充当间谍和破坏分子，就是这些人，在那以后，总想着摧毁我们，他们觉得这像是一个壮举。他们不会停下来想想，纳粹分子赢了以后，爱尔兰会变成什么样。在他们看来，我们施行的是专政，我们实施的是镇压，可与纳粹相比，那简直像开恩或礼待。所以，虽然表面看来冲突停止了，其实一切照常。铁幕国家、国际恐怖主义者、乌尔斯特恐怖分子以及其他连媒体都不了解的敌人，都没有收手。在这世界上还有许多事在发生，所以不要推测我要去哪里。就当我没有离开外事办，我跟你说过的。”

“好吧，我不猜。真希望这是最后一次。”

只要提起乌尔斯特，我的神经又紧绷起来，我几乎更愿意他登上征服者号核潜艇，从我读到的新闻来看，它可能已经被派往福克兰群岛。我从自己与那对无耻夫妇的抗争中学会了害怕，可恨的金德兰夫妇并未从我的记忆里消失。我养成了了解北爱尔兰新闻的习惯，虽不至于逐字逐句地读，但一条都不会落下，阴差阳错，我对东欧恐怖活动头号恐怖分子“卡洛斯”不甚关注，谁知道托马斯是不是在追踪这人，“卡洛斯”在讲西班牙语的国家出生，可能是委内瑞拉人。我沉默了一会儿，抓起他的手，他用力地握了一下我的手，就松了手，拿出一支烟点起来。不过，我觉得他松手这么快，是因为他异常兴奋，履职的通知让他分了心。他沉浸在自己的思绪里，我认为他明确地知晓自己的角色，第二天或者就是那晚，他马上要面对的是什么，他该做什么以及要去哪儿；他的思绪已经开始飘向接下来的办事步骤。我不敢说他是在“畅想”，不过我觉得这个词差不多能形容他的状态。他和其他英国人一样躁动不安，想要采取行动，因为英国舰队要开往地球的另一端，给那群无耻专断的阿根廷人好好上一课，他们是怎么想的，居然敢挑衅古老的帝国？当然了，英国很快就会重温过往，以为自己仍处在几个世纪前的荣光里，如逝去的帝国的幽灵。

“再见了，自己小心。可以的时候，和我联系一下，求你了。我希望这次你不会离开太长时间。”在他登机前，我说了这几句话。我用手指摸了下他的双唇，抚了抚他光滑的脸颊，我们像往常一样紧紧拥抱，依依惜别，其实我一点也不开心。

“当然，”他说，“和以前一样，如果没有我的信儿，是因为我还不能发消息，你知道的。即便过了很长时间，你也不要急。无论过去多久，都和以前是一样的。总之，战争不会持续很久，你等着瞧吧。可能这对我没有影响，与我无关。”

那场战争持续了两个半月，我日日关注着，从4月5日特遣部队从朴次茅斯启程到6月14日那晚，马尔维纳斯总督梅南德斯将军顶着阿根廷民众强烈反对和抗议的压力，向英军司令莫尔将军投降。

我比照着两三份英语报纸，如饥似渴地读新闻。有时我觉得这么做毫无意义，可能这场战争与托马斯无关，像他暗示的一样。但是，他讲话总是神神秘秘的，或者干脆不说，我无法确定。直觉告诉我，4月4日他匆匆出发与福克兰群岛被侵占有关，他没有从外事办或者军情六处或者其他地方给我打过电话，如果他在那些地方待命，就会给我打电话，即使他离开没几日。相反他一到伦敦，就被派往别处，应该就是被攻占的岛屿，形势最严峻的地方，是撒切尔夫人和她的内阁、军队、皇家空军、海军、外交部、情报部门最紧急的事务。但是他们也有其他事情要处理，敌人才不会在我们遇到突发情况时松懈（反而非常有可能加强攻击力度），我想，托马斯他们不能忽略任何一条战线，再不重要或再微不足道的战线都不能被忽视。而我和以往一样，一直被蒙在鼓里。我决定和全世界一样，步步跟进战争消息，这真是奇怪，从里根到教皇，全世界都在密切关注着这场战争。

5月2日，我既感到惋惜又觉得松了一口气。征服者号核潜艇发射鱼雷，击沉了阿根廷巡洋舰贝尔格拉诺将军号，导致三百多名船员丧生。我为如此夸张的死亡人数感到悲痛，万幸这不是英军的伤亡数字，不能排除托马斯在某一艘船舰上的可能。

5 月 4 日，我感到非常沉重，阿根廷的海军战机配了飞鱼反舰导弹，击沉了驱逐舰谢菲尔德号，这次有二十名英国士兵丧生。天知道他是不是作为调解员、翻译或资深间谍，和这些人同乘一条船。

5 月 10 日，我明显感到轻松多于惋惜，英军的乐意号护卫舰击沉了阿军的埃斯塔多斯岛号，导致船长和二十一名士兵丧生。但那时，已经有许多可怜的士兵失去了生命，为了能尽早让所有人不去送死，重建和平，我盼望英国尽快重创军政府领导的邪恶阿根廷。我对负面新闻的关注多于对正面的，比如对“我们”不利的局势，这些消息让我脑中一直警铃大作。

5 月 20 日、24 日、25 日，我忍受着巨大的悲痛：英国人眼看着热心号护卫舰被击沉，三架鹞式战斗机和两架直升机被打中，我马上想到托马斯可能是乘坐直升机去那儿，接着羚羊号护卫舰在我不知道的海峡里沉没，随后阿根廷三架战斗机击沉了考文垂号驱逐舰和大西洋运送者号滚装船。没有人知道确切的伤亡数字，依据我之前读到的新闻，或许撒切尔不喜欢听“悲伤的故事”，她想暂时让真相藏在重重迷雾背后。

英国人会赢得战争，会成为最后的赢家，一切只是时间的问题，但是必须付出惨痛的代价。我成了英国海军的狂热追随者，在远方通过电视、报纸密切关注它的动向，与之矛盾的是我愈来愈反感撒切尔和争强好斗的英格兰民族，它变得让人认不出。英国街道上的每一次游行或每一场庆祝，都让我觉得厌恶，可能因为我是欧洲人（美洲人的行为举止通常颇有戏剧性，他们爱炫耀，怎么夸张都不为过）。但是，6月8日，格拉哈德爵士号登陆舰悲惨沉没，我仍然觉得难以接受，12日，当我得知阿军发射的飞鱼导弹重创格莱摩根号，造成十三名士兵丧生时，我仍坚信英国会取胜。

这些所有的伤亡最终会当成纯粹的职业风险，除了逝者家属没有人会记得；是打仗中不甚重要的反常事件，但是只要战争还没结束，伤亡继续增加，依然让人丧气，为什么不能速战速决？6月11日，保禄二世到达布宜诺斯艾利斯，向忠诚的信徒布道、宣扬和平，狂热的民众并没有因此而改变，仍然好斗且一心想着复仇。5月28日，保禄二世在伦敦布道，但在那里，他更没有受到重视（虽然在阿根廷也是敷衍）。我日日追读新闻报道，感到心力交瘁。两个半月以来我的神经处于持续紧绷的状态，我的惊恐似乎无穷无尽。我唯一能觉得轻松的时候是执着地相信他预先想到了自己模棱两可的处境——一丁点安慰而已——也许他在另一处地方，在某个靠近波罗的海的国家，在阿拉伯国家，在东德或者可怕的北爱尔兰。当然，我一直想忘记北爱尔兰，不仅是出于上述原因。不知道什么时候（可能是1982年以后，但我以为是在那之前），在许多报纸头版出现了一张我见过的最为恐怖的照片。我只是看了一眼便翻了过去，可就是这样，模糊的身影已经刻在了我的记忆里，它无数次浮现在我眼前，还会持续下去。可能是贝尔法斯特还是在德里，或者在某个小镇，一群暴民袭击一名英格兰士兵并对他实施了斩首，我认为那人活不成了，我尽可能地忽略这一事件的情况，我特别不愿意看到这篇报道（我想，照片注释除外），我想忽略细节描述。我有个模糊的印象，士兵的遗体脸朝下趴着，四肢成“大”字形，仿佛被钉在十字架上的圣安德鲁，自然不着寸缕或者身体几乎是赤裸的，他倚着某个东西，一面墙、一排轮胎或者一堆啤酒瓶，除非我再翻开看那张照片，否则我不知道他倚着的是什么，现在网络发达，什么都能找回来，一切都有迹可循。他的四周围着一圈人，他不是一个人，但只有他趴在地上。那些长着普普通通相貌的人，和在马德里或者欧洲其他城市，或者我们小镇上的人一样，这些人凑近去瞧他，也许他们没有参与实施这场暴行，或者也许是参与了，并且是全程参与施暴，然后毫无怜悯地看着自己的战果——可能这一行为是随后发生的或者未曾发生——也许是惊恐引发了一系列的行为，这些行为已经开始便得做到底，不可挽回。总之那群人瞧着，瞧着一个白种男人的身体呈现出比平常更深的颜色——被剥皮的身体显得更红，最好别继续联想，那幅图是黑白色的——和在博物馆里看到的耶稣受难图差不多，区别在于耶稣是两千多年前的人物，生活在地球的另一端，而且他是画里的人，肉体不曾有占据空间和纬度，从不会和那个年轻的士兵一样真实且触手可及。

我们大多数人在生命的某个时刻感受过具体或者抽象的恨意，那是一种感觉，通常不会亲眼目睹，这恨意的后果更是让我们难于捕捉、认同或接受。在欧洲我们习惯了用武力解决问题，是几个世纪以来积淀的武力。有时，在乌尔斯特的一些英格兰士兵表现得像凶残的野兽，但谁知道那个年轻人是谁，也许他不曾做过什么，无非是穿了一身惹人厌的制服，也许还是个新兵。总之，最吸引眼球的是（当然是对我而言）愤怒的、失控的民众发现了自己有施暴的能力。过了几年，我看到了另一张照片（电视也播出了），我再次想起了那张在北爱尔兰拍摄的照片，我们国家的这张照片没有那么严重和血腥：几名巴斯克民族主义青年肆意踢踹躺在地上的巴斯克警察，后者毫无抵抗能力，就这么躺在大街上，旁观者冷眼瞧着，甚至欢呼赞美这一“壮举”。他根本不是“入侵”的警察，他可是他们中的一员，是当地人，巴斯克自治区的，和施暴者们一样是巴斯克人。那个男人侥幸捡了一条命，但我想他得在医院治疗很长时间，我不知道他有没有落下后遗症。他肯定不会忘记那一日，这与那些傲慢的、毫无理性的“爱国者”、爱尔兰人的模仿者不同。他们被某件事或者某个人打断了，否则他们肯定会杀死那个警察，几个人一起边欢呼起哄边踢他。

我的思绪走远了：托马斯最好是在南大西洋的一艘护卫舰上，在直升机上，在布宜诺斯艾利斯的战俘营，这样总比在北爱尔兰好。有什么是他们不能对他做的，如果他在那里时，被那些人发现了，发现他是英格兰间谍，是叛徒，是特工。所有的仇恨，最残忍的、针对欺骗者的仇恨会化作实际的惩罚，施加在他身上。

是的，根据官方说法，6 月 20 日，马岛战争或者福克兰群岛战争以阿军退出该岛结束，所有人的注意力迅速转移开去。事情已经发生了，不会再发生了，没人对此感兴趣了，人们把注意力放在了随后的事情上，任何一件即将发生或者可能发生的事情，仍然是不可知的或是还没有结论，人们发自内心地想追求一种“别处”的生活，身处一种持久的不稳定和危机中，至少他们知道在地球的某个角落还有一些人过得比他们自己差，还有一些人提醒我们有许多的危险在窥视我们。所以从那时一直到现在，我们已经形成了习惯，灾难时刻会降临，会直接或间接地影响我们，阿富汗、伊拉克、乌克兰、西西里、利比亚、埃塞俄比亚或者索马里的苦难与我们无关的日子已经过去了，更不要提曾经属于我们的墨西哥或者菲律宾，这一切早已把我们纳入了时代洪流。

连英国的报纸都不再报道了，他们已经宣扬过这是一场丰功伟绩，同时嘲讽窝在家里看 BBC 新闻的人，不曾嗅过泥土和被炮火灼伤的血肉的味道，更不曾遭遇哪怕是一刻的危险。而我无法移开注意力。我继续日日追踪报道，偶尔会出现军队的战争新闻、阶梯式的收复、为以后守卫福克兰群岛而夺取的据点，以及关于过去不会重蹈覆辙的报道，还有阿根廷军队失势、加尔铁里突然去职的新闻：这场战争给战败国带来一点改观，独裁统治开始走向衰落。直到1985年、1986年，我继续关注后续消息，将军和他的部下被指控渎职，要为伤亡、为国难负主要责任，还要坐上几年牢。他的同僚鼓动起的战争可没有饶恕他们，他们在胜绩中寻找豁免金牌——即便有人有了这张正义的底牌，也该他持有——可没有人能担起责任，人民总归是无辜的。人民，有时候是卑鄙的、懦弱的、无情的，政客从不敢批评他们，更不会怪罪他们，斥责他们的行为，相反只会赞美，哪怕根本没有理由这样做。他们变得不可触碰，取代了之前的专制君主。人民拥有随心所欲的特权，不需要为选举的制度、推举的人选负责，不用为他们支持的事物、为他们的沉默、为他们强加的东西、为他们辩称的东西负责。佛朗哥主义在西班牙有什么错呢？意大利、德国和奥地利、匈牙利和克罗地亚也有法西斯主义。他们怎么没有受到谴责？不，都没有错，从来没有什么是错的，人民总是受害者，从没有被惩罚过（当然他们不会惩罚自己，他们只会自我满足、自我怜悯）。人民，才是变化多端的独裁制度的继承者，毕竟光是数人头就几百万，就是没头脑的那种人。他们中的每个个体宽容地审视镜子中的自己，抖抖肩膀说："哎，我可什么都不知道。是他们操纵了我，引诱我，设计我，误导了我。我怎么会知道呢，我可是个虔诚的女人，我可是个单纯的男人。"他们的罪行过于分散，变得愈发模糊，因此无名的嫌疑人得以继续犯下罪行，直到多年以后，没人记得这些事。

到了8月，我带着孩子们和家人去了圣塞巴斯蒂安，当然了，我去哪里，孩子们就去哪里。我的父母注意到，许久以来，我一直是一个人，他们万分小心地接待我。他们知道托马斯不在家，从不向我问其他。而且现在我有了一个关于他迟迟不归的简单解释：他在外交部工作，一场无法预料的战争结束后，他要重新协调各方，有许多悬而未决、敏感的事务要处理，大家都忙昏头了，托马斯可能负责被占领的某个地方，我根据自己掌握的信息补上一句，把事情往好了说，他迟迟不归，是为了让我们拥有一个美好的现在和更好的未来。

在他们面前，在亲朋好友和熟人面前，在我单位同事面前，很多时候他在外面，我装作和我的丈夫保持紧密的联系。当他离开伦敦（或者我认为他离开伦敦了），通常都不会和我联系，但是我不会忘记许多年以前，他被准许讲出一些真相。这一点真相，尽管很简要，信息量很小，但足以让我成为他的秘密和双重身份的知情者，现在我也要说谎，避免引起别人的怀疑或者不经意间暴露他，使马德里没人对我的说法好奇，认为我们不寻常的日子相当特别。我不确定英国使馆知晓他的真实行动，也许大使最有可能是负责人，也许不是他，如果伦敦要调遣他的下属，他就得签署调令，但是只会遵令行事，不会提反对意见或问问题。

我再回来时是 9 月了，仍然没有接到他的电话、信件、明信片或电报，他也没有找瑞茨比先生传消息，也没有通过任何其他上级或者同事给我带消息。“他肯定是在其他地方，”我想，“我白白为福克兰群岛的战事操心，这两个半月战火不断，还留下许多后果。我突然觉得也许他没有参战。那他到底在哪儿，他们把他派到哪儿去了？世界这么大，在陌生的国家、到处都有战线。”话是这么说，但我不敢打包票，可能发生了真枪实弹的战争，有伤亡人数，我只求他没什么事，没有被记入不曾宣布的伤亡名单中，这些数字不在官方通报里，是不公开的，不会写在公文里，不会有人向他们致敬，因为他们的任务是秘密且见不得光的，直到最后仍被许多参与过的人否认，他们知道它或者推崇它（可以瞧瞧玛格丽特·撒切尔能够粉饰任何丑行，忽略或无视悲伤的“历史”)，与英国政治战执行局时期一样，也许这个部门化名为其他缩写字母留存下来，从那时起其实没有什么发生了本质的改变，那些伤亡的人员不会出现在印着长长的名单的牌子上，在英国人们热衷于举着这种牌子，死亡背叛了他们，派给他们的任务本身就是有破坏性的。

我想给拨打外事办公室的旧号码，或者管他呢，就找瑞茨比（他是不是还在那儿，没有被转移或者被突然革职)，或者问接电话的人，问瑞吉·盖斯恩。这位一定是在那里工作，顿达斯、乌莱、蒙哥马利可不一定。可是托马斯说过，我不该因为时间一长就不耐烦，这是他在机场对我说的最后一句话。我该听他的话，我该像以前一样忍耐着，即便这次可能不一样，要忍耐很久，内心的不安更让我难以忍受，每当夜幕降临，我孤单地躺在床上，拍着不存在的身体，拍着他的空位，担心自己怕什么来什么，“如果没有我的信儿，是因为我还不能发消息，你知道的，和以前一样”。我当时是同意的：“当你能讲的时候再和我联系，和以往一样。或者当你要回来的时候，如果他们派你去很远的地方。”我只得遵守这个约定。

但这一次与以往不同。9 月、10 月、11 月悄悄过去，我以为他会在 12 月里回来，我虔诚地算着日子，圣诞节到了，我想大家都要休小长假，连特务和恐怖分子都没什么事情可做，行动推迟了，这是一段冷静期，所有人都在某个地方过假期；刽子手和受害人都有家人招呼着，有可能刽子手不想引起别人的怀疑，过多引起别人注意，受害人过着平淡的生活，几乎不会想到自己会成为受害者。各个地方都有孤孤单单的人，不拜访别人，也不接待别人，对这些人而言，假期和其他的日子没什么分别，窝在偏远的乡野小旅馆里，掩饰真实的自己，装出回过家又回来的假象。我相信托马斯没有成为他们的一员，不会那么做，不管他在哪里，在爱尔兰，在苏格兰，在以色列，在巴勒斯坦，在叙利亚，在苏联或者在捷克斯洛伐克，或者在阿根廷，因为国家安全的事由，不敢抽身。一切都是杜撰的，一切不过是传奇。

我以为他至少能打电话来问候我，安慰我，问问孩子们，吉列尔莫还没有完全忘记他，艾丽莎还不记事。一个月过去了，他还是没有消息，我感到绝望。如果他一直不给我消息，那该怎么办，冬天过去了，春天又过去了，还是没有他的消息。我定定地看着电话机，不单是想拨打外事办公室的号码，我拨打了好多次。可是铃声响了两三次的时候，有好几次我甚至听见了“hello”，我什么都没说，也没有问起任何人，就挂了电话，我既害怕又懊悔。我脑海里浮现出了那句临别赠言：“如果没有我的信儿，是因为我还不能发消息。无论过多长时间，你都要镇定。不管过多久。”还要过多长时间？有时候，这句誓言产生了相反的效果：也许他不能回消息是因为他不在人世了，也许这也是他想表达的意思。

沃尔特·斯塔基是知道一切的那个人，他许多年前就死了，但托马斯的父亲、我的公公杰克·内文森仍健在，他七十多岁了，已经从使馆和英国文化教育协会退休了。托马斯是他的小儿子。为了给自己找点事情做，他欣然接受了在我工作的康普顿斯大学英语系教授英语语音的工作，我不知道是教小学期还是周六上课。因此，在大学的走廊上遇到我公公的次数远多于在我家或他家遇到他，虽然我常常把孩子送去他家，但每次我停留的时间不长，就是怕谈起托马斯。但现在，在叨扰那位已经记不得我的瑞茨比以前，我真想跟他聊聊托马斯。我走到怀特先生的办公室，怀特不在的时候他就用这间，他像对待同事或者学生一样，给我端了一张椅子，态度颇为郑重或者害羞。他的蓝眼睛看起来很浑浊，他的皮肤发红，头发灰白，满脸笑容——有很深的酒窝——这是一张散发着真诚、美好的脸庞，不随着年龄的增长失去这份本真。他看起来不像是个会骗人的人，连撒谎都不会。他在牛津大学读的书（彭布罗克学院），与托尔金结下了友谊，他的朋友还有刘易斯和以赛亚·柏林，但他很少讲起这些人的故事，更不会吹嘘自己认识他们。

“你来说说话，亲爱的贝尔塔。”他用西班牙语和我打招呼，即便在马德里过了一辈子，他也从没有真正掌握这门语言，他讲话带着挥之不去的口音。

“杰克，求你了，告诉我实话，你知道托马斯的事吗?”我问。

看起来他真的很惊讶，并且用英文回答我的问题。毕竟，我的英文大有进步，和我用英文聊天能让他暂时忘记无视其努力的西班牙语。

“我怎么可能知道?都是你告诉我们的，贝尔塔。他在伦敦很忙，我是这么想的，所以没时间给你打电话。他从不给我们打电话，我们理解他，我没有把他往坏处想。你是他的妻子，父母要排在后面。据我所知，他不和姐姐联系，也不跟唯一的兄长联系。许久以前，他就和我们提到过，他在伦敦的时候，通过你联系我们，只通过你。”

“他没跟你说过吗?不跟你说说心里话或问问你的建议吗?”

“建议?”他笑了笑，“不，我认为他总是带着点蔑视的情绪看我。一个没用的父亲，不够格。他与我完全不一样。比我更有坚定的意志。自打小时候，他遇到问题时，就不曾征询我的建议，如果他有疑问的话。如果他知会我，那也是他已经解决了。”

“他告诉过你什么吗，杰克?自从上次他离开，福克兰群岛战争刚开始，我就没收到他的消息，一点儿消息都没有。这些时候，我告诉你们的关于他的零星消息、他的几通简短的电话，都是假的，是我编造的。是怕你们担心。也是想装作他没有抛弃我们——孩子们和我的样子。他是4月4日走的，过去八个月了。他从没有这么久的时间不给我来电话。也许之前他有两三个月的时间不联系我，我不知道，记不清楚具体多少天了，我已经习惯了，学会了不过于担心他、不抱过多的希望。但是，这次他走时恰逢战争打响，战争结束后没人联系我，外事办和大使馆或者其他地方都没人找我。如果他有什么不好的事，总会有人告知我，对吗？你知道点什么吗？你知道他到底在做什么吗？”

杰克·内文森瞪大了眼睛，单纯的人睁眼睛是为看得更仔细。我明白这“仔细”是什么意思，是在揣测我到底知道什么，我肯定不想说谎话，但不想让他儿子陷入不仁不义的境地，或者不违逆他的指示。

“噢，是这样。”他就说了这么一句。

“是的，就是这样，杰克。就这样。我以为这事只有我们两个人知道。告诉我你知道的，求你了。”

我的公公愣住了，瞬间不说话了。他在寻找一种不用讲话的说话方式。他给我倒了一杯茶，我摇摇头没有喝，他嘴里嘟囔着我听不懂的话，最后他站起身：

“可能我知道的不比你多，贝尔塔。可能他跟你讲得比较多。不过，我没有看起来那么不伤心，我觉得我儿子不在这里、出差回来时，他的样子不像从事艰苦的、复杂的外交工作的。我见过其他人是那种样子，那是在战争时期，我见过很多那样子的人，我说的是二战时期。这种人说话的语气既有骄傲又有恐惧，两种感情交织在一起。他为自己看到的感到恐惧，又为自己做的事、为自己没有失去理智而感到骄傲。从前线回来或结束秘密行动时都会出现这种神情。到目前为止，真枪实弹的战斗还不曾有过，好吧，我认为我知道他自打许多年前就在干的事。”

“他从没有跟你讲过吗？”

“我非常想知道，贝尔塔。总之，他去福克兰群岛，我觉得不合适。把他派去那儿，可真不是步好棋。”

“他对我说了，杰克，”我谨慎地斟酌词句，“我想他不会再把你拉进来。”他的眼睛眨都没眨，我以为他是知情的，但他不打算承认，“我知道他为情报部门军情五处或军情六处工作，不管哪一个。但我从来不知道他去了哪里，不知道他在做什么，更不知道他做过什么，不知道他冒着什么样的危险。他不对我讲，我也不问。这是我们的约定。”

“大多数时候是军情六处，我是这么认为的，他在那儿能发挥很大的作用，”杰克说，像是在纠正一个不准确的说法，“根据任务的情况，借调一个人去其他部门没有什么特别的。”

严格地讲，我一天比一天想他。可事与愿违，我感到绝望。我的双肘撑在怀特先生的桌上，双手扶着前额。我几乎哭出了声。

“我不知道该怎么办，杰克。我一直像托马斯嘱咐我的那样耐心等着，可我想知道他是否还活着。”

“他怎么可能不在这世上。这种事可能要延续好多年。有时候要推行好多年，而不是几个月。事实上，到目前为止，你是幸运的，三四个月不算太长。现在唯一能做的就是做点不甚有效的事，比如给家里打个电话，让某个人能听听他的声音。要么发封电报，不过这种方式更糟。可能有人会读。”

我不想听这些，我不愿意想象具体的场景，托马斯跑向邮政厅，或者偷偷摸摸地找电话亭，一生都在害怕有人发现自己为造福全人类实施的所有正常行动。我可不愿意想象这种凄惨的日子。

“对我而言，八个月的时间太长了。我再也无法忍受了，杰克，我想做点调查。许多年前有一次，我跟在伦敦的那位泰德·瑞茨比讲过话。因为我这里发生了让人警惕的事，我没有对你们讲过，我联系不上托马斯。如果你不知道他现在的落脚点，那我就再给那个瑞茨比打电话。总之，我会试着联系他。”

“泰德·瑞茨比?”我的公公说，“我没听说过这人。对我而言，关键人物是图布拉。伯特伦·图布拉，就是遇到特殊情况时，我会想到他，我要去找到他。我是在伦敦时遇到了汤姆，他在那儿。事实上，我在大街上遇到了他俩，这纯属偶然，就是那条河岸街。我觉得那是他的上司，直接向他下命令。这都是我自己想出来的，我不确定。他对我说，‘我们一起工作’。那个人挺随和的，有些让人害怕，穿着宽条纹西装，带马甲的那种全套衣服，比外交官还像外交官。我说他让人害怕，是想说他非常果断，非常有能力。”他更正了自己的说法，考虑到那个形容词会吓到我。“不留情面，严肃。贝尔塔，我不能确定。我相信，但不确定。我相信自己知道汤姆在做什么。”他叫他汤姆，“但他不能表现出来。总而言之，他全身心地投入到那份工作中，我能感觉得到，我能看到。他不在这里的时候，我们是不存在的。你、我、他妈妈还有孩子们，我们所有人都是不存在的。他会开启另一个人生，变成另外一个人，并且很快相信自己就是那个人。他这样做是为了让一切顺利进行。不过，他随后就回来了。不是吗?如果可能的话，他会变回原来的样子，变回他自己。”

杰克·内文森早已经知道了，或者说他对这些不能讲的事实仅是感到怀疑。他明显对此很平静，仿佛他知道，如果一个人已经选定了一条路，那只好举着望远镜看看他，祝他好运，等他回头。

“你知道我怎么能联系上图布拉吗?这个姓氏可真奇怪，是不是?”

“他当然不是英国人。但他曾经是，一个彻头彻尾的英国人。他的西班牙语说得非常好。我不知道。我猜要给外事办公室或者军情六处打电话，但给那里打电话如同走迷宫，最终变成你自问自答。我想你只能等着，再等一段时间。而且我跟你说了，执行两三年的任务没什么特别。我想要一年，至少一年。”

“一直到 4 月？我怎么能等这么久，杰克。”

“到 4 月、5 月、6 月。别以为我没有为他担心，每次他出远门，去我不知道的地方，我都会感到不安和害怕，他可是我最小的孩子。但我得忍耐，我还能怎么做。我还不能批评他，因为他已经决定以他所知、以他所有为国效力。我更不能说服他不去做。相反，我为他感到骄傲。我可以肯定的是，在这些事情上，作为妻子胡搅蛮缠、搞调查是严重的干扰行为。这可能会给汤姆的活动带来麻烦，甚至让他陷入危险的境地。这和父亲或母亲，或丈夫带给妻子的危险是一样的，一个道理。”

提起“母亲”这个字眼，我心里一惊。

“那梅赛德斯呢？她没觉得奇怪吗？没有失去耐心，没有感到着急吗？她或多或少知道一些吗？”

杰克把食指竖在双唇上，做出嘘声的动作。这个可爱的动作配得上他纯净的目光。这是一种请求，不是命令。

“她宁愿不去细想。她对你告诉我们的假话挺满意的。如果你不介意，就继续编造没有什么细节的来电吧。和你之前做的一样。可能你自己还不知道，你伪装得非常棒。”

所以我听了他的话，等了又等。我等过了1983年4月、5月和6月，继续忍耐着，手指没有动过——字面意思上的“动”，意思就是没有拨打外事办公室的电话或者找其他英国人，一直等到7月、8月和9月。当一个人等了太长时间以后，会产生一种模糊的或者自相矛盾的情绪：她发现自己已经适应了等待，除了等待她不想做别的事。她不想让期待已久的来电和归人、殷切的重见打断或者结束等待的日子，也许，她心中所想和我恰恰相反，她想对自己说，这种情况永远不会发生，她对自己说她的丈夫没有活着的迹象，也没有回家。后者让人觉得事态更严重、更有戏剧性，话虽这么说，但两种可能的情况结果是一样的：期盼和不确定是一个人已经习惯的状态，她不想走出这一“舒适圈”，否则，她就没有了起床的目标和睡觉的想法，只想一动不动地枯躺着。“如果托马斯回来，也是以我熟悉的方式。”我暗自对自己讲，这是感性的认识而非理性的反思，一切又将回到从前，没有什么改变，一切照旧；是的，已经过去了更长的时间，我会一直焦急地等待，从本质上说，这将是荒谬的人生的另一段篇章，人生里有人来人往和晦暗不明，累积在过往的漫不经心上，总会有一瞬间我无法分辨自己是否会与他人重逢，尤其是许多种未来到来得太晚的时候，如果不是两三个月，而是一年半这样的情况，或者谁知道还要等多久。几乎有一年半了，他没有回过一句话，我也没有问，这和以往一样，一直都是这样。我们进入了一段新时期，表面看来一切如常，像是他们把他召走了，随后他还会回来。或许我现在的生活也挺好。我有对未来的期许，我可以赋予未来任何形式，未来是可以塑造的。我可以畅想，有一天他回来了，告诉我他退休了，这次执行任务的时间很长是因为他想以一场重要的任务告别，这是他最后一次接受任务；他搭上了最好的年华，而没有什么是永恒的，他想留下来，待在这里；他完完全全认识了最为阴暗的世界，这是我们大多数人不可能触及或窥见的。我可以想象，他对我说他厌倦了，感觉很受伤，他的所作所为和所闻所见让他反胃，他不想再看到丑陋的、让人不愉快的、欺骗人的、让人失望的、残忍的事物，更不想居无定所地在宇宙边缘流浪。托马斯没回来的时候，我可以反复琢磨这个想法，我知道当他回来时，这一想法就没了，随着各种事件的惯性结果或者说习惯行为逐一展现，这种想法不攻自破。“总而言之，他是全身心投入的，我能感觉到，能看到。”杰克对我讲过，这是他的父亲，非常了解他，认识他先于我很多年。托马斯不会为自己选择的、为之努力的东西找借口遮掩，他已经被套牢了。从许多层面来看，他最好不要留在这里，不再做他自己，而是成为另外一个人，或者成为许多不同的人，不过他肯定无法忍受一直是一个一成不变的人。“当他不在这里时，他会忘记这里，把我们当作不存在的人。你、我、他妈妈，还有孩子们，我们所有人都是不存在的。”杰克还对我说了这些话，我相信他，他说得有理：在托马斯心中，我们消失了，很多时候，我们人间蒸发了，从他的视野中消失了，更有甚者，从他的想象和回忆里消失了，像海德不记得杰基尔，杰基尔不记得海德，或者他们两个只有舍弃对方时，在人格转换时才会有记忆。只有在榨干他最后一点精力后，他们才会让他退休；图布拉或瑞茨比或其他头目给他许可，也许就是情报处的负责人；他之前和我说过，要来一个新负责人，姓氏古怪，叫菲古莱斯。显然，每隔几年就会更换负责人，以免自己发疯，下属怎样才不关他的事。早晚会辞掉托马斯，然后呢?

我很不愿意想起路易斯·金德兰，他曾给我描绘过退役特工的生活，或许和退役的恐怖分子没什么差别，所以他深有体会，我想这会是他的结局，也是玛丽·凯特的结局。“变得面目全非或者已是尸骨一具，”他说过的话在我的脑海里浮现。“许多侥幸活下来的人，后来忘记了自己是谁。不管他们是什么年龄的人。只要他们没用了或者废了，就会被打发回家，没有任何补偿条件，要么就是枯坐在办公室里，有些人还不到三十岁就觉得自己的日子到头了。他们被困在自己混乱的过去里，有时心生懊悔。他们犯下的罪行使得他们现在受到了报应，曾经对他们至关重要的东西现在在别人看来一文不值。”这听起来也不像是很有吸引力或给人慰藉的前景：欢迎一个深陷过去的男人回家，一个三十二岁却感觉更像七十岁的男人，意识到最好的岁月已经过去，常常沉郁或感到困苦，因自己不再有用而感到愤怒。是啊，没有什么好办法，没人能把那个我从年轻时候就爱上的托马斯（女人嫁人后要冠上夫姓，我一直不后悔成为内文森的贝尔塔·伊思拉）还给我，那个不会倾听自己的内心，也没有兴趣了解自己的托马斯。可是如果让他退休，那他就会不断地审视自己，他与我共同经历的一切都看着沉闷、单调，只会让他觉得失望，是他行将就木、郁郁寡欢的原因。“所以最好还是继续等，”我默默地对自己说，“如果他回来，也不一定是好事，或者有一天邮筒里有了他的信，知道他没回来或者不会回来了，死在了某地，那我只能过失去他、遗忘他的日子了，这也不好。最好一切照旧：过没有确切消息的日子，命运浮浮沉沉，人生充满了不确定的因素。”

因此，1983 年 11 月，当门铃响起来的时候，我如临大敌，潮湿多雨的季节容易让灵魂感到不安和悲伤，如伸出利爪擒住了这些灵魂，反而使其避开了最极端的蛊惑，鼓动他们找到“枪弹的替代品”，如麦尔维尔和他的小说《白鲸》中的叙述者说的一样，我在课堂上讲过好几次这本书。此时我不大能控制住自己的情绪，或者说不能总是控制住，我常常泪眼蒙眬。我还是宁愿什么事都没发生，没什么能影响我的等待，每一天都和前一天一样，但我时不时感到烦躁，甚至愤怒至极，这时我真盼望快快结束这段三十岁出头的时光；这种心绪让我无法回头、只得朝前看，它推动着我，让我坐进汽车，开着车在街道上漫无目的地转，或者让我在陌生的城镇迷路，和托马斯一样消失不见。如果是这种情况，他回来的时候，会和我一样不明就里、心惊胆战地四处问：贝尔塔在哪儿？怎么没人知道她呢，怎么没有报警找她呢，我们怎么可能不知道她是自己想躲起来还是别人想让她躲起来或者杀了她呢，她怎么没有留下线索或者告别信或者警示词句，或者有没有可疑的话表明她的想法？

但是孩子们阻止了我们这些女人采取行动，虽然我们没有明说，但是我们常常想，要是孩子们不存在就好了，我们就自由了，能过上安静的日子，要是没生孩子就好了，或者孩子们自打生下来就能独立生活，不会无休止地找我们索取，不会没完没了地提问题，更不会什么事都要靠我们，比如早上起来穿衣服，我说的不包括让他们运动、喂养、驱散他们的恐惧或哄他们高兴，因为这是他们的天性（我们最不希望的就是他们死去，从没这样想过）。我和吉列尔莫、艾丽莎捆绑在一起，虽然这描述的是事实，但是有时候我挺反感这种说法。他们也是托马斯的孩子（不，更大程度上讲，他们是我的孩子，只是我的），不过，他能挣丰厚的薪水，而且正在为他的国家作贡献，这个理由已经很充分了，不能为家里尽责是因为他有更大的责任要履行。至少我们没有缺过钱，在那十九个月里，他的薪水有多有少（应该是根据他负责的任务需要的能力、时间、奖惩和风险决定的），但都按时存进我们共有的账户里，那之后许多年亦如此，无论他在马德里、伦敦还是在机密的、我不知道的地方。我想这不是他所有的收入，也可能还有另一部分，可能不是明面的，是灰色收入，不是从英国转出的，而是直接付给他，我无权查询，我只知道有这么一个账户，不知道金额多少，我指的是他攒的钱的数量。“最好在海外存些资金，”托马斯曾说过，“人最好手里留点儿钱，不知道什么时候会不得不从西班牙撤走或者必须多快撤走。有的是自愿离开，有的是被赶走的，这是一个有自戕倾向的国家，几个世纪以来便强迫一些最好的子民流亡他国，他们本可以更好地建设它或者拯救它；当然，它没有直接杀掉他们，没有哪个国家像西班牙这样。”

一天中午十一点，洪亮的门铃声响起来，那天我没有课，孩子们和往常一样不在家。吉列尔莫去上学了，那是我小时候去的学校，也是托马斯少年时期就读的地方，艾丽莎在幼儿园。我恰巧在准备《白鲸》，那年轮到我准备美国文学课程

（“世界上水量最为丰沛的地方”，这么称呼大洋是多么奇怪，我刚刚看到这句话时想到）。我像动物一样警觉地抬起头，想不出会是谁。我小心地靠近猫眼，避免鞋跟的声音透露有人在家（自金德兰夫妇来访后，我不再相信任何访客），我瞥见一个大头人，头发卷而多，想要掩饰自己的面容，我没见过他。人的样子经过透镜的折射就扭曲了，也许他的头没有那么大。打眼一看，我觉得他是英国人，不是因为他的五官有特点，而是因为我看出他身穿灰色西装，配着一件非常英式的外套，他把外套随意地搭在肩膀上，像伦敦苏活区或者东区的盲流，或者更像马德里的混混。但他的样子没有攻击性，可如果是英国人，他也许能告诉我托马斯的消息，我心里想。我隔着门问：

“哪位？”

“是内文森太太吗？贝尔塔·内文森太太？”他肯定是个英国人，“我的名字是伯特伦·图布拉，可以的话，我想和您谈谈。我是您丈夫的同事，路过马德里。您能否给我开个门。”他讲的是英语，可以肯定的是，他不会讲西班牙语。

听到杰克·内文森提过的名字，我心头一紧，惊慌，或者说恐惧，混杂着好奇，我马上打开了门。一瞬间，我想到：如果托马斯的上司亲自上门，那么就是来告诉我坏消息的。我往坏处想，我的丈夫已经死了。托马斯已经死了，我想，可我不愿意相信。那他来做什么？想干吗？我不相信这种说法，觉得是谎言或者纯属乌龙。

这男人看到我时笑了，我改变了推测：如果他带来的是不幸的消息，告诉一个已婚的女人她要守寡了，她的孩子们在小小的年纪就没了父亲，他就不会笑。在这样悲伤的氛围里，准备讲一出悲剧的时候，他的笑容里有戏谑，蓝灰色的眼睛闪着对异性的欣赏，显得与气氛格格不入。我知道这是有些男人的通性，就像看到一个遭受车祸的女子，他们会急忙过去帮一把——不忍见其衣衫不整。伯特伦可能属于这种人。实际上，在英国这种人不多，他肤色健康，比一般人的肤色要暗一些，鼻子挺宽，说不定被揍过几拳，嘴唇很厚，眉毛又黑又密。对，他肯定是那种人，我们女人一看就知道，我们与他擦肩而过的时候他不会视而不见，而他们自己也知道。我估计他有三十多岁，可能比我大五岁。但从他的外表看来，他急躁且冷酷，不像这个年龄段的人。

“图布拉先生，请进。我想知道，您知道汤姆的消息吗？他还好吗？他还活着，是吗？”

他伸手打断我的提问，那个手势像是在告诉我：静一静，静一静。我们还没到谈这事的时候。到什么时候谈什么事。他强势的动作打住了我的念头，我按捺住性子，听从他的指令。我想是他的冷静暂时安慰了我，虽然没让我安静多长时间。

“啊，是吗？”他好像没听见我说话，“汤姆跟您提过我？”

“没有，实际上不是他。是我的岳父，杰克·内文森。有次他跟您打过招呼。”

“的确如此。是汤姆的父亲。”他一边说，一边绅士地拿下搭在肩膀的外套递给我，仿佛我是酒吧的服务生。他看起来很有自信，也不喜欢绕圈子说话，“我们坐哪儿？”

我引他进入客厅，坐在那个悲惨的上午米盖尔·金德兰曾坐下的位置，我在他左手边坐下，和上次一样，但这次没有了摇篮。我问他要喝点什么，一杯冰水还是一杯咖啡。他摇摇头，几乎厌烦地摆摆手。“别麻烦了，别麻烦了，这不算是拜访。”

我很快又燃起了一点好奇心，但我忍住了。那我们就直奔主题，直奔主题，我想。我心里仍然半是忐忑，好像一个人失了胜算，已经预见到了最差的结果。但亲闻亲见和猜测预估不是一码事，我还没听见他讲话。

“汤姆有什么消息吗？从去年 4 月 4 日起，我就没了他的消息。您能想象到我现在的情况。告诉我实话吧，拜托您了，他活着吗？”

他热情的实际上是专注的目光盯着我的额头。那道目光里没有宣布死亡消息的严肃，也没有安慰。他的态度有点傲慢，可能不是出于自愿，他不乐意做这事。他掏出一包奇怪的烟，烟盒有些年头了，他问我是不是能吸一支，我说行，他递给我一支，自己也拿了一支，我点自己的烟时（我专注地看着火苗时），他说：

“我想是的，但我不知道。”我点火的时候，他又说（几乎没有停顿），我与他拉开些距离，尝到了烟草的刺激味道（刚才靠近的时候，我闻到了薄荷和草本古龙水的味道，图布拉的烟味道还不错），“这是我们要告诉您的，我们在告诉您之前已经做了最大的努力。我们非常感激您的坚定态度和耐心等候。有些妻子面对丈夫长时间的沉寂，闹得天翻地覆，她们天天问我们，干扰我们的工作。实际上，我想告诉您的是我们也没有他的消息。但与他失联的时间没有您长，的确没有。但是我们有好几个月没有他的消息了，音信全无。他不留痕迹地消失了。该回来的时候他没有回来，一般都知道某个人该什么时候回来，但这要依情况而定，日期不完全准确，是机动的，会推迟，有复杂情况和许多变数。他没有与相关的人员对接；没有请求援助，没有被曝光身份，没有告诉我们他有困难，没有说他有很大的危险。因此我认为他还活着，他是一个知道什么时候要事先脱身的特工，知道什么时候该离开现场。显然，任何地方都没有他的尸体，这是他没有过度警觉也没有陷入困境的前提，因为死人总比活人容易被发现。死人总不会躲藏或逃跑，他们会安静地待在原地，早晚有人会发现他们，当然也有例外。没有什么是不可能发生的。我不想让您失望，也不想给您希望。一切都是有可能发生的。用军队的行话讲，他有可能被驱逐了；有可能他是自愿消失的，因为他厌倦了我们，厌倦了这段耗神的人生，他无法再向人生妥协了。他应该不属于第一种情况。脱离某个机构最有效的途径是不辞而别，一声不响地离开。实际上，我们管这种事叫装死，有人这么做，我们就这么说他。有些人消失了好多年，突然回来了，调查出来他在这里或那里藏了好长时间。他用一个虚假的身份，从事最意想不到的工作，这工作与他的能力或接受的训练一点也不相关，如果他要逃跑，什么都能学，放羊或挤奶这种无聊的事都能做。当然，我们有时也会这样做，如果我们要撤掉某个人，还要保护他免遭报复的话，托马斯也很可能策划了一次逃亡。如果他被抓住了，如果是这种情况，我们后来才会得到消息，有可能是对方提出交换时我们才知道。这不奇怪，这些年来有个别名字披露出来，被拿到明面上讨论，是我们已经定为失踪甚至是死亡的名字。最终，出于某种原因，被困住的、躲藏的和埋没的人在等着脱困。除了变成‘睡美人’，短期内不能苏醒，别无他法。因此有可能某一天他突然出现，出现在这里，在伦敦或者在其他能保证他得救的地方。总之，我的建议是您不要等汤姆了，内文森太太，目前情况下别等了，很长一段时间内也不要等了。我不是在说您放弃希望，当然不是这个意思。但您得有个心理准备。”他停顿了一下，让我想想我该做什么样的心理准备，那更像一阵犹豫，“他非常有可能不会回来了。”

许多年前，托马斯背过的一句诗不经意间在我的脑中显现，我突然明白了它的含义：比如说死亡与活着是一样的，可以用来形容图布拉对我说明的情况。眼前，托马斯死亡的可能与他活着的可能各占一半。也许他不会回来了，在某个遥远的地方活着。我可以不等他，也可以再等等，可以“宣称”他死了，也可以认为他仍活着，在全世界穿梭。我心里是这么想的，脸上却表现出“发生什么事了”的表情。

“你们与他失联前，他在哪儿？他去了哪儿？你们把他派到哪儿了？”

图布拉摆了个手势，表示无能为力。

“很抱歉，但我不能说。即便在很长的一段时间内，事情过去许久，仍然不能说。直到我们掌握确切的信息。”

“这都不能告诉我吗？”我半是惊讶、半是气恼地问。通常，自尊心能帮我保持镇定。我还没能消化这条消息，也没有完全信任他（我还处于迷糊的状态），不过，我忽然泪流满面，下巴颤抖着，很可能控制不住，放声大哭，别说谈话，连理解图布拉的话都成问题。如果我哭了，他会迫不得已抱我一下，但英国人不会这么做，最多拍拍肩膀，而且谁知道他到底是不是英国人，他的眼神闪烁，不是很明了。我努力平静下来，决心不再继续失态，要哭也要等他走后再哭。看起来图布拉是考虑周到的，同时又冷酷、高效。他已经说得很清楚：既不想让我失望，但也不会给我希望。他没有美化更没有丑化消息。他告诉我事实，他知道的、他被授权告诉我的事。我在他面前不会崩溃。我想他还有想说的话，可能说一些实际的问题。“如果他死了，我认为我有权利知道他的死亡地点，或者是他被囚禁的地点。难道要让我一直猜下去吗？至少告诉我是不是把他派到了福克兰群岛。战争开始时他走的。”

他没有理会我最后的提问，好像没听见。

“我非常理解您的感受，内文森太太，我认为他没有去世。但汤姆不是唯一待在原地、可能仍然待在原地的人，他不是自愿的，或者是为以防万一，或者是我们弄错了。有其他人待在那里，任何渗透行动都会将他们置于危险的境地。并非是我不信任您，而是我们的信条是不相信任何人，不向任何人吐露消息。不过您不用一直怀疑，我向您保证。我们早晚能以这种或那种方式得到消息。我们不会调查所有人和事，但我们会开展调查的。可能明天汤姆会进门，这在我们调查范围之内。也有可能他不会回来见您了，这话我也说过，”他没让我彻底地悲观绝望，但也堵截了我的乐观情绪，“如果是这样的情况，实话说我们不会查了。我们会尽快通知您他失踪了。但在这之前无可奉告，抱歉。”

“那我能做什么？我是守寡还是继续等他呢？我该认为自己是丧偶还是已婚呢？我的孩子们是有父亲还是没有父亲呢？要过多久呢？您也不知道。我不知道您是否知道这样的日子有多艰难，图布拉先生，知道……”，我说出那个词，“有多难以把控，有多不可思议。”

“您可以叫我伯特伦。我能称您贝尔塔吗？”他接着说。我们的名字拼写相近，让我觉得挺奇怪。“就这么叫吧，伯特伦。”“跟我说说，贝尔塔。”

“您叫我什么都行。”我如是回复他。那时候我没有很在意，一般说来，在西班牙，即便是第一回见面，大家也是称呼“你”。

“一切都在可控范围内，贝尔塔，一切都在掌握中，或者说最后都停留在可控范围内。想想过去许多世纪里水手的妻子，水手要在海上停留许多年才回家，也可能回不去了，没人知道他的消息。想想那些在埋伏地点或者在战场上牺牲的士兵的妻子，他们可能是逃兵，不过最好还是被看作阵亡的人。想想被俘虏的人，他们无法获救。想想那些被绑架的人。想想那些再也不能归来的探险者。因为找不到他们的尸体，所以不能确定他们是否死亡。这在当时是完全有可能发生的，但不是一定会发生。无论女人心存希望还是想放弃，总要告诉她们一些事情。问题是什么时候告诉她们，让她们等待多久。也必须对现今失踪人的妻子说些详情，虽然这是极例外的。您有要求，或者您没什么要求，觉得心灰意冷，您对失踪人的怨恨。即便他是被迫离开，您还是会产生怨恨。所以想忘的时候，就忘了吧，或者当记忆无法让人觉得快乐或给人安慰，仅仅是阻碍前行甚至成了呼吸的负担时，就忘了吧。贝尔塔，现在是很难放下的，但时间久了，您会放下。当然这是一个漫长的过程，不是直射向靶心的箭，您可能前进，也可能后退，还可能走到岔路上去。您可以一直等到了解了事情的原委，当然是如果您能知道的话。我想，那么那支箭要么是正中靶心，要么在半空就折断了。”“那是空气的死亡。”我想。虽然英语不做这种区分，但我可以想象他在用西班牙语和我说话，即使叫我贝尔塔，但他也像在称呼“您”。“至于如何算守寡，”他的语气显得更为官方了，“在英国，因实际情况和各种可能性，依据的法律也不同，可是如果没有关于某人失踪的确切证据以及死亡证明，一般从人们最后一次见他或者确切地知道他的消息的那天算起，七年零一天后才能正式宣布他已死亡。只有到那时财产才能被人继承，鳏夫或者遗孀才能再婚。我没有研究过，也不知道有没有这种可能，即在失联期间能否办理离婚，抱歉，您目前类似这种情形。总之，这段时间过去，就可以申请官方认证的死亡证明和一系列手续了。因下落不明报死亡，这就是名头。可以说，如果失踪人口后来现身了，那这种声明通常就失效了。”

我不合时宜地对这荒谬的逻辑产生了兴趣。除了好奇心和滑稽感——即便这两种感情只在刹那间出现——没有什么能让我们远离我们的苦痛和焦虑。

“通常？你是说有个别情况，一个大活人被认定为死人？即便他能说话、能呼吸，能走路、能申辩，法律却说‘闭嘴，您不能申辩，因为您被官方认定死亡了，有文书为证’？”

图布拉露出温和的笑容，他马上明白他的话为什么让我感到好笑，虽然我此时深感绝望。

“您肯定没有读过巴尔扎克的《夏倍上校》。所有人都否认这位可怜的军人的身份，认为他是骗子，因为在军队的文件里他被认定在拿破仑战争的埃劳战役中阵亡了。虽然这是小说，但有时它能代表一种官僚主义，真实情形甚至比小说更为恶劣，这不奇怪。人们以为自己拥有神圣不可侵犯的权力，其实国家的权力至高无上，也只有如此我们的生活才能运转，即便我们再三声称在民主国家权力是分散的。只要改变法律，或者颁布新的法律，人们就可能失去财富、工作、家庭；如果想抹去一个人的存在，就除去他的国籍、公民身份，称他为非法入侵者或无国籍人士，然后囚禁他或将他驱逐出境；还可能宣称一个人是疯子、残疾人或死人。人们向我们挑衅的时候，是非常莽撞且无知的。”我听到他说“我们”，这与之前的说法不一样了。之前他提到了军情六处，还包括了秘密情报局，他隶属并为之服务的那个无所不能的国家机构，和托马斯许久以前一样，图布拉对他的影响很大。“不过我说的意思是如果继承人分了遗产，就不能强迫他们返还财产，特别是如果财产已经花光了，这种情况太有可能发生了。如果鳏夫或寡妇再婚，第二段婚姻不会自动失效，因为他们是在法官的见证下，与他人合法结合的。这是极端个案。一般不会有人变成基督山伯爵，在英国这种情况更少。”“看来这位图布拉读小说。”我突然想到。他说话的时候，他的声音和语调很顺耳。我看着他的厚嘴唇上下翻动，动得真快，要是见过那嘴唇，肯定忘不掉。我除了感到迷惑，还发觉虽然他这人性格中有不讨喜的成分，但也挺有魅力（即便我处于极度痛苦、心烦意乱的状态，仍不自觉地产生这种心理）。他的奇特面容像一块磁石，他的睫毛很长，眼睛是灰色的。我想他利用我的好奇心继续引我偏离主题；或者让我逐渐适应情况，又不会因这个消息感到困顿，这个消息就是从好几个月以前起，就没人知道我丈夫的消息了，连指挥他、规划他的行程的人也不知道，他们最后一次见到他的日期是 1982 年 4 月 4 日。公民坚信自己受到国家的庇护，通常是这样，这是最起码的信念，是我们首要的想法，我相信这一点。但是他们有所不知，如果庇护行动需要这样做，或者个人反对庇护（因为它的执行方式不好），国家也会除掉或毁掉阻挠的人。通过什么样的方式？可以剥夺他拥有的一切，如果一无所有，才无处下手。收缴他的财产，剥夺他的土地和不动产，通过高税收和罚款掠夺他的财富，没有什么是万能的，政府和议会就能管得了他，收走所有这些东西。不管事先宣扬什么，轮到他们掌权并立法时，很快就会改变态度。我们就不多说了，我知道您受到了惊吓，可发生这样的事，已经算不错的了，遇到特别难办的情况时一点办法都没有。如果把新的决定公布于众，那种聒噪、混乱真是可想而知。世界就瘫痪了，因为每天都有新的决策发布，并非偶尔。“为最大程度的益处。”这是他说的原话，“为大多数人好”或“为大多数”。有时他说得很快，我的英文阅读能力更好，听他说话就有些费力。“我也读了一点西班牙法律条文，这是您要遵守的法律。我的意思是，依据预估的死亡情况，如果遇到的事情符合条件，就能得到优待。如果事实是失踪人口上报死亡，就不用等很长时间。只要两年。”他伸出两根手指，像摆出胜利的手势，在这种情境下真是不合适。“在无人区发生海难或空难的时候，会出现这样的情况。不过我也不清楚，可能是三年，”现在他竖起了三根手指，“总之，有明文规定适用于我们这种情况，我这里就有，是从西班牙语翻译过来的版本。”他从上衣口袋拿出两张打印纸，递给我印有西班牙语的，让我看。“这上面多少讲了一些，对吧？‘可宣称死亡的人员包括：隶属于部队或以编外身份自愿参军的公务员，或者是在编的公务员，参与战争，在战场上失踪且两年后仍处于失踪状态’。”他不自主地模仿丘吉尔来。“‘从签订休战协议算起，在无法确定具体日期的时候，则以官方签订休战声明为准。’天呐，”他说，“每个地方的法规条例都复杂得要命。如果能弄明白它到底是什么意思，那真是走运。”

虽然他把法律条文说得天花乱坠，我却懂得他的意思。因此，我问他：

“唯一发生的就是福岛战争了，您还没有回答我托马斯是不是被派去了那里。”

“跟这没关系。”他说，他还是没有回答我。“要想尽快帮您获得合法的丧偶身份，我们能证明他之前在哪里，并从哪里失踪。但是，”他又补充，“西班牙的法律规定继承遗产的时限更长。”他拿出了第三张纸。“瞧，这里写着‘宣称死亡五年以后’，”他举起了整只手，“‘才能移交遗产，且允许继承人无偿转移获赠的财产（赠与、捐赠等）’。那么，依据这一条，福岛战争双方签订休战的日期是1982年6月20日，那么到下一个6月20日，就是八个月后，您可以宣称汤姆在西班牙死亡。我认为我们的国家对您依法实行权利没有异议，我们不会反对。问题在于，贝尔塔，要到1989年，也就是五年后，才能继承遗产。不用担心，我们也考虑到了这一点。您不会仅靠在大学工作的微薄薪水过日子，这不公平。即便汤姆是逃兵，也不至于如此。我们还不知道他的情况，目前他还不是。”

我觉得讲这样的话显得笨拙。也许并非如此，也许用这个高招——“高明”在于采取中立的、循循善诱的、实际的态度——建议我不要心存希望，更不要等待，就当托马斯死了，只是没有下葬。我的眼睛再一次盈满了泪，但我不想让图布拉瞧见。我站起来，转过身去，一直走到阳台，我用一只手撑着额头和面颊，忍着不让眼泪掉下来（三指撑着额头，一指撑着脸），我看着一排树后面的广场上树立的丑陋雕像，心里默念碑文：“此像是西班牙妇女为纪念士兵路易斯·诺瓦尔的荣耀而立。祖国，请永远不要忘记为你付出生命的兵士。”那是 1912 年，我从没有留心去查查那个士兵是谁，旁边还有维多利亚·尤金妮亚王后和女作家艾米莉亚·帕尔多·巴桑，即帕尔多·巴桑女侯爵的雕像。我也不知道他是在哪场战役牺牲的，也许是在 1898 年美西战争中在古巴战役死去的，和托马斯一样去了大洋彼岸：“在海峡中，或者在一块难以辨认的礁石上。”在我看来，古往今来的情形都是一样的，我们的祖国非常健忘，且热衷于立碑刻字，然后任由铭文字迹变得模糊、难以辨认，我们国家一直是这么干的，她不在意是谁为她付出了生命，不知感谢，说不定还会怨恨他。路易斯·诺瓦尔是一个影子，一个空泛的称谓，一个幽灵，虽然留了个雕像，却没人知道他，没人关注他。托马斯比他更像影子，他是不生不死的鬼魅，连他的孩子都不记得他了，连他们都不记得，还会有什么人记得他。一棵野草，一粒尘埃，一片消失的氤氲，一场飘落的细雪，连地面都不曾盖满，一缕青烟，一只虫豸，一道闪光，一点终将熄灭的星火。

他的尸体在哪儿？我想着，努力忍住眼泪。没人为他哭泣，没人为他合上眼睛，可能都没有人为他下葬，也许有人把他埋了，但是仓促间做的，让人无法找到他，土地被铲平了，没有坟包，为了把他藏起来，不被人找到，因为有人在寻他。一刹那间，我对这些想法产生了怀疑，因为图布拉不顾我的沉默和背过身的动作，又继续说话，他可能不想让我陷入忧思，他想让我把注意力放在实际的事情上面，放在法律条款上。

“瞧，贝尔塔，”他说，“在这份法律文件中，特别提到了如果已经报死亡的人回来了会发生什么情况。请听听这句：‘如果被宣称死亡以后，该失踪人口出现或者有证据表明他还活着，那么在他出现的时候，他存放财产的国家会将财产还给他。’”我想他是在说“重新出现”和“再次现身”。他接着说：“他将有权获得变卖其财物得到的钱或这笔钱购得的物品。但是，只有在出现时，才能申明领取财产。”我想，他又是指“再次现身”，不出所料，他带着情绪敲了敲文件，说：“总之，如果继承人消耗了所有财产，一点儿都没剩下，那他什么也拿不到。这人靠什么过活，可怜的人（当然有可能是女人）。不仅被认为死亡了，还变得一无所有。他靠朋友的施舍吗？我真不知道友谊能持续这么久，我指的是超越死亡。又或者靠孩子们生活？不可否认，他们会受到惊吓，看到他复活了，会感到自己受到了威胁，他们内心是想把他送回坟墓的。国家也不会想着补偿他或给他一笔补偿金。我敢说如果有一个人在好多年里被当作了死人，在他回来以后，应被当成已经退休的人，这是起码的。”

实际上，我几乎没有认真听他讲话。他这是好赖话一起讲，说托马斯可能还活着，其实是在告诉我，我应该逐渐接受托马斯已经死了。他只讨论法律层面和我以后该如何谋生，实际上他已把我看作寡妇。一个不同寻常的寡妇，最好早点认清形势，因为如果选择错，我很可能会处境艰难。我要重新安排自己的生活，如果我愿意的话，我还能再嫁，他肯定认为我这个年龄和这样的相貌不缺追求者，我注意到了他看我的眼神，他压制着对我的欣赏，但在我看来他的情欲很明显。显然，图布拉很喜欢女人，也总能得手，我能从他的眼神和态度感觉到，想必他并不想在这样伤感或悲观的情形下见我，为我带来糟糕的消息，悲伤的情绪会压倒一切，让任何进展都变得不可能，都显得不恰当、不尊重、完全格格不入。这才是他觉得碰壁的原因，而不是因为他遇到的是直属手下的妻子。对于这一类人，疑惧不会影响他们，他们能够把该藏的、该守口如瓶的藏在心里、保持沉默，这是他们的存在方式，他们就是这么过日子的。是的，这人认为如果我愿意，我就能再婚，他没有看到我身上的担子，我一直背负的责任，我还有两个年幼的孩子，他认为自己是相当宽容的人。总而言之，他是来帮助我的，即便托马斯是个逃犯或者向敌人倒戈，成为一个叛逃者，他是有可能成为后者的。他们应当确定现实不是这样，然后把他当作死亡人员，当他死了，把他从这个世界赶出去，即便官方说法还留有一线希望，留有余地。没有尸体，一切都不是绝对的，没有直接的证据，一切都不是本来的样子，没人看到托马斯是以何种方式人间蒸发的，更没有人看到他消失的瞬间。

我还在阳台上站着，背对着他，强忍蒙住双眼的泪水，一次又一次把眼泪咽进肚子。终于，我把所有眼泪全吞下去了，或者我以为咽下了全部的眼泪。我听见他点燃了一支从印着法老的烟盒拿出的烟。

“如果有一天托马斯回来了，他的钱将分文未动，我敢保证。他哪怕有一丝存活的可能，我都不会动他的钱，即便他去了天涯海角。”我心里翻腾了好一会儿，我看也没看他就直接说道。

“我不怀疑您的本心，贝尔塔。可是别太天真了，在可能的情况下，人才得以遵循本心。想要这么做，得有收入，得先靠点什么过活才行。1989 年太远了，1990 年就更不用提了，英国法律宣布托马斯死亡后，您才能从外事办领取一笔抚恤金。当然这不公平，您会处境艰难。我们能避免这样的事情发生，我们不抛弃烈士的家人，我们养着他们。”

我打断他，“烈士”两个字像块石头击中了我的胸口。但我对他讲的是另一番话。

“1990 年？”我重复，“就是说今年你还与汤姆有联系？他不是 1982 年就失踪了吗？那他就不是在福岛战争中失踪的。是吗？他去哪里了？至少告诉我一点，拜托了。”

现在，我转过身，向图布拉靠近了几步。他笑了，仿佛我的快速反应或者他的疏忽让他觉得有趣：现在他在提醒我不该问这些问题。什么世面是他没见过的，他心里有谱，不会回答我的问题。

“等等，贝尔塔。我已经解释过了，”他若无其事地继续说，“所以我们为您设想了下一步：您化名做一名翻译，有个非常真实的身份，在总部设在马德里的跨国机构工作，比如 COI、OMT 等，这些岗位的收入不用交税，挣得的薪资可以全部存起来，很不错。他们被派驻国外，这算是一种补偿。您的情况当然不同，但一样享受这样的待遇。事实上您只是挂个名，根本不需要去那儿办公。您能继续做老师，过平常的日子，我们估计您的收入不会下降，和汤姆挣得差不多。实际上略少，不过也没有少很多。瞧，他有时会有额外收入，比如他完成了一项任务，难度很大，周期长且性质特别，可实际上这笔钱是不存在的。那明显不会再发生了。”

“我不知道 COI 或 OMT 是什么。”

“翻译成西班牙语，就是国际橄榄油委员会和国际旅游组织。”他磕磕巴巴地用我的语言说了一遍，尤其“Oleícola”这个词，他没能发出正确的重读音节。“这两个机构都在马德里设立了机构，听我的，您不该拒绝，您的情况大家都很理解。许多地方都是给我们面子的，您看，这是个有利因素。当我们提要求时，人们很乐意帮我们。”

一而再、再而三地提到不明所指的“我们”。托马斯是他的下属，不管托马斯是死了还是失踪了，脱逃了还是叛敌了，都是这人的下属。他得到了表示怀疑或真的茫然不知的好处，我想他该对此表示感激。他们已经金盆洗手了，一个死了的人不是一个能动能说的人，即便没有遭遇不幸，也仍是一个没有用的人了。但是如果他没死，他回来以后，会是很有价值的人。

“您是说我能领空饷？”

“这个问题可真虚伪，贝尔塔。别跟我提这会引起罢工。如果您知道世界上有多少人什么都不做光拿钱，想想董事会里的或者信托基金会的成员，每年不过是参加几场会议，打着咨询的名号，却提不了什么建议。事实上他们是用自己的闭口不言挣钱。国家给他们任务，他们欣然接受。他们从体制上层去掉许多问题，堵住悠悠众口，自以为这是一种投资。瞧，您的情况比这公平。这是社会公正的问题。不止如此，您已经失去了丈夫，您的丈夫是为国家服役的。这最合适不过了，相信我。这是最简单的方式，也是最好的。”

我再次转过身，走到阳台，打开窗向外望。士兵路易斯·诺瓦尔是一个有雕像的影子。“您已经失去了丈夫。”他说。实际上我是失去了他，即使他还活着或者永远成了一具尸骨。他不会回来了，我不该抱希望。自他走后，一年半过去了，十九个月，我想。我的整个生命已经习惯了他的缺席，习惯他时不时出现。我再也看不到他了，这事非常有可能发生，肯定会发生，我想，“再也不见”，那这就是不可避免的事，我默默地哭了，没有发出哭声或哽咽的声音。我的双眼盈满了泪水，很快我发现脸颊、下巴，连衬衫都湿了，我再也忍不住泪水了（是的，在破败的街道，他离开了我，连模糊的告别动作都没有留给我）。图布拉马上发现了我的变化，这个细心的男人没有像一般英国人一样，坐在原来的位置上等我心情平复，我听到他站起身，慢慢地、冷静地走近我，他肯定是在数步子——一步，两步，三步，四步，五步——这步子是个示意，好像是给我机会，让我说句话或者用一个“稍等”“让我静一静”或者“您就坐那儿”的动作阻止他的步子。那时我太无助了，无法拒绝别人的关爱，不管这人是谁。我注意到他在我头顶叹了一口气，然后把手放在我的肩膀上，右手搂着我的左肩，手臂搂着我脖子，从背后虚抱着我。我把脸埋在他的手臂上，想要寻个庇护或者依靠，没多久他的袖子就被我弄湿了。我想这不算毁了他的西装。

第七章

我的许多年过去了，又过了许多年。年复一年，我不再年轻，年龄渐长，也许我早已开始衰老。表面看来，我没有老很多，我的外表比实际年龄要小，人们向来觉得我比实际年龄小十岁，我觉得自己挺幸运的，我没什么好抱怨的。也许托马斯失踪的这段时间里，我抵住了时间的流淌，仿佛与日俱增的差异是另外一种形式的抛弃或者背叛。

他大概已经死了，他已死去的可能性越来越大，这带给我的压力却不是突如其来的。没人能做到立刻接受死亡，即便亲眼见到另一个人死去，看着他的身体变得僵硬、没了声音，为他守夜，按习俗埋葬他，哪怕他不怀疑死亡的真实性。发生这类常见的情况时，在很长一段时间里，一个人的缺位像是一种过渡，就像某种事物早晚要触及它自身的极限。人会有一种持续的、有时候接近病态的绵绵不断的感觉：一个亲近的人，如空气一般是我们生命的重要组成部分，在他生命终结的时候，对我们是一种虚假的警报，或是一种玩笑或一个故事，一个杜撰，或者我们最为阴暗的内心的产物，所以梦境常常让我们分不清现实：我们梦见了逝去的人，我们看见了活生生的他，而且也许我们还触碰了他或者穿过了他的身体，我们听他说话、听他笑，醒来以后，我们以为他藏起来了，还会再次出现，他不会永远消失，所以是清醒的状态蒙蔽了我们。他早晚会回来的。从理智上，“人已消失”的想法或者“永远消失”的概念是让人难以接受的，这在口头表达中我们是不大在意的。在我们的认知里，“永远”指未来，但实际上“远”还包括过去，这也该算在内，它从未失效或者全部消失。过去是什么样，未来还是什么样，过去有的，未来还会有。发生的故事，未来还会反复发生。理智上承认或认可这些概念是否遇到了困难，我们说的不是情感上。下意识地把手放在床的另一侧，丈夫在家时常躺的地方，仿佛摸到了曾躺在这里的身体，感受到他的腿擦到自己的腿，听到了他失眠时躺在枕头上的呼吸声，现在他不会在任何地方呼吸了。在情感和理智上，对他们来说都是难以理解的，那个最亲近的人意外成了宇宙弃儿。

但是终有一天，等待失去了不确定之感，他的缺席成了一件确定的、不可更改的事，连梦境都不会再让我们困惑：它们是不真实的幻景，我们醒来后，梦境就失效了，变得与现实无关，我们可以也的确会略过它们。随着时间的流逝，死去的人会渐渐离我们远去，他的模样渐渐模糊；他既会变老，又会变年轻，变老是因为他已经死了很久了，不是新鲜事，也不是天大的不幸；其次我们这些活着的人慢慢变老，愈发觉得过世的人淳朴，而且还因为他不知道他辞世后发生的事。总有一天，我们会问自己，他是否存在过，而不是昙花一现，是否有某一瞬间不用时时念着他，因为他就在眼前，就在这儿。（“这是空气的死亡”，现在他是真的死了。）

我一直不曾确切地了解整件事的经过。图布拉的承诺从未兑现。“您不能总这样猜下去，我可以肯定地讲，”他对我说，“我们早晚会得到消息。可能不全面，但足够了。到那时我们会尽可能告知您有关他失踪的情况。我们无法提前告知您，非常抱歉。我们要了解确切的消息时才能讲。”可是就再也没有下文。

图布拉回伦敦之前，又来找了我一次，他事先打电话来确认我是否一个人在家，我听他在电话的声音，和许久以前和我通话过的瑞茨比一样，我却没去琢磨他们的相似性，也许他们在外事办或者军情六处接受了各种培训，学习如何对待情绪激动的家属。两天后他再次来找我，“我屈从了”，好几个世纪以来，许多小说都会这样形容女人，却从不会这样形容男人。这不奇怪，也没什么特别的：从 1982 年 4 月 4 日的清晨起，我有一年半没与任何人接触了，现在是 1983 年 11 月了，我渴望异性的温暖，这对某些人不可或缺，另一些人却毫不在乎，即使没有也能愉快地生活。那个男人虽然穿着浮夸的套装，有点令人反感，但是起初的反感会变成吸引，在经历了适应或认可的瞬间，便已拿定主意。我在悲痛不已的时候，在满面泪水的时候，不由自主地被他吸引了（是种后返劲儿的心动），这出乎我的意料，悲痛越深切，越觉得孤立无助，越容易放下戒备；引诱高手深知这一点，女人遭遇不幸对他们而言是机会。这么多年了，托马斯的缺席压得我喘不过气，也许没有必要再抗拒图布拉。总而言之，我有再多的情感，他都不会知道。昨天，图布拉搂着我的脖颈，把手搭在我的肩膀上，我感谢他的亲密举止，我把脸埋在他的袖子上，闻到了他的气味，我们有了接触，这是第一步，虽然这一步看起来不重要，也没有性暗示，仅是一种安慰和支持的动作，让我可以靠着他哭。

那个上午亲密过后，我好像拿到了通行证，我不再被动等待，不时给伦敦打电话，询问托马斯的消息，询问是否有新进展，即便他们了解到的“不算多”，不足以打电话告知我。图布拉接电话或者他在那里的时候（我不是总能跟他通上话，他总是出差，我只有他的办公电话），我能从他礼貌的语气里感受到他的不耐烦，他讲话一次比一次谨慎，声音越来越疲惫。他对我就跟欠了我一份人情一样，恭敬而疏远，当然也没有再看望我或者再次有身体接触的意思。也许我该去伦敦，他跟我提议过。他是那种经历过一次就觉得已足够的人（也许他是那种寻找新刺激的人，得手后就没了动力）。虽然图布拉不会后悔或试图抹去这段情，却努力不让其成为接近他或请他帮忙的理由。在马德里时，我问过他是否结婚，他把我的话当成空气，没有正面回答，因此我天真地以为他结婚了。总有一些男人装成已婚，好摆脱露水情缘。

"没有，贝尔塔。没有消息，一点都没有。如果有消息，我会给你打电话的。仿佛是土地，一片静默甚至是愤怒的土地把他吞了。我们仍然不知道他发生了什么事。"

因此，和之前一样，我开始问：

"这是什么意思，你们怎么解释这样的事？是他非常有可能已经死了还是他就待在某个地方？如果他已经死了，肯定是有人杀死了他？他死去的方式是不是很惨烈？你能不能告诉我他在哪？已经过去这么久了，我还是想知道，到底是哪片土地吞没了他。他是不是受了很多罪。"

他变相地回答了我的问题：

"时间过去越久，他死亡的可能性越大，我不骗你。不过，我们还不清楚事情的经过，他可能遭遇了车祸或有过大出血。而且我不能告诉你他在哪里断了线索，从哪里消失的。我们还不能完全肯定，就这样。托马斯一直换地方，但我们不是常常能够知道他具体出发的时间，更不能预先知道。这与很多因素有关。现在呢，已经有好几个月没有他的消息了，我们会依据宣布死亡的文书发布一则官方公告。是我们内部的公告，我们自己发的，目前我们是这样操作的，就说他是 1982 年 5 月在布宜诺斯艾利斯失踪的。这样比较方便。我跟你说过，如果一个人是在战争或海难、空难或地震中失踪的，最好是签署一张失踪死亡的文书。他是在从事间谍活动中失踪的。这份公告会将一切事情合法化，但是即便他的父母和其他人相信了，你也别当真，你不能当真。如果有一天我们调查清楚了，我会告诉你真实的情况。”下次我再打电话过去，他又一次重复同样的话。从来没有新消息。“现在我很悲观，我想我们也是茫然的。所以与我之前的建议不同，也许我能让您相信这个官方说法，这可能对你有用。至少你有了一个说法。即便它是不完整的、空泛的，它是一个可以说的、可以讲给你听的版本。当你的孩子们长大了，总要给他们一个解释，”他顿了顿，“从长远看，这是一个可以背下来的说法。很有可能不存在另一种说法。我什么都不知道。”

实际上没有其他的说法了，什么都没有，彻彻底底地一无所有，从某个时候起，我不再打扰图布拉，因为这么做没有意义，他从我的生活中消失了，自然而然地消失了。日复一日，我得到的都是官僚主义的说法，一段时间以后，托马斯在法律意义上成了死人，依据西班牙的和英国的法律，我想依据任何一国的法律，他都已经死了，我成了寡妇，我的孩子们，我是说我们的孩子们失去了父亲，在他短暂的一生中，他露面的时候太少了，我常常忘记他们也是他的孩子。孩子们总是和我在一起，他们是我的，一直和我在一起。

接下来我开始每月收到 OMT 的薪水，这是图布拉的安排，无需缴税。如此一来，我在等着为托马斯以失踪报死亡的这段时间里，不至于感到手头钱紧。时间慢慢地走到了 1989 年，1990 年，我和孩子们能得到他的遗产了。在英国都不用等这么久，满足七年的规定即可，但也有例外，意思就是时限可以缩短。依据实际情况和死亡的可能性判定，比如托马斯已经死亡的可能性比较大，官方认为他是在战场上失踪的，无论过去多久，福克兰群岛的争端最终会被视作小冲突。战死沙场的人是英雄，虽然没有多少人重视他们、记得他们。自官方宣布他阵亡后，英国政府发给我一笔抚恤金，因为我是驻马德里使馆工作人员——政府官员称之为“公职人员”的遗孀。这份补贴带给我很大的便利（比我在学校里挣得的薪水多，数额可观且稳定），允许我达成不动托马斯的存款的设想。至少可以不用动他存在英国银行账户里的钱。这应该是部门私下存给他的，有可能就是图布拉本人在他完成一项任务、一项伪装、一项渗透、一件让人反感的事情后给他的。

大家会对失踪人员心存一丝侥幸，没人会认为他们已经成了尸体，至少不是所有人都已死去。即便这些人被视为死亡，他们没能留下口述的或者成文的遗嘱，可他们不一定真的死了，没人看见托马斯死了。我听了图布拉的评论后，读了《夏倍上校》，我不希望类似的事情在托马斯身上发生。如果有一天他醒了，和那位可怜的上校一样，自己的妻子就会被他突然复活吓坏了，拒绝认可他的身份，而是和一位公爵结了婚并生了好几个孩子，享着福，有身份地位和更光明的未来，而这位上校头上留了一道被剑劈过的疤痕，他让自己的妻子成了犯有重婚罪的女人，让子女成了平头百姓，他的财产已经被拿走了，现在连他的身份也被剥夺了。人们说他是骗子，结果是他被欺骗了，下场很惨，在收容所栖身，被大家忘记了，因为这样对所有活着的人更为有利（就是这帮一直活着的人），后来他放弃了申诉。我就说，这种事就是冥冥中有股力量推动的。实际上，我内心里不认为托马斯不会回来，巴尔扎克的小说是个杜撰的故事。

可我随后看的电影却是另一码事了，这部电影很有名，《马丁·盖尔归来》，是 1981 年或 1982 年上映的电影，但我应该是 1984 年看到的，那时我不再固执己见，终于鼓起勇气看了：许多人跟我提过这部电影，它的主题让我感到害怕。这是由真实故事改编的，发生在十六世纪的法国南部、靠近西班牙的地方，也源于——我想这是随后的事——1941 年出版的虚构作品《马丁·盖尔之妻》，是一位我之前不知道的美国女作家杰内特·刘易斯写的（虽然我教美国文学而且这还是我的专业）。后来的法庭审判非常受瞩目，连年轻的蒙田都赶到里厄和图卢兹参加庭审，蒙田在《随笔》里提过。故事讲的是一个家境不错的农夫离家出走，不辞而别。但是，许多年后，他回来了，或者是一个与他非常像的人回来了，这个人清楚地记得马丁·盖尔的过去，当然只有他本人才会有如此好的记忆。所以他的兄弟姐妹接纳了他，家族头领是他的叔叔，也接纳了他，还有他的妻子伯特兰·德·罗斯，不曾婚嫁，便与他生了第二个儿子，在马丁突然离开家之前，他们生过一个儿子。我不确定电影里有没有交代这些，前面有四十年前出版的小说，后来又有普林斯顿大学教授据此做的“微观历史”研究，我读的时候本来觉得害怕，而后好奇心占了上风。也许无论电影、小说还是研究专著，没有哪一个偏离主题，也没有哪一个缺乏事实基础。实际上，在一开始的兴奋和热情（这种快乐持续了很久）之后，伯特兰慢慢产生了疑虑和懊恼，后来她坚持认为这第二个马丁是冒名顶替者，而她自己成了犯了通奸罪的罪人（也是这个人诱奸了她，这样的话情况更糟），并且怀胎、诞下了一个私生子，在丈夫不在的时间里把他的财产交给了一个冒险家、一个骗子。这是她受指责和被审判的原因，先后在里厄和图卢兹受审。让人最为矛盾和懊恼的是骗子比真人和蔼可亲，他更善良、勤劳，马丁本人孤僻、有点粗笨且总是闷闷不乐，跟不上时代的步伐。是的，这个故事是真的，它的确发生过。除了艺术加工和创造，它被记录在册，连判决书都还在，档案全面。但是十六世纪是很久以前了，在我看来它和巴尔扎克的奇思妙想一样不真实。不过，回忆是最不可信的，一个人的脸庞、皮肤或气味很难被记忆留住。

许多年过去了，又过了许多年，一个月接一个月过去，我愈发觉得托马斯死了，无论外部世界是否给出他已死亡的证明。但是一个人的所见、所读、所闻是难以被忽略的。人很快会忘记种种艰难困苦，忘记细节，无论是真实的还是虚构的历史，随着时间的推移变得扁平。然而我们知晓的东西仍蜷缩在角落或缝隙里，在想象力的边缘。那是我们认知力的一部分，因此也意味着其他可能。即便可以肯定托马斯不会露面了，但是在最为孤寂的时候，我还是不自主地幻想他回来，一种微弱、胆怯的幻想。“死与生是一样的，是人前后两段生命的连接点”，我又想起了这句，我记住了第二句话。我还常常小声地背诵，或者在心底默念，这些诗句对于满是绝望的梦最合适不过了：“我们与逝者共生，看啊，他们回来了，与我们同归。”

那些年，我努力过生活，没有沉沦也没有一蹶不振。我偶尔会感到绝望，我也不想这样，是失望突然起来击中了我；但在某种意义上，我陷入了绝望，真想结束这些与那个永远不会归来的人相隔两地的日子。没多久，我自以为是个彻头彻尾的寡妇了，我就是这么觉得的。我赶走阴郁，抬起头，环顾四周，准备振作，如人们通常说的，一个人经过一次失去或有过一段糟糕的经历，有过一段不幸的、如牢狱般的、中规中矩的、让人窒息的或是压抑的婚姻，想要重新寻找伴侣。我的情况并非如此，我是那个从一开始就信仰坚定且感到满足的人，丈夫却像个幽灵或者像阴暗痛苦的杰基尔医生，在离我很远的地方，中了不知名的剧毒，他总是与我说再见，直到最后一次再也不见。我不想让我的床成为一张“废弛的床”，或者偶尔违背我的意愿变成这样的床。有几个男人匆匆躺过它，图布拉是最早的一位，他只躺过一次，他本可以多躺几次，我不知道他的疏离是无心的还是有意而为。总是因为这样或那样的原因，谁知道到底为什么，没有一个人能停留较长的时间，没有一个人永远留下来，谁也不能取代托马斯。学校里一个愚蠢的同事、我朋友的朋友（一个执着的追求者）、孩子们的医生、托马斯所在使馆里的一个英国人。我想要和某个人保持长久的关系，却以失败告终，如果一年算是长时间的话。我与其他人的交往通常不过是几个月，几个月便结束了，无论孤单的日子，还是让人觉得悲伤、似乎没完没了的日子，其实都过得飞快，瞬间成为过去。

当我表露情感和一丁点不理智的时候，其中一个男人就开始躲着我：他吓坏了，他以为我需要他、想追求他，或者说，我的孩子们让他感到恐惧，如果在我身边待久了，即便是习惯了，他还是害怕自己要对他们负责。当他的感情变淡了，或是他不满意了，我们在系里的走廊相遇时，他不再满怀激情地与我打招呼，而是朝我点下头。愚蠢的家伙。另外一个人让我很快感到厌烦。众多暗恋者中的一位，在我理会他的时候，没想到自己居然走运了，变成被追求的一方，成了遥不可及的人。失去了神秘感的人让他们害怕了，他们变得疑神疑鬼且有占有欲，其实他们时不时盼着自己被赶走，知道自己不配拥有这份感情，所以一直保持警惕，总之他们都是始乱终弃。他们的感情来得快去得快，当然了，我受不了胆小鬼，受不了那种无法定下来的人，受不了感情太浓烈的人，还有感觉捷足先登或者做了一场梦的人。我不想成为一段绮梦，也不想时刻被人深情地注视，在最为普通或通俗的环境中也不例外，如果他有这个机会的话。我委婉、好说好商量地拒绝了他，他没做什么出格的事情，不过是粘人，他紧张地、像参加仪式般与我睡过一次，好像我是玻璃做的，更有甚者，他把我看作带着神的光辉的人。

那个儿科医生是个可笑且谄媚的人，能很快取得别人的信任，他能把孩子照顾好，我对这种情绪很敏感，人总有需要保护的时候。他总是笑嘻嘻的，有可能是个喜欢游走在女人堆里的人，我不止一次怀疑，他与许多小患者的母亲保持亲密的关系，我是这些女人之一。家访的时间不过比往常稍长一点，包含着小心翼翼的奖励（我们从不脱衣服），快得连孩子们都来不及问我们躲哪儿去了。他们知道医生什么时候离开，走之前，他总是去小病人的房间探身说句突然想起的玩笑话或者祝福话表示道别，安慰孩子的情绪（孩子们喜欢听他说玩笑话）。他是一个在任何地方都不会过多停留的人。他刚离婚，想享受一段完全自由的时光。是我想终断这种见面，我说想要一种更稳定的感情。我不得不请他帮忙介绍一位女医生，这是可以结束这段感情的唯一办法，好像当他挂着听诊器、提着手提箱时，我不知道要怎么对他说“不”。他不大情愿，但还是接受了，他表示理解。“如果你改主意了，”他说，“我一直都在，无论白天或黑夜，不管是不是因为孩子生病了。”

那个英国人呢，我和他在一起的时间最长，算起来有十一个月。他是严肃、保守的家伙，可敬且非常殷勤，不是很风趣，也不是很爱说话，但是他有一种奇特的能力，可以通过亲密接触传递他的激情，让我一时间能够忘记过去的经历甚至几乎是过去所有的事，每一次与他在一起都仿佛是与他初次见面。我不是说和他在一起的时候，而是大多数时候，我仿佛回到了没有人认识我的时候。他的问题与托马斯恰恰相反，他的工作与托马斯是一样的。他就是那个在大使馆工作的人，占了我的丈夫通常情况下的职位，空缺的那个岗位，实际上并没有在做的那份工作。那个英国人无法胜任这份工作，他无法替代托马斯，这是可以肯定的，他的个性不突出，也不具备天赋，更没有特别的能力（其他的不提，连学西班牙语都费劲，他们为什么要录用他），但即便这样，他去过伦敦和许多其他地方，我不知道是不是被借调过去，每一次他都会告诉我他要离开，每次我都对他说“再见”，尽管他不过是离开一个周末，却不断重现托马斯许多次道别的场景，托马斯的离开总是不清不楚的，没有归期，起先说得遮遮掩掩，随后则用“不曾有过”的闭口不谈打掩护。这个人并没有帮我埋葬过去。我没有见过托马斯的尸体，也不会有他的尸体，但至少我能在脑海里埋葬他。唯一能埋葬他的方式就是不再记起他。有一段别处的生活，那样的日子永远不会涉及这种悬而未决的事、逝去的时光以及前尘往事。儿科医生帮过我，或许他不是转瞬即逝的拂面微风。他的世界与此无关。英国人唤起了我零星的记忆，是在阻止我忘记托马斯。由于身体无法承受的悲痛，我渐渐疏远他了，慢慢地我让他从我身边离开了。所以，我从不曾见到停在空中的尘埃，就是诗中提到的，这粒尘埃会指向历史终结之处。

我父母觉得这些男人都挺好，他们知道这些人，不是说我刚交往个新的，他们就会马上知道。实际上不是如此，谁会比我更清楚呢。这些年来，这些男人够排成一溜了，但孤独的日子仍然多过有人相伴的日子，漫漫长夜就更多了，儿科医生不曾留下来过夜，但其他人留宿过，或者偶尔我去他们家或者我们一起去马德里周边的某家旅馆过夜（埃斯科里亚、阿维拉或塞戈维亚、阿兰胡埃斯或阿尔卡拉），我会把孩子们送到我父母家或者托马斯的父母家，借口说我要参加会议、参加专题研讨。这些都不是快乐的私奔，仿佛我们只是想要假扮一次恋人，如此刻意：要离开城市，要一起待上一天，除了散步、吃饭、开房，并非真的怀着同床共枕的愿望睡在一起（身体不习惯，可能还会变得有侵略感和厌烦），不知道该做什么，内心里却希望这个周末快结束，好回到马德里过平常的生活。

每一次尝试都失败了，或者故事结束了，或者我没能从这个怪圈中走出来，托马斯的幽灵反而更加强大，也许这是我的幻觉。这不奇怪，还很平常：如果我们信任的某个人让我们失望了，我们还是会从中寻求慰藉，就是说让我们失望的机会已经过去了。即便当时让我们深感沮丧，让我们一直处于不满的状态，这也没什么关系。已经逝去的总是比温吞的当下和不真实的未来让人好受。我们受到的伤害早已过去。那不再是一种威胁，更不会带给我们不安甚至巨大的失望，即便之前我们预料会经历失望。诚然，我们会感到悲伤，却不会感到恐惧，恐惧已成为过去，正因如此反而能为我们提供庇护。

如此一来，每次尝试失败后，一个人会发自内心地想变成无理性的人（谁不会常常变得无理性），最终总有一个问题在反复折磨我的心：没有他的尸体，也没有确切的说法，图布拉之前的预言是错误的，“不要用你剩下的生命去等候”。我的余生可能会很长，但是这么多年过去了，我还在等。倒不是一直等，是时不时地等一下，特别是深陷绝望的时候，我在等。我还想起了他说的其他话，是为了不让我感到太过悲伤、缓和氛围才说的：“也许明天汤姆就会从这扇门进来，这种情况也不是不可能。”一个明天接一个明天，总有新的明天，这既好又不好：好处是可以唤醒我们，鼓励我们起床；不好则是让我们停在了某个点上，让我们在等待他的下落中度过每一日。我还会想起他的建议，有数不清类似的女人，我的情况很普遍，想想那些丈夫是迟迟不归家的海员的妻子，丈夫是不敢冒险回来的逃兵，是在海上遇难的人员，是迷路的探险者。故事里总有留下来等待的女人，日日在日落时分向地平线眺望，想要分辨出一个熟悉的身影，嘴上还讲：“今天他没回来，今天他还是没回来，但也许明天会回来，对，明天他可能会回来。”

在一件事上，图布拉讲得有道理：那些女人听从一种声音，决定要抱着希望还是放弃希望。也许是需要，或缺乏需要，或觉得已经受够了，或对失踪者感觉越来越疏离，怨恨丈夫就这样离开了，将他自己置身于危险中，和奥德修斯以及其他登上开往特洛伊的战船的士兵一样，他们围困了那座城市好多年，开启了文学上以及现实中最长的关于“缺席”的故事（讲给我们听的、能够被讲出来的故事才是真的）。“所以她们想忘记的时候，会忘记的，”他说的都很有道理：“当然，这是一个漫长的过程，这不是直直射向靶心的箭，可能前进，也可能后退，还可能走到岔路上去。”实际上就是这样，每一次我分散注意力，或者想到一个计划，每次有一个追求者出现，遗忘的箭矢就会获得力量和速度，像是会射中靶心，不受任何事物影响而偏离方向。关于他的记忆会变淡，让我心生怨恨：他为什么选择过如此荒诞的生活，为什么要有远离我的双面人生，把自己变成秋天飘飘荡荡的落叶？接着我便排斥他，怨恨他，咒骂他。我埋葬了他。但是，当情人不再追求我的时候，箭矢弯曲了，我又一次感受到了孤独；我转身，放弃脚下的路，向相反方向走去，踏上属于记忆和思念的路，属于忍耐和没来由的期盼的路。我只有最后一个疑问：“如果他没死呢？”如果有一天他现身了，因为他没地方躲了，或者不知道该去哪儿。当他不知道该去哪里的时候，他就回来了？有好多个瞬间，我努力地回忆他的容貌，却难过地发现我越是想清楚地回忆起他的容貌，他的五官就越是模糊，我越是想不起来，我很难看清他的面容，我要参看照片才能看清楚他的样子，这样清晰的面容不过是一束光、一个角度、一个瞬间共同作用的结果。如果我合上影集，就想不起他的样子，没有想象力，什么都做不成。而且事情在眼前发生，也需要想象力，因为这是唯一能突出事实的方法，能教会我们在事情发生时，分辨什么是要铭记的，什么不是。

后来，我养成了一个习惯，或许是太过悲伤，每天，我都会走进他的房间四下看看，他在家的时候，就在这里工作，做做笔记、画画草稿或者准备文件，或是写写不让我看的东西，他会关上门，打电话讲英语。他不常用这间房间，但是除了他也没人用。我不想清空房间，我要一直保留他离家时这间房间的样子，那是 1982 年 4 月 3 日。这个日期多么遥远啊，比记忆还要久远，比他离别的时间更远，那时是 1987 年、1988 年、1989 年或者再往后一年，已经过去很多年了。我打扫房间，抹掉不存在的灰尘，看着地球仪问自己托马斯在哪里，然后动手推一下让它转起来。每天早晨，在选择地球仪上的某一处地点时，我能瞥见大衣柜里挂着他的衣服，那是我们的卧室里的衣柜。我没丢掉那件衣服。如果某一次我去闻闻它，或者摸摸它，有一瞬我会悲伤到发狂，仿佛这衣服能散发出一种气味，即便这味道一点都不像是属于他的。如果我看到外套上有一小块污渍，我会想着把它送去染回来，但我马上放弃了这个想法，对自己说“做这个干什么”，如果看到一个褶皱，我想这是肢体动来动去的结果，看到鼓起来的地方或者瘪下去的口袋，我觉得是他放过皮夹、钥匙、烟盒、打火机或者眼镜，他的口袋里总是揣着眼镜，有一次我发现眼镜是用胶粘的，没有度数。在他的书桌里我找到了三副，眼镜架各不相同。但都是透明玻璃的，戴上不同的眼镜，他的脸会变，也许，我想这就是易容的要素。

有时我想着，在心里对他说：我对你的了解真是少。我不了解你的另外一面，也许那一面对你更有意义。我不知道你在远方的样子、你的旅行和你执行的幼稚任务，就是这些任务把你送上了绝路。你经历了那么多的痛苦，你现在能歇歇了吧。你感受过多么大的恐惧，你犯下了多少非人的罪行，他们给你的灵魂加了多么重的负担，他们用坚硬的铁刺把你伤得有多重。有多少个夜晚你睁着眼睛，彻夜难眠，有多少不幸让你的胸口发堵，像被人一脚踹中心窝，或者说，是被庞然大物的身体——一匹马，一头牛——没人能凭一己之力将它挪走。有多少女人爱过你，你骗过多少女人，让她们失望。你挖出多少人的秘密，他们曾如此信任你，你曾把多少人送上死路，他们本没有想到会遇见死亡，却难以置信地面对它。是什么职业让你变得性格扭曲，即便你能很好地胜任。我全都不知道，永远不会知道，因为你不会回来了。即便你回来了，你也不会对我提起这些，我想这次你还是不会讲的，这些年你去了哪儿，发生了什么事，为什么你不能回来或者不想回来，也不发回你还活着的消息，至少你能给我打个电话告诉我：我还活着，等着我。我不知道为什么自己还跟你待在一起，不知道为什么我没能抛下这一切，你都不在这里了，也不在任何地方。你的生命停止了，我的却仍在前进，但没了感觉，没了目标，或者我是因为我的孩子们才感到快乐，也是你的孩子们，他们是我的指南针，你不曾了解他们，以后也不会了解他们。每次我试着找个属于我自己的目标，抛开他们和你，这条路总是太短，或者我自己走偏了。是的，我看着你的空荡荡的衣服，突然想到如果你就在眼前，我能看见你，你对我来说仍是一个空洞，你的衣兜瘪下去或鼓出来的地方，有污渍或者褶皱，你的身体也是一个空洞，是缺位和沉默，或许至多是重复的死诗句，如同刻在石碑上的文字，被雪覆盖，让人无从辨认。至多是耳边的窃窃低语，我听不懂。我们自少年时代相识，从那时起，我就坚定地爱着你。但是然后，我艰难地熬过了一个很长的“然后”，你还占据着我的心，可是我对你的了解真的太少了！

在过去十一个月中，我的双亲和梅赛德斯女士都去世了，英伦学院的学生都称呼托马斯的母亲为梅赛德斯女士。他们的离世仿佛给一段故事画上了句号，让一代人谢幕，杰克·内文森是唯一缺席这场约定的人，他非常难过，非常孤独。他的两个女儿和另一个儿子自很久以前就与他疏远了，他们都不住在马德里。两周前，托马斯的一个姐姐回了马德里，想在母亲刚去世后陪陪父亲，但是她的家、丈夫、女儿都在巴塞罗那，没多久她就得回去。另一个姐姐在布鲁塞尔工作，只在葬礼上露了脸，托马斯的哥哥豪尔赫，则借口说距离太远，他还有工作不能来，根本没有出现，他没有寄只言片语也没有礼貌的问候，很久以前他就去加拿大开了一家装修公司。他从年轻时候起就脱离了家族关系，没什么理由跨越大西洋回来，这次更不会回来。“总之，”他在电话里对一位妹妹说，“我在这里或那里，对妈妈来说都是一样的。别跟我说她希望我们四个人一起送她一程。她又不会知道，而且汤姆不在。虽然我在蒙特利尔，但我的悲伤并没有少。”他在加拿大被称为乔治。

我感觉，杰克失去了妻子以后，第一次扪心自问他到底在这该死的国家做什么，西班牙语他讲不好，没什么能阻止他离开，没有了情感羁绊，也没有了工作的牵涉。的确，他时不时去英国文化教育协会和使馆，但是这时候，这些地方变了，工作人员都不认识他了。对他来说，回到英国也不是一个好的选择：除非英国停止变化或他停止变老，无论哪种情况，在任何年代、任何地点都不可能发生。我们与自己在茫然间降生的国家疏离，反过来又被自己变成的成年人或老人取代。

也许是吉列尔莫、艾丽莎还有我，是他最大的安慰，我们陪着他，是他留下来的理由，他的孙子孙女几乎从生下来就没了父亲，他的儿媳妇已对外宣称自己是寡妇，现在又失去了双亲。他和孩子在一起的时候，总是尝试用谦和、内敛的方式尽可能弥补托马斯的空位，自从我们经历了新的悲痛，他直接把我当作他的女儿。基于这种情况，我比他的亲生女儿更亲，而吉列尔莫和艾丽莎是有他血脉的孙辈，而且他们常与他在一起，还因为他们是他死去的小儿子的遗产继承人，他的小儿子没法下葬也没法让人为他一次哭个够。（对于没留下尸体或踪迹的人而言，这是另一个不便之处，悲恸是断断续续的，是逐渐形成的，如果心情左右摇摆且有时间间隔，就不会感到应有的哀悼了。）可我们本就不参与他的日常生活，自从梅赛德斯女士去世，他一个人住在杰纳街的老宅子里，我每天给他打一个电话，在去系里之前或者在家工作的时候，确认他每天的情况。打电话呼叫他不算什么，实际上就是确认他起床了，没有在夜里安静地、孤独地死去。那时候还没有手机，但有自动接听机。如果某次他没有接听我的电话，我会给他留言让他随后回复我，而我要一直等他回复我了才放心。

我并非怀着阴暗的想法，但事实上，母亲去世了，托马斯都不曾露面，这事给我想象中的棺椁加了一枚钉子。以托马斯的个性，他与母亲非常亲密（他比父亲更像一个保护者，又因为他是去世的那个人，墓门似乎关得更紧了）。有人去世，应该发布消息，杰克在一家本地报纸和一家英国报纸花了钱，几天后，他的一个英国朋友为他争取到了发布讣告的机会，那是一篇短小但情深意切的赞言。其实，作者生活在遥远的英国，几乎不了解托马斯的生平。

再次确信托马斯早已离世，我下意识地做了一个荒谬的尝试：和一个年轻人相处——实际上他不年轻了，他是我睡的第一个人，就是我与之度过初夜的那位。我与他不过是萍水相逢，没有后续的联系。那是1969年，当时我还不满十八岁，在大街上参加学生游行，要躲避“灰衣”警察，而他没有参加游行。他帮我避开马蹄，保护我、平息警察的怒气、带我回家为我处理膝盖上的伤口，他触碰我的腿，一开始是很自然的（与其说他的手是在疗伤，不如说是在触碰），后面则另有所图。他是一个斗牛士，住在拉斯·班塔斯广场附近，他叫埃斯特万·亚内斯，我不知道为什么会发生这样的事。这纯粹是偶然事件，我把它看作性解放时代的产物，是我受到惊吓后的应激反应，也是我的好奇心的体现。当然也因为他的吸引力很强。他的发辫很黑，眼睛是蓝色或者棕色的，眉毛浓密，有些龅牙，他的笑容淳朴、诙谐。从那时候起，托马斯就常常不在我身边，他去牛津上学了，只有假期才回来，我从没想到他离家的间隔会延长到无限期，也没想到这成为了我们在一起之后的生活方式：团聚和分离争得不分上下，直到分离成为最终的赢家。

我没给斗牛士留我的电话，他也没有给我他的。我们两个人都不曾努力地找对方，我们相处的那一会儿足以让我们发觉我们没有什么共同语言，也没有维持这段关系的想法，那时托马斯只是偶尔远行，我已经打定主意，早晚要当“贝尔塔·伊思拉·德·内文森”。这么多年来，有好多次我想起了埃斯特万·亚内斯，孤身一人或者有人陪伴的时候，我都会想起他。

那是一段快乐的记忆，很美好，如果可以这么讲，是因为那属于无忧无虑、肆意妄为的时光，凡事可以冷静地随心意去做。在那段明朗、透明的日子里，托马斯还不曾让我感到自己像是瞎了一只眼睛看模糊的世界。可以说，这是一段起庇护作用的回忆。实际上，在我的生命中，类似的记忆太少了。我认识托马斯的时候，只有童年的记忆不曾被他的混乱污染。我知道斗牛士住在哪里，即便二十年过去了，我还是认得那幢房子的门厅。最不可能发生的情况是他仍住在装修很好的公寓里，墙上挂着照片和斗牛海报，还放着一摞书，他是一个贪婪但凌乱的书虫，这是他告诉我的，或者是我推测的。

我不知道是什么驱使我走到这步。我猜是我对不安分的日子的向往，或者是我想看看年轻时的记忆是否还在。（当一个人的生活是一片荒芜，他需要用某种方式填满它，比如哪怕是回顾混沌、不甚重要的过去。）如果我们能够重逢，我们两人也不会有什么结果的，这不奇怪。非常有可能发生的情况是亚内斯结婚了，生了一串娃娃；或者他迁到了其他城市；或者他转行了，我们二十多岁的时候走过那些广场，现在我们都四十多了，广场亦发生了变化。有一次我走在大街上，不禁生出了好奇。与他相遇的那天，我没有仔细看门牌，只注意到有两个很相似的门廊各占一边。我走进一个眼熟的门厅，向门卫问起“堂·埃斯特万·亚内斯”，我如此称呼他的名字。“他不住在这里。您说亚内斯？不，这儿没有亚内斯这个人。”他干巴巴地说。我走进另一幢大楼，不抱希望地向门卫问了同样的问题。出乎我的意料，他回答说“堂·埃斯特万出差了，下个月才能回来。嗯，他的行程不定。也许他回不来。”“如果您方便的话，他回来的时候，您能递给他一张便条吗？”“行。给我吧，我把它塞进信箱，和其他信件放一起。”我没有提前准备，只好找一家咖啡馆写了一张条子，又在街边的文具店买了一个信封，最好其他人不会把它拆开看。他们把它打开也不是为了什么目的，不过是出于习惯。不过，在这之前我还是要确认我们说的是同一个人。“我们说的是斗牛士，对吧？”他温和地看着我，“男的，斗牛士……堂·埃斯特万的确是斗牛圈的，但他不是斗牛士。您说的是代理人吗？”“是的，我就想说这个。我刚才说错了，不好意思。”这会儿他认真地看着我，好像他不再摆出高高在上的样子了，因为他听到了自己不认识的词。“我去写张便条，等一下给您，”我说道，“非常感谢您帮忙。”我打算回来的时候，给他一点小费。

我写给亚内斯的便条内容差不多是这样的：亲爱的埃斯特万·亚内斯：你肯定不记得我了。我是贝尔塔·伊思拉，二十年前，在马努埃尔·贝尔塞拉广场附近，你曾把我从“灰衣”警察的马蹄和棍棒下救出来，然后你带我回到了你的公寓，给我处理伤口。我没觉得提过去的事有什么不妥，有些人不喜欢回忆年轻时候的事。“你的门房告诉我，你过一阵子会回到马德里。我路过这儿，想起了那一天发生的事情，还有你。我想再见见你，了解你的近况，如果你有空认识一下熟悉的陌生人，如果不觉得不便的话。你可以给我打电话，这是我的座机号码。我希望自我们最后一次见面，也是唯一一次见面以后，你这半生过得很好，如大家常说的。衷心地祝福你。贝尔塔·伊思拉。”我回到门卫处，把信封和五十个比塞塔递给他，这点小费足以让他帮这个忙，这样我就能保证他不会出于厌烦扔掉信封或者把它撕成两半，不会因为他想这么做而付诸行动。随后，我回到家开始了漫长的等待。我已经习惯了等待，没过两天我就把这件事忘了。

所以当我意外地接到埃斯特万·亚内斯的电话时，已经是一个月之后了。“我当然记得你，”他说，“我怎么会忘了呢。有好多回，我感到很遗憾，那晚没有留下你的电话。嗯，我也是不想打扰你。现在你来找我了，如果我们能见个面，我真是太高兴了，小姑娘。告诉我见面的时间和地点，我马上去。”他用了一个不存在的词，让我感到很有意思。我想起二十年前我听过这个词，当时它就引起了我的注意。它听起来倒不像是他说的，因为他本质上不是个轻浮的人。“门房说你成了大人物。”我对他说。“不过是经纪人。外行人会联想到嘴里叼着雪茄、手握大把钞票、对人呼来喝去的人，”他笑着说，“那可不是我。这段时间我只负责带新人，没什么事儿。看看我能不能靠某一个新人成为大人物吧，我手里有一批这样的人呢。真是谢天谢地，能听到你的声音，亲爱的。”我又一次听到了这个词，这是很市井的说法。“怎么样，不玩花枪了吗？”我问。“那是很久以前的事情啦，很久以前。做那个要不停地跑。”我提议在东方广场的露天咖啡馆喝咖啡。我懒得再去他住的那个区，我不喜欢那里，从 1969 年 1 月之后我只去过一次，是去西鲁埃拉出版社买一本英国幻想故事集，但那里没有这本书，这家出版社的总店在马努埃尔·贝尔塞拉广场附近，那里的地租比这破地方还便宜。埃斯特万·亚内斯很随和，我记得他热情的笑容。过去这么久，他很高兴再次遇到我，也许我们从此会约着见面，成为朋友。知道自己会成为什么样的人，常常见谁，和谁说话呢。虽然记忆是模糊的，像是一张图片，像在异国画廊看到的一幅画，可每个人不会忘记和什么人有过情事。即便后来会变得令人失望或无法忍受，对彼此仍怀着不由自主的喜爱或忠诚。这个花枪手没给我机会感到失望或者让我难以忍受，他还会是老样子。

可是到了约定的那天下午，我忽然后悔了，怎么说呢，我起了疑心。我害怕这个经纪人认不出我了，而我也认不出他了。我特别担心他的变化很大，没人能晓得自己这几十年发生的变化，年轻的学生和独自拉扯两个孩子、接近四十岁的妇女完全不一样，而且她还常常感到不稳定和失落（这种失落没完没了、毫无缘由，束缚着她，这是最糟糕的情况），她过得很不好。我退缩了。我试了好几套衣服，可没有一套让我满意。我换了好几种妆容，一些没效果，一些太夸张。我在镜子前摆出各种姿势，哪一种都没能让我感到满意，往常我并不这样；我忽然担心起自己的外形。

我发现在家里可以用望远镜看到坐在咖啡馆外面的客人，已经有好几个人坐在那里，享受 5 月的春光。所以离约定还有五分钟时，我开始站在阳台上张望。我等啊，等啊。我没有看到任何可能会是他的人，像老油画里的人，一开始我没有注意到有一个大胖子准点到了，不停地四下张望，之后才坐下来。他戴着宽边帽，如今不常见，是很老的款式。1969 年，花枪手也戴着一顶帽子，之前我忘记了，现在想起来了，那是一顶窄檐帽子。我曾随口批评他的帽子，他就把帽子扔进了街边的垃圾桶，还对我说“就听你的。如果你不喜欢，那就算了”。那时候我就觉得帽子土气，领带以及他的长大衣都很土气。

眼下，这个男人穿着浅米色套装，外套遮不住他日渐发福的身材，能看出来唯一一枚扣子绷得很紧。他在一张桌子旁边坐下之前，解开了这枚扣子，结果长领带露了出来，好像是为了遮一遮突出的肚子，这条领带太长了，下端都荡到了裤子上，不会是他吧，我想，那他的变化可真大。不过二十年是很长的时间，时间真是无情，人能过上什么样的日子都是难以预知的。不一会儿，他摘了帽子（帽子的颜色是与套装搭配的，好衣服却没为他的气质加分），从口袋掏出手帕，轻轻擦拭额头和鬓角，还擦了露在外面的秃顶。那时他的头发很多，我想，当然不是他。但是如果脱发发生得迅速，他也会在很短的时间内掉光头发。比如人感到痛苦或惊慌的时候，会在几天内衰老，而二十年是非常长的时间了，足以让人遭遇身体上的伤害或者意料之外的、糟糕的变化。有的人老了，即便在生命的最后日子，仍能让人认出是他，可是有的人却在很短的时间里变成另外一个人，仿佛一个与他完全不同的人偷取了他的面容和身体，肥胖和谢顶在男人的身上创造了奇迹，或者让他们经历了“变形记”。如果那人就是花枪手，就是年轻斗牛士的经纪人，我一点都不想下楼去见他，他与刻在我的记忆里的人一点关系都没有，我不止一次到模糊的眷恋中寻求安慰。我该跟这个秃头的胖男人说什么呢？我不认识他，我对他的职业不感兴趣，也不想了解。我突然想起一句话，是当代一个叫庞博的作家写的：回归是最深层次上的背叛。这句话很有可能是有道理的。如果那人就是我年轻时遇到的花枪手，那么他刚刚粉碎了陪伴我半生的记忆。

我继续用望远镜观察其他桌子以及路过的行人，看是否会有其他人，一个与我的记忆相符的男人出现，但是没有人了。所以我把焦距调至最大。此时已经比约定时间晚了五分钟，仍在可以接受的范围内，但我要马上决定是否下楼。是去走完我自己定下的约会还是干脆爽约。后来，一个侍者靠近他，问他要点什么，他咧嘴笑了，这让我毫不怀疑他就是埃斯特万·亚内斯，虽然他的身材走样了。他的笑容一如1969年的样子，没有变化。略微突出的龅牙是他面孔上的亮点，仿佛他的牙齿露出来的时候，就有了生命力。但我也发现一个抹煞这种亲切感的细节：原来他的头顶梳着日式小辫子，就是“月代”，冲天辫，像是帽子上的小球。这些年来，男人们开始梳辫子，小辫子是新鲜事物（它们不断复制，多得到了让人反感的程度），在我看来，这真是让人惊悚的变革。我觉得梳辫子的都不是可信之人；在路上遇到梳日式小辫子的，我只会赶紧跑，何况是为了盖住脱发的部位，分散别人对谢顶的注意。我们都有冷酷且武断的一面，所以我抓着巨大的栏柱，打定主意不想下楼了。我觉得这不是一般的矫揉造作和愚蠢。

但是我还是多观察了一会儿。几分钟过去了，我看到他在四处找我，又看了好多次手表，点了三支烟，我看到他点了第二份咖啡，一次又一次戴上、摘下帽子。突然我觉得他看到我了，他从远处辨识出了我探出窗台的身影。当然，他没有望远镜，所以他眯起眼睛想要看得更清楚。他还戴上了帽子（那个动作就是在调整帽子），他看向我，站起身来，也许我猜他是这么做的。高倍望远镜让我看得更清楚。他挥动手臂跟我打招呼，或是在告诉我：“嘿，嘿，如果你是贝尔塔·伊思拉，我在这里。是我呀。”也许这是我以为他想要说的话。我感觉自己被人发现了，很不好意思，也感到紧张；我离开阳台，钻进屋子里躲起来，像被人察觉的间谍。惊奇过后，我冷静下来。总而言之，他也不确定那个人是我，因为我的脸被望远镜遮住了，他没有看清。而且我的变化也很大，当然肯定不及他变化大。我等了几分钟，再次从窗台探出身，尽可能小心翼翼地藏起自己。他不在那里，我没有看到他。接着电话铃声响了，我吓了一跳。“也许他进咖啡馆去给我打电话了，我给过他电话号码，这可真是个错误。他有了我的电话，就知道是我了。”我不想接电话，铃声响了十次；接着又响起来，这次是五声，他没了信心。我又等了一会儿，再次探出身，我的猜测得到了验证：他回到咖啡桌旁，没有站起来也没有跟人打招呼，他就一直这样坐着，不停地抽烟、喝咖啡。

我看了下表，这个男人等了我四十分钟，什么时候他会厌倦呢，什么时候会生气呢，什么时候会明白我不会来赴约，虽然是我主动约的他。这些想法让我很羞愧。我可真是不厚道。我去他家找他，请他给我打电话，提议见面，现在我晾着他，就因为他从头到脚变了样。仅是外形变了，内心里还是他。不过这就是当下的情况，就是这样，他帮过我，举止稳重。而且他拿走了我的处子之身，这是傻瓜托马斯惦记许久的。我与这个胖子睡过觉的念头突然闪过我的脑海，让我产生了抗拒。我感到恶心。谁能明白呢，也许我该下楼去与他聊聊，也许我会再次看到如假包换的笑容，我会马上适应他的新形象，最终透过新的他看到原来的他。“但也有可能，”我想再次确认，“我不想去见他，是因为他亲昵地叫我，还因为他梳着月代辮。可怜的人，还以为自己是斗牛士，挺着大肚子，还怎么把花枪插进牛健壮的身体里？他跟我说过，要跑得快且巧。”

此时，我发觉自己在做对比思考。和与他分别的时间相比，我与托马斯分离的时间略短，已经满七年了，但这么长的时间足以让他有机会现身，像虚构故事和现实生活中的各色人物一样归来，比如夏倍上校、马丁·盖尔，也许他也有很大的变化，和埃斯特万·亚内斯一样，或者埃斯特万变化更大，他是否受到了各种酷刑和追逐，是否一直东躲西藏，是否成为一个被全世界讨伐的恶人。我预想了一个我与他之间可能会发生的重逢，以此来证明我有多么不幸：我一直不曾放弃不合常理的奢望，坚持认为他能回家。“他不出现也是好的，”我心无旁骛地想，“不出现也好，总比小斗牛士经纪人要强，他被我召来了，在那里干等着我，他的执拗不可理喻，也许托马斯会跟他一样又胖又秃，身材走样，且个性尖酸、沉默，不喜与人接触，不喜欢做任何事，更不愿意告诉我他的经历，他非常知道，任何形式的未来都无法与他这些年在旅程和谋划中经历的情感相比，他漫长的生命充满了苦痛、惊险和侥幸，也许还浸润着悔恨，或者恰恰相反，他经历了各种各样的绝处逢生，他为曾四处奔忙、在各地阻断了瘟疫、骚乱感到自豪，也为埋下祸乱、挑唆点火感到自豪，为把敌人送上绝路或亲手扼住敌人的喉咙、用枪或匕首杀死他们而骄傲，我哪里知道呢，我永远不会了解。是的，他回来才是最糟的结局，而且，已经过去这么久了，早该回来了。是这样吧，我永远不会知道。”

我突然放声大哭。是的，在普普通通或平平常常的日子里，我常常想哭，时不时忍不住哭一场。那种事先毫无征兆地嚎哭，来得快，去得也快。飘忽不定的想法总引我流泪，这次也是如此。在电影院看电影或者看电视节目的时候，和朋友们说说笑笑或者教课的时候（这时我只好竭力摒住泪水），我一个人上街办事或和不再年幼的孩子们玩的时候，我的泪水会突然涌出来，如果我不能成功地摒住泪水，他们会很担心地看着我，父母无用，会让孩子们生出怨气，因为如此一来，他们会觉得没有人能保护他们。是的，他们没有见过快乐的或悲伤的父亲，他们慢慢长大了，问起父亲的时候，我会告诉他们官方的版本，就是伯特伦·图布拉或外事办公室的版本，他在福克兰群岛战争中死了，是那场小规模战争中的伤亡者，算不上是英烈，几乎没人记得在那里死去的人，这场荒谬的战争里只有军事独裁的无耻和撒切尔内阁的完胜。和以往一样，牺牲了许多人的性命。

从我第二次看到花枪手到咖啡馆算起，六十五分钟过去了，我的双眼盈满了泪水，什么都看不清，我等着这段哭泣过去，我洗干净脸，可我还在流泪。七十五分钟过去了，我还在流泪。电话铃声再一次响起，十声，我猜是那个人谨慎地打电话来，他不曾没完没了地打电话。他的耐心等待让我感动。对他来说，与我见面是很重要的，他抱有许多幻想。二十年过去了，一切如过眼云烟，他还记得我？我很是怀疑。既然他没走，我还可以下楼，为自己不可饶恕的迟到编一个借口，与他聊一会儿。我为他的诚实感到遗憾。他可真是有空，愿意为一个陌生的女人花上一个多小时，这个女人仅是他对过去的幻想，现在也在变得肥胖、沧桑且衰老，绝望到要去找他的田地。我怀疑，我很是怀疑。我一直有疑虑，直到看到他找侍者要账单，他准点到的，在等待七十分钟以后，他站起来，与年轻的侍者说了几句话（他为自己被人爽约感到不好意思，大概在对侍者解释），他最后看了看四周，整了整帽子，系上外套的纽扣，向王宫、巴伊兰大街的方向走，步伐缓慢，也许他很有挫败感也很失望。

之后，他再没有给我打电话，不曾约过我。也不想知道我是忘记他了还是他记错了日期，记错了时间或地点。他不想知道，也不想问从帕威亚大街的阳台探出身的人是不是我。他对发生的事情没什么想法，或者说，他能够理解。

1990年、1991年、1992年过去了。1992年，西班牙举行了盛大的庆典和奥林匹克运动会，后者给西班牙带来了非凡的乐观主义，这个国家突然想象自己欣欣向荣起来。于我，这是托马斯走后的第十个年头，我们是4月4日在巴拉哈斯机场临时告别的。他竟然已经走了十年，都不像真的，告别的场景让我觉得那么近，又那么远，近得好似发生在昨日。到9月时，我就要四十岁了，我自己都不敢相信，我觉得自己比四十岁要老得多，也年轻得多，仿佛我是一个没有年龄的女人，需要的时候就穿越时光，实际上不过是跨了一道沟渠，同时生命已然结束，新生尚未开始，我既是单身，也是守寡，又是已婚的状态，这段生命悬停了，或是被打断了，或是奇妙地改变了。仿佛时光在流淌、流淌，但并非真的流逝，我们以为时光裹挟着我们前进，或者好心地为我们拉长了存在的维度。有成百上千的人们止步于青少年时期，他们拒绝抛弃人生这两个阶段，坚信一切皆有可能，没有什么事物会受到过去的余波影响，因为过去还不曾结束；就好似是许多偶然发生的事件心不在焉地对时间说了点什么，或者说都算不上是说话，时间就听从了这些事件的支配："暂停，冷静，暂停，我要想一想。"这种毛病太有普遍性了，现在都不被认为是毛病了。我的情况不全是这样，在1982年，时间为我按下了暂停键，而我一直没有找到重启它的办法。在课堂上，我要讲福克纳（浮于表面的讲解），我读到：有一次，有人问他为什么他写的句子这么长，冗长且没完没了，他回答说，“因为我一直不敢确定能活到开始写新的句子”，就是这样。也许那没有尽头的暂停于我也是这个道理，如果我解除了暂停，恐怕就要死了，或者恐怕就要杀死别人了。毫无疑问，是杀死托马斯。

我不止一次从窗台探出身，从一个窗台到另一个窗台，特别是在下午和傍晚的时候，我向广场望去，视野所及的区域，我试图分辨他的身影，让我倍感亲切的身影，向家的方向走来或者是在大教堂那里从出租车上下来，如果我看到某个人提着行李箱或拿着旅行包（这里有许多游客，但提箱子或拿旅行包的人不常见），就跑去拿之前用来观察埃斯特万·亚内斯的望远镜，荒唐地望着可疑的人，总是在想，隔了这么久的时间，如果托马斯出现，肯定是拿着行李。可是，我像是个失去理性的傻瓜，总是忘记即便他没有被深埋地下或沉入海底，他可能会变成任何其他样子，总之绝不会是我熟悉的样子，他变得让我难以辨认，就像那个有耐心、随和且实诚的花枪手。

冥冥中，我以为该这么做，是因为有一天上午杰克·内文森跟我说了一些话，也许他是快到吃饭的时候讲的。每个周日，他都会来和我一起吃午餐。吉列尔莫和艾丽莎去萨瓦蒂尼公园或者莫洛公园玩了（吉列尔莫已经十三岁了），他们会拖到最后才回来。不管是我还是杰克，都不知道事实上杰克的日子不长了，从那个周日算起的两个月以后，夜里他突发心梗去世。我照常给他打电话问候，他没有回复。我给他留了言，他一直没有回复，我就拦了出租车，焦急地赶到他在杰纳街的家，担心他出了意外。我拿钥匙开门，发现他躺在床边的地板上，穿着浅色的睡衣，手里拿着深色的真丝起居袍，还没来得及穿上，好像是他捡衣服的时候摔倒了，或者他是想拿起床头柜上的电话打给我，肯定是这样。这类梗堵是致命的，让他动弹不得，他没能挺过来，他想起身时却滑倒了，也许在死之前，他在寻找地板的冰冷，在我们感觉很糟的时候，低温能让我们感到舒服一点。也许是这样吧，他想摆脱床褥里的闷热，他没有求救，也没有尝试自救。有些人，面对死亡的时候就认命了，他们最后的想法是这样还不错，也不差，一生已足矣，他们不想反抗，不想努力把寿命延长几个月或者几周。只有不多的人怀着这般坦然，但这样的人的确存在，有时我也想成为这样的人。杰克死了，梅赛德斯女士许多年前就不在了，托马斯的兄弟姐妹早已与我疏远，似乎我与内文森家族的关系到了该结束的时候。但是，我的孩子们还姓内文森，他们叫吉列尔莫·内文森和艾丽莎·内文森。我的名片已经不印“贝尔塔·伊思拉·德·内文森”字样了，许久以前在西班牙，已婚的女人就不用昭示所有权的夫姓了。我又一次成了“贝尔塔·伊思拉”，我就是我。然而，在我的回忆里，我的想象中，我仍是贝尔塔·伊思拉·德·内文森。

那个周末杰克的状态很好，没有露出任何让我们担心的迹象。他朝我要了一杯白葡萄酒，然后坐在他常坐的位置，实际上就是外来访客经常喜欢坐下的位置，许多年前，米盖尔·路易斯·金德兰恐吓我时，就坐在这里。他用手撑着新买的铜柄手杖，高兴地展示一块铜皮从手杖上翘起来，有个尖尖头，手杖像是一根矛或一个小的鱼叉，而且像是可以投掷出去，当然是能要人命的。

“现在街上很不安全，”他说，“真不知道是不是需要一件有威慑性的武器。我没法跟人打架，也跑不快。我要像射兔子一样。该怎么说呢，像在射一只蜗牛。”

“但我看，这要过很久才能翘起来呢，”我客观地评论说，“你亮出武器的时候，它也有可能会伤害到你。他们会抢走你的手杖，反过来伤害你，那就更糟了。”

“好吧，”他抱起双臂，“只有提前发觉危险的时候，才有用，我的眼睛要擦得雪亮才行。还有要给它时间翘起来，让他们见识下尖头儿。这真的能吓唬人吗？那可是很疼的。”

他一圈又一圈转着铜皮，我看这动作根本是徒劳的。但如果这能让他有安全感，倒也挺好，这无非是他的幻想。

“你还记得许多年前，托马斯在伦敦被抢了吗？他们在他的脸上划了一道，随后那道疤彻底消失了，跟从来没有过一样。这真是太奇怪了。如果我没记错的话，他说是外事办公室安排的外科手术。他当时是这么说的，谁知道他到底发生了什么事。”

这会儿，杰克两手扶着可以要人命的铜尖手杖，他把下巴撑在两手上，笑起来时两颊有酒窝，年龄大了，酒窝变得更深了。

“托马斯这些事都太蹊跷了。”我马上注意到他使用的动词时态，他没有用过去时，这意味着动作已经结束（对于人来说，就指这人已经死了），而用了现在时。“总之，自从他去了牛津，或者自打他从那里毕业，我一直问自己，坚持让他去那里读书是不是我的错。发生了一些事，他经历了一些事，这些事改变了他，我不知道是什么事。他有没有跟你说过？”他还是没有用简单过去时，这个时态一般用来描述已经死去的人。当然，杰克·内文森的西班牙语离好还差得远，即便他在这里过了一辈子。我们两个聊天是用两种语言的，一会儿用西班牙语，一会儿换成英语，怎么方便，怎么说。“可是，不管他发生了什么事，我怎么会知道呢。你知道吗？”他又问了一次，好像他难以相信我居然不知道。

“不知道，杰克，”我说，“托马斯总是讳莫如深的样子。他总说自己没有被授权透露他的任务、目的地，什么都不能讲。如果他对我讲了，就违法了，违反了外事办公室守则，就是所谓的他必须遵守的规定，否则没人承担非常严重的后果。直到退休都不能说，一直到死都要保持沉默，我想，披露信息的人会被指控为叛徒，到今天也是如此。嗯，这些都是当时他告诉我实际上他在为谁工作以后，我才知道的。但那之前，他什么都没说过，事实上他几乎没有从事外事工作。”我顿了一下，思考了一会儿，接着说：“是的，他在牛津时肯定遇到了事。我也发现他变了，在我们结婚之前，他就变了。应该是那时候他们招募了他。他离家的时候，没想到要担上这些责任。他过着双重的人生，在这两段的生活里，都要伪装和遮掩。这些足以让他形成任何一种人格，不是吗？”

“是的，足够了，”杰克说，“所有这一切，这一切……我总是在想还有别的什么事。现在，托马斯真是太神秘了。”他一直说着，这次他都没有用现在完成时，而是用的一般现在时。

“你为什么说‘现在’？”

杰克抬起下巴，表情惊讶，双手仍然撑在手杖上，看起来他很喜欢这个姿势。

“我说了‘现在’？”

“对的，‘现在，托马斯真是太神秘了’，你刚才是这么说的。”

他向窗外望去，浅蓝色眼睛茫然地看着一排排树木。

“啊，是的。也许吧，我不知道，”他说，“我想，谁都不想自己的儿子，从一点点小养到充满活力的年轻人，就这么死去。从他出生起，我就坚信他是个生命力顽强的孩子，他不会死去。想想看，我没有亲眼看到他死去，也没有看到他的遗体，更没有埋葬他。”他马上纠正自己的话，“这个答案简单。但不只如此，贝尔塔，我为什么要对你说谎呢。我希望你开启新的生活，忘记他。再找一个男人，你明白我的意思。我不想让哪怕是一丝的不安定捆绑着你，也不想让关于他的回忆成为你的负担。但是托马斯太神秘了，让人捉摸不透，他是个善变的人，打从小时候起，他就是一个不可理喻的孩子，我从不相信他真的死了。如果你愿意，就给他打电话：这是做父亲的直觉，是真心相信，是对官方说法的质疑，是心底的希望（wishful thinking，我不知道用西班牙语要怎么说）。我们的时间不多了，事实上我们受时间的影响很少，它不理会我们，甚至忽视了我们。即便把手中所有的牌面都翻开来，我们还是没有发现惊喜。实际上，时间对我们转过了身，我可以对它做同样的事，根据我们的需要拒绝承认它的存在。它给我们留一点空闲，当然会发生这种情况，就能让我们胡思乱想一会儿。我不否认，梅赛德斯已经走了，这没什么好说的。但我感觉托马斯还在某个地方活着。他用另一个身份在逃避、隐匿，甚至做了同种类的外科手术。我不知道，更不知道那是为什么。也许我无法证实，现在找不到他本人，所以我只能接受现实。我想，在我死之前，他不会回来了。如果他已经藏了十年，那么没有什么能阻止他藏十五年甚至二十年，直到一切都被大家忘记，被遗忘。最终，没人记得这一切，或者对于后来人，这些都不重要了，到我死去的时候，还是不能确切知道发生了什么事。这既是遗憾，又是幸运，因为这样的话，没人能说服我改变主意，我就能永远抱着这个想法了。”

我感到惊讶。“他自己也编造了一套说辞，”我想，“他准备了好多年。”

“你真的如此认为吗?”我问。

杰克的视线从树木转移到我的脸上，他的目光一如既往地纯净。

“我真的这样认为吗?”他顿了顿，仿佛在怀疑，“也许我不该跟你讲，贝尔塔，因为我没有证据。你别以为我知道的比你多，不是这样的。我拥有的比你多的，是信念。”

他说得有道理，不止是上了年纪的人，所有活着的人，我们都有权否认一部分事实，这些不够确凿且让我们感到苦楚或难过的事实，剥夺我们的希望的事实，或者仅是不称心的事实。对于我们不知道的，我们总是说“我不清楚”，实际上我们“清楚的”东西是非常少的，我想说所有我们知道的，都是别人或者书本、报纸、百科全书或者编年史、文献资料、年鉴告诉我们的，我们相信这些保存下来的老资料，好像它们在其所处的时代不会是假话、不会歪曲事实。我们没有参与那些事件，也不曾亲眼所见，我们没资格确认任何事，可反而一直在这么做。因此，如果我们想否认一个事实或一个事物的存在，并不是难事，世间的混沌和糟糕的（瞬间的、让人怀疑的、多变的）记忆使得我们能轻松地做到遗忘。如果我们钦慕的人做了坏事，大多数时候我们会说“不是，不是他，或者不是她，这不对头。我感觉像是他，我肯定是搞错了。我感觉一切都不正常，一切都是阴暗的，我的心情也变了，我的想法不太好，我的视角不对。我把他与另外一个与他相像的人混淆了，肯定是弄混了”。谁不会盼望那个失踪的儿子，最年轻的小儿子还活在世上？普里阿摩斯亲眼目睹长子赫克托尔死去，他求阿喀琉斯把残破的遗体交给他埋葬，这肯定是在自取其辱，因为他清楚地明白儿子死了。但如果他没有亲眼看见，如果是别人带消息给他说赫克托尔在遥远的战场倒下了，他肯定还在盼着赫克托尔归来，他认为目击者说的不对，他们没有看清楚或者升天的不是他儿子，当他感到不确定的时候，他最不想承认的就是儿子死了。其实这些词语是不存在的：肯定、证明、明了；证实、确认、反复肯定、确凿。这些词语没有夸大其实也不是客套话，它们是用来回应人们的心理需求的。

我没法跟杰克·内文森确认什么，也没法对他说谎话，感受是不会骗人的，信念更不会。但是我仅仅告诉他那些我过去的感受，特别是 1988 年的感受，那之后我就释然了。我应该告诉他金德兰夫妇的事，我一直瞒着他和老太太，避免让他们感到紧张和不安。就是这件事，让我不止一次感到害怕、怀疑，担心托马斯在北爱尔兰做了见不得光的事，担心他遇到无比愤怒、满怀恨意的人，这些人让我更加害怕，他们不是爱尔兰共和军，也不是武装队员，而是老百姓，我想起他们和上世纪三十年代的西班牙人一样，行为野蛮，有报复的欲望，我说“上世纪”是因为我生活在现在。（或者像八十年代的巴斯克人，当时生活在被“埃塔”占领的巴斯克地区）苏维埃、古巴、东德——因为我一无所知，所以提起其他这些我以为托马斯去过的地方时，我不会感到相同的恐慌，也许这么想是很荒谬的。其他地方可能更加危险，但我想在那些地方，至少民众是不会插手的，不至于如此容易受鼓动。

1988 年 3 月 19 日，“屠杀下士”或者“士官屠杀”事件发生了。这之前三天，在贝尔法斯特，在为三名企图制造骚乱并被英国士兵杀死的爱尔兰共和军成员下葬的时候，一个名字叫麦克·斯通的准军事组织成员带着手枪和手榴弹袭击了葬礼，导致三人死亡，其中一名死者是爱尔兰共和军成员凯文·布雷迪。不用说，到了 19 日，紧张、愤怒、恐惧和疑虑笼罩着他的葬礼。为了避免进一步激化冲突，警察决定保持距离，也没有监视葬礼。有一群爱尔兰共和军士兵和预备役士兵维持秩序，现场有许多记者，还有一个电视台摄制组。出于偶然，或者是因为不知道新的规定，两名英国下士穿着便服，开着一辆银色的帕萨特，跟着几辆黑色出租车进入举行葬礼的区域。民众以为这是新一轮袭击，而且开车的两个人又是北爱尔兰防卫团的，和三天前杀人的斯通一样。几乎没有回旋余地。下士试图倒车，但在一次倒车时冲上了人行道，这一行为引起了骚乱和群众的愤怒。最后这辆车被黑色的出租车堵截了，人们围住汽车，打碎车窗，试图把两名下士拉出来。二十四岁的德瑞克·伍德从车窗伸出武器，是小手枪或者左轮手枪，朝空中开了一枪，试图让人群后退。可是这仅仅是一瞬，只一会儿工夫，异常愤怒的民众就把两名士兵，伍德和大卫·豪斯拖了出来，豪斯只有二十三岁，他们被推倒在地上，受了许多拳脚。一名记者报道了两名士兵当时的样子，他说其中一个人“没有声嘶力竭地叫嚷，他只是恐惧地看着我们，仿佛我们是异国的敌人，仿佛就算他求助，我们也听不懂他说的是什么语言”。他们被拖到附近的运动场，一群人把他们的衣服扒了，只留下了鞋袜。天主教神父阿莱克·雷德想拦住人群，让人叫救护车，根据BBC的报道，人群以残忍手段虐待两名下士。他们半路把神父赶走了，威胁他说如果他再干预这事，就一枪打死他。他们继续殴打两名士兵，还把他们扔过一堵墙，墙的另一侧，一辆黑色的宽座出租车接住了他们，这辆车很像从伦敦来的，它以最快的速度离开了。车里除了奄奄一息的士兵和司机，还有两三个人。坐在副驾驶座上的人有好几次举起了拳头，向窗外比划胜利的手势。今天，在网络上仍能找到部分当时的场景，人们意识到电视台在拍摄，就推推搡搡地把摄像机赶走了。那个拳头手势传达的意思很清晰，是带着战利品兴冲冲地逃脱。

不幸很快就发生了。出租车没有开很远，只行了两百多米，到一处空地停下来，证实了两名入侵者的身份以后，据后来一位爱尔兰共和军贝尔法斯特旅的通讯员讲，“我们处决了他们”。这句话并不适用于伍德的遗体，就是他看到人们围过来时朝空中开了一枪，他身上有六处枪伤，两处在头上，四处在胸上，后背被刺了四刀，身体其他部位有许多伤痕。这是许多双无法控制的手造成的，不是一个冷漠的刽子手做的。阿莱克·雷德神父追着出租车跑，摸到了两位下士的下落，想要阻止暴行。但当他走到空地时，一切都迟了（整场事件持续了十二分钟），他只能给逝者——刚刚死去的人做临终仪式。一名摄影师捕捉到了这个镜头，这张照片非常有名，被《生活》杂志评为本世纪后五十年最佳摄影之一。照片中，雷德神父跪在血迹斑斑的尸体旁，年轻的下士豪斯的遗体几乎全裸。神父看向镜头，或者说看向举着照相机的人（也许他在向另外一个人表达他的绝望，寻求理解）。他的神情满是无能为力，仿佛他知道他做的这些仪式对尸体毫无用处。但这是他唯一能做的事，有人觉得，即便面对无能为力的事，也总应该做点什么。

看到 1988 年的这个场景，我不禁想起了另外一个我提到过的但怎么也找不到照片的场景，在网络上也搜不到它了。这样最好，从另一个角度想，那场景让人难以接受。一帮人或一群痞子杀人之前，先把这个人的衣服剥光，我不知道是为了凌辱他还是纯粹因为气愤至极才这样做，或是想让他无从反抗，或是以这种行为宣告他的下场，或是想像对待牲畜一样待他。自从看到杀死下士的场景，我再一次有了不祥的预感，如果这种感受能被称为预感，但这是对已经发生的事情的感受，过去发生的已经成为过去，或许早已离我们远去。看到北爱尔兰民众的愤怒，我毫不怀疑，也许托马斯在那里，伪装成爱尔兰人，甚至扮成共和军成员，设法赢得了他们的信任，然后伏击或揭露他们，可是他被发现了。他的遭遇与两名下士或者其他英国士兵，甚至某个渗透者当然也是保密者的遭遇没什么太大的差别（也许更糟），这次受罪的是他。只不过，他那不着衣物、残破的身体没有被人看见，他们不是为了杀鸡儆猴，不为夸耀，也不为传递信息或彰显武力，不会允许一个神父帮他进入另一个世界。在一个没有月亮的漆黑夜晚，托马斯被带到一处树林里秘密地掩埋了，或被扔到海里或被拴上沉重的铁链，沉入内伊湖，永远不见天日；他被扔去喂狗或喂猪，他被碎尸万段或被烧成了灰烬，像老人家袖子上的灰尘，随风而逝。他们有意让他销声匿迹，蒙骗他的上级和亲人，以此作为加倍的惩罚，他们蒙骗了我，贝尔塔·伊思拉，一个陌生的、遥远的女人。他们残忍地对待他，毫无怜悯之情，把他驱逐出了地球，他的身体、他的痕迹全部被抹除了，仿佛他从没有踏上这片土地，没来过这人世间。一如历史上，土地被填平了，小镇被抹去了，便没了后续的故事。因为不能一而再、再而三地杀死他，虽然刽子手是想这么做。他们却能消除一切记忆，以此作为对他的惩罚。因而，对这个地方的愤恨，是一种对空间的恼恨，它制造出一堆瓦砾，一捧黄土（对空间地点的恨真显得病态），还有存在于传记中的恨意，对一个人的恨意。这个人死了还不够，还要抹除所有他那恶劣的人生留下的痕迹，把他除掉，仿佛他不曾出生，不曾活过，不曾死亡，不曾开启一段旅程；仿佛他好事或坏事都没做过，只是一张白纸或是一段无法辨认的碑文，一个没有留下任何记录的人，是一个无名氏。也许这就是托马斯的结局，被已经发生的或者未曾发生的事件的重重迷雾包裹，在被时间忽略的角落，卡在海峡里，成为一根野草，一粒尘埃，一道闪电，夏日里一只攀墙的壁虎，一团终将消散的云雾，一场落地即化的雪。

我无法跟杰克提 1988 年我受到的惊吓，不能提之前类似的经历、金德兰夫妇以及北爱尔兰甚至爱尔兰。这些有可能会让他动摇，会瓦解他的信念，这么做有什么意思呢，他已经上了年纪，孤零零一个人，他又老又孤独，最后能有点念想，哪怕是生活中最微不足道的小事，总比像一个魂灵要好。他去世几个月了，我仍为没对他透露一个字感到高兴。这样，在他穿着睡衣从床边滑下的时候，仍然认为他那神秘莫测的小儿子还活着，还会回来，即便他无法见到他了。杰克死了以后，我感到很孤单（这些年来，孩子们一直陪着我，我身边还时不时有男人陪伴），我不得不接受杰克的想法，受他无缘由的信念的影响。1988 年过去了，下士伍德和豪斯事件已经过去了，他们遭到毒打，接着被许多双想要处死他们成百上千次的贪婪的手杀死了，还被刺了四下，中了六枪。的确，这事已经过去了，但公公的话还留在我心里。所以，因为时不时冒出的迷信想法，我养成了一个条件反射式的行为（和摸木头会倒霉或者在胸口画十字祈祷一样），我仍然常常从阳台上探出身去，在下午和傍晚时的次数尤其多，清晨我突然醒来，用望远镜或只是用眼睛望画着《仕女图》的东方广场，望向圣基丁大街和莱庞多大街，这条街上有数学学院和大教堂，还有游客如织的王宫，盼着某一处有一个被时间和苦难改变了样子的、熟悉的身影出现。或许，他过上了比跟我在一起时更好的日子，有了妻子和孩子。托马斯真的太神秘了，在幻想的世界里，一切皆有可能。

第八章

“你想象不到，索斯沃斯先生，我多少次回想起二十年前我下定决心时的情景。”

汤姆·内文森不比他的老师年轻多少，但他仍然像以前，也就是二十多年前一样使用礼貌用语。有许多习惯是很难改变的，比如面对教授仍用敬语，即便这时教授和学生已经不再是师生关系，他们的关系已经停止了。

“你想过什么？”索斯沃斯先生问，也许他是出于客套而非真正好奇。他还没能从这意外的拜访中回过神来，这次来访没有预先打招呼或打电话联系，这位声称是汤姆·内文森的中年男子不合时宜地突然来访，他与他印象中的样子全然不同。现在，索斯沃斯先生的头发几乎全白了，过早地白了，其他方面却没有过多地改变。他仍然住在圣彼得学院的寓所里，仍能熟练地处理黑色院士服的下摆，它自然地垂在他的腿侧，他从没有被它缠住，而且坚持在指导学生或上课时穿这件衣服，尽管这在九十年代开始变得不受欢迎，被当作权威和精英主义的标志——预示着仇恨加剧的新世纪。一切都会被嗤之以鼻，礼节、杰出表现或渊博学识都会被视作一种冒犯。然而，索斯沃斯先生天生彬彬有礼、出类拔萃、知识渊博，韦勒教授更是如此（后来获封皮特·韦勒爵士）。索斯沃斯先生还没准备好违背自己的意愿迎合造作的大众，后者自居为受害者，认定卑微感是生活的通行证，束手束脚，受制于此生此身。

“您觉得这很夸张，认为这是在炫耀个人的洞察力，”汤姆·内文森回答说，“但是我肯定这个决定影响了我的一生，让我成为现在的我。我这副样子，不是几天、几个月、几年，而是接下来的人生都如此，从那一刻起，我的整个人生就是这副样子，那时我还不曾开始人生的旅程，那时您就认识我，肯定多少能想起我曾经的样子。您不知道现在我成了什么样儿。我想过，而且一直在我脑子里浮现的就是‘现在的样子将会永远持续下去。我将成为另外一个人，我的身份是虚假的，我是一个来来回回、去而复返的幽灵。我将成为海洋、冰雪和狂风’。我反复想这句话，想要证明自己的身份。”汤姆沉默了，他的双眼茫然地盯着四周，看着温暖的房间，这里塞满了书，他曾在这里度过许多阅读时光，这些时光流向了一种永恒，或者两种，仿佛他不相信，自己流浪了这么多年，这个地方居然没有改变，而且，他应该能发现，在索斯沃斯看来，他的话毫无意义，索斯沃斯不了解事情的前因后果。

那天，他没有告诉索斯沃斯自己与韦勒的通话内容，或者只是带过一句话。他不曾提起自己与招募人图布拉和布雷克斯通的会面，也不曾提及后者提出的条件。其中一个条件是加入他们，另一个条件就是不能对任何人讲这事。如果他为情报部门工作，接受他们的培训，从那一刻起，一切都将变成这样，成为机密。过了几日，内文森来向索斯沃斯道别，索斯沃斯想了解他遇到的问题的起因，他只是说：“您说得有道理，索斯沃斯先生，非常感谢。韦勒先生出手帮我了，他给了我很不错的建议，问题已经解决了。警察没有再烦我，他发现我与那个可怜姑娘的死没有关系。”“那个莫尔斯呢？”索斯沃斯先生问，“他看起来很机灵，也很细心。”“您别担心，我跟他讲清楚了。

我找了法律协助，那位教授很可靠。”“他们找到那个凶手了吗?”“我不知道。不过他们总会找到的，我想。”索斯沃斯先生是个谨慎的人，不想多过问这件事。即便他想问，也可以去找皮特，他更信任这个人，对他而言，那个人就叫“皮特”。一周后，在泰勒学院办公室里，他俩碰上面了，索斯沃斯问起这件事，韦勒没有说太多，仿佛这不过是茶余饭后的谈资，无聊且不是新鲜事。“噢，那个年轻的内文森，”他回答，“不过是虚惊一场。他已经回马德里了，躲在斯塔基的羽翼下呢，或者即将要去他那里。”

没错，这个不再年轻的男人应该就是汤姆·内文森，肯定是他（怎么会有人在二十年后装成他以前的学生呢?怎么可能用这么拙劣的方式骗他呢?)。这个男人在他位于圣彼得学院的寓所里出现，眼神狂热，情绪随时会爆发，仿佛他刚看到一个幽灵或者一个刚从一段很久远、隐蔽很深的骗局中走出来，或者是刚经历了磨难或熬过了神明的审判的人。他发觉索斯沃斯先生什么都不知道，但他还是继续讲。他不知道该从何谈起，从头再议太难了，开弓没有回头箭，即便这是一支破损的箭头。

“我还记得读到的两句诗。‘浮悬在空中的灰尘/标志着一段历史终结的地方。’”修养极高的索斯沃斯先生没等他背完，就立刻指出诗句的出处，他不是在炫耀，而是像了解《圣经》一样知道这些诗句。

“我知道，是艾略特的《小吉丁》，如果我没有记错的话。”

“是的，我偶然读过，跳着读了个别句子，没有全读完。很久以前我就能背下来了，从上背到下。所以我也想到：我自己的故事也结束了，现在就是永远。这是空气的死亡。但我也没能幸存。这就是我在思考的问题，索斯沃斯先生，这既是一笔人生的财富，也是一场不幸。”

“又是艾略特的，对吗？”

这次托马斯没有回答，他只顾讲自己的，他变了很多，这一会儿，他的眼神涣散，过了一会儿，又目光灼灼地盯着昔日的导师和这间屋子，或者死气沉沉地审视内心，回顾往事，想着那些令人心焦的事，陷入虚无。

“索斯沃斯先生，一个人逃过了死亡，逃过了死亡的空气，我知道，所以才会这么说。我经历过这些。”他掏出一块手帕，擦拭额头和两鬓，从表面看，他没有流汗。他的手帕是对折叠的，很干净，擦过脸颊后仍然是干净的。“如果一个人还不想离开这个世界，结束这段生命就很难，如果命运认为他还不该死，他还没准备谢幕，杀死他就更难了。而且如果有人想杀他，他就会用所有力气去反抗，特别是用他的意志反抗。您可不知道，他被袭击时，那种意志力有多强大，在牛津，您是不会知道的。这是个和平的地方，不在宇宙之内。”

索斯沃斯先生心里面逐渐摆脱了起初的尴尬，他很惊诧，难以把眼前这个人同许多年前的明媚少年联系起来。当时，这个大学生以突出的语言天赋吸引了他的注意。现在这个人四十多岁了（也许他最后一次见他时，他也不止二十岁），他的嘴唇上留着灰色小胡子，下巴上的胡须也是，他的身体和脸都胖了。头上现出斑驳的白发，他把稀疏的头发往后梳，露出饱满的额头。年轻男孩的讨喜早已变成了俗不可耐，好像他的鼻尖被压扁了，方方正正的下巴变歪了，好像老式儿童画报中的人物；他那双灰色的眼睛失去了许多年前偶尔会迸发的光亮，看来是阴云密布、暗淡无光，他的双眸散发着沉郁和不羁，之前却是清澈的、不安的；他身上唯一不变的就是丰满的嘴唇，虽然被小胡子遮挡了一点，看起来不是那么红也没那么软。他的额头上有深深的抬头纹，脸上有川字纹。左嘴角下方有一道旧伤疤，索斯沃斯心想，这和皮特 1941 年遭遇车祸时留下的永久疤痕太像了，皮特是在苏格兰西海岸城镇洛海勒特训练时受伤的，他听后者提过。而对着托马斯时，时间就更久了，他的记忆更加模糊了（他的脸色如死人般苍白，但他可不是行将就木之人。）真是蹊跷，两个人的伤疤在同一处，且方向一致，都是斜着贯穿下巴。

新内文森讲话快，有时快得让人听不清，但他给人的印象是利落，当他平和、严肃的时候，讲话直奔主题，清楚明了。也许，他一点都不谨小慎微，他的举止有躁动、不耐、厌恶和内在的坚韧，这是年轻时不曾有的，至少在索斯沃斯记忆里是没有的。年轻的他轻快，爱戏谑，在这个男人身上则有一股戾气，他没心思开玩笑。他很久没有开玩笑的想法，现在他想起了那段担惊受怕的日子，几乎是惊悚至极的记忆，那是在被莫尔斯盘问后，当时索斯沃斯先生也在场。他突然得知前一夜与他睡过的女孩在他离开后被谋杀了，这让他感到毛骨悚然。她叫什么名字？警察莫尔斯提到了她的名字，让人震惊的是汤姆不知道这姑娘的名字，现在汤姆记起来了，直到那时他还不知道她姓什么。这个姑娘在沃特菲尔德书店工作，名和姓的缩写都是 J.，类似于琼恩·杰芙森，或者简·杰力科，或许是杰内特·杰弗瑞斯。他没有在报纸上读到任何消息，但这没什么好奇怪的，索斯沃斯先生不是天天看报，他日复一日地待在学院里，根本没空看报，他不是在上课就是在研讨，其余的时间则用来做研究和阅读成千上万册书。实际上，牛津大学以及所有的牛津人都游离于宇宙之外，活在自己的小圈子里。汤姆告诉他说事情解决了，他和其他人没什么差别，不是一个对集体以外的世界怀有好奇心的人，仿佛大学以外的事都与他无关。他很快就忘记这事了，他不认识那个姑娘，或者说也对不上号，总之不管那是什么人，对他来说都一样，既然他的学生不会再被影响，这件凶杀案与在曼彻斯特、在巴黎还是在华沙发生的罪案没什么不同。

现在他面前这个人不会再被这样的事吓破胆了，那曾是一场惨烈的凶杀，就发生在他身边，现在即便他被警察传唤，也不会害怕回答后者的提问了，或者不会被类似的处置方式吓到。“也许吧，”E. A. 索斯沃斯先生想（他的门牌上就是这么写的），“他可是一点儿都没变。这人以意外的方式融入了世界，一个现在他非常了解的世界。这些年汤姆到底看到了什么？”他观察汤姆的时候，也在问自己，“他做了什么，或者他们对他做了什么，让他变得如此无耻？他去西班牙做了外交官，或者到外事办担任官员，他的前途曾是那么光明，他会讲好多种语言，且说得相当流利。但这不是一个外交官或公职人员的面孔。这张脸属于一个漂泊不定的人、感到幻灭的人、绝望的人。也是个狠心的人。”

索斯沃斯先生拿出一支香烟，又拿了一支递给托马斯。托马斯接过，两人用索斯沃斯的打火机点燃自己的烟，他对托马斯说：

“你怎么了，汤姆·内文森？这些年你是怎么过的？我不知道你来找我聊哪个决定，我没明白。我能为你做点儿什么吗？你来看我，我没有不高兴，可都过去这么多年了，你到底为什么来找我？”

没人知道汤姆·内文森遇到过什么，做过什么，没人确切地知道，没人细细地了解过，更不会有人着重笔墨描述过。他去过哪些地方，和哪些人在一起，负责过什么样的任务，造成了多大的伤亡，又规避了多少不幸。只有他自己知道，实际上他和所有人都一样（和任何人都一样），至少图布拉或者瑞茨比或者乌莱或者顿达斯，那个有这样或那样甚至许多他不知道名字的人，以及布雷克斯通知道，这些直属上级、招募官、偷走他描绘好的人生的人知道。还有些人可能知道一点情况，也就是托马斯理论上效劳过的高级官员：约翰·伦尼爵士和莫里斯·奥德菲尔德爵士、迪克·弗兰克爵士和科林·菲格雷斯爵士、克里斯托弗·柯温爵士和科林·麦科尔爵士，尽管他不太可能受到大卫·斯佩丁爵士的远程调遣，斯佩丁爵士在 1994 年到 1999 年任情报局局长。但也许局长没有见过任何一名下属，他们不知道下属的行程，可能他们想，对于不同事件，关乎下属采取的办法，自己知道得越少越好，这帮下属都谨慎地与办公室保持距离。他们在象牙塔里发号施令，过一段时间等着命令执行的结果，却不知道是哪些人做的，是如何做到的。这要归功于层层传达指令的中间人的欺上瞒下，他们藏在暗处，抹去了哪怕很小的罪恶或不幸，他们把这些不好的挡在门外，避免弄脏自己的地毯；他们有自己的渠道，不想请示上级。如果一个任务或者一个装置在光天化日下失败了，变成了一场灾难，他们还可以接着披着无知织就的朦胧罩衣，洗脱罪责。他们完全不插手任何事务。谁知道是不是有人亲自去见了托马斯，他可是个人才，或者说他的能力很突出，也许托马斯晋升了，成了一个指挥官，可能职级还在布雷克斯通之上、图布拉之下。倒不是图布拉不允许下属晋升的职位比自己高。没人知道托马斯·内文森是什么级别，军方情报机构除外，这个道理大家还是懂的。

索斯沃斯先生是让他最指望得上的人，但他没指望后者会问他遇到了什么事，这些年来过得怎么样。这不过是一句问候，一句开场白，没人能够，也没人准备讲自己这二十年来的糟糕生活，这又不是虚构的故事，讲一个不存在的、被创作出来的人，即便能讲，可是讲这么长的故事是有难度的。所以托马斯尽可能简要地讲了他离开牛津以前的事，那时他还是学生，或者不再是学生了。

“当然了，您不知道。您不知道起因。”汤姆·内文森说到这儿，突然回过味儿，他的表情突然变得很严肃，他重新整理了下思路，集中注意力，他要调整语言表达，至少能让人听得明白，要做出解释的人都会如此。“那时，我对您说一切都解决了。那场案件里，我是无罪的，您应该记得，就是那个叫杰内特·杰弗瑞斯的女孩的案子，在我和她过夜的当晚，她被人掐死了。那件事给我带来了很坏的影响，您想起来了吗？我跟您说那事已经把我排除在外了。不过，我没有说我是如何做到的，也没说我是用什么换得的，因为当时有一个前提条件，就是绝对保密，我必须遵守。但现在我能说出来了。”他告诉索斯沃斯，韦勒教授如何推荐，帮他约了伯特伦·图布拉，“一个有很多资源的人”，他是怎样和布雷克斯通一起在布莱克威尔书店出现的，他们给了他什么建议。所以他迅速做出了决定，他清楚地记得那一刻的场景，然后用半辈子来回味。

“我可以理解为从那时起你就为情报部门工作吗？这些年都是吗？我听说你在驻马德里使馆工作，在外事办。”索斯沃斯的语气中有不可思议、嘲笑和惊讶，仿佛以他平和的校园生活经验评判，这类事情让他难以接受。他本以为托马斯是在开玩笑，但他发现托马斯的困扰不是装出来的，因为他说话的样子很是严肃，几乎像在演戏般严肃。他不是那种拿自己的处境自嘲的人。随着年龄的增长，好像他年轻时候的轻狂早已消失得无影无踪，他的个性也变了。现在他是一个内敛、疲惫的人，肩上有沉甸甸的担子，负重前行。

“我在那个部门待过，您别不信，我都习惯了。不过的确如此。这么多年以来一直如此。虽然这些年我不得不过着编外生活，远离权力圈。情况就是这样。现在不了，我不工作了，从那儿出来了。但我还是不能说太多，我这辈子都要遵守禁令。不能说我去过哪里、做过什么。我只能大体上说一说。我去过许多地方，做过许多事。有些事肯定发挥作用了，但大多数的事务是丑陋、肮脏的。我不会为任何事感到骄傲了，不再像许久以前的我，那时，我对自己很是满意。所以有好些天，我无法忍受我自己，难以与自己长期共存。一个人要做他需要做的事，他一头扎进任务里，不会想太多。这个人没有什么想法，他没时间思考，在开始行动时，他最好什么都不要想。日子一天天过，每个人都有许多迫在眉睫的难题和危机要解决，一刻不得闲。他收到许多命令，没空探究这些命令，更没空分析它们。从某种程度上说，他活得相当自在，总有人时时告诉他该做什么。他知道，乐意受管束的人，对此没有异议。明晰的命令，做这个，做那个，还有那个。或许有不明晰的命令，是为求得各种结果。我以这种状态活了许久，对自己要做的事有坚定的信念，高效地完成任务。如果一个人是被迫做事，最好把这件事变成一种由头，让他为之疯狂。从逻辑层面，我为国家服务，为女王服务。显然，女王什么都不知道，可怜的女人，如果她知道了以她的名义做的那些事，她很可能会自杀。”他吸完了烟，掏出了自己的烟盒，递给教授，可教授不想抽第二支了。索斯沃斯先生想起了托马斯之前吸的烟，牌子是马尔科维奇，当时莫尔斯对此非常感兴趣。现在这个牌子的烟已经停产了，他看到托马斯拿出的还是一种老牌子的、市面上不常见的烟，是希腊金龙。托马斯沉默了，事实上他攥着这支烟有好一会儿。他接着说：“当然有时候要选一选，通常情况，是两害取其轻。最折磨我的一个行动是参与策划三个同伴的死亡。好吧，他们不是我的同伴，我不认识他们。但是他们都是爱国者，英国兵士，他们是跟我一派的。可他们必须被牺牲，就是这种说法。不警示他们，不告诉他们，让他们去承担这个结果。瞧，我只能保持沉默。而且，我要参与执行任务，装作煽风点火。更为要紧的是，行动没有失败，没有引起大家的怀疑，我没遇到被暴露的危险。如果我拒绝参与行动，如果我克制住了自己，如果我不对成功犯罪表现出狂热，他们就会用不信任的眼光看我，或者做更坏的事，伤害我。也许我死了算了。但没多久，事实证明一个人总是优先考虑自己。如果他的逃出生天是场赌注，那他可以打破规则，或者不必干等结果。他会关注后续结果，当然了，他随后会想起这些后果，只是不是马上想起。而且，如果被人抓住了，他不是在执行任务，他什么都没做，这是他能活下来的关键，不能被别人觉察。至少，我不是刽子手，他们给我留了一点特权。但我想，如果我被选中了，我就得去干那杀鸡的活儿。还有别的吗？请问，索斯沃斯先生，您能给我点喝的吗？我的口很干，我有好几个晚上睡不着觉了。我刚是在打比方，那些事情和杀鸡可不一样，打引号的‘杀鸡’，那真是一团糟。”

索斯沃斯说自己家里有哪些喝的，他站起身，给托马斯倒了一杯不是很冰的白葡萄酒，已是隆冬季节了（早上九点半，喝这个还有点早，可托马斯没的选），他问起他早已明白得不能再明白的问题：

“之前你是一名潜伏者？是个间谍？你是去做那个了吗？听你说的好像是北爱尔兰。”索斯沃斯先生的语气里有怀疑，仿佛那对他来说很荒诞，那个世界与他的世界完全不一样。索斯沃斯先生不去电影院，不看电视剧，除了上课要用到的加尔多斯、克拉林、帕尔多·巴桑、巴耶-因克兰和巴罗哈的小说，他从不读其他小说，或许偶尔还会对福楼拜和巴尔扎克、迪金森、特罗洛普感兴趣。他完全不了解间谍，也不会通过小说了解间谍。

托马斯没有回答最后一个问题。

“我不止做这个。但很多时候，在很多地方我做过，变换地点的次数不多，总是做相同的事，与敌人成为好朋友，尽可能蒙骗他们。我不是说这不好玩，甚至还很刺激：去了解他们。可他们还会派我做什么呢，索斯沃斯先生，我是一个有语言天赋的人。我能讲这么多语言，可以模仿任何口音。您不记得了吗？我是因为这个被招募的，还能因为什么。所以这才是重点。第一个向我推荐这份工作的是韦勒教授，我猜您不知道，他不会和任何人提起这事，除了他，还有秘密情报局或者特别空勤团或者政治战执行局的同事，如果这些机构还存在的话。刚才您问我，这么长时间过去了，到底为了什么来找您。部分原因是，您告诉我，我这事到底教授参与了多少。您是他的朋友，您非常了解他、信任他。您尊敬他、爱戴他。您和他还是朋友，对吗？虽然他已经退休了，不是系里的头儿了。我听说现在的头儿是个威尔士人，叫伊万·麦克？”

“负责什么？”索斯沃斯先生突然问。

“对我身上发生的事负责。对我以为他们对我做的事负责。对把我的人生换成了另一个人的负责。现在我想回到自己的人生，之前的人生，已经晚了。平行世界的时间也是流逝的。平行时间。”他若有所思地重复了一句。他一口喝完了杯中酒。

“汤姆，我不明白。但不管你说的是什么，我恐怕无法告诉你，皮特，就是教授，在多大程度上负责。你最好去问他。这几周他在牛津。随后要去奥斯丁待几个月。自打退休后，他常常受许多美国大学的邀请。一年中，要在那儿住上一阵子。他们把他当做专家，他是去捞钱的。”

“不，如果不必要，我不想去看他。我不想粗暴地对待像他这个年龄的人，他多大岁数了，有八十了吗？他是受人尊敬的长者。如果您觉得没道理，我更不想找他算账了。您知道我是什么意思。”

“粗暴？”索斯沃斯听见这种不真实的宣称，忍不住笑了，他给自己倒了一杯酒，重新坐下来，他的袍子出现了褶皱。“说什么呢？因为你一干完活就开溜，我不知道这事对他来说是不是大事。最近我问他过得怎么样，他回答我说‘正等着死神来访，最好毫无痛苦，也能有点预兆，就像一艘船在正式发射大炮前的那声警告。’在这个年龄，他非常清楚自己大限将至。他还很精神，身体很好，但他知道自己的生命之火会慢慢地熄灭。也许一场突如其来的死亡不会影响他，反而会让他感到高兴，因为死亡是毋庸置疑的。”在牛津，所有的才子都是一副玩世不恭的模样。

“想笑就笑吧，”托马斯严肃地说，“我指的是语言暴力，不是行动上的，我倒是想这么做。瞧，您总是让我觉得您是个正直的人，是个非常公正的人，有什么说什么。我希望您能告诉我，韦勒先生多大程度上知晓这事。显然，他不会知道全部，他不可能知道。但他的评判对我有用，我对他的印象很好。您比任何人都了解韦勒。听听您的建议我就满足了。如果您觉得他不知晓，我就不去找他了。但如果您觉得他有责任，他就绕不开我，我不会怀着敬意去找他。”

“他要负什么责？他知道什么？”索斯沃斯先生不耐烦且茫然地问，“情报部门把你变得讲话晦涩难懂了。好吧，那是他的事，不是吗？”

托马斯没有听进这个新的笑话。

“我随后去。我们说说别的。”

“最好别太久……”索斯沃斯先生依然是幽默的语气，他看一眼挂钟，“十二点我要去泰勒学院上课。你运气挺好的，就今天上午我没课。我本来是想用这段时间备课的，不过呢，每个学期我都教这门课，也许你也听过的，我就没绕开过巴耶–因克兰。不备课，我也能应付。”

汤姆·内文森发觉让索斯沃斯先生放下个人经验之谈、平静的世界和生活节奏可不是容易事。汤姆起初以为，自己突然出现，以面目全非、前言不搭后语的逻辑和让人无从辨认但盛气凌人的幽灵的模样能成功地让他放下这些。但当他集中注意力，开始讲话的时候，他的语气中沾染着的冷漠的、牛津式的客套、戏谑、怀疑主义就显露出来，托马斯清楚地记得这些特点在最为严肃和高贵的委员会成员身上也有。眼下，索斯沃斯先生在这里待了这么久，已经被带坏了，他身上的真挚和耿直没了，在这样一个延续了八个世纪的教士氛围里，很难不受影响。可托马斯不是学生，是从最为惨烈的战场上回来的老兵，他却漫不经心地用学校那一套应付托马斯。托马斯突然站起来，走近索斯沃斯先生，两手一把抓住长袍的假领子，这是个冒犯的举动，非常少见。

“您根本没把我当回事，对吗？索斯沃斯先生。现在您该当回事了，我说话，您就得听着，直到我累了为止。这可不是儿戏。我的生活从来都不是儿戏，它一点都不好笑。二十年前，您几位把我的生活夺走了，你们是怎么做到的，我的工作不至于如此重要，我不认为除了我就没有其他人能做了。不过，国家太随心所欲，不放过利用任何一个公民的机会。这事儿您也有分，是您建议我去找韦勒聊聊，请他帮忙。韦勒把我介绍给图布拉，自此我就被套住了。两周前，我终于出来了，才两周。”托马斯没有松开索斯沃斯的袍子，还是用力地拉着它，他脑海里闪过一个想法：“让他看看，我可以变得很暴力。如果有必要，我会如此对待韦勒教授，这可是他应得的。我这么做毫不费力。年龄可不是他的挡箭牌。”接着，另一个托马斯在唱反调：“可怜的索斯沃斯先生，他什么都没做，当时他只是想保护我、帮助我。”因此，他羞愧地松开了索斯沃斯，后退了两步，重新坐下，“抱歉，索斯沃斯先生，我越界了，您与这事儿没关系，我知道。请您原谅。可我已经迷失二十年了，您看呢？这会让任何一个人感到困扰和失望。您没有经历过。您在这儿安静地度过一段又一段时光，上上课，讲讲巴耶-因克兰，开开学术研讨会，翻来覆去都是过这种日子，您几乎感觉不到时间的流逝。而我，过去的每一天，每一个小时，都在等待死亡来临，只是偶尔能放松下。但我知道，这不过是放松，可不是休息。最后一次离死亡最近的时刻，是很多年前了。我没料到死亡来临，因为和教授现在想的一样，年龄到了，死亡自然会来，但是他们强迫我靠近死亡，踏上死亡常去的土地。总有些地方比其他地方更像是死亡的地盘，我跟您说过那些士兵的遭遇。那就类似我踏上的土地。不对，比那更棘手的土地，更加危险。”

索斯沃斯先生平静地整了整长袍，抚平长长的从上垂到下的翻领，有好一会儿，他都保持着这个姿势，还气定神闲地跷起了二郎腿。他手里还举着酒杯，不曾洒出一滴酒，因为他没有做出反抗的动作。他顺着托马斯，他的表情没有变，也许他抿了抿嘴唇，看他的样子，是小心翼翼多于怒气冲天，托马斯抓住他的时候，他一动不动。

“没关系，”他说，“但是如果你再这么干，我就把你赶出去，一个字都不想听你说。和我说说吧，问我问题也行，我们谈到十一点三刻，十二点我就要去上课了。”

他的声音镇定，有点生气，但不至于怒气冲冲，也没有压迫感。汤姆愣了一下，好像实际上不知道该讲什么，既然要讲，从何讲起，或者该从哪往下说，刚才是在一片混乱中起的头。

“我是怀着美好的信仰服役的，索斯沃斯先生，”他终于说道，“一开始我不愿意，但后来这些年怀着美好的信仰。要求我做什么，命令我做什么，我就做什么。做得还不错，尽在掌控之中。我去过许多地方，我跟您提过，我都完成了任务。我坚信我的任务是有意义的，或者说意义更大，对保卫王国有重要作用。从那时起，我变得执拗，然后成了一名狂热分子。狂热可以证明一切。”

“那是你的任务。我明白，是渗透。”

“是的。对，但并非一直如此。我做过许多次。而且我不仅做这些，还负责办公室的工作、做研究、撰写报告、搞调查。还有监听、追踪、保卫。我整夜整夜待在小汽车里，监视某个门廊、某扇窗。我看过无数段录像。确切地说，间谍活动包含的东西很多，几乎涵盖了所有。还有，做过很多伪装，改变个性和外貌，用我不曾用过的方式讲话，改变声音和口音。这是最为肮脏的活儿。如亨利五世做过的，半夜里披着斗篷混在自己的士兵中，和他们聊天，了解他们的意愿，或是利用他们。”索斯沃斯先生读过许多书，他当然能很快知道汤姆在讲什么，“也许他是最高级别的间谍，但那是小说。有一天，我的妻子指出了这一点，事实上是我没有搞清楚。”他用了“wife”，而不是用“woman”，托马斯说的不是“女人”。

“对，你有妻子。”索斯沃斯先生说。按托马斯的年纪，这很正常。

“是的，我结婚好多年了，1974 年在马德里结的婚。我在那里上学时，她就是我女朋友了。她叫贝尔塔，我不知道以前我有没有跟您提过她。我们有两个孩子，一个男孩和一个女孩。现在，我有好多年没有见过他们了，没和他们说话了，出于安全考虑，为了活下去，我不能这么做。他们都以为我死了，我是说贝尔塔，她以为我死了。我猜她是这么想的，但我毕竟不是她，据说如此。因为在官方说法中，我已经死了。索斯沃斯先生，我是不存在的人。我还有一个女儿，和另外一个女人生的，我和她共同生活了许多年，她不知道我的真实姓名。”这次他用的词不是“妻子”，而是“女人”，“那个女儿没有跟我姓，那是当然的，是我在自己死亡以后不得已另取用的姓氏，就是我现在用的身份证件上的姓氏。但不久以后我就会变回托马斯·内文森，从已故人员名单中除名。我恐怕那个女儿只能记得我的假名了。我不认为自己能继续过那段生活，我也不知道。好吧，我的西班牙儿女的生活已经基本被我丢下了，接下来我还要抛弃英国的女儿，有什么办法呢。她妈妈不想看到我，我和她一起过日子，可她对我的秘密、我的沉默、我的消极的和奇怪的生活感到厌倦。女儿当然得留给她，大多数时候孩子们要留给女人。我有一段时间没见她们了，但也没过很久。您呢？结婚了吗？有孩子吗？”

“哦，没有。我没结婚也没孩子。”索斯沃斯先生平静下来，没有做过多的解释。托马斯总觉得他几乎是虔诚地投入到教学、音乐和文学中，对这些非常着迷。如果他有在大学以外的生活，那也是完全不为人所知的。“你说你的爱人对你一无所知？从许多年前就是吗？这真神奇。”

“我很久没见她了，也没有跟她说过话，我是这样的。但我的确知道一些孩子们的消息，他们已经不是孩子了。图布拉时不时地告诉我一些。他告诉我他们挺好的，什么都不缺。让我老实待在应该待的地方，不要蠢蠢欲动。总之，这么多年都是这么过的。我知道后来贝尔塔在这里和西班牙都被承认了寡妇的身份，但这些年里她没有再婚，她可以自由再婚。所以这让我想到，也许她不相信我真的死了。生不见人，死不见尸，索斯沃斯先生，这是显而易见的。官方宣称我是在阿根廷失踪的，他们在这上面花了很多工夫，后来通过法律程序宣称我已死亡。从很久以前，我就已经死了，您没想到吧。”

“在阿根廷的任何可能的地方。”索斯沃斯先生略带戏谑地嘟囔，“有点复杂，不是吗？有点遥远，连博尔赫斯都出于某种原因，从那里离开了。”

“我想您不清楚我们曾参与过一场与那个国家对抗的战争。这个国家很容易被人遗忘，这一点倒是很让人惊讶。当然在球赛中入围这事除外，那时候所有人都会激动好一阵子。”

“啊，是的，你说得有道理，的确如此。我们大多数人不大记得这事。你参与了那场战争？足球赛是什么意思？”索斯沃斯先生也不了解足球。

“我去没去那里并不重要。与我失踪相关的文件说我去参战了，我在那里失踪，没了消息。估计我成了阿根廷人的怒火的牺牲品。那不重要。还有呢，我跟您说了，我去过许多地方，必须给我的家人一个交代。外事办下属一个不大了解此事的部门也有了解释。因为它的权限不够，所以无需向它解释太多。”

“从那时算起，过了十二年。”

“从那时算起，有十二年了。战争刚刚开始，我就离开了贝尔塔。不过这是另外的故事了，现在就不跟您提了。看吧，即便有发生战争的危险，人们也认为它不会爆发。在内心里，我们所有人都是乐天派，晚上躺在床上想着明天早起。所以人是因着任务、责任的磨砺成长的，也因此积累信心。几乎所有的成功都会带来狂妄，一个人会下意识地产生自己刀枪不入的感觉。他会想，如果这一次顺风顺水，下一次为什么不会如此呢？他跨过的障碍越多，就越感到轻松，他的想法也就越多，胆子就越大。直到有一次，出了差错，他失败了。或者他没有失败，但他半途而废了，濒临死亡，成了没用的人。就如人们说的，人废了。他也不知道还要多久，或者是永远。总之，我不得不真的消失、藏起来，最好让全世界知道我死了，特别是让我的妻子知道，按照程序，她得第一个知道，我被禁止与她联系，任何接触都不行。想想看，许多年前就有人接近她，还有人威胁可能要伤害她。如果她以为我死了，别人能找到我的可能性就小了，但是敌人不会轻易相信，他们总想找到我的尸体。他们不能放过任何一个间谍，要让其受到惩罚。只有随着时间的流逝，他们找不到人，只有这些偏执的人死了或者退休，或者成为后备人员，要么他们也废了，才会忘记这事儿。可是要过许多年才行，除非你很走运，敌人被人杀了或者进了监狱。虽然算不上是千八百年，但是隐姓埋名的生活中，没有什么东西是长长久久的，被取而代之则很常见，后来的人不认识他，他们有自己的小九九。没人会搞父债子偿那一套复仇，那都是故事。这人很快就成了‘过去’。”

“我不知道自己有没有跟上你的思路。汤姆。我不是全部都理解了。”

这会儿汤姆的语速很快，仿佛知道时间到了，索斯沃斯先生就得走。

“您当然明白我的意思，索斯沃斯先生，您很聪明。所以，我从地球上消失了，换了一个身份，他们给我做了证件和一个工作履历，让我能在指定的城市过上普通人的生活，能开立银行账户、能租房、有社保卡，什么都不缺。去一个中等规模的省会城市，理论上讲没人能找到我。在那里，只有本地人和去工作的人。我成了一名谦和的教师。”

“我猜，教西班牙语，教外语。”

“没有，我不教外语，否则会引起别人的怀疑，我的外语讲得太好了。根据每学期的安排，我教历史、地理、文学。我在那里待了四五年了，您想想看，我自己都记不清了，教十二三岁或十四五岁的孩子，他们对什么都不上心。好在我不教他们外语，这个年龄的孩子觉得讲好英语很难，他们搞破坏的能力可值得夸奖。好在我不只靠这份薪水过活，不过虽然我还活着，却不能花钱大手大脚，不能引起别人的注意，不能留下任何关于我的痕迹。真是无聊，对吧，缩在一个地方，一个遥远的地方，卑微地活着。他就这么过着日子：一步错，步步错。敌人们也有间谍。虽然他们的能力不如我们，但他们也有间谍，他们以各种理由招募麻木的、没有方向的人，人们则找理由打发时间，什么都做，没有哪个帮派是没有狂热分子的。所以就有人听从指令、忍耐、妥协。和塞万提斯说的‘耐心点，发牌吧’一样。他在那种环境里，糟糕的是根本没有牌。在那里，人人束手束脚，直到有一天一个人说：‘好了，没那么危险了。如果你愿意的话，你可以从这里小心翼翼地离开。认识你的人都死了或者没人记得你了。没人会来打扰你，没人会在你身上浪费时间。’总的来讲，至少我过着体面的生活，没有经济负担，只不过我是不存在的，还好他们每半年给一笔现金，因为这笔钱不能入我的账户。人是有妄想症的，他会想有人在监视他，虽然他不是很确定，没人了解他的行踪。可一切都是有迹可循。图布拉派来的人每次都是不同的，是陌生人，还会简要地告诉我马德里的事。我呢，也与他通过许多次电话，我总是在电话亭打电话。”托马斯沉默了一会儿，眼睛盯着地面，突然变得很难过，或者他从迟疑中回过神，他是来找索斯沃斯先生的。他接着说：“这真的很讽刺，韦勒先生向我推荐这个工作时，提到一个看法，就是我可以以这种方式影响世界的发展，影响决策。他说，你不会成为宇宙弃儿，和普通人一样，和这片土地上的居民一样，但每个地方、每个时期都会有一些例外。但这恰恰是我的感受，从很久以前开始，我就觉得自己是宇宙弃儿。结果，唯一能让我感兴趣的、感到被救赎的就是自认死亡，让别人忘记我。”

索斯沃斯先生站起身，以目光询问过后，又给他倒了一些酒。托马斯一口喝光，机械地点燃了另一支金龙烟，这次他没有递给教授。他变得沉默且心不在焉，眼睛仍然盯着地面，索斯沃斯先生又看了一眼表，他们的时间挺充裕。

“照你讲的来看，你的情况有些特殊。不过的确如此，我猜，只有死亡能拯救我们，没人会向我们提要求、提问题，没人强迫我们、对我们发号施令，没人不厌其烦地搜查我们、意图伤害我们，”他说，也许他就是这么一说，或者是为了让汤姆摆脱忧伤，“你想问我关于皮特的什么？你刚又提到了他。”

虽然汤姆的样子变化很大，他刚刚待人的方式很糟，索斯沃斯先生发现他找回了以前的自己，表现出对师长的尊重，那时内文森是个优等生，相当耀眼，并非因为他聪明，而是他颇具天赋，他学得极其快，什么都会说，还能模仿和发挥创造。这二十年间，索斯沃斯从没想起过他——或许在他走后没多久，想过一两次，或者有人告诉他托马斯在外事办公室或使馆工作时，他想过很多次——但现在他又找回了某个清晨为托马斯担忧的感觉，当时托马斯陷入沃特菲尔德书店女孩凶杀案，警察就在那儿审问他。他不觉得案件调查清楚了，找到了嫌疑人，当然他对此也不甚关注，后来汤姆洗脱了嫌疑，离开了学校。索斯沃斯先生对自己的学生有一种发自内心的袒护。尽管颇为费力，他终于把眼前这个面容肿胀走形、蓄着胡须、脸上有疤且上了年纪的男人与那个前途光明、相当可爱的年轻人联系在一起。他眼前的这个男人毫无生气，和许多英国人一样，也和许多西班牙人一样。即便是突然陷入沉思，他们仍是一副麻木的样子。这种沉郁大概是因为他们正在酝酿复仇，或者是由此生出了复仇心。他们散发出的愤怒形神兼具，属于最为激烈的情感，那种上当受骗者的暴怒。他的许多行为的本质也是欺骗，但他肯定认为自己也是头等骗局的受害者。因此，索斯沃斯先生听懂了他的回答：

“是的，那么，我想知道他参与了多少，您是怎么看的。如果您觉得没必要，我不会去找他，如果您觉得他是无辜的，不知情。我已经与主要负责人见过面了。尽管有些人让人真想杀了他们，但情况不允许。这个事实我们都该明白。有些苦果就得自己咽下去，顶多抱怨一下。”托马斯用了西班牙语“putadas”（苦果），总之索斯沃斯先生和韦勒教授一样是西班牙语学者，能听懂这个词，“人不能与国家作对，反抗王权。王权手握胜券，它那么强大，它制订可以改变或者越过的法律，它可以免受罪罚。它压制你，让许多事情不容争议，没有回旋的余地……看吧，最不能期待的就是正义，还有补偿。这是不存在的。如果情况允许，个体就会开展报复活动，同时会感到一点快乐，但也就这么一会儿。已经逝去的东西是不可替代的。我常常对梅格说这句话，这让她很生气，因为我从不告诉她我说这句话时指的是什么，为什么这么说。她好奇、害怕地看着我，无法了解我，她只知道我的当下和杜撰出来的过去。她对我没有家人且从不提亲人、提父母和兄弟姐妹感到奇怪，在那个省城里，没有人来看我，也没人给我写信。一开始我有好几次假装出去旅行，但我很快就厌倦了：实际上我就是在宾馆里住一两个晚上，白天根本没有离开房间，可我真不走运，在大街上遇到了她，她还以为我出城了。”

“梅格吗？她是另一个女人？”

“是的，我的小女儿的母亲。其实我没想到会发生这样的事，以前没有过。我以为不会很久，我不想在那个地方建立任何联系，留下重要的东西。最好就是上上课、无波无澜地过日子，做个灰头土脸的人，平平庸庸的人。每个周六我会去看当地的足球队比赛，他们努力在联赛中保级，我不能显得太奇怪，或者完全不交际。我以为自己能轻松地忍受这种孤独，更差的环境我都适应下来了。可是，缺乏活动和压力的日子不好过，缺乏高度紧张的节奏，日子就是累赘。时间长了，人需要个伴儿，需要宣泄情感。我更不能顶着嫖客的帽子，在那种城市里人们会知道这种事。”托马斯又用回了西班牙语，仿佛从“puta”衍生出来的词语更加形象、准确。“总之，我没有费什么劲儿，是她主动。她接近我，征服了我，您懂的。她在一个牙医诊所做护士。我去看牙，在那儿与她结识。她接待我时，有意或无意间与我肢体接触了几次，有几次是把她的胸凑近我的脸。看我来了，与我开开玩笑，再道别。她很爱笑，很招人喜欢。这么说不大好，但是她先爱上了我，她看上了我。嗯，您知道的，没人讨厌白衣天使。”他停下来，自问索斯沃斯先生能否明白这种拐弯抹角的话，总之都一样，他接着说，这不是主要的，“没几个月，她就准备与我结婚了，反正她想跟我过日子。她比我小，其实没有小几岁，或者也许她觉得自己比我小。没人不让我结婚，我的新身份是单身。如果他们允许我回到这个世界，我可以结了婚，再消失，不用解释也不用告别。反正我也习惯了，在许多人的生命中出现，又消失。在这里或那里待几个月，伪装自己，有一次待了两年，还有过更长的时候，直到任务结束。留下被判死亡的人或尸体，还有被送进监狱的人，这些人都和我共同生活过。”托马斯停了一下，仅仅是一下，“丈夫丢下妻子，这是个很悠久的传统，反之则不然。这没什么好说的。但我不想引人注意，不想成为聚会上的焦点，梅格的家人也没有露面，他们在外地生活，没有来过，总是她去看他们。认识我的人越少越好。我指的是交往密切的人”。他又一次停下来。

“可你与她生了个女儿，”索斯沃斯先生趁机插话，“这是什么情况？”现在他尽可能显得不那么悠闲，跷起二郎腿，随后又放下，显得自己有兴趣听，他的袍子出了褶皱。

“那是一段时间以后的设计。她的设计。如果女人想怀孕，男人采取再多的预防措施都没有用，她还是会有孩子。她能生养，当然，我也是，您知道的。因此，有一天我知道了这个消息（‘我不知道这是怎么发生的，是我不小心’）。所以事情就这样发生了，她没有离开我，我们两个为了孩子生活在一起，如果两个人在同一个城市，她不会不管孩子的。我曾试着劝她流产，您知道的，根本不可能，如果她想要，她是有意这么做的，怎么可能去流产？我不喜欢这样的事发生，本质上来说，日子没有什么变化，从某种程度上说，对我还很有利，我过得越是普通，危险越小。有什么能比在一个地方定居、交个女朋友、生个孩子再普通的呢？这就是市井生活，和任何人一样。的确，我不想我们结婚，我找借口拖延。她开始对我的沉默和不清楚的过去产生怀疑，我的过去，对她而言，是一团迷雾。在离开之前，该做点准备，填补空档，我编造了一些随后就忘的桥段。但是呢，总体来说我不健谈，就是拖延。她妥协了，忘了结婚这回事，随后也就想不起来了。”

“你为什么这么抵触？你自己也说：你是另一个人，是单身，时候到了，就算不辞而别、杳无音讯也没有关系。我的意思是，不会犹疑。”索斯沃斯的口吻像个西班牙语学者，喜欢用书上读来的成语，可实际上没人这么说。

“即便我多努力地成为另外一个人，我还是我自己。这些年来，我当过许多种人，这是我工作的一部分，但我还是我，是这个我和贝尔塔结婚。我和许多女人在一起过，有时因为喜欢，有时是出于孤独或紧急情况，还有时是因为她对我有利，因为她能让我轻易接触到一些东西，能为我提供信息，或者保护，您会觉得我不专一。但假使一个人不维持抽象意义上的忠诚，就是抽象的那种，他就会失去一切，忘记自己是谁，忘记自己真正的身份。不管他的生命里有多少无常的事件，他仍想某一天做回自己。一个人伪装得太久，过惯了借来的日子，对自我的认同就会有不确定感。有些东西还是保持不变的好。我说过的，是一种抽象的东西，其余的想维持住是很难的。我不知道，就像一个人流亡海外三十年，他的祖国对他很不好，把他赶出去了，可是他拒绝改变国籍。我知道许多这样的例子。”他举起酒杯，想要更多的葡萄酒，他继续讲，免得让索斯沃斯先生以为他感情用事，或者是个疯子，“我应该与梅格结婚，婚姻是很有必要的，我能侥幸活下来，全靠它。但是我没有选择的权力。以前就没有，不曾有过。不仅是我想避免选择。幸运的是，一对男女即便不结婚，也不会被人看扁，在省会城市也如此，在学校也如此。还行吧，我挺善于应付生活的。所以小女儿出生了，一切如常。平常到不能再平常。每一天我都觉得愈发安全，过一天，距离从那个旋涡脱身的日子就少一天。可时间过得真是慢，我对自己说。”

“可在官方说法中，贝尔塔丧偶。”索斯沃斯说。他问托马斯是否还要倒酒，托马斯没拒绝。好像他已习惯这么早就喝酒，显然他很能喝，甚至是酗酒者，几杯下肚也完全不受影响。“如你所说，她可以随时结婚。你的忠诚，如你所称，早已消失殆尽。要不然呢？”

“我不知道。可能吧。我是我，她是她，她得知我好多年前就去世了，这不一样。但她没有再婚，据我所知，她没有。这是图布拉告诉我的，他一直在调查。并非是我信任他。恰恰相反，从两周前开始，我再也不相信他了。他能做出任何事，但如果他骗我，他得不到任何好处。他的确没良心。行了，在我们的工作上他比我强，那不再是我的工作。他肯定以不同的名字结婚了很多次。也许连布雷克斯通也这么干，他的样子很可怕。有些女人疯狂地想要一个男人，不管这男人长什么样。同样有男人迫切需要女人，不管她长什么样。他们凑到一起，却并不愉快。”他突然不确定自己刚才是不是提到了布雷克斯通这个姓氏，“这是另外一个联络人，我跟您说过他。他也叫蒙哥马利。”

索斯沃斯先生没有接话，他问：

“嗯，那现在呢？两周前发生了什么，让你来到这里？”

事实上，人生有既定轨迹，比如托马斯·内文森的人生，他在马德里查慕伯瑞区长大，在马丁内斯·坎普斯大街英伦学院上学，随后在米格尔·安赫尔大街的书院就读，这是四十年前的事了，现在他住在英国一个不大不小的城市里，和牙科护士梅格生了一个女儿叫瓦尔，全称叫瓦莱丽。一方面，平静、单调的生活让他感到开心，是经历了诸多沉浮和长久的漂泊以后的休整，谁不想退回到那种城市，在那里可以握得住时光，气定神闲，过循规蹈矩、没有波澜的日子，成为罗兰德先生，这个名字在他被背井离乡的关键时刻，提供了逃匿的机会。

汤姆·内文森立刻喜欢上了小女儿，他不会克制自己对小女儿的爱，当她几个月大的时候，她开始朝他笑，虽然她还听不懂人类的语言，但她似乎有意识地对着他笑，或许能认出他，并非是没有目标地做怪相。他没有克制自己的感情，即便他早晚要离开她，有可能不会再回来见她，或者恰恰如此，他才不吝啬自己的爱。“既来之，则安之，”他对自己说，“不能给她留点纪念又有什么关系，那都是以后的事了，先顾好眼前，之前我没日没夜地奔波，这是眼下我唯一拥有的，我留下了这份纪念，保留下这些场景和柔软的、有触感的记忆，吉列尔莫和艾丽莎小时候，我很少陪他们，现在他们应该已经长大了，既然我被监禁着，我在这儿搁浅了，能陪伴瓦尔的童年，我不该错过。就算她不记得了，也没人能剥夺她最初的情感启蒙，所以可以说她‘和其他人一样，有她的爱情故事’，哪怕以后她成为一个冷酷、严肃的人，或者像我一样没有主心骨，离群索居，很难预料以后会成为什么样的人，她可能会令人失望，或许最好不要想这么多了，我自我安慰地想。真有胆说‘和其他人一样’，这是那天上午索斯沃斯先生用标准的法语嘟囔的一句话，当时我拥有最后的自由和纯真。如果有机会重新来过，我会问自己那是什么样的约定，因为毫无疑问，那是场约定。他还说：‘我们并非总能知道其他人的爱情故事，虽然有时我们自己就是他们的爱的对象，爱的目标，爱的终点。’我不缺少验证爱和承担后果的机会。”

因而，上完课他就急切地盼望回家。小姑娘会走路的时候，她发现自己走得出速度的时候，只要一听到钥匙响，就会向门口跑，她摇摇摆摆地走，摔倒以后又用小小的手支撑着爬起来，恢复短暂的平衡，笑呵呵地再次跌倒，她举着双臂，他就会把她抱起来，抛向空中，再接住她，如此好几次，两个人哈哈大笑，妈妈跟在后面，一边担心她摔跤，一边为这场景感到欣慰。没错，这么过日子也挺好，这与他的遭遇比起来，真是福祉。有时候，他自问他会不会还有他不知晓的儿子，有其他国籍的、讲其他语言的儿子或女儿，在其他的岛屿生活，被敌人养育，和他一样受过培训，怀着对敌人的仇恨，如果有这些孩子的话，即便是他不经意间孕育的。孩子忘得快，成人记得牢。

但同时，托马斯感到绝望。仅是心里感到绝望，和无边无际的等待、知道没有出路的人们一样，这些人应该得到救赎。小姑娘不在他的眼前，去幼儿园或睡着的时候，每一刻都像是千斤重，压在他的心头。平和、阴郁、周而复始、迟缓、一无是处、处在边缘、远离滚滚红尘、偏离轴心——觉得自己很重要，又感觉自己被替代——让他感到窒息，消磨他的意志。他明白：有一天他会从这一切中退隐，和 1909 年曼斯菲尔德·史密斯-卡明爵士时代起所有的同事和前辈一样，这一天就在不远的将来，秘密行动伤身伤心，消磨个性，不过它让人上瘾，没人能抗拒它。而且，他觉得自己还年轻，在其他领域里，多数情况下，四十岁不算老。他不觉得目前的强制退休会一直持续。他曾经很投入地工作，将命令执行到底。时光流逝，这会儿他没有得到命令，但他仍幻想离开那里，重新归来。哪怕在办公室里制定策略和战术，像图布拉以前做的那样。这也不赖，策划行动，1989 年柏林墙倒了，1991 年苏联解体，那之后，就没有这么多行动了。还有一些空位，在这些空位上挂着的是军情六处成员，为机要部门、跨国组织、政党、大型外企服务的特工。他被隔绝在这个小城里，已经错过了许多历史事件，他既感到欣慰，又感到难过，觉得那些事件该有自己的一份功劳，到这分儿上，又会有谁记得。

只有一次，在他刚到这个城市，要定居下来时，他意识到了危险，那时他还不认识梅格，没人怀疑他脱离组织或暴露身份。有一个女人去他的学校询问詹姆斯·罗兰德先生，他在那里就叫这个名字。人们一般称他为吉姆，但学生不能这么叫，学生和他不是同辈。他正在上课，门卫告诉女人说课不能被打断。汤姆上完这节课也不得闲，他还有下节课。所以在女人坚持要见汤姆的情形下，门卫在学生们进进出出的间隙来到教室，告诉他有个女人在等他，她不想先离开，一个小时以后再来，她坚持要在原地等着见他。

“她告诉您她的名字了吗？”汤姆问，更确切地说他是罗兰德先生。

“问题就出在这里。她说自己叫什么维拉。我听不懂，是个外国姓氏。她讲话有口音。”

“她从哪里来的？”

“不知道，罗兰德先生。我辨认不出来。她重复说了好几遍，可我还是听不懂，她还说自己仍是罗兰德太太。总之，恕我冒昧，我以为您没有妻子，罗兰德先生。”

“我是没有。威尔，没关系。”

“所以她不是您的妻子。”

“当然不是，威尔。您有话可以直接说。她什么样子？多大年龄？”

“三十多岁。穿得很好，是外国人。我想说，她不像是移民到这里的人。也不能说是一位小姐，您知道我指的是什么。”实际上，他用的词是 ladylike，相当于“体面的”。

“所以呢？”

“我不知道。她可能是个演员、电视主持人之类的。除了在荧幕上，我没见过这种人，谁知道呢。她喷了许多香水，香味会在我的门卫室里飘上好几天。倒也没关系，挺好闻的。就是味道有点重，不过也还好。”他把这事当成了罗兰德先生的责任。“您想怎么处理？让她再等一小时？把她留在那里有点尴尬。我跟她没什么好说的。我还把座位让给她了呢。”

“不用，就告诉她我已经走了，今天不会回来了。”

“您确定吗？她好像一定要今天见到您。”

“是的，我确定。她肯定是认错人了，弄错了罗兰德。”一般说来，这不是个少见的姓氏，但也不是很常见。在伦敦的电话黄页上，有三十多个人姓罗兰德，在牛津就有六七个。所以他选了它，史密斯或布朗听起来不那么让人信服。

“抱歉，罗兰德先生。我知道这不是我能管的事，可是您不用跟她当面说清楚吗？”

“今天我没时间。按我说的做，威尔，请帮我这个忙。”

这让他感到不舒服，他感到如芒在背，有人这么快就在那个城市找到了他，他用的可是极少人才知道的新身份。在军情六处也有特务，他们无处不在，所以那时他仍觉得危险，直到过了绝对的、超乎寻常的平和的两年，经历了无聊的、按部就班的和等待的日子，一段没有确切截止日的等待以后，他才放心。他一做完工作，就焦急地去威尔的门卫室，只看到威尔坐在里面，他探头询问：

“我的假老婆走了？她还说什么了吗？”

“她问我您住哪儿，要去见您。‘我没有权限给您提供这条信息’，我这么告诉她。‘有电话吗？’‘也不行，抱歉。’她说她住在杰罗德，如果您方便，可以随后去找她。”这不是这个城市里最好的旅馆，却是第二好的，是最为偏僻、舒服和古老的旅馆，“我觉得她不相信您已经离开了。如果您不去宾馆，明天她还会来。”

“好的，非常感谢，威尔。”

他一点都不开心。即便实际上是那个女人认错了人，这次奇怪拜访还是引起了门卫的注意，这意味着同事们也会注意，也许还会引起领导和学生的注意，第一条命令就是不要引起任何警觉，不能有任何让人谈论的事由。因为他没有提醒威尔小心说话，威尔的好奇心更多了，他提了许多问题，还忍不住发表了很多的评论。他就靠这些微不足道的新鲜事和意料之外的事情解闷。

托马斯心想，自己不应该冒险与这个女人见面，谁能确保她不会一见到他就开枪，不顾及周围是不是公共场所，有多少目击者，这种事情不是第一次发生，他们是来做清算的，然后等着事情清理完毕。什么都不做也不合适，如此一来，这个叫什么维拉的或者罗兰德太太就会日复一日来学校，也许她不会总做出让步，总之避开她是不可能的。托马斯回到公寓，带上了转轮手枪，因为这把枪体积小，易于存放，这是他流亡的时候获准带着的武器，他把手枪放进大衣口袋，朝杰罗德走去。虽然他是以这种方式露面，但最好还是与女人说清楚。

他向前台打听罗兰德太太。接待员举着电话，问他如何称呼。

“是罗兰德先生。”

“女士说让您上楼，38 号房间，在第三层。”

“不必了，告诉她我还是在大厅等。”大概大堂两侧各有一个厅，他指了指正对着自己的那个厅。

他走过去，找了个位置坐下来，盯着大厅的入口，他的位置离入口很远，背靠着墙壁，隐蔽性强。他等了五分钟，很多人进来，其中只有一个女人，是个中年妇女，没有演员那种浓妆，更不像演员。托马斯点了一杯茶，在茶水端来之前，他看到了有可能是罗兰德太太的女人。和威尔说得一样，她穿得很好，衣着风格比英伦风还要冷淡，更为精致；她三十多岁，长得不难看也不好看（鼻子长了一点），整体上来说长相不错。她站在门口四处张望，看向有人坐的位置，显然，她肯定是在找人。她把目光投向汤姆，一开始没有停留在他身上，她不认识他。他羞涩地举起两根手指以示询问，另一只手插在大衣口袋里，还握着枪柄没有松开。他捕捉到女人脸上绝望的神色，那是无法掩饰的、几近崩溃的表情，然后马上变成了鄙视或厌烦。那种表情也不是英式的，它出现得很快。她马上反应过来，收起了不愉快的表情，径直朝托马斯走来。他起身问候她，一只手仍然放在口袋里。

“罗兰德太太？我是吉姆·罗兰德。我知道您想见我。但我们不认识，是吧？”

她没有做出落座的动作，也没有伸出手想要握手。她只是站着，目光涣散，仿佛不急着走。她紧张地摸了摸褐色的刘海，那不长不短，她的浅色眼睛让人想到白葡萄酒的颜色，就是那种略微发黄的颜色。所有的特征都让这位女士看起来不开心，显得丑陋，可她以前应该是很迷人的。

“您不是他，抱歉。”她说，汤姆觉得她操着意大利口音。他得再听听她讲话才知道，她还可能来自南斯拉夫或者东欧某个国家。想到这里，汤姆更加警觉了。

“是的，我是我，”他说，“我不知道您在等谁。今天上午您到我的学校来找过我。”

“我想找我的丈夫。但您不是，请见谅。是出了差错。只是姓和名一样。抱歉打扰。祝您下午愉快。”

汤姆瞬间想到，这也是一个巧合，他选的姓名，和这个女人最近在找的丈夫的姓名一样。她不想解释什么，低声说了句抱歉之后，就转身走了。她与他没什么好说的，当然了，他不是她的吉姆·罗兰德，她不会讲自己的生活。他仍然没有听清楚她的口音。听起来还好，但辨识度不高，不好也不坏。

这时，他点的茶来了，女人得停下脚步给侍者让路。

“请等一下，既然来了，您要不要喝点什么？”汤姆问，说这句话的瞬间汤姆意识到论自己眼下的处境，他连最起码的好奇心都不该有。

他有把握，只要他坚持，不会花很大的力气就能说服罗兰德太太陪他坐一会儿，说说她的情况、她的故事和她的丈夫。但是，在这个省城里，他不该引起任何人的注意。如果有人看到他在旅馆里和一个外国女人在一起，这种情况在当地不多见，就会盯上他、说闲话。他看起来不像是普通人，他们就会问他许多问题。比如，她突然缠上他，而他也有兴趣，想要帮助她找到另外一个吉姆·罗兰德（他很擅长找人），那么他就出离角色了。“我是个灰头土脸的老师，是个乏味的人，最普通不过了，任何意外事件都不会发生在我身上，”他想起，“我的探险人生已经结束了，至少在这里，我是这样子的人。”接着他又想到，“有可能这女人是装的。也许她被派来看看我的脸，验证我是汤姆·内文森，他们之前给她看过照片，虽然我戴着眼镜、留着小胡子，愚蠢的下巴显出知识分子的傲慢。她不会对我做什么，但也许带着说辞并确认：‘是的，那个吉姆·罗兰德就是汤姆·内文森。你们接手吧。’或许，他们不知道我的这个名字，派她来的人随后就到。所以她不想和我说话，也不想装作什么事都没发生。她看得足够多了，任务已经完成了，她知道，有她的证言，他们就能处决我。”他突然想到了一个西班牙语词——“dar matarile”。因为他是双语者，所以他的思维会在两种语言之间切换，有时还会同时想到两种语言。

“不，谢谢。”维拉·罗兰德说，如果她叫这个名字的话。她绕过侍者，快步离开了大堂。她肯定是回到38号房间了，第二天一早赶火车，谁知道她去哪儿了。

第九章

在他漫长的、死气沉沉的停留期间，这是唯一一次受到了惊吓，他所在的城市和世界上许多的城市一样，从没有完全苏醒。这一事件不过持续了几个小时，但他却花了好几个月来驱散恐惧，等着可能某一天还会有一个人来，一个带着任务的男人或女人。或者两个男人，如李・马文和克鲁・古拉格在六十年代出演的电影《杀手》开头一样，托马斯觉得这两位曾在类似的场合出现过，在学校或者在某个寄宿舍，约翰・卡索维茨就藏在那儿，教书或者做类似的事，这部电影在西班牙被译成《犯罪密码》，托马斯十五岁时看过。这部电影似乎是受海明威的短篇小说启发，托马斯只记得杀手要找的目标，他没想跑，也不想反抗，接受了杀手对他的处决，杀手的行为需要一个委婉的说法，秘密情报处也一样，而对电影主人公来说亦如此，因为他疲于保守秘密或者不想担惊受怕了，他自言自语地说："他们终于还是找到了我。我不该为自己悲叹，我已经获得了延长的时限。虽然它没什么用，没有意义，但是在宇宙范围内，是时空上的延长。既然这些事早晚要有个了断，那就这样吧。"这种态度引起了电影里的杀手马文和古拉格的注意，促使他们从那时起自己开始调查事件真相。汤姆想，如果这件事发生在自己身上，他不会泰然处之，也不会消极抵抗，他才不会任凭人家把他打倒在地。他花了好几个月才从惊悚中缓过来，他的口袋里一直装着转轮手枪，连上课都带着。他知道，如果他的情况一直如此，他会感到厌倦，因为从年轻时候起，从他和杰内特·杰弗瑞斯做爱、离开后她就被杀了那时起，恐惧就一直伴着他。他经历了足够多的心惊胆战，是该厌倦了，他与恐惧以各种方式相伴很久了。

时光流逝，没人出现，也没人来找他要处决他。他渐渐开始安下心，保持警惕，不用太过紧张，有人恰恰在等他放松戒备，他一点都不急。有时候，他会想起那个罗兰德太太，他不禁联想到一些轶事，他的好奇心总是无法被满足，他叹息自己当时没在旅馆拦住她询问事件经过，也许问出答案不是难事："您该为您的打扰给我做个解释。"如果她不是来指认他的，是真的来找丈夫的，那就有点奇怪了。也许她的婚姻是契约婚姻或者她是被买来的，与丈夫靠通信结婚。她来到英国，已经结婚了，或者认为自己和那位吉姆·罗兰德结婚了。（"现在我也是罗兰德太太了。"威尔说，她最后一句话是这样说的，因为之前她说了两次，威尔还是没明白她的外国姓氏，真可惜，这本来可以给汤姆提供更多的信息。）而这个男人，不管是出于何种原因，是失望、悔恨、随后的惊恐还是因为重婚，用索斯沃斯先生的话说，就是成了石头客人，抛弃了她；或者把她骗进了妓女的队伍。如果是前面这一情况，那她成功逃离了，这显而易见，受虐待和压迫的妓女没有形象可言。托马斯见她很是利落，不说废话；她的妆容精致，衣着是欧洲大陆风格的，在虚伪的岛国显得素净，而非粗犷。也许，她是来找骗子丈夫复仇的，把英国现有的罗兰德都找出来，一个接一个辨认。也许，在经历了一场普普通通的遗弃后，她只是来讨个说法。一切看来都透着怪异，可汤姆·内文森不擅长想象，在他身上什么事都没有发生。只不过，这有一点像贝尔塔在满世界找他，他的确是个消失了的丈夫。但是对贝尔塔来说，他已经死了，找他是没意义的，他的尸体可能会在地球的任何一个角落，找他的尸体更没有意义，而且理论上说，有人负责干这事，或者说，那些人没能找到。

一段时间以后，这件事在他的脑海里渐渐淡了，或者直到他视这件事为一场演练或一个预言，他就会把它抛之脑后。后来，他认识了梅格，不料让她怀了孕，他就和她住在了一起，他们有了女儿瓦莱丽，他非常疼爱女儿，却无法看她长大。没过多久，他就觉得自己在这个城市度过了一生，他在此地出生，最后在这儿死去；前尘往事，再多变幻，再多惊心动魄，不过是一场梦。正因为不复存在，所以看起来像一场梦。那些不复存在的事物，就像袖口的一粒尘埃。

直到 1993 年，他才有访客。图布拉提前几日通知了他，但不需要他自己或布雷克斯通亲自来，而且每隔半年送现金来的也不是他们，这些年来，钱款从没有出错，可能他们只是传话的。一个新人被派过来，也许是个小职员或者实习生，一个新手。即便接到了通知，托马斯去见他时仍然很谨慎，带上了老式的转轮手枪，就像见任何陌生人的时候一样。他们约在杰罗德旅馆大堂见面。托马斯没多久就喜欢上了这家旅馆，有时会去那里看报，好像自己是旅居这个城市的客人。那个年轻人就像个装成大人的小孩，有点柔弱，讲话自恋，重打扮，把额头上的刘海烫成了大卷，好像抹了定型发胶。（他的头发有红色和褐色两种颜色，这是九十年代的流行。）他说自己叫莫利纽克斯，像是法国的姓氏，在英国可不常见，也许他的祖上有法国人，他是来说下面这些话的：柏林墙倒了，苏联迅速解体，在东欧国家已经没有人警备或特别活跃了，斯塔西和其他情报部门自身难保，根据事态的发展预测总有一天有人会让他们付出代价或找他们算账。(自从罗马尼亚的齐奥塞斯库夫妇出事后，人们什么都拿不准了。)人们纷纷选边站队，在有些情况下，还引起大恐慌，泄密文件遭到销毁。

“我们不相信，”他用了夸张的复数人称，肯定是把图布拉包含在内，“不用为假设的清算操心，这是最不该考虑的。的确有行动在秘密进行着，他们不想这一进程被报复行为打断。虽然总有漏网之鱼，总有一些不受控制的硬骨头，他们坚持这么干，毕竟，没人能控制一个人的心灵(莫利纽克斯在选择词汇上同样迂腐)。在和平到来之前，伤害和暴行还会存在。这是我们要承担的，这二十年来，算上所有党派人士，我们的人死了三千名，他们不会白死。但现在的趋势要绥抚，无法解决的事就那么放着，至少等到它灵魂返照再说。”他觉得自己打的比方很不错，就笑了一下。他继续说：“我们觉得是时候让您回来了，从这里离开，内文森先生。抱歉，是罗兰德先生。但不是完全回归，那不可能，不是重新回到岗位上。总有一天，会要求您回来的，可能如此，可能不会，我们没法向您保证。您之前筋疲力尽，现在很久没有接受训练了。”他用冷冰冰的态度宣告托马斯非常有可能要退休：“是逐步退休。但您可以回伦敦，在那里住，看看事情怎么发展。但您要住在核心区域，请见谅，您不能去偏远的街区，您现在还是已经死去的人。但要离我们远一些，至少现在是这样。只有极少数人知道您的身份和面容，大部分人认为您已经死了，从这个层面上说，您没有危险。但是最好小心谨慎，最好保持您现有的容貌，不要在我们分部露面，更不要去外事办公室。”

真是个头脑简单的家伙，内文森想，他自称“我们”，把内文森排除在外；内文森没有讲话，他不打算马上表态，这人是图布拉的传声筒。托马斯反感他那夸张的法式烫发，像一只蟑螂贴在额上，他真想拿一把剪刀或梳子把它压牢在额头上。

可是，他不可避免地感到激动，他有一种荒唐的冲动，想要亲吻那凸出的额头，因为他带来了福音：能离开这里，回到伦敦了。这么多年以来，有许多许多个下午，他上完课就来到车站，溜到挂着“开往伦敦”牌子的站台上。他看着一列列火车进站，经停几分钟，敞开的车门呼唤着他，向他发出邀请。他非常想迈出几步，登上列车，他该买票上车的。这是多么简单的事，多么平常的事，许多旅客连想都不用想就能做，按常规办法做就行。但对他而言，这却是不可能的。对此难以想象，堪比坐船去爪哇。到了伦敦，去机场不过是几站地铁，然后直飞马德里，去见贝尔塔和孩子们，自己原先的孩子们。他满怀眷恋地看着一列列火车启程，有时候，在特别脆弱的日子里，则是痛苦地看着列车驶出站台。他像十九世纪的农民，望着火车沿着小路或田野驶向远方。

“我什么时候可以动身？”他问莫利纽克斯。

“一周之内，在多塞特广场，靠近贝克街会有一间小公寓，您知道的。很小，实际上就是个阁楼，但足够您在过渡时期用了。您告诉我想什么时候动身。您不用急，小阁楼一直空着。”

这个叫莫利纽克斯的年轻人不知道，二战期间，特别行动署在多塞特广场一号楼有一个据点，托马斯想自己会不会就住那幢楼，即便仅是为了“过渡”，不知道半个世纪以后，这还是不是情报局的产业。“王国的产业永远是王国的，这是毋庸置疑的，”他对自己说，“王国不需要我们了，才会放我们出来。”

“一周之内您能准备好吗？那么就定一周吧。”

就这样离开，不能算是好的选择，不道别，不做解释就离开，和历史上许多不曾被质疑的丈夫一样，当然也有许多这样的妻子。为了不让梅格聒噪，不四处寻他，不到警局报人口失踪，他决定告诉她部分事实。既然他是不存在的，没人能找到这位曾经的詹姆斯·罗兰德先生。他想象梅格徒劳地在国内四处找他，你不知道一个绝望的人会干出什么事情来。

“许多年前，我有过一个妻子，还和她生了两个孩子，”他对她说，“我离开了，来到了这里，因此我才不想跟你结婚，因为我结过婚了，还没离，我从没离婚。至少在这事上，我没骗人，我没有违背任何法律。现在我有了一个重回过去生活的机会，你是占理的一方，我隐瞒了很多事，本该告诉你这些，这对你更公平。我不讲，不是心怀不轨，而是太自私了。一个人尽可能活下来，忍受无尽的苦痛，会毫不犹豫地向任何事物伸出请求的手。我的确是利用了你。但我也记住了你，我本不想把一切推进到这个程度，不想让我们生下小姑娘。现在我不后悔，相反，我特别感激，你知道的。我不会请求你的原谅，我不指望你原谅我，我不值得被原谅。一想到我每天见不到你了，不能见到瓦尔了，我的心都要碎了。但你要明白，这么多年来，我还一直惦记着另一对儿女，我认识他们的时间更久。”他为自己说出的话、提及自己的痛苦、聊到的心事和无尽的悲伤感到羞愧，天哪，可这就是他摊上的事。说这些也于事无补，但如果他不讲这些鸡毛蒜皮的小事，情况会更糟。一些时候，特别是人们要被抛弃的时候，他们需要听一些可有可无的话语。这些虚情假意，还是要讲出来；虽然没什么用，但是在事后，可以缓冲心理上遭受的打击。总之，这不是他第一次讲这种话了，他装作这些话是张口就来，其实心里很是惭愧。“你不会缺钱的，每个月我会给你存足够的钱供各种花销，所以你别担心。我知道这会儿太让你感到意外了，过一段时间会好得多。”

托马斯·内文森知道她会有一段心理适应期，这些日子里她时不时会大喊大叫、责备控诉、苦苦哀求、偶尔发怒和使用冷暴力。托马斯付出了极昂贵的代价，可他要离开这里的想法高于一切，他要回到宇宙中间，不想继续慢慢地、毫发无伤地枯萎，不想在这里待到发霉。日日夜夜徒劳的努力就是廉价的劳务。日子就这么过去了，突然他能走远了，能去伦敦了，然后从伦敦启程，再去其他地方。与离开妻子相比，离开女儿更让他难过；不过，他习惯了与人分离，有时伤透了他们的心，或者这些人活该受苦。他试探着说：“我想常常来看你们，和你们住一周，直到有人取代我的位置。你会把我替换掉的，你心里知道，虽然现在你觉得不可能。我求你允许我这么做。如果你没有做好准备，我是能够理解的。我怎么会不明白呢，我离开家人是为了让自己不那么难过，是为了不再往伤口上撒盐。我经历过你的情况。我太知道那种伤痛了。我经历过。”

他没有对她提到马德里，没有告诉她自己是半个西班牙人，没有告诉她自己真实的名字，没说自己这半生干了什么（他没得到授权，而且他永远不会被允许讲出来）。最好她没那么精明，不会刨根问底，汤姆·内文森这个名字对她没意义，她不知道有朝一日托马斯能重新启用这个名字，对于许多人而言，这是逝者的名字。最好的情形就是，某天他回到了马德里，梅格护士不会带着女儿，也就是他的女儿追过去，绝不能给绝望的人哪怕一丁点希望，她们会马上付诸行动。

“不，我不想见你，更不想让你见女儿，”这是梅格最后的回答，经过好些时日的指责、吵闹、痛哭和失眠，她做出了决定，她失眠的时候特别多，把这个冷酷的男人折磨得精疲力竭，“如果未来她还会有爸爸，最好不要记得你。很短的时间内她不会想起你，然后完全忘记你，仿佛你就没存在过，她会更幸福的。真希望我的记忆也是如此脆弱，成年人可没有这样的运气。我会记得你，我会恨你恨到死。”

托马斯·内文森耐心地等着这段日子过去。该来的总会来。他忍着悲伤，但也心怀期望。他更愿意省去郑重的告别，至少提前两三天有意识地告别就可以，小姑娘是感觉不到的。他把该说的话都说了，所以就没有讲自己什么时候离开，哪一天走。一天上午，梅格和小女儿都不在家，一个去了诊所，一个去了幼儿园，他利用这个时候收拾出一个小行李箱，里面就放了手枪，瓦尔早晚会翻到这把枪，会引发意外。他把钥匙扔到卧室的双人床上，离开了，他带上门，觉得留张便条都是多余的。梅格一进家门，就会发现他已经走了，会怀疑他已经走了。他轻快地向车站走去，这一次他会登上开往伦敦的列车，不会站在站台上眼看着列车开向远方。他会登上列车，几个小时后在帕丁顿下车，他想，自己从没有从省会城市乘火车到那里。从那里再乘地铁到贝克街，只要乘三站，然后莫利纽克斯在多塞特广场旅馆门前等着他，带他去阁楼，给他钥匙，还会告诉他注意事项。他自由了，他的放逐生活结束了。接下来呢，一边走一边看吧，此刻那些事都不重要了。

他看到一辆列车驶入站台，他没有动，没有急切地站起来准备上车。有好多个下午，他都是坐在长椅上，所以他条件反射似的没有动。也许他再次犹豫了一会，看着挂钟。如果静静地等两分钟，一共就三分钟，那他就要错过这班列车了。在这里，在这一成不变的生活、死气沉沉又让人昏昏欲睡的时光中，此处有别处没有的平和。没了负担，没了任何眼下必须要担起的责任，真让人高兴。事情已经过去了，一个人最盼望发生的事情已经发生了，他就会马上感叹它就这样过去了，会开始怀念它发生时的情景。他想，以后的事对我们没有威胁了，因为我熬过了最困难的时期，我们还活着，毫发无伤地活着。我想回到过去，是因为过去被我们战胜了；我们知道了结果，我们希望往日重现。“让人渴望的平静、深沉和四十不惑的意义是什么？”我已经安全了，我过上了按部就班的、平静的生活。总的而言，这种生活是无趣的，但是我会留恋这种无趣。我会怀念课堂和学生，怀念河边的每条小路，怀念盯着河水流淌的时光，还有我的同事们。我会怀念在球场看比赛，怀念在杰罗德旅馆大堂喝茶看报，像路过的旅人或者本地的无所事事的人一样悠闲。我会怀念梅格和她炙热的身体，会特别怀念瓦莱丽，怀念她的小碎步，她奔向我的怀抱，她会无缘无故朝我笑，那么纯净的笑容会随着时间流逝而消失。“因为我知道时间就是时间，地点就是地点，仅此而已，在某时某刻，真实发生的事件就是真真切切的。”火车的门还敞开着，和往常一样吸引着他。托马斯走了几步：一步，两步，三步，四步，可能还有第五步。他想起来：“历史是由许多瞬间织就的……现在马上，就这儿，总是如此……”好多年来，他一直在背这几句诗，这是他在布莱克威尔书店无意间翻到的。他站起身，拎起行李箱，走了几步，上了车；时间还够他转身再出来，再一次下到站台。他看了看站台，看了看挂钟显示的时间。列车的门关上了。

列车启动时，他已经坐下了，只是在和以前许多时候一样，在遗忘之前，让自己的思绪再飘一会儿，但时间短得就跟这些词句一样："永别了，小河；永别了，女人；永别了，小姑娘。我拥有的如此多，我抛下的如此多。"

几个月过去了，就到了1994年。托马斯·内文森得到了如下通知：不许进入军情六处，也不许进入军情五处，更不许去这两处分设的多处大楼和有保密性质的办事处，也不能去外事办；不可以想着去见图布拉或布雷克斯通以及其他同事，不许给他们打电话，不许露面。不能与马德里联系，不许试图向任何人透露他还活着并且已经回来了的消息。他不是詹姆斯·罗兰德，最好不要用这个名字了，因为已经有很多人认识他了，比如他生活了好几年的那个城市有不少人认得出他，他在那里建立了过多的社交关系，还生了孩子。莫利纽克斯给了他新的证件，现在他叫大卫·克罗姆-费通，他不知道为什么这个姓氏这么怪，还是复姓（像从一部小说里找出来的，或者借用了一位将军的姓氏，或从克里米亚战争走出来的），上述这些总是特别醒目、让人记忆深刻，他明白自己最好尽可能地不要引人注意。汤姆·内文森仍是官方宣布的已故人士，记得他的人越来越少。既然这些人都不作数了，就没必要像在联络簿上记下电话号码一样把他们印在脑海里。不管一个人如何不愿意，最终他和他的电话都会被划去。但是记忆也是很容易被唤醒的，只要一听到他的名字或者再次见到他的脸，人们就会想起来。虽然托马斯的样子改变了许多次，以前认识的人不大可能认出他。他发现自己还得等待，要更加低调，更加老实，像游客或者退休的老人。他来到了这里，继续被流放。而在那个城市，他至少还能教课，还有女儿。

“我能做什么？”在阁楼安顿下两个星期以后，他问这个年轻的实习生，这是他唯一的联络人。这间阁楼很小，还算舒适，样样齐全。他住过更糟的地方，而这里采光充足，视野开阔，可以看清楚来往于多塞特广场旅馆的人，莫利纽克斯和他初次见面就是在这里。这里虽不是河岸街或圣詹姆斯街，却也是市中心，事实上，夏洛克·福尔摩斯博物馆的游客特别多，这是新建成的博物馆；游客还会去附近的杜莎夫人蜡像馆，还会涌向赛福德里奇商场，还有一小部分人去华勒斯典藏馆周边的精品店。

“没什么，现在没什么好做的。”莫利纽克斯吹了吹额头上的造型，他的刘海太长了，像一只一动不动的壁虎趴在额上，有可能用了发蜡。“您找点喜欢的事情做做吧。好好逛逛这座城市，我想您肯定从没有像现在有这样的机会，肯定没看过许许多多很值得看的事物，毕竟您是从西班牙来的。比如，您去过约翰·索恩爵士博物馆吗？您每次去，都会发现那里有很多人。没多一会儿，就挤得一步都迈不动了，那是个非常精致的地方。”

“你想跟我说什么，我该买本导游手册？”

“那是您的事。就跟您总愿意往电影院跑一样，或者去剧院，或者看色情片。您不缺钱。我们是付钱给您的。”他仍用复数人称表示强调，但随后他使用了单数人称，托马斯把这理解为侮辱，“我给您带了钱，以后我每两周送一次钱，送现金。您随便花，在所有人中，我们付给您的是最多的。”

“注意点儿，莫利纽克斯，”托马斯严肃地说，他很反感现在他被称为克罗姆-费通，“没什么好做的，是谁说的？图布拉吗？如果是他说的，那就告诉他：不管我和我家人这辈子花了多少钱，对这些人来说，还是廉价的。就不用列举我做过什么了。还有那些我弄到的或者用剩下的钱。他太知道了，肯定不会忘记的。”

莫利纽克斯显然不想给上司找麻烦，因而马上改口说：

“抱歉，这是我想出来的话。图布拉先生什么都没有说过，也没有抱怨过。他肯定知道您做的事。只不过我觉得您搁浅了太长时间。不过我当然不了解那段过去许久的时光。我没有做过功课，我很抱歉。我收回刚才讲的话。”

“我提醒你，虽然我们不提职级，但我们是有这东西的，莫利纽克斯，你顶多是个下士。你我之间没有信任可言，也不要有无礼的言行，除非你想收到某种邮包。不要说我活跃的那段时间是很久以前。你是个无知的小伙子，没人会因此怪你。我真不知道他们为什么不指派一个懂得多些的人来。现在我最需要的就是赶紧离开浅滩。我一点也不想在外围晃了，也不想变得被动。在您看来，我就是一条困在浅滩的鱼。我什么时候能和伯特伦见面？”

这个头脑不灵光的莫利纽克斯马上被吓住了。他先吸了一口气，然后变得很惊恐。他收到批评以后，有点缺乏应变。他应该会想托马斯是老派硬汉，肩上的担子很重。托马斯做过的野蛮行径是他无法想象的。在新一代人看来，柏林墙和苏维埃政权存在的时期既神秘又遥远，像是虚构的。嗨，真是快，这就是世界发展的节奏。这会儿，他开始巧妙地、恭敬地回答托马斯了：

“跟图布拉先生说话吗？我不知道，也许他也不知道。这是加入组织的不便之处。克罗姆-费通先生。”至少，不管在什么环境下他都没有忘记如何称呼托马斯。“您得等着，确认您安全了，没人来找您了，没人会在您露头的时候打您一枪。我只是打个比方，但实际不仅如此；嗯，您明白我的意思。您得有些耐心。至少要等几个月，可相比之下，对您来说这算短的了。所以我建议您好好利用这段时间，尽可能放松一下。您之前装成这样子的次数不算少。”

“别说什么‘毕竟您是从西班牙来的’，好像我是外国人。你看我哪儿像外国人，莫利纽克斯？您觉得自己比我更像英国人？您想听什么口音？”

“不，完全不是这意思。我只是看了下档案，您在哪里，当然还有您去了哪里。您可以想见，很多时期是空白的。如果之前让您心里不痛快了，再次抱歉。”

“那么你看我像想看色情片的人吗，莫利纽克斯？别跟我搞来搞去。”

接下来几个星期，托马斯还算走运，等待的时间没有延长，托马斯想起了短暂的过渡时期，比之前预想的要久一点，他毫无目的地四处转转或者就躲在小阁楼里。他才不到四十三岁，在年轻人看来却已经是属于远古时代的人了，像一只猛犸象。也许这就是过早踏入一行的弊端。实际上这些年来他一直好似龙游浅滩。他的确是从西班牙来的，在那里度过了童年和少年时代，还有成年后的好几段时光。他在那里结了婚，他的妻子和孩子都是西班牙人。现在，他有十二年没有踏上那个国家，没有见过贝尔塔，也没有见过孩子们，在孩子们还小的时候，他就很少或几乎没有陪伴过他们。在他不得不度过强制要求的休整期，他才有时间强烈地思念他们，这让他觉得时间比他被流放到这个省会城市的时间还要长。在那儿，他要制造一个人设，装作另外的与之前的自己不同的人，另外一个人，一个老手，表面仍然忙忙碌碌，但内心绝望，却也不是因为有调查或任务，只是因为要藏起来。而在伦敦，他就不算什么人物了。在首都，没人提问他，没人监视他，一个人可以几十年如一日般进出家门，没人注意他在做什么、是干什么的，他是单身还是已婚、离婚或者丧偶，他是孤身一人还是有或远或近的亲属，是健康还是疾病缠身。在伦敦，他就是一个透明人。他常常自问到底哪个该死的会来找他，有谁不厌其烦地蹲在某处等他冒头，等着打他。这些措施对他而言真是夸张，是无用功。对所有人，他的妻子、儿女、父母及兄弟、同事和敌人而言，他早已不在人世。他发现，实际上他没有朋友，就算有，那几个马德里的友人早已完全记不得他了，他接纳这些人，但对他们也不在意。谁会记得他，谁会到现在还惦记他。他住得离军情六处、图布拉非常近，不过就是几站地铁的距离，图布拉就是那个用命令和任务填满他的生命的男人，可这又不全然如此，在被呼叫之前，他就像住在另一个星系。现在他就是一个幽灵。莫利纽克斯说的不对，等待的时间并没有短多少，反而更加没有尽头。一个人越是接近目标，越是接近回归的日期，就越是等不得任何拖延：对等了几个世纪的人来说，到了某一刻，多等二十四小时都是无法忍受的肉体折磨。

他没有目的地乱逛，像是一个放弃了最起码的生的享受的大活人，大多数人拥有的他都没有：工作、有人陪伴、喝着啤酒闲聊，感知着一天开始，一天结束，出于本能地认为明天与已经结束的今天会有略微不同。对他而言，上午、中午、下午都是一样的，他得填满这些时间，他从不抱怨，几乎不发一言。他去约翰·索恩爵士博物馆，还去了各种博物馆，连最不起眼的也没有错过。有时候，他去剧院，去电影院看好多场电影，他走啊走啊，就当是在锻炼，他不想再囚在阁楼里。他混在城市中往来穿梭的人流中，一些人步履匆匆，闲逛的游客也一样匆忙。他喜欢熙熙攘攘的人群，他嫉妒他们。他沉浸在人群的兴奋、低声细语中，偶尔会听到几句别人的交谈，看到他们糟糕的行为，听到他们的笑声。他知道他的存在对这些人没有一丁点影响，他不曾给他们任何回馈。他是如同空气般的存在。“所以这就是我，”他对自己说，“死亡的空气。”

他真希望自己从未听过这种讲法，“装成另外一个人”，现在，他有时间仔细想想了。很多年来，他没有为这操过心，这就是他的工作，他装成许多不同的人，几乎没有做过自己。现在，当克罗姆-费通先生缺少个性，没有人给他指定角色、行为、讲不同的语言、模仿不同的语音语调，他总算可以自由发挥了，因为他没有要欺骗或说服的对象了。汤姆·内文森突然发现了解真实的自己太难。生命中的起伏不定和身份缺席淡化了他的自我意识。近来有很长一段时间里，他是吉姆·罗兰德，教书先生，虽然很快这个身份也要被雪藏了。一旦他登上开往遥远的伦敦的火车，他就没有回过头。当梅格和瓦尔飘进他的脑海，他就为自己开脱说：这全是为了她们好，和他之前化身为许多人之后的想法一样，不用遵守规矩也没有悔恨，他不被任何一张网粘住。他的思想或记忆唯一要回去的地方就是马德里，回到在帕威亚大街的房子和杰纳街上的空房子（他们会通知他重要的事情，一开始是母亲去世，随后是父亲去世），米格尔·安赫尔大街、蒙特·埃斯琴莎大街、阿尔马格罗大街、福尔图尼大街、马丁内斯·坎普斯大街等等。如果他还是那个自己，如果时间和环境没有改变，或者这些把他变成了一块石碑或者一段难以辨认的文字，他还是托马斯·内文森，无论怎样，他是英国文化教育协会杰克·内文森和英伦学院梅赛德斯女士的小儿子，是贝尔塔·伊思拉的男友，也是她的丈夫，是吉列尔莫和艾丽莎的父亲。吉姆·罗兰德是另一个化身，是一个幽灵，他与那个对女人那么糟糕的人一点关系都没有，那人让女人怀孕，还生下一个女儿，然后抛弃了她俩。那个愚蠢的教师才不是他呢，但他做过差不多的事。他，托马斯·内文森，装成死人，一直在装死，蒙蔽他的妻子。没多久，贝尔塔对他的留恋就消失殆尽了，还有他尚未开启便被替代的人生也没有了。他知道自己仍要受法律的约束，他的人生早已过去大半，他仍相信图布拉在电话里说的话：唯一能将他从痛苦和种种冲动中救出来的，只有再次觉得自己有用，重新磨灭个性。他在休眠和等待中苏醒了，可这是不被允许的，因为他们一直在削弱他的力量，让他感到困惑。这些事使得他开始盼望回马德里，生出了许多疯狂的想法。

他爱往人头攒动、摩肩接踵的地方钻，在他栖身的阁楼旁边，就有位于马里波恩街的杜莎夫人蜡像馆，他常常去那里。门口总是排着长队，显然都是国内外的游客，还有一群群有老师领队的孩子们，他们在伦敦上游览课，过不了几年，瓦尔也会加入他们，她会从那座他被迫住了很久却一直想走的城市来到这里。在博物馆里，人们没走几步就会撞到其他人，成百上千人在与最有名的名人蜡像合影，和当今的、还不曾移走的蜡像照相，从女王到披头士，从丘吉尔到猫王，从肯尼迪到拳王卡莱，再到玛丽莲·梦露。托马斯好奇这些年轻的参观者是否知道这些人是谁，什么时候退休的或者被取代的。“如今活着的人迅速地遗忘名人，”他对自己说，“对他们不曾期待存在的和只是知道一点点的事，或者是让人愤慨的传闻愈发觉得不耐烦、鄙视和怨恨，他们都不曾参与那些事件，那些事件也自然要被抹去。活着的人为自己有野蛮人、侵略者、暴君的扮相而感觉很好，‘在我们降生之前，这个世界怎么敢认为自己很重要？一切都是从我们开始的，其他的都只是垃圾，被压碎扔进垃圾堆。’”“我也被包含在内，”他又对自己说，“我还活着，却已经死了，在全世界看来，我就是死人一个，对爱我的人而言，不值得惦念我，而怨恨我的人更不值得这么做。”

他就在那里，排在队尾或者进入博物馆，在许多初来乍到的游客中间，这些人想看看以前的名人或者能安静地立着的当代巨星，方便游客拍照或者还能让人摸一摸，虽然触摸蜡像是不被允许的，这些完美的雕像比他这个能走、能说、能看的人耀眼得多，他感觉没那么孤单，感觉自己不是过去时，不是一个孤魂。虽然他沉默且孤独，总是离热闹的人群远远的，一直沉浸在四周的热情和嘈杂中，挤别人也被别人挤，他听见人们看到喜爱的歌星或球星时发出的欢呼，还会听到对他旁边的影星蜡像的评论，比如，“这个不太像，是不是？”比如，“我知道蜡像就是真人大小，可我认为米克·贾格尔比这个高，而且没这么瘦弱，您不觉得吗？也许是他上了年纪，人渐渐缩了。”一个机灵的女人这样回答：“那你觉得克伦威尔和查理八世还真的会同意测量身高吗？”

一天上午，他已经进了博物馆，在一个人满为患的展厅里注意到一个小男孩和一个小女孩。女孩差不多十一岁，男孩比她小一两岁，他们两个长得很像，显然是亲姐弟。他们没有在任何一个蜡像面前停下，从这里跑到那里，从这个空隙钻到那个空隙，然后再钻回来，接着再继续，他们来来回回，是兴奋过头的孩子，是不安分的人来疯，他们互相喊叫：“瞧，德里克，看谁在这儿”，“这儿，克莱尔，这还有詹姆斯·邦德”，这里人物蜡像众多，他们不可能集中注意力只看一个，总是开心地发现新的人物。来杜莎夫人蜡像馆的小朋友们都这样，事实上，这间博物馆的目标游客早就是儿童和青少年，就等于是为全宇宙的孩子们建的，现在孩子们的数量还在不断增长。

那对姐弟的五官引起了他的注意。他有种自己认识他们的奇怪感觉，觉得不是第一次见他们，特别是小女孩，自己肯定认识她。可他们会是谁呢？他在哪里见过他们呢？他顿时感到全身发冷，也许是一种心灵震撼，一种过电的感觉，随后是一种不知道如何处理这种感觉的不安，就好像一部电影或电视剧里有一个男二号或女二号有特别的地方，可我们却想不起在哪里看过他们演的人物。我们越是努力回想，就越是想不起来，或者把自己弄糊涂了，我们的头脑陷进了情节里，直到想起这个情节。在最开始非理性的瞬间，他以为那是他的孩子们，是吉列尔莫和艾丽莎，这完全是糊涂的说法。他们也许在伦敦，这是有可能的，可他们不是这个年龄了。吉列尔莫比艾丽莎大，不是反过来，他们讲的不是英语，也不叫德里克和克莱尔。那克莱尔和德里克是谁呢？他的想法又是从哪儿冒出来的？他了解那个漂亮的小女孩什么吗？因为她的确迷人。他迅速地回想自己过去各种短暂的接触可能留下的孩子，有时候在某个地方他会与当地人混住，他与一个母亲或者是一个带着弟弟妹妹的少女睡过，但年龄对不上。那已经过去了五年，或许时间更久，他一直龟缩在那个省城里，即便休假时他也从不离开，他认识了许多男女学生，越是离得近的越是记得牢，他清楚地记得大部人的脸，其他的特征则记不清了，但是没有一个人能勾起这种混着不安的记忆，如某些绘画或者画像带给他的感受，也就是说，你无法移开目光，你以为自己看够了，转而去看博物馆里的其他人，可有种东西促使他重新盯着他们，有种力量迫使他不能不看他们，三番五次地看。他发觉自己无法不看，他的目光是西班牙人特有的（英国人不经常盯着一个人看，更不会盯着一个青少年看，而盯着看的是成年人，就更不应该了。）他觉得自己被两个孩子相似的特征吸引了，那个小姑娘的样子更是勾起他很多回忆，肯定在他生命中的某段时间里惹他欢喜过。他们像块磁石吸引着他，他跟着他们的脚步穿过好几个展厅，没有在人流中跟丢。那个男孩子完全没发觉，那个克莱尔出生时他差不多三十岁，起码三十岁了。那么她不可能在他人生的某个阶段中出现。

克莱尔是红头发，五官精致，又有点随性不羁。一对漂亮的眉毛上挑，比头发的颜色深。她的嘴唇很红，是小孩和少年特有的红，嘴角略微下垂，这显得她时而鄙视，时而难过，仿佛预示了未来这是个对人对己都较苛刻的人。不过她也常常笑的，嘴角会欢乐地上翘，露出长得较开的门牙，总有一天，她会成为一个或让许多男人着迷的女孩。那双有洞察力的眼睛快速地看过一个又一个名人蜡像，也许是因为都是名人，他们才没有停在某一个面前，她和弟弟从一边跑到另一边。“瞧，德里克，这是拿破仑，我在学校学过”或者“我之前看过达斯·维德，克莱尔，你快来看看。回来，你走过了”。

小姑娘早晚会用敏锐的眼睛瞥到汤姆·内文森这个反复出现的男人，他的路线和他们的完全一样，而且他总是好奇地盯着自己，他的那双南方人特有的眼睛可不常见。在她发觉汤姆的时候，并没有感到害怕，而是同样用余光好奇地盯着汤姆，带着她这个年龄特有的羞涩和小心思。也许她明白托马斯的监视没有骚扰或变态的成分，纯粹是因为喜欢。这和一个人在猜谜一样。这个年龄的小孩常常被大人忽略，在这样的小孩眼里，得到某个大人的注意是让人欣喜的。至少在此刻，可以体会到自己是重要的，被大人关注到。这在克莱尔身上也不例外（德里克还太小，注意力分散，肯定完全没有发觉）。现在，小姑娘还是四处闲逛，但时不时地都会偷瞄汤姆·内文森——或者该叫大卫·克罗姆-费通？——是否在场，看看他是否仍然用目光在向她致以亲切的问候，还是他已经厌倦了，忽略了她。她小心且谨慎地验证，但一点儿都不害怕。总而言之，在这样的地方又能有什么事呢，客流大、人声嘈杂的地方。

托马斯没有看到他们有父母或老师陪伴。他觉得他们还太小，不该独自来杜莎夫人蜡像馆。也许陪同长辈就在商店或者咖啡馆，或者站在外面的大街上等他们，他们可没兴趣参观。那天天气不错，也许父母在公园里安静地等着，或者在外面喝东西。是的，父亲和母亲，或者他们中的一个，是母亲。母亲，他们遗传了母亲的脸。突然，托马斯的思路打通了：那两个孩子……不，那个小姑娘，那个小姑娘就是活生生的杰内特，他觉得她俩像，小姑娘更是绝对地相像，就是翻版的小杰内特。就是她，就是，这个小姑娘就是从他那段遥远的生活来的，来自那个杰内特。杰内特仅仅是他年轻时候偶尔的性伴侣，她死的时候，他才知道她的姓氏，从那时候起他就记住了这个姓氏。那个叫克莱尔的小姑娘像她的女儿，是那个死去的可怜人杰内特·杰弗瑞斯的女儿，可她根本不可能有女儿。

二十多年来，他几乎没有想起过杰内特·杰弗瑞斯，对他而言，她的面容已经不那么真切了，直到这一刻，在托马斯的印象中，杰内特面色惨白，已经死了。直到他见到了应该是她的女儿的小姑娘，他才想起她，她们特别像。这就好像他面前有了一张照片，眼前清晰地浮现出杰内特精致却有野性、气质硬朗的五官，她那头应该是染过颜色的闪亮头发，那是斯堪的纳维亚式的金色，那是隐在牛津的浮云后的太阳照射下的一面金盾，在大街上有很高的辨识度，她的嘴唇很红，笑起来的时候露出门牙长得开且有点突出的牙齿，像小孩子，正和眼前这个小姑娘一样，只不过这个小姑娘还没有长大。这个小姑娘跑起来的时候，身形也很像她，像她没穿衣服或者半裸的身体，他细看她身材的次数不多，而最后一次，他试图用眼睛和两根手指接近她的私处。这事都过去千八百年了。那晚以后，他经历了各种各样的人生，她的人生则停止了。

其实那时他马上就不去想杰内特了。谋杀事件让他心灵颇受震撼，但他没有多少时间消化这事，像大多数情况一样，他为此感到本该有的担惊受怕和惋惜，他本人没有看到受害者，却卷入了事件。但他马上觉察到了纠缠上他的危险，人无时无刻不在对抗年轻时候的自负：面临威胁，他得自己搞定。“我没有杀她，我太清楚了。”这一想法突然在他的脑海里闪现，

“不过，如果是我做的，我的第一想法是别被人逮住，要全身而退，哪怕我是不小心杀了她，我的恐惧会持续一会儿，随后我要保护自己，尽力洗脱罪名，装作她的生活没有垮掉，甚至是没有变化，虽然这个因他而死的人已经彻底变了，她的命没了，不在这个世上了。”那场谋杀也终结了他的人生，在某种程度上说，这事偷走了他规划好的人生蓝图。他接受了那些要求，用自己做了补偿，想起这场变故，或者说是人生的震荡的由头，可真让人心里不痛快，所以这些年来他一直忽略这一点，每次去不同的地点完成他们派给他的事已经够他忙了。如果说一直处于不安和无休止的伪装状态有什么好处的话，那就是它一次又一次阻止他反省自己过上这种荒唐生活的原因。他忘记了这些事，也忘了可怜的杰内特。总之，他们的交往不深，各自带着目的。杰内特为了给自己找乐子，也是一种报复，那个被报复的人休·萨玛莱斯-希尔根本就不知道，托马斯想起了这个名字，他记住了这个复姓。七十年代，他在内阁的权力还不算大，不引人注目。并非是托马斯对政治感兴趣，谁掌权对他而言都一样。而且他认为那个议员在当时不可能非常突出。在其政党执政期间，他没有担任过部长，政治生涯也很可能被缩短——像玛格丽特·撒切尔和她的继任者约翰·梅杰上台后的许多工党政客一样，这两位首相在唐宁街 10 号占据了大约十八年。休·萨玛莱斯-希尔也许仍是议员，但仅是众多议员中的一个，最终并没能成为所谓大人物，像杰内特、图布拉和布雷克斯通说的那样，对了，是布雷克斯通告诉他的，甚至可能退出政界。总之成百上千条光明大道都废了，无数的浪费和挥霍组成了这个世界，在政治上一丁点失误，一次错误的联盟，一次糟糕的估算都会导致失败。如果不是杰内特勒索他，让他陷进去，宣称也许是托马斯干的，为了报复他的悠然自得和粗心大意，他的磨磨蹭蹭和狂妄自大，他才不会清楚地记得这些细节。那个晚上是杰内特第一次、唯一一次提起伦敦的情人，是托马斯问起了他。托马斯·内文森惊讶地想：如果不是杰内特……他到底在想什么？那晚以后杰内特什么都不能做了。不能看，不能听，不能触摸，不能感受，不能说，不能生气、笑、观察或看书；当时她正躺在床上看《秘密特工》，突然他觉得这有讽刺意味，多少预告了他的未来……或许是的，就是她干的，还生了两个孩子，1994 年一个悠闲的上午，在杜莎夫人蜡像馆，他们出现在了托马斯的眼前？他们和杰内特·杰弗瑞斯年轻时一样，就是她的孩子，和她是一个模子刻出来的。年轻时的杰内特？如此则说明她活下来了。

一个人不能轻易起疑，因为怀疑会轻易地控制你，入侵和挪用一切，直到它被彻底驳倒。杰内特比他大两三岁，如果这两个孩子分别是十一二岁和九岁或十岁，那么算起来，她生孩子的年龄比较晚，在三十三岁到三十六之间，这事完全有可能发生。如果她还活着，该有四十六岁了。她还活着？这些混乱的想法敲击着他的神经，闪过他的脑海。他亲眼见到她死去了吗？没有，他没有看到她的尸体。也没有人见过他的尸体，因为那根本就不存在。这消息是警察莫尔斯捎来的，他看起来是个诚实正直的人。但现在汤姆明白了，很久以前他就明白了，一个小警探总是遵守命令，特别是如果他的上司接到情报部门的命令，就更要遵守。除了少数军队首领和高级官员，情报人员总是凌驾于其他机构之上。即便莫尔斯不想欺骗一个愚蠢且不幸的学生，但那些人会逼迫他说谎，演上一出哑剧，他不能拒绝，更不能不回应，否则他会葬送职业前途甚至工作。

他在报纸上或者电视里看到了消息吗？那些日子里汤姆几乎没有看过，他为自己的事忙前忙后、殚精竭虑，而且他有了第一手消息，何需看新闻或日报呢。也许在某处他读过本地报纸的标题，不过他知道——现在他知道了——对那些人，对“我们”来说是很容易操作的，在报纸上发布一条虚假的、对自己有利的新闻。甚至是子虚乌有的新闻事件，只要打着责任、爱国、保卫王权的旗号就行。他可以肯定事件没有结果，没有找到凶手（没多久人们就不关心了，厌倦了）。也许是因为根本不可能有结果。他走了以后，在圣约翰街和峻滢街交叉口抽烟的人不是他。也不是休·萨玛莱斯-希尔，更不是那个敲门、按铃的人干的。这一切都过去这么久了。他拿出马尔科维奇烟都是很久以前的事了，这个牌子的烟都停产很久了，一切都是几个世纪前的事了，现在他又为什么强装成一个如此不同且多变的人，变成罗兰德先生、克罗姆-费通先生，变成其他一些身份是谜团、做过许多夸张的事情的人。有他还是没他，世界照常运转。是的，他避免了不幸，但他也引发了另外的不幸，无法保持一致，他不是总能得知他的行动的结果，他是点燃火柴的人，但在大火蔓延之前就离开了。如今这一切都还到了托马斯身上，因为他是唯一一个空盼的人，慢慢变成了老托马斯·内文森，慢慢找回了自我，是贝尔塔·伊思拉的男友，是贝尔塔·伊思拉的丈夫，是马德里人，是最初的那个他。

但是他们是怎么知道那天晚上他去找杰内特的呢？他突然想起来，他先是去的沃特菲尔德书店，和杰内特碰面，他想起来了，当时他盯着吉卜林作品的书脊，直到晚上才去了她家。真是傻，他想，杰内特做好了通知他们的准备，就是图布拉和布雷克斯通，也许还有韦勒，杰内特参与了造假，当书店的店员挣得不多，她也无法指望通过伦敦的情人改善生活，休·萨玛莱斯或者另一个休，谁知道是哪个人；她不介意离开牛津到其他地方生活，托马斯觉得那两个孩子身上有约克郡的影子，如果他们的母亲是牛津人，这就是合情合理了，乡音和口头语主要由母亲传递，孩子们第一次听到的人声就是母亲的。他们给了她一些好处，一个新的人生，一份更稳定的工作，还有一笔可观的报酬，她没有什么损失，也不必对汤姆心怀忠诚，他不过是个玩伴，是灭火器，是周二、周三、周四排解寂寞的镇静药，是时不时戳一戳粗心的休的小刀，而休根本没注意到这些。那时汤姆很快就要离开牛津，不会再想起她，他要回马德里和西班牙的女友在一起了，他怎么会意识到这是个陷阱呢。托马斯就是个过客，托马斯是一粒尘埃，是老人袖口的一抹灰。如果她仍在约克郡生活，有了丈夫和克莱尔、德里克两个孩子，如果二十年前她没有被一双丝袜勒死，为什么要怪罪她，为什么要指责她呢。那是一场用想象力勾勒的丑恶死亡。

他找不到克莱尔和德里克这两个不停地跑来跑去的孩子了，他沉浸在思绪里，回忆、设想和假设让他分神了。他大步穿过好几个厅都没有找到他们，他骂了脏话，盼着在惊悚或者恐怖通道，反正就是叫类似名称的通道尽头等到他们。也许他们钻进了通道，但是他还是没有找到；他转了许多圈，走到了前厅，进入商店，他才松了一口气：他们看完了展览，要走了。他该问一问，下次就没机会了，他不知道该做什么，怎么做才不会引起他们的警觉和怀疑，不会被他们误解，在 1994 年，友好地与小朋友交谈仍是个难题，即便这个行为本身不是因为某种癖好，但那个时代充斥着怀疑和歇斯底里。

他们正贪婪地看着塑料的蜡像复制品，它们和老式铅制士兵小人一样高。他们对着一排或者一把小人感叹欢呼，却没有用手碰，这些小人不让碰，他们没有足够的钱买。所以他看到两个孩子在数身上仅有的钱，肯定是放在一起数，他们至少能买一个。他们的老师或父母，或者监护人仍然没有出现；他们还是独自在玩，也许他们有彼此就足够了，也许他们是孤儿，与不负责任的年轻阿姨一起生活，无拘无束。他们的衣着普通，不像穷人也不像富人，和许多中产家庭的普通孩子一样，如果杰内特死了，他们就成了没妈的孩子，托马斯马上纠正了这一想法，责备自己弄混了时间和情境：如果他们杀了杰内特，她已经死了，这些孩子就不会是她的了，她不可能还有机会生孩子。

他走上前，也去看这些小人，都是非常著名的人：有温斯顿·丘吉尔，但没有女王伊丽莎白二世（也许是为了表示尊敬），有印第安纳·琼斯或者哈里森·福特，有詹姆斯·邦德或者肖恩·康纳利（许多演员演过邦德，叼着烟斗的康纳利演得最像），有莎士比亚和戈登将军，还有小小的维多利亚女王，有拿破仑和戴着贝雷帽、留着小胡子、拿着鞭子的蒙哥马利（布雷克斯通肯定就是模仿的他），有猫王和骑着骆驼的阿拉伯的劳伦斯（这个更贵），有夏洛克·福尔摩斯和华生，有海盗银约翰，有梳着卷刘海、戴手套握着手杖的奥斯卡·王尔德，还有《爱丽丝漫游仙境》里的爱丽丝，怪物弗兰肯斯坦，吸血鬼德古拉，虽然虚构的人物有时候长得差不多，但是他们总是比历史人物更有名、更能被人们记住。

"哪个是你们最喜欢的?"过了一会儿，托马斯问，他觉得这是最为单纯的接近方式了。

两个孩子转过头来看他，小姑娘不情愿地做了一个认得他的动作，她不害怕，也没有表现出担心和怀疑，她的脸上流露出天性使然的随和（就是活着的杰内特·杰弗瑞斯），杰内特发觉托马斯在看她的时候，会露出同样的神情。

"我喜欢夏洛克·福尔摩斯。"她马上说。

"我喜欢印第安纳·琼斯，"小男孩兴奋地讲（知道别人对自己的喜好和看法感兴趣，孩子们感到很激动），"您呢?"

托马斯假装迟疑了好一会儿。为了引起他们的好奇，他说：

"我真心喜欢的不在这里，真不巧，也不在博物馆里。"

"没有吗? 那是谁?"他们很是好奇，几乎是异口同声地问。

“是吉列尔莫·布朗，”他用英语说，“‘淘气小威廉’，也就是‘威廉·布朗’。”他给儿子起了同样的名字就是为了纪念他，现在他的儿子已经长成了少年，并且认为父亲已经不在世了。

“那是谁？”德里克失望而又惊奇地问，“他不在这儿，我不奇怪，没人知道他，是哪部电影里的呢？”

“我倒是听说过他，”克莱尔插嘴说，“但我不记得是什么样的人，我没见过。他不是电影里的，是一些旧书里的。”

“是的，是我小时候看过的，相当老了，你们的确不知道，”托马斯解释说，“所以呢，现有的这些里，我喜欢夏洛克·福尔摩斯，正好和你一样。”克莱尔很高兴，她的欣喜溢于言表，笑容比杰内特·杰弗瑞斯更明媚，因为一个成年人对她的选择表示肯定，对她而言是种赞许。“你们想买哪个？我看你们在数零钱。”

“我们还在讨论，”小姑娘回答，她用了“讨论”这个词，“我们的钱只够买一个小人，这些小人都不贵，但对小孩来说，什么都不便宜。”

“哦，如果你们花得一毛都不剩，要怎么回家？你们住在这附近吗？”

“不，我们不住在伦敦，先生，我们是来旅游的，”克莱尔率先回答，德里克在出神地望着一排他买不起的小人，“我们的爸爸在旁边的酒吧里等我们。等下他带我们回旅馆。我们在这里住一晚，明天就走了。”

托马斯·内文森或大卫·克罗姆-费通找到了表现和蔼的机会，或者说他可以表现得更加和蔼。

“噢，让我猜猜你们从哪里来，如果我猜对了，我们做另外一件事：我给你们买四个小人，都是你们喜欢的，每人两个，算作我猜对的奖励。”

小男孩半是高兴半是怀疑。

“哇，您猜不到的。英国那么大，有那么多地方。”

“你们是从约克或者附近来的。”托马斯自信地说。

姐弟俩惊奇地张大了嘴巴，看着他。

“您是怎么知道的？啊，您向夏洛克·福尔摩斯学的，对吗？”

“我们所有人都向他学习，这是当然的，”托马斯说，“但我很会分辨和模仿口音。我就说嘛，你们选四个小人吧。”

“真的吗？您是认真的吗？真是太感谢了。”

孩子们兴奋极了，等不及他回答，虽然托马斯立刻表示肯定（“我说话算话。”），他们已经转过身去，又商量了一会儿，选哪四个小人，这两个和那两个，他们不想浪费一个子。等他们做决定的时候，托马斯问：

“你们的妈妈呢？她没和你们一起来？”

克莱尔摇摇头，只是摇了摇头，现在她也没法把目光从那排小人上移开了。

“我们的妈妈一年半之前就死了，先生。她遭遇了一场车祸。”她自然地说，已经习惯了做出这样的解释，解释过许多次了。

“所以她已经死了，”托马斯立刻感到一阵轻松，他想，“但不是在该死的时候死的。”

“听到这样的消息可真让人遗憾，”他说，“我非常非常抱歉。她叫什么名字？你们让我想起了我年轻时候的一个朋友，我们有好多年没有联系了。仿佛你们就是她的孩子，仿佛是。”他想，他们要说她叫杰内特了。他们没了母亲。他们肯定会说母亲叫杰内特。

“她叫杰内特。”小姑娘说，她又摇摇头，用余光瞥瞥他，对他不再感到好奇，而是尊敬。她讲话时不再抬着下巴，可这份想当然的友谊与她没什么关系。

“哦，是啊，可真是巧，她是我朋友。”汤姆回答说，可在英国有许许多多杰内特，“杰内特什么？”他继续问，他得坚持问，万一是另外一个他不知道的人呢。

“杰内特·贝茨，和我们的姓氏一样。”

“那是她嫁的丈夫的姓氏，”汤姆想，“她没和萨玛莱斯-希尔结婚，那人怎么会为了书店店员抛弃妻子呢？他是议员，在那个时代会成为某个大人物。虽然据我所知，他的政绩不算成功。所以，她随后嫁给了约克郡的一个叫贝茨的普通人，莎士比亚笔下的士兵都有叫这个名字的，其中一个人就是上了蒙面的查理五世的当，如果我没记错，就是一个普通的士兵。”

“我想问她的娘家姓。我认识她的时候，我那朋友还没结婚。你们知道她婚前的名字吗？”他们肯定不知道，英国的妻子与西班牙的妻子不同，与贝尔塔·伊思拉不一样，她们不保留婚前的姓氏。

德里克茫然地转过脸，好像是第一次听到“娘家姓”这一说法，好像他从没想到他妈妈除了这个姓，这个他们都有的，还有其他的。但是女孩子大一点，克莱尔是知道的，在她张口说之前，托马斯就从她目光中读出来了。“她要说杰弗瑞斯了，”他想，“她肯定要说杰弗瑞斯。”

“我知道，”克莱尔说，“年轻时她叫杰内特·杰弗睿斯。”托马斯听到她是这么说的，实际上发音相同，或者杰弗瑞斯和杰弗睿斯几乎一样。如果两个孩子的母亲和杰内特不是同一个人，那未免太过巧合了。而且从外表看，从惊人的相似度来看，他们就是她的翻版。他不会让他们拼出姓氏。“是您的朋友吗？”

“不，”汤姆·内文森回答，“我朋友姓罗兰德，杰内特·罗兰德。”他想就说到这儿吧，该走了，没什么问题好问的了。约克郡贝茨一家没必要知道真相，他们什么都不知道。在他的前半辈子，在这辈子，他都不需要向任何人解释什么，哪怕是最亲的人。那么，眼下更不用多说了。

德里克抱着最喜欢的印第安纳·琼斯和怪物弗兰肯斯坦，克莱尔拿着夏洛克·福尔摩斯和他的好伙伴华生，他们怎么能分开呢，不可能只买一个回家，小姑娘最知道忠实的分量，这可与她死去的妈妈不一样，她的妈妈过了那么久才死去。而他，已经不在世了，这仅是官方说法，当尸体活过来的时候，官方会辟谣，否认之前的说法。汤姆付了一大笔钱，将四个包好的小人送给他们，在出口与他们握手道别，孩子又有什么错呢。他们没有问他叫什么名字。他们问了，结果也是一样的：他有许多个名字，可能和图布拉一样多。或者和瑞茨比、顿达斯、乌莱一样多。

“你认为韦勒教授从一开始就知晓这些吗，整个欺骗活动?”托马斯问索斯沃斯先生。他接着说：“他是第一个想要套住我的人，我记得您跟我说过，牛津的事都逃不过他的眼睛，一场谋杀更不例外。他肯定比我先知道，而且了解更多信息。所以，我给他打电话的时候，我觉得他已知道一切。”

索斯沃斯先生思考了一会儿，翻了翻那双诚恳的小眼睛，好像刚经历了一场良知的考验，做一次追求坦诚的努力。他不再频繁地看表，他忘了他的课。随后他肯定地说：

“不。我肯定他不知道，他们也骗了他，对他隐瞒了那个女人是假死的事情。我不了解那些间谍，但我不认为他们会为招募一个队员就干出杀害一个无辜女人的事。他们的确会抓人，骗人，制造虚假事件，但这些不至于让他们付出代价，”他带着讽刺的神情叹了口气，“我想这就是他们存在的本质，不是吗？弄虚作假。”

“我倒是可以肯定地说，”托马斯打断他的话，“这是日常工作，是我们每天都要做的事。没人知道我们有多少人，有多少要怀疑的人。”他发觉自己讲话时仍在用第一人称复数，他还是把自己算在内了。许多年前的上午，图布拉和布雷克斯通也是这么说的。不过他没有纠正自己，他在慢慢学着把自己排除在外，他已经形成了思维定式。“这些人没完没了。一旦一个人上了位，掌了权，暂停片刻以征求指示，没人想停下来，大家需要产出。用任何一个理由、为任何一个细节问题都可以造假。刹那就能造出来一个，世界上有许多愿意干这个的人，即兴而为或腐败的人。”他突然说出了一个西班牙语表达“en un santiamén”，这是个过时的说法，但他就是这么说的。这和索斯沃斯讲的西班牙语一样，比如索斯沃斯不会说“一会儿”。

“许多年前我就认识皮特，非常了解他，他肯定不会布下这种陷阱。如果提前得知了，也不会同意。以他的性格和荣誉感，不会做出这种事。我坚信，直到现在我仍然认为那个姑娘是被掐死了。当然了，我偶尔会想起她。我想他是不知道的，我向你保证。他是 1913 年出生，你想想，他生在一个与现在完全对立的时代。”

“但他是图布拉的老师，是您的老师，也是我的老师。您玩过类似的把戏吗？”

“我没有，我不是这种人，我和那人做的事不一样。你是我的学生，我不会对你做出这样的事。你和莫尔斯，就是那个警察聊过吗？也许他还在这里，至少当上了警督。他是捎信给我们的人，他看到了杰内特死去。”他狐疑地皱起眉头，以残存的天真口气补了一句，“前所未闻”。

“不，我考虑过。但我不会去找他，那是没有意义的，”汤姆回答，“他什么都不会告诉我，也不会对我承认什么，甚至会否认见过我，那次拜访都是二十多年前的事了，没有留下任何记录。那时他肯定完成了任务，现在更不会掀开万年遮羞布。更不可能获得授权这么做，王权埋下的东西，要一直埋到时间的尽头。总之我要的那份卷宗，非常有可能根本就不存在，因为根本就没有凶案。您看，杰内特·杰弗瑞斯还留着自己的名字，他们没有强迫她消失、改名字，只要让她离开牛津就行了。如果有这样一份卷宗，封面上该写‘待解决或开放性事件’，应该是这样。我这么做不过是浪费时间和让那个男人感到难堪，他看起来是个正直的人。我知道他就是服从命令，那些命令让他心力交瘁，我很能理解。”

索斯沃斯先生是个平和的学者，他相信这些运作、这些他刚知晓的事情是真的。他有强烈的正义感，不会叛变，他认为没有什么能战胜正义、法律、国家。他很惊讶，呆若木鸡。

“图布拉和布雷克斯通呢，他们跟你说过什么？”他怀疑地问，“你没和他们聊过吗？你找过他们吗？这是他们的事，我想。你要把皮特排除在外。你不要去找他，求你了，别去打扰他。如果他知道自己的推荐带给你这些后果，会非常不开心。这些结果是无法弥补的。他只是指出了你的可用之处，怎么能料到他们利用了他提供的消息，这是背离他本意的做法。”索斯沃斯先生像保护父亲一样保护老友。托马斯在这处温馨的寓所里失态后，恢复了镇定，但是他的老师已经发觉，现在他可能会变成危险的人，变成无耻之徒。

“为我的用途奠定了坚实的基础，他可真是费了不少力气。”

“是的，你的语言天赋很特别，非常特殊。在英国人中很突出，他们不擅长说多种语言。像你这样的人是很少的，你知道。”他没有为了给他的老师开脱说更多的话。他想如果自己坚持说下去，会起反作用。“图布拉和布雷斯克斯通他们就不该见见你吗？他们肯定知道内幕。”

一开始他们可没有屈尊降贵，但汤姆的确想和图布拉聊聊。他离开杜莎夫人蜡像馆，向多塞特广场走，回他的阁楼去，很想立刻找到图布拉。但是他迅速偏离了路线，花了好几个小时在城里转来转去，还去了他不被许可进入的区域，去了秘密情报局和外事办的好几幢大楼。他在这些大楼的门口向里望，自问图布拉在这里还是出差了。不，这不是走进去、揭露丑闻的时机，保安或门卫会挡住他。他要设计下谈话内容，不能急。可实际上没什么好设计的，只有责问，和无法辩驳的指控是一样的，图布拉只能面红耳赤地听着。他不会对托马斯否认杰内特·杰弗瑞斯在约克郡生活了许多年。但即便如此，最好还是避免在图布拉的地盘见面，最好不要在这些大楼里，其中一幢楼还没有名称。距离下次与联络人，就是那个有卷刘海的新手见面的日子还有两天，他可以把要求告诉莫利纽克斯，现在图布拉可不敢拒绝见他，尽管图布拉有胆子做几乎所有事，从不感到羞耻。

托马斯·内文森走啊走，一直走到夜幕降临，他感到非常疲乏，只有回到他的小阁楼。在那里，在广场上，再一次把自己封闭起来的时候，他才发觉这一切都结束了，发觉他这段永恒的人生已经走到了尽头，这是他唯一的人生，错位的、带有欺骗性的、松散的人生。无论和图布拉的谈话究竟如何，他都不会继续做之前的工作，那个早上——在嘈杂的蜡像馆里见到克莱尔和德里克之前，他本感到强烈的眷恋。二十多年来，他一直忍受着威胁，这种威胁越来越模糊已逐渐被人遗忘，它是不存在的，根本就没存在过，它只存在于托马斯天真的思想里，他做学生时不知所措，那时的他是一只羔羊，任人宰割。悔恨为时已晚：一种人生被放在了一边，其他人生不等人，早已过去，真实的人生和平行的人生，都离他远去。剩下的是以后的威胁，和不可能发生的危险，他用不同的名字、讲不同的语言、模仿不同的口音时不经意间面临过许多威胁，如果某一个威胁发挥了作用，把他从这个世界上带走了也没什么，当他知道一段故事结束了，世界一切照常。

他看到了悬在空气中的灰尘，他在意志屈服、身心俱疲的时候，在亮如白昼、变了形的广场上看到了灰尘，他想：“只有无处可去，没有任何地方收留他，故事已经结束的时候，他会归来。故事就在这里结束了，在多塞特广场上，现在就在这个地方结束了。”他花了好一会儿整理思绪，消化这些想法，肯定这些想法，然后他开始思考未来，也是过去。“我只能回去找贝尔塔，回到帕威亚大街的家里，如果那里还欢迎我的话。那是我唯一能站住脚的地方，它一直在，也许它在等着我，它还不知道它是在等我。贝尔塔没有开始新的生活，真是让我谢天谢地，从很久以前她就守寡了，但她没有再婚。我唯一的希望就是能把索斯沃斯先生说的那句法文在她身上实现，‘她和其他人一样，有她的爱情故事’。不管我死去还是活着，我都是她的爱情故事。”

“你记得这句话的出处吗？”他突然问索斯沃斯先生，他重复了一遍这句话，他可不想忘了问这句话，很久以前他就在想这句话了，“那时您说我们不是总能知道其他人的爱情故事，说过这个句子。那时我们在讲杰内特对我的感觉，显然她对我没感觉，否则她不会同意给我下套。”

索斯沃斯先生放平双腿，又把腿叠起来，这是他的标志性动作，他警觉又好奇，他的袍摆飘了起来。他认真地听托马斯讲话，他默默地拼读每个单词，努力回想出处。

“不，不可能，我不记得了。”过了一会儿，他厌烦地说，“现在你是在跟我绕圈子，大概是我最近读过的。可能是司汤达的，也可能是福楼拜、莫泊桑或巴尔扎克的。或是大仲马的，你自己去找吧。谁知道她是怎么想的。也许她是在报复你的冷漠，报复你拿她打发时间。你搞不清楚，这是肯定的。”

“告诉图布拉，我要见他。斯蒂维。有个不能等的急事。不能拖，要马上见他。”当莫利纽克斯坐在旅馆的大堂里时，托马斯突然对他说。这次托马斯直接叫了他的名字，平常他都称呼莫利纽克斯的姓，从很久以前，就是他在布莱克威尔书店、鹰和小孩酒馆做出决定的那天，他就被称为内文森，不加“先生”。他用名字简称来称呼这个年轻人是为了显得后者还嫩，他没用称他斯蒂芬或者斯蒂夫，而是斯蒂维，他还知道有个古怪的诗人叫这个名字，斯蒂维·史密斯，他到牛津时这人很出名，没多久就死了，莫利纽克斯不会知道这个诗人，但没有关系；他听到这样的称呼，会记得这是在给他下命令。

“好的好的，”他说，“告诉我是什么事，我给您转达，克罗姆-费通先生。我要找合适的时候，图布拉先生总是特别忙。”莫利纽克斯不敢反过来同样用名字称呼他，只称呼他“大卫”或“汤姆”，毕竟托马斯有更高的级别、更多的经验。

“我要见他，我向你保证他会感兴趣的。就今天上午，不能拖。如果他不在伦敦，让他回来。有人知道怎么找到他。你只要告诉他我见到了杰内特·杰弗瑞斯的孩子们。”

虽然汤姆用了命令的语气，莫利纽克斯还是一副自负的样子，要问个清楚。那天，他没有给额前的头发打发蜡，也没有把头发染成两种颜色，他恢复了原先的模样，实际上并没有更高贵，只是不那么鄙俗。

“那是谁？她的孩子有什么事？他们是谁，是孩子还是成年人？我没觉得这有什么好着急的，而且还是因为孩子。”

“你就这么告诉他，斯蒂维。他会明白的，然后你再看是不是急事。你想不想赌一把？他会马上回复我。”

莫利纽克斯不会打赌的，他肯定输。那天晚上，他愤愤地给托马斯打电话，传达图布拉的话。

“图布拉先生说明天他的工作结束后有空。他问是您去那座没名字的大楼，他就是这么说的，还是他到旅馆来，或者他来您这里，您选地方。约在明天下午七点。”他忍不住插嘴，“那么，哪幢是没有名字的大楼？”

托马斯没有回答。他想带着多年来在省会城市一直陪着自己的小手枪，1964年产的转轮手枪，以防图布拉激怒他，否认他所有的重要性；以防他威胁自己，所以起码要做好准备，时间把最不可能被磨平的都磨平了。他们不会让他进入那幢他非常熟悉的大楼，莫利纽克斯根本就没有进去过。托马斯建议约在小阁楼附近的咖啡馆，就他们两个人，不受人监视。不过他从不敢肯定瑞茨比会一个人来。

伯特伦·图布拉一直没变。托马斯很久没有见他了，他没有变化，从他开始受到某种净化，或者从他有了几乎是暴力的力量开始，他的年龄就像是不再增长了，仿佛有了那种力量，在合理的范围内，他几乎没有变老。（可是，他年轻的时候，甚至更早以前，就是这副样子，他的动作、衣着、口音、知识面都与他这个人不匹配，他身上有与生俱来的争强好斗和土里土气的气质，外表看来让人难以接近。）他的样子与托马斯第一次见他时几乎一样，在牛津时他们都还是学生，想象一下图布拉学中世纪历史，这是他的专业，汤姆还记得。他给打卷的鬓角染了色，这是他身上唯一的人为修饰。他的高额头上有很多发卷，如果不涂发蜡，发卷就不坚挺，还有厚嘴唇。他的睫毛还是比女人的长，他的皮肤亮得惊人，呈漂亮的啤酒色，眉毛灰突突的，粘在一起（应该是用了眉笔），鼻子挺得直直的，像是以前挨过两下子，他的目光端正，总是看着对方前额以及合适的区域，表情含着戏谑和冰冷，在想以前的事，这让汤姆再一次经历了当时自己被他招募的情形，他看重汤姆，没有觉得他已经过气或者不重要了。这一点与其他人有很大的差别，一般人觉得结束了的就不再重要。

托马斯·内文森的变化非常大，这是可以肯定的。在他做角色扮演和整容的这些年，他不得不准备或接受各种面具，甚至他不知道哪一个是他的真实面容，他长不长络腮胡子，戴不戴眼镜，有没有小胡子，头发是长还是短，发色是红的、棕的还是花白的，浓密的还是稀疏的，他有没有伤疤，他是个瘦子还是胖瘦均匀，像莫利纽克斯一样柔弱或仍然非常坚韧，他是否仍然很迷人（很久以前护士梅格被他迷倒了），他这张脸该是哪个模样，如果汤姆自然而然、不加干预地变老，他的脸就会呈现本来的样子。他自问以前就认识的他的人是不是还认得出他，哪些人还能认出他；贝尔塔·伊思拉认得出他吗，他们还在上学的时候就相识了。他感到疲惫和受伤，常常表现得反应迟钝，内心已如古稀老人，仿佛心理年龄已经老了十岁，也许是十五岁，他还不满四十三岁。规定好的人生废弛了，这是一段隐秘的、假装的、替换的、代理他人的、背叛自己的、被驱逐的、逝去的人生。这些词都能用来形容他的人生，这是他人生中最为漫长的一段时光，大部分时光都是这副模样。当他强烈地意识到此副人生时，他想起了艾略特一首早期小诗："我变老了，我变老了，我要卷起我长裤的裤脚。"他在犹豫如何把这句话译成他的第一或第二语言，他习惯这么做，尽管一直不清楚西班牙语算第一语言还是第二语言。他觉得重要的是保留韵律，此外也要考虑其他因素。“envejezco，envejezco，llevaré los bajos de los panalones vueltos”，或者用忠实原文的口语化表达，“me hago viejo，me hago viejo……”

看到图布拉坐在他对面（他已经坐在咖啡馆里等他了），脸上挂着真诚、正式的、几乎是友爱的笑容，仿佛是他们很久没有见面，现在是常规的碰面，与衰老过时毫无关系，他首先想到了“me hago viejo”。图布拉比他年长几岁，大得不多，他不知道具体几岁，可图布拉看起来更加年轻，他认为图布拉一直很年轻，比他年轻，比实际年龄要小，总是能误导人们，让见到他的人、被他招募的人、受他引诱的女人以为他很年轻。看他讲话的样子，是一点也不担心，即便他知道对方会记在心里，不过是来算账的，过去的愤怒延续到了现在。他这副泰然自若的样子让托马斯很是厌恶。他没有脱下大衣，也根本不可能脱（他没打算聊很久），他像在省会城市一样，把手插在大衣口袋里，用食指和拇指握着枪柄，只是确保手枪一直在口袋里。或者他是在给自己鼓劲，他忘不了图布拉从第一次见面就给他留下的威胁感。

“看来你见过那两个孩子了，贝茨家的，我说得对吧？你迫使我做了一些小调查，”图布拉和蔼地说，“他们长什么样？我都不知道他们，如你所料，我不会追踪那些偶尔对我们有用、随后就会被我们放置一边的人，他们的用途是需要估计的。我们让一些人过上了好日子，或者给他们解决了生计。我们的慷慨不该受到抱怨。你也从中受益了，内文森。你到手的钱，不算少。”他仍然自称是组织，他像从前一样叫他名字，他一直是这么做的，他会根据不同情境将“汤姆”换成姓氏，图布拉不止一次求过他，那些年里，有过好几次，他依赖汤姆的耐心和智慧，依赖汤姆的大胆、毅力和自我牺牲；图布拉能让汤姆克服顾虑，他一直成功地做到这一点。现在他刚说出开头，托马斯马上就明白：一开始他想反客为主。就像要对他说“你怎么能来责怪我，你该感谢我。如果你想把什么东西摔到我们脸上，那就想想我们为你做的，想想你得到的好处。我们要怎样从这里走出去，就看你的条件是让人可以接受的，还是毁灭性的，天知道那是不是一场风暴”。

“我有那么重要吗？伯特伦，你让我变成了这样的人。我的人生还没开始，几乎是刚开了个头，就被你夺走了。”托马斯表情严肃，还带着蔑视。他不想受到上司一丁点亲切感的感染，这种亲切感是骗人的。他即将不是托马斯的上司了，或者早已经不是上司了，托马斯心里清楚，图布拉肯定也猜得到。他可不傻，他的长处就是预测别人的反应、观察别人的想法。托马斯不会再听他的命令了，托马斯要离开了。灰尘仍然漂浮在空中，就是那粒指明了方向的灰尘。

图布拉从埃及烟盒里拿出一根烟，用之宝打火机颤抖的火苗点燃。他不介意让烟飘到旁边，他知道托马斯也吸烟。

“你自己看着办，汤姆。你完成了多少任务？有多少是成功的，多少是失败的，我是说不用善后的。一项，只有一项。今早我看了你的工作报告。你是真的有用还是华而不实？应该说一开始你是一个有价值的人员，对保卫国家很有用。像你这样的人不多，你心里清楚。虽然你沉寂了很长时间，我们对你还是满意的。你也应该感到满意。这种交换是平等的，或者这么讲，我们付给你钱，你帮我们的忙，我们是双赢。”

托马斯越来越愤怒，他又一次摸着枪柄，但他的外表很平静，他在忍耐。

“拿钱干活？我有什么好赢的？这二十年来我一直在违心地欺骗我的妻子。在她和我的孩子眼里，我已经死了十二年了，我现在都认不出自己的孩子了。我还骗了我的父母，我没能陪着他们，连他们的葬礼都不能参加。我一直处于随时会丧命的危险中。你把我不想要的人生强加给我，你不让我选择自己的人生。”

“唉，”图布拉说，“唉，当然了。你得走出来，我们这个时代，绅士传统已经在所有人身上生了根，却与它的源头割裂了。打什么时候起，人们选过自己的人生？许多世纪以来，人生轨迹都是预先画好的，极少有例外。这多平常，才不是悲剧。大多数人不会离开家乡，他们在村子、小镇甚至是破败的贫民窟生老病死。许多家庭会把一个孩子送到军队，一个孩子送到教会，如果他们还算走运，被留下来，至少不会饿死；用你的话说，这些人还没有开始生活，就与亲人分离了。如果女孩子长得漂亮，就给她找个丈夫，有时把她嫁给老头，通常她们嫁的是暴君，受丈夫虐待，如果她们学到一点有用的本领，比如缝补、烹饪，就要看是不是有人愿意收她们做仆人；或者把她们送到收留穷人的修道院里当没有工钱的女仆。这些家庭还算有一些路子，那些什么都没有的家庭呢，我能说什么。小人物不能选择自己的人生。直到最近，人类都是这样，而我们如今拥有的选择感只是幻觉。想要发财致富没什么不对，历史中到处都有暴发户。但是有多少人成功过，或者现在有多少人成功了？这个数量仍然很少。大部分人在各自的生命轨迹中扎根，认命过日子，不会提出异议，或许还对砸在他头上的东西抱有感恩之情，这才是人间正道；看看日常的困难，已经够多了。没得选不是权利受到侵害，而是惯例。这就算人生是海市蜃楼，在世界上的大多数地方仍然是惯例，在我们的国家也是一样。你以为我能选择自己的人生吗，布雷克斯通能选他自己的吗，或者女王能选吗？女王是最不能选的。你来告诉我，内文森，你来说，告诉我你享受到的各种福利。在牛津的酒馆里有人用枪指着你的太阳穴吗？有人用武力强迫你吗？布雷克斯通扭了你的手臂，威胁要揍你吗？当然是你自己选的。你不会否认，你是喜欢这种人生的。”

“一次谋杀指控比打断胳膊还糟。”汤姆鼓起勇气反驳，他的话缺少说服力。图布拉迅速回到了道德层面审视他、羞辱他。他第三次摸到了枪柄，这是一个迷信动作，或是一种幻觉。他总会停下来不讲话的，如果他不讲话了，拿出枪，干掉他，让他闭嘴。是的，这不过是心理安慰，想想而已：现在汤姆有充足的理由和动机获得自由，如果贝尔塔接受他，他就能回去找贝尔塔。他不会死在监狱里了，他走进牛津的酒馆就是为了躲避进监狱。他喜欢过这种人生吗？也许从某种层面上讲，喜欢过，就像对某种毒品上了瘾，要拿自己有的一切去换它。可是他也厌烦了，深受困扰。他会想念这段人生的，他很高兴这段人生已经走到了尽头，他会想念它的。这段人生源于一场欺骗，它已是满目疮痍。该向它道别了。但汤姆会怀念它的。

图布拉冷漠地看着他。面对软弱、抱怨、指责，图布拉可没有什么耐心；遇到强硬的人，他同样没耐心。他是真诚的人，这点没错，甚至还挺和蔼的，这时他常常教授、指导、说服别人。他表现得健谈，让交谈对象觉得自己很重要、受尊重，一些人后来会把能为他服务、被他认可当做一种荣幸。以前汤姆这么想过，他并非一直这么想。他还见识过他的强硬、可怕，他是怎样露出那样的面孔，用语言或武力把自己的意愿强加给他人，有一次汤姆目睹了一场没完没了的虐打，后来这场暴行及时停止了，或者说足以证明暴力用得足够了，就停下了。现在汤姆从他的表情里觉察出“已经足矣”的情绪。他不觉得失望，他之前已经感到失望了，虽然那时还没有什么理由让他失望，但是失望提前到来了。总之，汤姆就是众多被招募的人中的一员。图布拉可没时间逐一了解他们的痛苦。

“本来你是有机会与她对质的，”图布拉对汤姆说，“如果你去找她了，事实上……如果你去找她了，你就会发现那场指控是不存在的，是不可能的，已经烟消雾散了。你该重新过回你原本平和的日子。”他自然地提到以前布下的陷阱，仿佛那场骗局没什么特别的，不是罪过，让托马斯很是气愤。他的语气中没有一点歉意，连最起码的羞耻都不存在。这场欺骗改变了托马斯的整个人生，可在他看来，不过职业弊端。“难道你想让我告诉你，你选错了，你不能承受恐惧，你退缩了。我可不负责，我只是完成我的工作，把你推向有利于王国的工作。好吧，你想想这段不寻常的人生带给了你什么，一段特殊的旅程，总会有人能从你的面容上读到它。大多数人的脸什么都读不出。”一块无字的石碑，托马斯·内文森想。不值得向这人发脾气或者与他争论了，他是饕餮，面不改色地吞下所有东西。

“我走了，伯特伦。再会。我要回马德里。我在这里的生活已经结束了。”

“没什么能阻挡你了，内文森。本来就没有什么能阻挡你。而且，你已经沉寂了好多年。我们不像许多年前那样想念你了。请允许我冒昧地说，我们已经跟你做过清算了，我们接受过你的服务了。”他点燃另外一支烟，托马斯又吸了一支自己的烟，这是他控制自己的方式，“现在好了，你瞧，”图布拉不摆官架子了，马上变得很友好，“如果你回到马德里，就在那里安静地待着，这对你来说是很容易做到的。莫利纽克斯已经跟你解释过，我们认为你不会有很大危险。但是风险是存在的，你要注意，不要完全放松警惕。虽然很多年过去了，什么事都没有。”他打了个响指，要唤来侍者，这个动作是南方人特有的，一点都不像英国人。“对我们而言，危险一直存在，直到我们死的那一天。”这一事实一直存在，与我们的罪恶相伴而生。

“我会逃开的，这种情况很少见，”汤姆回答，“生活中还有其他的危险，比如疾病、意外、袭击。要说有人记得我，那可太自大了，所有人都只顾着眼下，我是另外一个时代的人。新的一代只管自己，没空管过去，他们认为那些与他们无关。我已经是过去的人了。”

“这很常见，”图布拉说，“但是总有人钻牛角尖，一直记着。一般情况下，会有人记得，即便只有他一个。那人不怕麻烦地动手就是另外一回事了。一般情况是顺其自然，过去的事就让它过去，没有办法挽回。他心怀愤恨，仅此而已。这是肯定的。但你别不信，有时候，愤恨会让人起身迈出几步。仅仅有这些动作就足够了。”

“我还有一个问题，图布拉。”虽然眼下图布拉表现得很为他担心，汤姆仍然直呼图布拉的名字。托马斯不打算继续指责他了，但他愈发感到怨恨，既是对图布拉也是对其他人，可图布拉却没有觉察出他的怨恨。“招募我，所有这些事，韦勒教授参与了多少？”

“没参与，韦勒不知道。他只是发掘和推荐了你，就做了这些。嗯，就是试探过你，但他没有说服力。其余的都是我们做的。之前他和你一样，都以为那个姑娘死了。他是偶然知道那个姑娘没死，没能瞒住他，但后来他还是接受了，也许他说了点什么，也许他什么都没说，”他的脸上浮现出一丝笑容，“但是那时我们不会告诉他的，韦勒永远不知道。他比我们活得体面得多，他可真是老一辈人。也许他真该抛下那一套。他肯定会提出反对意见。他肯定会提醒你。”

“照你的说法，最好连他也骗。的确，他不会相信。他参加过战争，成了无所顾忌的人。不知道他有没有重拾良心。”图布拉没接话，没这个必要。“那个警察莫尔斯呢？他肯定知道。他检查了尸体。”

“别提他了，你还记着他呢。安菲尔德·莫尔斯，我记得他的名字因为那是一种枪的名称，就像叫温切斯特、莱明顿或史密斯-韦森。他可真是竭力反对，是个非常有良知的人。他的上司不得不严肃地命令他完成这活，执行上级的命令。现在他至少是督察了。他的事业从那场不幸的事件中得到了补偿。如果他固执己见，他就不会升职了。还有问题吗，内文森？”

这在图布拉看来都是闲话，他有许多类似的消息，有时候就拿出来说说。他掏出皮夹想付钱，侍者太少，没有人来。

“我不知道，我不相信，”托马斯的眼睛直直地盯着桌子，他仿佛陷入了虚空的状态，“实际上说什么都晚了。”

“也许，多晚都不算晚，”索斯沃斯想要鼓励他，让他从震惊中缓过神，“你和你的妻子聊过吗，就是你说的那个妻子？”

“没有，打电话没法说。”托马斯回答，他的目光仍然是涣散的；双眼盯着某处，但眼神不聚焦。“也没写过信。我不确定要怎么说，我得想一想。我没有地方去，就是这样。要么和瓦莱丽在一起，梅格不同意。要么再次把自己关在那儿。我爱小女儿，但她们只是我漫长的流亡生涯的一部分，那段时间里我没有名字，没有面容，我不知道哪一个是我的面孔。但是我问自己，如果对贝尔塔来说，我回去不是坏事，因为我不会与她起冲突，不会与她作对。我不知道她会怎么与我相处，她把我放在哪儿，怎么对待我。她是否接受我。她能否接受我，我要等等看。我们没有谈过孩子们的事。”

“我知道个中困难。唉，总而言之，你不想伪装了。那图布拉呢，就说了这些？”索斯沃斯问。

“我还有一些话要说，内文森。”图布拉说，他在托马斯眼前晃了晃皮夹，让他回过神，“虽然你不再待命了，你仍是我们的目标。这不是什么大事，你别紧张。当然了，你得告诉我们你的行踪和停留地。莫利纽克斯仍然是你的联络人，直到他被换掉，有可能会换人。把他当成我的徒弟。王国很感激你，你要知道。你很好地完成了任务，因此这些年来我们一直在接济你的家人。”他用的是这个词，不加粉饰。他没说“帮助”

或“负责”。“现在你居然又抛弃了一个女人，我真不知道你到底怎么想的。如果没有我们的捐助，你真是难以养活她们。总之，如果你回马德里，就重新进使馆或者英国文化教育协会，那里总有空缺，以你的实力，完全能当一个好老师。除非你想自己找其他工作，你是自由的，你能幸运地找到新工作。但是如果你找不到，你的薪水还是由我们支付，从许多年前起，你妻子的生活来源主要靠我们。我们不会抛弃守卫过王国的人，你也算在内。但不包括那些犯错的、说走嘴的、透露不该说的信息的人。如果你再次出现，你的妻子会问你，她不可能不提问题；也许其他人也会问，比如你的孩子，他们什么都不知道，想听你讲打仗；她知道得更多，比其他人多。你想到什么，就告诉她什么，说死去的人不认可你，说你失忆了，她信不信都一样。但是如果你不想失去资助，不想失去所有的经济援助，就不能告诉她真实的情况。”他又用了一个很有攻击性的词语“资助”，“这事办起来是很快的，而且还不会是唯一的惩戒。我们会处理你。你还要遵守《官方保密法》，终生遵守，你别忘了。不管是 1911 年的还是 1989 年修订的，基本上都是一样的，如果你花时间比较的话。”侍者终于来了，图布拉递给她一张钱。等着找零的间隙，他又说：“总之，在我们看来，你就像是塞夫顿·德尔默的政治战执行局成员。”

这些谈话足够了。现在托马斯算是老兵了，他不会忘记这些规定。他不再是内心波涛汹涌的年轻人，第一次见到图布拉就被吓坏了。几十年过去，他都不会忘记泰德·瑞茨比当时讲的话——他告诉那个漂亮的索默维尔学院的女教授他叫泰德·瑞茨比，她的名字叫卡洛琳，托马斯记得他说（也许她与他过了一夜）：“我们不属于任何机构，不是官方人士也不是非官方人士。我们既是人物又是无名小卒。我们活着却不存在，或者说我们是存在的却不在任何地方。我们既做事情又没做事情，内文森，或者说我们没做过我们做的那些事，或者说我们做的事情没有人需要负责。它们仅仅是发生了。”那些话听起来像是贝克特说的，当时他几乎无法理解。现在他觉得这些话不像是贝克特讲的，却能够理解意思了，因为他也经历过，让类似的事发生过许多次，只不过现在他收手了。

瑞茨比没有留小费，一个子儿都没留。他一向大方，与勤俭的同事相比，他花钱大手大脚。侍者没有马上招呼他，所以他是在惩罚侍者。他总是赏罚分明，汤姆非常清楚。两个人站起身，走到大街上。图布拉向他伸出手，像许多英国人要告别许久或者永远不见的朋友一样，他们并非每次都握手道别。托马斯条件反射式的把手从大衣口袋抽出来，他一直小心避免在愚蠢的细节上露马脚。他马上放开枪柄，握住图布拉的手掌。他觉得这么做有些过分，用握手这种方式问候带给他许多伤害的人，这种伤害是无法补偿的，不可逆的，还是很久很久以前发生的。所以他傲慢地松开手，趁机拿出烟用微弱的火点燃。图布拉没觉得被冒犯。他不在乎这种细枝末节，才不会因此惩罚托马斯。

“永别了，图布拉。”以后托马斯没有什么机会再见图布拉了，但他想自己再也不会像以前一样常常叫他了，像喊一个并肩作战的人，有些时候会有这种感觉，这是不可否认的。

“再见了，内文森，祝你好运。当你回马德里和你的妻子见面时，向她转达我的问候。她真是个可爱的女人，而且很聪明。”托马斯瞬间想起了什么，但他马上驱除了这一想法，“我想他没有注意到她”。这不是问没用的问题的时候。图布拉脸上带着鼓励的微笑，说：“我想，抛开根深蒂固的传统观念不提，你没死，她会很高兴的。”

第十章

在很长一段时间里，我不确定我的丈夫就是我的丈夫，或者说我不需要他是我的丈夫，我更想让他不要成为我的丈夫。有时我认为他是，有时我认为他不是，有时我打算什么都不想，继续和他过日子，或者说和这个像他的男人、这个样貌变化很大、比他老的人过日子，他从一团迷雾中回来了，从没有置身死人的行列。以后他是不会说“我们会像死去的人一样死去：看吧，他们离开了，我们与他们同往。”他反而会说“我们与死者同生：看吧，他们回来了，与我们同归。”不过在他不在时间里，我自己也变老了。

当我决定什么都不相信，继续过日子，我或多或少觉得解脱了。我仿佛回到了等待、不确定的状态，我们适应了这种状态，靠着它熬过一日又一日，没有什么比知晓一切已尘埃落定更糟的了，或者事情还没起头，应该发生的事情已经发生了或者正在静悄悄地发生，无惊无险地到了尾声，这听起来真是矛盾。这个世界上的大部分人过着普通的日子，看着每一个白昼如何开始，如何划过一道弧线结束；所以我年轻的时候就喜欢这样活着，只有平淡的未来，没有波折的现在或过去。但是，既然我知道了另一种生活，且不得不过那样的日子，我只好把那样的日子当成我喜欢的生活：一个人习惯了在等待中过日子，就从不会意识到等待会结束，仿佛在他生活的空间里，一半的空气（可还剩下另一半）被抽走了。所以在一段时间里，托马斯是他，也不是他。我带着怀疑和欣喜观察他，一个他影响另一个他，这听起来很荒唐，甚至可以说一个他没了另一个他就不能生存，他们相互供给，怀疑就是等待，看他们能维持多久或者哪一个能幸存。

当他在广场上出现时，我当然没有认出他。那天是周日早上，我和往常一样从一个阳台探出身，吉列尔莫和艾丽莎去朋友家过夜了。天还没亮，时钟指针刚被往前拨动，就是把前一夜缩短一小时，这种傻乎乎的做法被称为“夏令时”，在四月初或者三月末偷一点时间。从托马斯在巴拉哈斯机场与我告别那一刻算起，已经过去了十二年，我猜他是去了福克兰群岛，那场战争和英国阿富汗战争或者克里米亚战争一样早已成为过去，和我们与摩洛哥的战争、士兵路易斯·诺瓦尔去参加的战争一样。难看的路易斯·诺瓦尔塑像还在。有谁记得在战争中死去的人，仿佛他们不曾存在过，他们比从战场上活着回来的人消失得快一点儿而已。

那天很冷，昏黄的太阳预示要下雪，所以我穿着大衣走到阳台，想着自己不会站很久。虽然我很熟悉《白鲸》了，但我还要再看一遍，为我已经上了好多次的课做准备；我一直在琢磨第一章的一句话，也许它带有神秘色彩，也许没有，我们老师总想挖掘文本内涵：“是的，全世界都知道，沉思和流水永远相伴存在。”为什么是“全世界”？我在想这个浮夸的问题，想着想着就睡着了。但随后我惊醒过来，在一个安静的周末早上我起得真是太早了，也许是因为气温骤降，或者因为强行调整了时间导致的不适应。我探出身没多久，外边就开始飘雪花了，一开始下得很慢，雪很少，没有让我觉得不舒服。我觉得心理上的冷比肉体上的要多，我没有系上大衣的扣子，只是裹紧了大衣，我靠在栏杆上，四下张望，这么早，街道上的行人很少，都能数得过来。我在数人头，一个，两个，三个，四个，五个，六个，七个，我看到一个人从王家大剧院方向走来，一手提着小手提箱，走几步就会挥一挥另一只手，好像害羞地与人打招呼。他往前走了几步，停下来，把箱子放在地上，向四周看，他抬起手臂的时候又走了一小段距离。直到他靠得很近了，我才看清他的脸，或者是一部分面容，我看到的这个人，我完全不认识。一个中年男人，身体发福，胡子花白，和电影里的潜水艇船长的胡子一样茂密，修剪得体，或者扎成一束。他穿着有腰带的深色大衣，是海军黑或海军蓝色的，戴着大檐帽，更像法国人或荷兰人，这一身不合这些年潮流的衣服大概是为了抵挡突然的降雪，我很难辨认出他的相貌。他身上带着点水手航行归来的味道，不是马德里本地人，与这里不匹配。我感觉他是在与我打招呼，他看到我站在阳台上，所以他时不时举起手臂，随后又放下了，就摆了一下手，仿佛是要引起我的注意，然后又不想让我注意，好像他后悔做出这个动作，他是不由自主地挥手，这只手逃离他的控制后又被他压制住了。也许看到我没有回应，他就把手放下了，我不会跟一位提着箱子的陌生人打招呼，说不定他是喝醉了，这是一个突然下雪的早晨，都看不到什么人。我只想在自己沉浸在“心灵的十一月”，在雪有可能漫天翻飞，落在地上积成厚厚的一层之前短暂地享受下初雪。

雪下大了，我没有马上反应过来，把阳台门关上回到房间里，那个男人让我分心了。他走近门廊，却突然走开了，一直走到有士兵雕像的小公园，在长椅上坐下。他拿出一支烟点燃，我看到他吸烟的侧脸，现在我有点能辨别清楚了，他的身体被树挡住了一半。我听到马蹄声，他也听到了，他和我都在找声音的来源，一队骑兵沿着圣昆廷大街走向恩卡那西翁广场，一个人骑白马，一个人骑黑马，雪落在白马身上看不出，在黑马身上则很显眼，把它变成了一匹上了色的马。他们走到帕威亚大街街口就改变了方向，向王家大剧院走去，这么快就巡逻完毕，也是怪事，周围很安静，广场上几乎没有人。我没把目光从他们身上移开，一直盯着他们，看着他们留下一串马粪，如人所说，就留在我的脚边。我又用目光寻找“流浪的荷兰人”，没有找到，他在我兴致勃勃地看着骑兵的时候消失了。我看到大衣上落了雪花，我也被雪盖住了，我想我的头发也一样，白花花的一片。回归“枪弹的替代品”之前，我得擦干自己。

门铃响了，我真没有想到。我关上阳台的门窗，悄悄地靠近大门，小心地从猫眼往外看，这不是访客时间也不是送东西的时间，而且还是周末。海员站在外面，还戴着那顶帽子。他的目光低垂，我不知道这是谦和还是耐心等待的表现，他低着头，脸被帽檐挡住了，只露出了下巴。我不想应声，装作家里没人。他可能搞错楼层了。奇怪的是他能走到楼上来，要有门卫开门才能上来，我的电子门没有发出声音，也许邻居看他来了，给他开的门，也许他是住隔壁的，搞错了门廊或楼层。我不知道自己为什么要答应。

“哪位？”我问，“您找谁？我想您是找错了。”我还加了一句显而易见的话，“这会儿还很早。”

他礼貌地摘下帽子，仿佛我就在他面前，他是一个有教养的人。我看到他的头发比胡子黑，还有秃了的额角。他抬起了脸。猫眼让他的脸变了形，但我认清了那张脸。我模模糊糊地认出来了。没人会盼着一个死人重新出现，即便他的尸体还没有找到。更没有人在等失踪的人，逃跑的人，流亡的人。

“一点也不早，贝尔塔，”男人说，“你不认识我了，是吗？这不奇怪，我也认不出自己了。我是托马斯，一点也不早，而是非常晚。”

我相信他，我也不相信他，这两种情感同时出现了，谁知道是怎么回事。我该怎么做，除了给他开门，我还能做什么。

那是初春的一个寒冷的周末，这个幽灵出现了，现在一年半过去了。托马斯·内文森，或者说是这个越来越像他的人取代了他，他只留着属于他自己的记忆，也许他不记得其他人，他没有和我还有孩子们住在一起。他是第一个反对一起住的人，他不想要这一特权；而且，他认为有必要把自己隔离起来，最好与我们保持一定距离。他列举了许多理由，都是理性的理由，与我的想法吻合：如果吉列尔莫和艾丽莎承认他，还要适应他和接受他；我从很久以前就自己住，我是独居或者说孀居，他不想让我因为他突然出现就要腾出地方，他没有提后者，或者说没有明着说，我想他是对这一切感到不确定，他最希望的是我们不会因为他而遭遇任何危险。这几个月来，他最常说的就是："我想我能安静地过日子了，这些年来我为不少人干了不少事，这就是我的工作。但是形势改变了，敌人不再是敌人了，时代过去了，那些人退休了，躲起来了，老了，累了；一些人死了或者忘记了。可谁又知道呢。总还有人钻牛角尖，还记着，还不死心。"

和以前一样，一直如此，我的提问没有得到具体的答案，很快我就不提问了；我不知道这十二年来他过得怎么样，这十二年是他缺席、死亡的时段，或者说是装死的时段。"我仍然没有得到授权告诉你"，以前他这样对我说，现在他说"还和从前一样，我签订了保密附加协议，才结束了我的行动，维持这些经济资助。如果我说了，我们就得不到资助了，而且他们还要处分我。你知道，那是要进监狱的”。但是我还是失去了国际旅游组织的资助，这发生在托马斯回到使馆工作之后，实际上他获得了更高的职位，更丰厚的薪水，他认为没必要再接受这份资助了，他挣着两份工资呢。

托马斯在附近租了一间小公寓，是东方广场另一侧的一间小阁楼，就在莱庞多大街上，差不多就是许久以前数学学院所在地。他不算是和我们住在一起。但他走几步就能到我们这里，他偶尔来，后来随着我和孩子们跟他的感情越来越好，他来的次数越来越多。孩子们还处在爱做梦的年纪，肯定会被他吸引，可他不能给孩子们讲他的冒险活动，他会完美地模仿各种人的声音，孩子们认识的人的声音，这为他赢得了孩子们的好感。和许久以前在学校读书时一样，一开始他们是警惕的，艾丽莎带着一些躲躲闪闪的害羞，吉列尔莫则毫不掩饰憎恶的情绪。但这一年半里，他们的父亲小心翼翼、恰到好处地问他们问题，不让他们感到厌烦，他几乎是请求他们的允许以后才与他们谈话，仿佛他是天降的入侵者，而不是养育他们的人，他间接地养着他们（他被认定已经死亡的时候也在抚养他们）。渐渐地，他们接受了他，还向他提要求。他们听到他可以变化声音、看他扮演各种角色、模仿各种口音就感到很有趣，他们本能地认为他不是平庸的人，觉得他有许多奇怪的经历（他有时会给出一些暗示，既谨慎又有趣），孩子们觉得总有一天他会告诉他们的。这种想法是不对的，但是他们不知道也没有关系；他们期待地看着他，应该说是怀着好奇心看他。至少他的出现激励了孩子们。他们越来越依赖他，习惯与他在一起，如果托马斯没有别的事情做，就编故事逗他们，他有许多故事素材。有时候我想，在他眼里，赢得小孩子们的好感是小儿科的游戏，我猜，他赢得过不少残暴的熟人、警惕性很高且总是持怀疑态度的人的信任，这些人时时刻刻揣着不信任，拿它当挡箭牌。他们培训他就是为了做这样的事，为了攻破各种各样的抵抗。

他很快就瘦下来了，不像那个戴着荷兰帽敲门的胖子了，我再没见过他戴那顶帽子。他立刻剃掉了尼莫船长似的胡子，如果忽略斑白的胡子，可以说他看起来不那么老。他脸上好像有一道新疤，横贯下巴，我都没想到问他这道疤。他重新加入使馆以后，开始穿西装、打领带，有时还会穿三件套西装，上面印着难看的斜纹，谁知道是不是为了突出他的一半英国血统，另外，他还披着荒谬可笑的外套。他每天都上班，完美地完成各项工作，反正他是这么告诉我的。他还请我陪他参加接待活动和晚宴，以便树立一个好的形象，这几个月我一直对他表现出抗拒的情绪，偶尔做出让步也没什么不妥，就像以前一样。毕竟我们没有离婚，只不过我阴差阳错当了一阵子寡妇，现在这个错误已经解决了。

他在我身上花的时间比在孩子们身上多，对孩子们来说他是新来的人，对我来说，他是回家的幽灵。虽然他对我也很谨慎小心，从不强迫我，一开始他来家的时候，我用责备的目光看着他，我还在怀疑这人到底是不是他，一段时间以后到底能不能成为他，这段时间里他都没有叫过我一次，没对我说“贝尔塔，我没死”。“我不能说，不能说，你该知道的。这些年来，没人知道我还活着，如果被人知道了，有可能我就要死了。而且，这是命令。”他一直在辩解。我依据自己知道的推测，多少能够理解他的意思，但是我还是沉默地看着他，心里想：“在我们的生活中，你把自己分给我的太少了，我在你的生命里扮演的角色太不起眼了，你都没考虑过我。”我不可避免地怨恨他，我知道自己到死都放不下这份怨恨。即便他先我而去，我还是会怨恨他，他是活有余罪，死有余辜，我对他的恨绝不会因为他不在人世了就消散。

可是当我发觉自己成了铁石心肠的可怜人，我一点也不高兴，我不曾重新开始新的生活，就像人们说的，在它被埋葬并被其他东西取代之前，任何事物都不能视为结束和完成。人会发现，事实上就是平平常常的生活中，总会有不匹配的、无条件的且是说不清道不明的忠诚存在，一个人认定了某些人，对他们怀有少年才有的愿景，或者说最为本能的向往，这种原始的情感凌驾在成熟的理性情感之上，超越了受到欺骗以后感到的愤怒和悔恨。我渐渐允许他来到家里，有时让他和我们一起吃晚饭，有一次，直到孩子们睡觉，他都没有走。我允许他上我这张时而苦恼、时而冷漠的床，曾有几个男人爬上这张床，可都没能改变它，就在这张床上我发觉归来的人就是他或者说有一部分是他，历经沧桑却没怎么变，很接近从前的样子了：他的做爱方式和许久以前失眠或者突然醒来时一样，仍然野蛮地进入我的身体，只不过精力略差（现在我们都四十四岁了），仿佛他希望这一刻肉体能暂时欺瞒精神，或者让后者陷入混乱，或者让它沉默。虽然他不提自己的经历，但是他的回忆和经历一直占据着他的精神，除非他在工作或和我们在一起，这段时间仅是一会儿，他需要机械运动清空思想，哪怕只要几分钟。我不自觉地向他伸出双臂，仿佛我是想留住他，而不是抱着他，仿佛他是要离去而不是回来。结束以后，我用食指划过他不再紧抿、却有更多褶皱的嘴唇，我勾勒出的永远是同一个人。

不止是不安定感和等待，还有不理智的期待、幻想，都变成了一个人心底最重要的情感，现在我无法抵御这些情感。它们变成了哀叹、痛苦、怨恨等重要的情感，最终内化成一个人在这个世界的生存方式。我的情况并非如此。但是允许他睡在我的床上以后，我的不现实的期盼没有因为他而消失，因为那个晚上，还有那之后的许多晚上，以及之后的之后符合我的心意的晚上是很少的，非常之少，我把这些夜晚当作不会重复发生的例外，没当作他回来了。我们看看吧，走着看吧，托马斯在生与死之间摇摆的时候，即便他会倾向某一方，但是一切都是不确定的。没关系，无所谓了，当他被我的双臂圈住的时候，那个在我的脑海中一闪而过的念头浮现了："在我们的生活中，你把自己分给我的太少了。我在你的生命里扮演的角色太不起眼了，你都没考虑过我。可是看吧，现在你就在这里，和我自己一起，在我的身体里。"我说过，这只是一瞬间的念头，随后我就忘了。

这一年半以来，托马斯在某些方面是有进步的。他很快就适应了马德里的生活以及他在使馆的重要职务，他结识了许多新朋友，维护许多面上的关系，尽力挽回了一两个老友，毕竟这么长时间过去了。但是我注意到在这看似正常的生活背后，他常常坐立不安。任何莫名的声响都会惊扰他，不单是人群骚乱的声音，仿佛他在害怕有人要袭击他：一个记得他的人，执拗的人从很远的地方来找他或者就近派人来寻他。

夏天的一个晚上，我们在罗萨雷斯画家大街酒吧的露台上喝东西，谁也没说话（那时我们还很难连续地聊天，那是一开始的时候），有人在争吵，其实与我们一点关系都没有，只不过我们离那两个吵架、互相辱骂的人比较近，他们推推搡搡，情绪非常激动，一个人打碎了啤酒瓶当武器打另外一个人。我在托马斯的眼中看到了恐惧，仿佛他觉得那个拿着酒瓶的人会划开他的脖子，而不是另外一个人的，那人手里抄着一把没用的藤椅。就在那一刹那，他的目光突然变得凌厉，他想也没想就站起身，径直走到那人面前，趁着那人还没看清他，一手握住那人举起酒瓶的手，另一手打了那人一拳，我不知道怎么回事，他把那人打倒在地，那人就像个被剪断绳子的袋子一样掉到地上，躺在那里失去了知觉，仿佛被那一下打死了。我感觉到托马斯做过许多次这样的事，或者类似的事。那是 1994 年

（现在是二十年后，我翻看了日记，回忆起来了，从很久以前我就不写日记了），处理这些争吵不用指控或警察参与。那人倒下后，托马斯回过神，察觉没有发生什么严重的事情以后，把这人交给其他喝醉的人，那些人是他的同伴（他们突然被吓醒一般），我们就走了。他的激烈反应让我有点害怕，但是当我知道他能很好地保护自己，如果有意外发生，他能保护我们时，我又觉得心定。

但是现在，一年半以后，我发觉他放松了警惕和戒备，而且他常常表现得悲伤和消极。他回到家，如果我在忙，孩子不在家，他就会花很长时间站在阳台上向外望，盯着窗外的一排树看，许多年以来，那排树可只属于我。我在书房备课时，他就坐在沙发上走神。我回到客厅时，已经是傍晚了，他还坐在那儿，仿佛时间在他那儿凝固了。我不知道他在思考什么，回忆什么，我不知道他陷入了什么困难的境地，我永远都不知道。我对自己说，我们每个人都有隐秘的伤心事，我们这些平静的没有受过惊吓的人也不例外。或许，如果我没记错出处的话，狄更斯是这样写的，我上课时介绍过他："每个人都是一个特殊的个体，让他人捉摸不透，这事如果仔细想，确实大有玄机。每当我在夜间进入一座大城市时，我总会挖空心思地想，那些黑压压的鳞次栉比的房子里，都藏着各自的秘密；每幢房子的每间屋子里，也都藏着它自己的秘密；而各间屋子里无数胸膛中跳动着的每一颗心，也藏着自己的秘密，即便是最亲近的另一颗心也猜不透。"

我看到托马斯这副模样，陷入沉思或者颓败，也许他被自己的记忆拖进了迷惘，我突然记起，那个糟糕的早晨，米盖尔·路易斯·金德兰说的那段让人不痛快的话："从那里出来后总是很糟。"他对我说这话时手里还举着打开盖子的打火机，他在讲托马斯陷入的境地。“我认识一些像他这样的人，到最后不是疯了就是死了。幸存下来的却搞不清楚自己是谁。他们失去了自己的生活，或者说生活一分为二，两都分无法调和，彼此排斥。一些人试图回归正常生活，却束手无策，不知道该如何融入日常生活，强加上来的退休也可能让他们崩溃。这和年龄无关。如果他们没用了或被废了，他们就会被打发走，回家或者在某个办公室里枯坐，有些人甚至不到三十岁，就觉得日子到头了。他们怀念自己的全盛时期，怀念干坏事、充满欺骗和虚假的日子。他们被困在自己混乱的过去里，有时会被悔恨笼罩：他们停下来时才意识到自己的所做所为几乎全然无用；他们不是不可替代的；换作别人来做，结果也是一样。他们还发现没有人感谢他们的努力或才能，耐性或牺牲，那里不存在感恩，也没有敬佩，在那不可见的世界就是这样。对他们来说是重要的东西，对其他人则什么都不是，只是一段无人知晓的过去……”

他不是一直这副样子。有时候他很活跃，他学会了享受新的或者说是旧工作，每隔几个月他像以前一样去英国出差，现在他在那里停留的时间很短，最多住一周，几乎每天晚上，完成工作以后，他都给我打电话。他住在马德里的时候，常常陷入沉思，有可能他是在思考有多少胜算。这与他重新安定下来的时候不一样了，那时他过于紧张，现在他以为没有什么能阻止一个人记得某事，阻止一个从没有休息的人找他偿还许久以前的债，仿佛如果真让他遇到了，他不打算继续逃避或防卫；仿佛他疲于防备或他不害怕了，会说“终于还是找上我了。我没什么好埋怨的。我已经有很长的时限了。这段时间没有用，也没有意义，但却是在宇宙中的一段时限。可这段时间总要结束，就像现在”。

我不知道。一天晚上，我们一起去看电影。电影结束，灯光亮起来，他折起放在膝上的大衣，一只小手枪掉下来，落在地毯上没有发出声音。他没有发现我惊讶地看着手枪，他赶紧捡起手枪，塞回口袋。幸运的是没有其他人看见。

“那是手枪？”

“没什么，没什么，别担心。只不过我带习惯了。这把枪用很多年了，你得理解。”

“你总是带着它吗？”

“没有，不是一直带着。带的次数越来越少。”

所以我，我不知道某一天他是因为自卫还是就想开一枪，他才是钻牛角尖、一直记得、不能忍受自己还活在这片土地上的人。他坐在沙发上，望向窗外的树时，我时不时想，这些年里，他到底经历了多少糟糕的事情，不管是他死去的那段生命还是活着的这段，我对他而言都是微不足道的。不知道那些糟糕的事情也是好的，最好不要授权他讲什么，为什么给单纯发生的行动加上个故事。大多数人执着地持相反的看法，没有什么事是单纯发生的。他们重新塑造事件、反复描述它，就是不让它结束。

有时候，我对自己说，我不了解自己的丈夫，不算个例，这种情况有很多。狄更斯写过，他的句子一直在我的脑海里浮现：“我的朋友去世了，我的邻人去世了，我的爱人，我灵魂的宠儿也去世了，那藏在每个人心中的秘密，也就被永远牢牢地封存了……在我走过的这个城市的任何墓地里，在我看来，有哪位长眠者内心深处的奥秘，比那些忙忙碌碌的居民更加神秘莫测？而在那些居民看来，又有哪位长眠者比我更神秘莫测呢？”托马斯自己，从年轻时候起，从少年时候起，就从没有兴趣认识自己、解读自己，探索自己是哪类人。他认为这么做是自恋的行为，是在浪费时间。也许活了这么久，在这一点上他一直没有变，或者他一开始就知道自己是什么样的人。我为什么要执着弄明白一个自己都不去思考自己的人呢。我们有许多设想：想要看透别人，特别是睡在我们枕边的人。

他时不时留下来过夜，这种情况很少，我会去他在莱庞多大街的小阁楼住住；如果孩子们想找我，我就在附近，他们打个电话就行，或者走路来找我，他们只需穿过广场，都不会遇上小汽车，他们已经很大了。到现在托马斯也不会进入深睡眠状态，他睡不安稳，说梦话，但他是睡觉的。我看着他的时候，就想轻轻抚摸他的下巴，悄悄告诉他：你安静地待在这里，亲爱的。你别动，别翻身，这样你就能沉睡，渐渐地你就不会想起你的痛苦了。好在你没有告诉我这些时候，所有这些时光里，不管是睡着还是醒着，你在想什么。你总是会突然想起什么，我不知道那是什么，这样最好不过，我就继续什么都不知道吧。我知道你有许多理由，你休息了，但你的大脑从没有休息。我想说这些话，但我没有对他说，只要我活着，我就不会说。我只是有这些想法，只是想一想。如果把这些想法告诉他，对他来说就是一份过于丰厚的礼物了，他没有自知知明，在那么长的时间里，他离我那么远，还敢声称自己已经死了，把尸体留在遥远的海岸。

有时候，他望着窗外发呆时，会用食指的指甲摸许多年前就已经消失的伤疤，当时他接受外科手术把疤痕祛除了。那时，我就猜他回忆无人知晓、只有他自己记得、知道真实情况的事件时，想的也许不是袭击，而是经过深思熟虑的事，比如报复或者惩戒。也许他在想，所有这些，都属于那种哪怕是在自己的人生中都不能作主的人，从一开始就要受别人摆布，即便他们是独一无二的，他的故事也不能对任何人讲，或许只能在讲别人更突出、更有趣的故事时被提到一两次。他们够不上成为茶余饭后的谈资、秉烛夜谈的话题。这就是人生，我的还有他的都是如此，实际上和许多许多人一样，只是活着，等待着。